0 6 OCT. 2010

Bibliothèque publique de la Municipalité de La Nation
Succursale ST. ISIDORE Branch
The Nation Municipality Public Library

D1800251

DISCARD / ÉLIMINÉ

La maison de l'Ange

Colleen McCullough

La maison de l'Ange

traduit de l'anglais par Blandine Roques

ÉDITIONS FRANCE LOISIRS

Titre original : *Angel* par Harper Collins, Sydney, 2004.

Édition du Club France Loisirs,
avec l'autorisation des Éditions de l'Archipel.

Éditions France Loisirs,
123, boulevard de Grenelle, Paris
www.franceloisirs.com

Le Code de la propriété intellectuelle n'autorisant, aux termes des paragraphes 2 et 3 de l'article L. 122-5, d'une part, que les « copies ou reproductions strictement réservées à l'usage privé du copiste et non destinées à une utilisation collective » et, d'autre part, sous réserve du nom de l'auteur et de la source, que les « analyses et les courtes citations justifiées par le caractère critique, polémique, pédagogique, scientifique ou d'information », toute représentation ou reproduction intégrale ou partielle, faite sans le consentement de l'auteur ou de ses ayants droit ou ayants cause, est illicite (article L. 122-4). Cette représentation ou reproduction, par quelque procédé que ce soit, constituerait donc une contrefaçon sanctionnée par les articles L. 335-2 et suivants du Code de la propriété intellectuelle.

Copyright © Colleen McCullough, 2004.
Copyright © L'Archipel, 2006, pour la traduction française.
ISBN : 978-2-298-00070-2

*En souvenir de Meg Post,
avec toute mon affection.
Sans toi, princesse,
le monde est plus petit !*

Vendredi 1ᵉʳ janvier 1960

Bon sang, comment me débarrasser de David ? Ne croyez pas que je n'aie pas songé à le tuer. Mais si je suis aussi douée pour le meurtre que pour choisir mon cadeau de Noël, le bikini acheté avec les cinq livres de mamie…

« Retourne à la boutique, ma fille, et prends donc un truc une pièce avec un plastron qui couvre la zone stratégique », a dit maman.

Sincèrement, j'ai été un peu horrifiée quand le miroir m'a révélé tout ce que montrait ce bikini, y compris ces rouflaquettes noires de poils pubiens que je n'avais pas remarquées, tapies sous le plastron. À la seule perspective d'arracher des milliers de ces poils, je suis retournée changer le bikini contre un modèle à la Esther Williams, du type « American Beauty », le dernier cri. Un rose tirant sur le rouge, superbe. La vendeuse m'a dit que j'étais à croquer mais, franchement, qui aurait idée de me « croquer » quand ce fichu David Murchinson tourne autour de ma carcasse comme un chien défend son os ?

Aujourd'hui, il faisait plus de 35°, je suis donc descendue à la plage baptiser mon nouveau maillot. Les vagues étaient hautes, c'est assez rare à Bronte, mais elles avaient l'air de saucisses de satin vert – des *dumpers*[1], ce qui ne vaut rien pour le surf. J'ai étalé ma serviette sur le sable, tartiné mon nez de crème à l'oxyde de zinc, enfilé mon bonnet assorti « American Beauty » et j'ai couru vers l'eau.

« Elles sont trop fortes, tu vas te faire renverser », a lancé une voix.

David. Fichu David Murchinson. Si jamais il suggère que le trou d'eau des gosses serait plus sûr, ça va barder, me suis-je dit en bandant mes muscles sous le plastron.

— Allons plutôt au trou d'eau des gosses, c'est plus sûr.

— Pour se faire aplatir par des mômes qui te sautent dessus ? Merci bien ! ai-je rétorqué avec hargne avant d'engager les hostilités.

Enfin « hostilités » n'est pas vraiment le mot. Je me mets à hurler, je lui fais une scène et David garde son air supérieur sans mordre à l'hameçon. Mais, aujourd'hui, la dispute a engendré une nouvelle engueulade. Cette fois, j'ai été assez finaude pour lui annoncer que je ne supportais plus ma virginité.

— Je veux une liaison !

— Ne dis pas d'idioties, a répondu David, imperturbable.

— Ce ne sont pas des idioties ! Tous les gens que je connais ont une liaison – sauf moi ! Bon sang, David, j'ai vingt et un ans et je suis fiancée avec un type qui ne desserre même pas les lèvres quand il m'embrasse !

---

1. Rouleaux qui renversent le surfeur et le projettent au fond. (*N.d.T.* Toutes les notes sont de la traductrice.)

Il m'a gentiment tapoté l'épaule avant de s'asseoir sur sa serviette.

— Harriet, a-t-il déclaré sur ce ton bêcheur de collégien catholique si comme il faut, il est temps de fixer une date pour le mariage. J'ai mon doctorat, le CSIRO[1] m'a offert mon propre labo et une bourse de recherche, nous sortons ensemble depuis quatre ans et voilà un an que nous sommes fiancés. Une liaison, ce serait un péché. Pas avant le mariage.

Grrr !

— Maman, je veux rompre avec David, ai-je annoncé en revenant de la plage sans avoir baptisé mon nouveau maillot.

— Tu n'as qu'à le lui dire, chérie.

— As-tu déjà essayé d'annoncer à David Murchinson que tu ne veux plus te marier avec lui ? ai-je insisté.

— Ma foi non, a répondu maman avec un petit rire. J'ai déjà un mari.

Oh, je déteste que maman fasse de l'humour à mes dépens ! Mais je ne me suis pas dégonflée.

— Je n'avais que seize ans quand je l'ai rencontré, voilà le hic, et j'en avais dix-sept quand nous sommes sortis ensemble. À l'époque, c'était formidable de ne pas avoir à subir les assauts de son petit ami. Mais, maman, ce qu'il est rétrograde ! J'ai l'âge de dire oui, maintenant, et il me traite comme si j'avais toujours dix-sept ans ! Je me fais l'effet d'une mouche qui se noierait dans une chope de bière.

---

1. Commonwealth Scientific and Industrial Research Organization.

Maman est un amour, elle n'a pas cherché à me faire la morale, mais elle avait l'air un peu ennuyée.

— Si tu ne veux pas l'épouser, Harriet, eh bien ne l'épouse pas. Seulement, ma fille, c'est un très beau parti. Séduisant, bien bâti... Et songe à l'avenir qu'il a devant lui ! Vois un peu tes amies, Merle en particulier. Elles s'entichent de gars qui n'ont ni la maturité ni le bon sens de David et elles n'en finissent plus de souffrir. Il n'en sort rien de bon. David est littéralement rivé à toi et ça ne changera jamais.

— Je sais, ai-je marmonné, dès qu'il est question de lui, Merle ne me lâche plus – il est divin, je ne connais pas ma chance. Mais, franchement, ce qu'il peut être emmerdant ! Nous sommes ensemble depuis si longtemps que tous les types que je connais imaginent que je suis prise. Je n'ai pas l'ombre d'une chance de découvrir à quoi ressemble le reste du monde masculin. Flûte alors !

Mais elle n'écoutait pas vraiment. Papa et maman sont du côté de David, ils l'ont toujours été. Évidemment, si j'avais une sœur ou des frères un peu plus proches de moi... Ce n'est pas facile d'être un « accident » qui s'est trompé de sexe ! Tenez, prenez Gavin et Peter, ils ont dans les trente-cinq ans, ils vivent toujours à la maison et baisent toutes les femmes qu'ils veulent sur un matelas pneumatique, à l'arrière de leur camionnette, ils travaillent avec papa dans notre magasin d'articles de sport et jouent au cricket dès qu'ils ont un moment de libre. Une vraie vie de cocagne ! Moi, je dors dans la chambre de mamie et elle fait pipi dans un pot qu'elle va vider sur l'herbe, au fond du jardin. Ce que ça peut chlinguer !

« Estime-toi heureux, Roger, que je ne le flanque pas sur la lessive des voisins ! » Voilà tout ce qu'elle trouve à répondre quand papa fait mine de se plaindre.

Quelle bonne idée que ce journal ! J'ai croisé suffisamment d'étranges et merveilleux psychiatres pour savoir que je dispose désormais d'un « exutoire à mes frustrations et à mes refoulements ». C'est Merle qui m'en a donné l'idée. Je crois qu'elle aurait bien aimé y jeter un coup d'œil chaque fois qu'elle passe chez nous mais, là, pas de danger. Je compte le glisser contre la plinthe sous le lit de mamie, en droite ligne derrière popot.

Mes souhaits du soir : plus de fichu David Murchinson ni de pot dans mon existence. Plus de saucisses au curry. Une chambre à moi et rien qu'à moi. Une bague de fiançailles que je puisse flanquer à la tête de David. Il a prétendu que ce serait du gaspillage, donc il ne m'en a pas offert. Quel radin !

Samedi 2 janvier 1960

J'ai décroché le boulot ! Après avoir passé mes examens de fin d'études au collège technique de Sydney, l'année dernière, j'ai postulé à un emploi de manipulatrice diplômée en radiologie au Royal Queens Hospital et, aujourd'hui, le facteur m'a apporté une lettre d'embauche. Je commence lundi, avec le grade de technicienne supérieure, dans le plus grand hôpital de tout l'hémisphère Sud – plus de mille lits ! En comparaison, Ryde Hospital, mon vieil *alma mater*, a l'air d'un dinghy amarré le long de la coque du *Queen Elizabeth*. Je me rends compte aujourd'hui que je n'aurais jamais dû choisir de faire mes études à Ryde mais, à l'époque, cette idée de David m'avait paru formidable. Ned, son frère aîné, y exerçait en tant que chef de clinique, j'aurais donc un ami dans la place. Ah ça, oui ! Il m'a servi de chien de garde. Chaque fois qu'un représentant du sexe masculin me lançait un regard du style « Viens-donc-voir-un-peu-par-là », fichu Ned Murchinson s'empressait de le prévenir – j'étais la petite amie de son frère, alors pas question de braconner. Chasse gardée ! Les premières années, je n'ai rien trouvé à redire mais, une fois surmontés les doutes et l'humilité de l'adolescence, il m'a parfois traversé l'esprit qu'il serait peut-être marrant de sortir avec X ou Y.

Cette formation à Ryde a toutefois eu un avantage. Il faut compter deux heures de transport pour venir de Bronte, et deux heures dans les transports en commun valent largement la résidence Purcell pour étudier, assise à la table de la salle à manger, coincée entre la télévision et les hommes qui passent leur soirée tout entière à faire la vaisselle en ne braillant que cricket, encore cricket et toujours cricket. Bus ou train, je n'en demande pas davantage. Et devinez ?

J'ai pulvérisé tous les records. Les meilleures notes du classement. Voilà comment j'ai obtenu le poste au Royal Queens. Les résultats affichés, papa et maman m'ont un peu tarabustée quand j'ai refusé d'entrer en fac de sciences ou de faire ma médecine en quittant le collège de Randwick. C'est à croire qu'arriver en tête en radiologie a solidement ancré en moi une absence d'ambition certaine. Mais qui voudrait entrer en fac pour se trouver en butte à l'hostilité de tous ces mâles peu désireux de voir des femmes dans les professions qui leur sont réservées ? Pas moi !

Lundi 4 janvier 1960

J'ai débuté ce matin. À 9 heures. Le Royal Queens est tellement plus proche de Bronte que ne l'était Ryde ! Si je fais le dernier kilomètre à pied, je n'ai que vingt minutes de bus.

Je suis souvent passée devant les grilles de l'établissement, mais sans jamais y entrer. Vous parlez d'un endroit ! L'hôpital a ses propres boutiques, ses banques, sa poste, sa centrale électrique et une blanchisserie assez importante pour passer contrat avec des hôtels, des ateliers et des entrepôts – il n'y a qu'à demander, le Royal Queens peut vous l'offrir. Un vrai labyrinthe ! Il y a un quart d'heure de marche et d'un bon pas, pour parvenir jusqu'à la radiologie.

À en juger par le nombre de personnes que j'ai croisées, le Queens doit compter dix mille employés. Les infirmières disparaissent sous un tel nombre de couches d'amidon qu'elles ressemblent à des colis vert et blanc. Les pauvres, elles sont tenues de porter d'épais bas de coton brun et des chaussures lacées à talons plats de la même couleur ! Même Marilyn Monroe aurait du mal à rester séduisante avec des collants opaques et des chaussures à lacets. Quant aux coiffes, on dirait deux colombes enlacées. Cols et poignets en celluloïd, et un ourlet qui descend à mi-mollet. Les surveillantes ont la même allure, si ce n'est qu'elles n'ont pas de tablier, arborent des coiffes qui tiennent de voiles égyptiens et ont droit aux bas nylon.

Eh bien, moi, j'ai toujours su que je n'étais pas de taille à supporter la rigueur excessive de cette discipline idiote, pas plus que je n'accepte d'endurer les brimades de mâles résolus à défendre leur pré carré sur les bancs de la fac. Nous autres manipulatrices, nous nous contentons de bas nylon et de mocassins à talons plats.

Il doit bien y avoir des centaines de kinés. Je les déteste ! Mon Dieu, qu'est-ce qu'une kiné sinon une vulgaire masseuse ? Mais, bon sang, pour qui se prennent-elles ? Elles vont même jusqu'à empeser leur uniforme de leur propre chef ! Elles affichent toutes cet air fonceur et cette supériorité de bourgeoises nunuches prêtes à conquérir le monde quand elles filent au pas de gym comme des officiers en découvrant leurs dents de jument pour lancer leurs « Sensass ! » et autres « Oh, formid ! ».

Heureusement, je suis partie suffisamment tôt pour arriver à temps au bureau de l'infirmière chef Toppingham. Un vrai dragon ! Selon Pamy, tout le monde l'appelle sœur Agatha, j'en ferai autant dans son dos. C'est une ancienne infirmière, vieille d'un bon millier d'années, qui porte encore le voile amidonné des diplômées. Elle a la forme d'une poire, jusqu'à son accent, aux voyelles rondes comme des poires – Têrribleu, têrribleu ! Son regard bleu pâle, froid comme un matin de givre, m'a transpercée sans m'accorder plus d'importance qu'à une trace de doigt sur la vitre.

— Vous débuterez en pneumo, miss Purcell. De beaux poumons, pour commencer, nous sommes d'accord ? Je préfère confier aux nouvelles des tâches à leur portée, il s'agit en quelque sorte d'un stage d'orientation. Nous verrons ensuite ce dont vous êtes réellement capable. Fort bien, fort bien !

Dingue, un sacré défi ! En pneumo. On les fait appuyer contre le grand Bucky[1] et on leur demande de retenir leur souffle. Quand sœur Agatha a dit pneumo, elle entendait pneumo ambulatoire – des blessés sur leurs deux jambes, rien de sérieux. Nous sommes trois à assurer les examens de routine, deux stagiaires et moi. Mais il y a encombrement aux chambres noires. Nous devons faire défiler nos cassettes à la vitesse grand V, autant dire que si on met plus de neuf minutes on se fait incendier.

Il n'y a que des femmes dans ce service, ce qui paraît incroyable. Tout à fait exceptionnel ! En radiologie, nous sommes rémunérées selon le barème masculin, autant dire que les hommes affluent vers cette branche. À Ryde, le service ne comptait pratiquement que des hommes. Au Queens, j'ai idée que la différence vient de sœur Agatha, elle n'est donc pas entièrement mauvaise.

J'ai fait la connaissance de notre aide-soignante dans le local sinistre qui abrite nos casiers ainsi que nos toilettes. Elle m'a plu au premier regard, bien

---

1. La grande plaque radio, nommée ainsi du nom de son inventeur.

mieux que toutes les manipulatrices rencontrées aujourd'hui. Mes deux stagiaires sont de braves gosses mais, toutes deux en première année, elles manquent donc un peu d'expérience. Ce qui est loin d'être le cas de l'aide-soignante Papele Sutama. Ce nom n'a rien d'ordinaire, pas plus que celle à qui il appartient. Elle a bien des paupières, cela ne fait aucun doute, mais il y a, à ce niveau, beaucoup de chinois chez elle. C'est ce que j'ai pensé en la voyant. Pas de japonais, ses jambes sont trop droites et trop bien faites. Pamy a, par la suite, confirmé l'héritage chinois. Oh, c'est vraiment la plus jolie fille que j'aie rencontrée ! Une bouche en bouton de rose, des pommettes pour lesquelles on se damnerait volontiers, des sourcils fins comme du duvet.

On l'appelle Pamy et ça lui va très bien. Ce tout petit bout de femme d'un mètre cinquante-deux est très mince mais sans avoir l'air de sortir de Bergen-Belsen, comme ces patientes atteintes d'anorexie mentale que m'envoie la psy pour des examens de routine. Bon sang, pourquoi les adolescentes se laissent-elles mourir de faim ?

Mais revenons à Pamy dont la peau d'ivoire ressemble à de la soie.

De mon côté, je lui ai plu et, quand elle a su que j'avais apporté des sandwiches, elle m'a invitée à manger sur l'herbe devant la morgue, pas très loin de la radio, mais hors du champ de vision de sœur Agatha lorsqu'elle fait sa ronde. Sœur Agatha ne déjeune pas, elle a bien trop à faire pour maintenir l'ordre dans son empire.

Évidemment, nous ne pouvons compter sur une heure entière, en particulier le lundi, où il faut caser tous les examens du week-end indépendamment de la charge de travail habituelle. Pamy et moi avons toutefois réussi à en apprendre beaucoup l'une sur l'autre en l'espace de trente petites minutes.

Elle a commencé par m'annoncer qu'elle habitait Kings Cross. Pouah ! C'est la seule partie de Sydney que papa ait rayée de la carte. Un lieu de perdition, selon mamie. Où fleurit la débauche. Je ne sais pas exactement ce que l'on entend par débauche, si ce n'est alcoolisme et prostitution. À Kings Cross, à en croire le révérend Alan Walker, on en trouverait à revendre. Il faut dire qu'il est méthodiste – très moralisateur. C'est à Kings Cross que vit Rosaleen Norton, la sorcière – aux nouvelles, on ne parle que d'elle et de ses tableaux obscènes. Qu'est-ce qu'un tableau obscène ? Des gens en train de copuler ? J'ai posé la question à Pamy, qui s'est contentée de répondre : « Il n'y a d'obscénité que dans l'œil qui regarde. » Pamy est quelqu'un de très profond, elle lit Schopenhauer, Jung, Bertrand Russell, vous voyez, ce genre de trucs, mais elle n'a pas une très haute opinion de Freud, il me semble. Je lui ai demandé pourquoi elle n'était pas inscrite en fac mais elle m'a confié qu'elle n'avait guère été scolarisée. Sa mère, australienne, et son père, chinois de Singapour, ont été pris dans la tourmente de la guerre. Son père est mort et sa mère est devenue folle après quatre ans de détention dans le camp d'internement de Changi. Quelles tragiques destinées on peut croiser parfois ! Moi, tout ce dont j'ai à me plaindre c'est de David et de popot. Un pur produit de Bronte. Selon Pamy, David n'est qu'un monceau de refoulements, ce qu'elle met sur le compte d'une éducation catholique. Elle a même une expression pour désigner tous les David de ce monde : de « petits collégiens catholiques constipés ». Mais je ne tenais pas à parler de lui, je voulais savoir à quoi ressemblait la vie à Kings Cross. « Comme partout ailleurs », a répondu Pamy, mais ça, je refuse de le croire, ce quartier est trop célèbre. Je meurs de curiosité !

Mercredi 6 janvier 1960

David, toujours lui. Ne peut-il se fourrer dans le crâne qu'en sortant d'un hôpital on n'a aucune envie d'aller voir une de ces horreurs indigestes de films européens ? Tout va bien pour lui, là-haut, dans son petit univers stérile et autoclave où l'on atteint le comble de l'excitation quand une de ces foutues souris développe une bon Dieu de tumeur ! Mais moi, je vois les gens souffrir, là où je travaille, et il leur arrive même de mourir ! Je suis cernée par la réalité dans toute son horreur – j'ai mon content de larmes et de dépression ! Alors, si je vais au cinéma, ce que je demande c'est de rire ou de renifler un bon coup quand Deborah Kerr se retrouve dans un fauteuil roulant et renonce à l'amour de sa vie. Mais les films qui plaisent à David sont d'un déprimant ! Pas tristes, tout simplement déprimants.

C'est ce que j'ai tenté de lui expliquer quand il a dit qu'il m'emmenait voir le dernier film dont on parle, au Savoy Theatre. Le terme que j'ai utilisé était d'ailleurs « sordide ».

« La littérature et les films de qualité ne sont jamais sordides », a-t-il répliqué. Je lui ai proposé d'aller tranquillement se torturer l'âme au Savoy tandis que je regarderais un western au Prince Edward, mais il a affiché cette expression (ma longue expérience ne me trompe jamais) qui annonce un cours magistral tenant à la fois de la harangue et du sermon. J'ai donc cédé et je l'ai suivi au Savoy où l'on donnait *Gervaise*. « Zola », m'a-t-il expliqué. En sortant de là, je me sentais aussi essorée qu'une serpillière, d'ailleurs la comparaison est assez juste. L'histoire avait pour unique décor la version victorienne d'une gigantesque blanchisserie. L'héroïne était si jeune et si jolie ! Mais il n'y avait pas un homme à la ronde qui mérite un seul regard – tous gros et chauves. Ce qui, à mon avis, pourrait bien arriver à David, ses cheveux ne sont plus aussi fournis que lors de notre rencontre.

Il a tenu à me raccompagner en taxi, j'aurais cent fois préféré descendre d'un bon pas jusqu'au Quay et attraper le bus. C'est toujours pareil, il donne mon adresse au chauffeur, puis il remonte l'allée latérale avec moi et là, dans le noir, il pose ses mains sur ma taille et ses lèvres mouillées plaquent mollement sur mes lèvres trois baisers si chastes que le pape lui-même pourrait en faire autant sans penser à mal ! Après quoi il s'assure que j'ouvre la porte de la cuisine en toute sécurité et il rentre chez lui, quatre rues plus loin. Il vit avec sa mère, qui est veuve, il a pourtant acheté un spacieux bungalow à Coogee Beach mais il le loue à une famille d'immigrés hollandais. « Très propres ces Hollandais », m'a-t-il dit. Oh ! Coule-t-il seulement une goutte de sang dans ses veines ? Jamais il n'a posé le doigt, encore moins la main, sur mes seins. Je me demande à quoi ils peuvent bien me servir.

Mes frangins étaient là, qui préparaient du thé dans la cuisine, morts de rire après le spectacle auquel ils venaient d'assister dans l'allée.

Mes souhaits du soir : parvenir à économiser quinze billets par semaine et de quoi prendre, en début d'année prochaine, un congé sabbatique de deux ans pour aller travailler en Angleterre. Et là, plus de David, qui ne peut vraiment pas abandonner ses fichues souris au cas où il y en aurait une qui ferait une putain de tumeur.

Jeudi 7 janvier 1960

Samedi, je vais enfin satisfaire ma curiosité. Je vais dîner chez Pamy, à Kings Cross. Seulement, je ne donnerai pas une adresse trop précise à papa et maman. Je me contenterai d'expliquer que c'est tout près de Paddington.

Mes souhaits du soir : pourvu que Kings Cross ne me déçoive pas !

Vendredi 8 janvier 1960

Nous avons connu des instants critiques, hier soir. Maman a voulu, ça c'est bien elle, recueillir un petit cacatoès trouvé sur la route de Mugee. Willie était dans un tel état et si maigre qu'elle a commencé par le nourrir au compte-gouttes avec du lait tiède coupé au cognac « trois étoiles » que nous gardons pour soigner les drôles de petits vertiges de mamie. Comme il n'avait pas le bec assez solide pour broyer les graines, elle est ensuite passée au porridge, additionné de cognac. Voilà comment Willie est devenu superbe, un gros oiseau blanc à la huppe jaune et au poitrail rebondi. Maman lui a toujours donné son porridge au cognac dans la dernière soucoupe à lapins qui subsistait de mon enfance. Mais hier, elle a cassé la soucoupe et lui a donc servi son repas dans une soucoupe d'un vert bilieux. Willie y a jeté un coup d'œil, a retourné sa pitance sens dessus dessous et est devenu dingue. Il s'est mis à pousser un « contre-ut » strident, sans discontinuer, jusqu'à ce que tous les chiens de Bronte hurlent à la mort, et papa a reçu la visite des flics qui ont débarqué en panier à salade.

Tous ces romans policiers que je lis depuis des années ont certainement fini par développer mes facultés de déduction, toujours est-il qu'après une nuit épouvantable à entendre s'égosiller un cacatoès et hurler des milliers de chiens je suis parvenue à deux conclusions. La première, c'est que les perroquets sont assez intelligents pour distinguer une soucoupe d'un vert bilieux d'une autre, au bord de laquelle courent d'adorables petits lapins. La seconde, que Willie est alcoolique. En voyant la mauvaise soucoupe, il en a conclu qu'on lui avait supprimé son porridge au cognac et il s'est retrouvé en état de manque – ce qui explique le raffut.

Cet après-midi, la paix est enfin revenue à Bronte quand je suis rentrée du travail. À l'heure du déjeuner, j'ai sauté dans un taxi pour courir en ville acheter une autre soucoupe à lapins. J'ai dû également prendre la tasse – deux livres dix ! Mais Gavin et Peter ont beau être mes grands frères, ce ne sont pas de mauvais bougres. Ils ont tous deux apporté leur contribution : le tiers des deux billets et demi, je n'en suis donc pas trop de ma poche. C'est idiot, non ? Cet oiseau est toqué, mais maman l'aime tant !

Samedi 9 janvier 1960

Kings Cross ne m'a vraiment pas déçue. Je suis descendue à l'arrêt précédent, Taylor's Square, et j'ai terminé à pied en suivant les indications de Pamy que j'avais bien mémorisées. Il semblerait qu'on ne mange pas de bonne heure à Kings Cross car on ne m'attendait pas avant 20 heures et il faisait nuit noire quand le bus m'a déposée. À la hauteur de Vinnie's Hospital[1], il s'est mis à pleuvoir – une petite

---

1. Hôpital Saint-Vincent de Paul.

bruine, rien que mon élégant pépin rose ne puisse supporter. En atteignant l'immense carrefour, l'authentique Kings Cross, je pense, avec tous ces néons éblouissants et ces phares ondulant comme autant de vagues de lumière sur la chaussée mouillée, je n'ai pas reconnu le quartier que je n'avais jamais traversé qu'en taxi et à toute allure. C'est beau. Je ne sais pas comment font les commerçants pour contourner les lois sur le travail dominical car ils étaient encore ouverts – un samedi soir ! Un peu désappointée de voir que mon itinéraire évitait les boutiques de Darlinghurst Road, j'ai dû remonter Victoria Street, où se trouve « La Maison », ainsi que l'appelle Pamy, et je sais que c'est avec des majuscules qu'elle l'entend. Comme une institution.

J'adore ces interminables rangées de maisonnettes du centre de Sydney, hélas mal entretenues de nos jours. Les jolies dentelles de fonte ont été remplacées par des plaques de fibrociment et les balcons convertis en pièces supplémentaires ; quant aux façades crépies, elles sont minables. Elles gardent néanmoins tout leur mystère. Les fenêtres qui se cachent derrière des rideaux de dentelle de Manchester, ou des stores en papier kraft, sont autant de paupières closes. Elles en ont tant vu ! Notre maison n'a que vingt-deux ans ; papa l'a construite quand la Crise s'est tassée, lorsqu'il a commencé à dégager des bénéfices de son commerce. Il ne s'y est jamais rien passé, si ce n'est que nous y habitons et que nous sommes assommants. L'incident le plus grave auquel nous ayons été confrontés jusqu'à ce jour se résume à l'affaire de la soucoupe de Willie. C'est, du moins, la seule fois que la police est venue chez nous.

J'ai remarqué que certaines demeures, à l'extrémité de Victoria Street, avaient conservé leur dentelle de fonte, les façades y étaient bien entretenues. Tout au bout, la voie s'élargissait et débouchait sur un cul-de-sac en demi-cercle. La municipalité avait dû manquer de goudron car la chaussée était faite de petits pavés de bois. On ne voyait aucun véhicule en stationnement et les cinq bâtisses rangées en demi-lune semblaient appartenir à une autre époque. Elles portaient toutes un numéro : 17-17a, b, c, d et e. Celle du milieu, le 17c est La Maison. La porte d'entrée est une merveille : un battant vitré surmonté d'un motif de lys en verre rubis dont les pans biseautés scintillaient d'ambre et de pourpre sous l'éclairage intérieur. Elle n'était pas fermée, je l'ai donc poussée.

Cependant, cette porte tout droit sortie d'un conte de fées s'ouvrait sur un désert affligeant, d'une nudité totale. Une entrée minable, aux murs d'un crème douteux, un escalier de cèdre rouge menant au premier étage, deux ampoules constellées de chiures de mouches pendant au bout de deux longs cordons bruns, un horrible lino marron, usé et criblé d'impacts de talons aiguilles. Depuis les plinthes jusqu'à une hauteur d'un mètre trente environ, les murs étaient entièrement recouverts de gribouillis, boucles tracées au hasard et volutes de diverses couleurs dont la texture cireuse évoquait le pastel.

— Bonsoir ! ai-je lancé.

Pamy est apparue derrière l'escalier avec un sourire accueillant. Je l'ai dévisagée sans beaucoup de tact, je le crains, elle paraissait si différente ! Débarrassée de l'uniforme mauve vif et de la coiffe, si peu seyants, elle était moulée dans un fourreau de satin bleu paon, brodé de dragons et si haut fendu sur la jambe gauche que j'entrevoyais la lisière de son bas et une affriolante jarretière de dentelle. Un flot de cheveux raides retombait sur ses épaules en une masse soyeuse – mais pourquoi les miens ne sont-ils pas comme ça ? Ils sont tout aussi noirs mais si frisés que, si je les laissais pousser, ils se dresseraient sur mon crâne comme un balai en pleine crise d'épilepsie. Je les coupe donc très courts à l'aide d'une paire de ciseaux.

Je l'ai suivie au bout du passage, qui menait à une seconde entrée de dimension plus modeste et bifurquait apparemment vers l'extérieur. Il n'y avait qu'une porte, Pamy l'a ouverte.

Soudain, je me suis retrouvée au pays des merveilles. La pièce disparaissait littéralement sous les livres, on ne voyait plus les murs, des livres, encore des livres, rien que des livres, du sol au plafond et empilés un peu partout, je la soupçonne d'ailleurs d'avoir débarrassé la table et les chaises pour me recevoir. J'ai bien essayé de les compter, pendant le repas, mais il y en avait trop. Je suis restée baba devant sa collection de lampes, c'est une splendeur ! Deux libellules en verre teinté, une mappemonde lumineuse sur un pied, des lampes à pétrole indonésiennes ; il y avait même une sorte de cheminée blanche, d'un mètre quatre-vingt-dix environ, et une lanterne chinoise, ornée de glands, qui faisait office de plafonnier.

Pamy a entrepris de préparer un dîner qui n'avait

strictement rien à voir avec le Miaou-Miam de chez Hoo Flung, dans Bronte Road. L'ail et le gingembre me picotant la langue, j'en ai englouti trois assiettes. Mon appétit est tout ce qu'il y a de normal, mais je n'arrive pas à prendre suffisamment de poids pour décrocher un « C », rayon bonnets. Flûte alors ! Jane Russel fait un bon « D » mais j'ai toujours pensé que Jane Mansfield ne dépassait pas le « B », c'est sa cage thoracique qui est énorme. Le repas achevé, après avoir bu une théière de thé vert parfumé, Pamy a décrété qu'il était temps de rendre visite à Mme Delvecchio-Schwartz – la propriétaire. Quand j'ai fait observer que ce nom était curieux, Pamy a eu un grand sourire. Dévorée de curiosité, je l'ai suivie dans l'entrée principale, jusqu'à l'escalier de cèdre rouge, j'ai alors constaté que les gribouillis ne se limitaient pas au hall d'entrée. Ils devenaient même plus nombreux. Les marches menaient à un deuxième étage mais nous nous sommes dirigées vers une pièce immense, donnant sur la rue, dans laquelle Pamy m'a fait pénétrer.

Prenez l'appartement de Pamy et imaginez tout l'opposé, vous y êtes ! Rien. Si ce n'est ces gribouillis, si serrés qu'on ne pouvait plus en placer un seul. Peut-être cela expliquait-il que l'on ait grossièrement repeint un pan de mur afin d'offrir à l'artiste une toile vierge, d'ailleurs quelques griffonnages l'ornaient déjà. Cette pièce aurait facilement logé six fauteuils et une table de douze couverts mais elle était pratiquement vide. Il y avait une table de cuisine en formica rouge, aux pieds rouillés, quatre chaises de plastique rouge, tout aussi rouillées, dont le rembourrage s'échappait comme le pus sort d'un furoncle, un divan de velours souffrant d'une sévère alopécie et ce qui se fait de plus moderne en matière de réfrigérateur-congélateur. Deux portes-fenêtres ouvraient sur le balcon.

— Par ici, Pamy, dehors ! a lancé une voix.

Nous sommes sorties sur le balcon où se trouvaient deux femmes. La première qui ait retenu mon regard venait de toute évidence des banlieues est, près du port, ou de la côte Nord : rinçage bleuté, robe de Paris, chaussures assorties, gants et sac de chevreau bourgogne, et un minuscule chapeau, beaucoup plus élégant que ceux de la reine Élisabeth. Mme Delvecchio-Schwartz s'est alors avancée et la gravure de mode frisant la cinquantaine a cessé d'exister à mes yeux. Houuula ! Quel morceau ! Ce n'était pas qu'elle fût grosse, gigantesque plutôt. Dans ses vieilles pantoufles crasseuses aux talons rentrés, elle dépassait le mètre quatre-vingt-dix et solidement musclée avec ça ! Pas de bas. Une vieille blouse froissée, boutonnée devant, pourvue d'une poche sur chaque hanche. Dans ce visage rond, ridé, au nez retroussé, on ne voyait que les yeux, d'un bleu pâle, aux iris cerclés de noir, des yeux qui me transperçaient jusqu'à l'âme de leurs petites pupilles acérées comme deux aiguilles. Les maigres cheveux gris étaient coupés très court, comme ceux d'un homme, et les sourcils presque invisibles. Quel âge ? Je pense qu'elle a largement dépassé la cinquantaine.

Dès qu'elle eut lâché mon regard, ma formation médicale a pris le relais. Acromégalie ? Syndrome de Cushing ? Elle ne présentait pas d'hypertrophie de la mâchoire inférieure, pourtant, ni le front proéminent des acromégaliques et elle n'avait ni le physique, ni la pilosité d'un Cushing. Une anomalie de la glande pituitaire, du mésencéphale ou de l'hypothalamus, sans aucun doute, mais quoi, au juste ? Je n'en savais rien.

La gravure de mode nous a saluées, Pamy et moi, d'un signe de tête courtois, puis elle nous a frôlées en s'éloignant, Mme Delvecchio-Schwartz sur les talons. Depuis le seuil du balcon où je me tenais, j'ai vu la visiteuse sortir de son sac une grosse liasse de billets brique – des billets de dix ! – et les remettre à la propriétaire de Pamy, qui s'est contentée de garder la main tendue jusqu'à ce que la somme lui convienne. Elle a ensuite plié les billets et les a glissés dans une poche tandis que la gravure de mode, tout droit sortie des faubourgs les plus huppés de Sydney, quittait la pièce.

Mme Delvecchio-Schwartz nous a rejointes et s'est laissée choir sur l'une des quatre chaises de cuisine puis, d'une main qu'elle avait aussi large qu'un gigot d'agneau, elle m'a fait signe d'en faire autant en claironnant :

— Soye-toi, princesse, soye-toi ! Comment ça va-t-y, miss Harriet Purcell ? C'est chouette, ce nom – deux séries de sept lettres – puissant pouvoir magique ! Éveil spirituel et chance, bonheur apporté par le travail bien fait – et c'est pas à ces politiciens de gauche que je pense, hun-hun-hun.

Ce « hun-hun-hun » tenait du gloussement narquois et en disait très long : en ce monde, rien n'avait le pouvoir de la surprendre mais tout lui semblait très drôle. Il m'a fait penser au petit rire de Sid James dans la série des « Carry On ». J'avais un tel trac qu'en entendant ses commentaires sur mon nom, j'en ai profité pour lui raconter l'histoire des Harriet Purcell et j'ai expliqué que si le nom était dans la famille depuis de nombreuses générations, jusqu'à ma venue au monde, toutes celles qui l'avaient porté étaient carrément toquées. L'une d'elles, ai-je précisé, s'était retrouvée en prison pour avoir castré un prétendu amant et une autre pour avoir agressé le premier magistrat de l'État du New South Wales lors d'une réunion de suffragettes. Elle a écouté avec intérêt et poussé un soupir déçu quand j'en suis arrivée à la conclusion : la génération de mon père craignait à ce point le prénom redouté qu'elle ne comptait pas la moindre Harriet Purcell.

— Pourtant, ton père te l'a donné, a-t-elle fait observer. Courageux, cet homme ! Ce serait drôle de faire sa connaissance, hun-hun-hun.

Houuula ! Bas les pattes, madame Delvecchio-Schwartz ! Pas touche !

— Il aimait ce nom, m'a-t-on dit, et il ne s'est pas laissé impressionner par les racontars qui circulent dans la famille. C'est qu'ils ont réfléchi à deux fois avant de me mettre au monde et ils attendaient tous un autre garçon.

— Mais t'en étais pas un, a-t-elle fait avec un grand sourire. Ce que ça me plaît, tout ça !

Pendant ce temps, elle n'avait cessé de boire du cognac « trois étoiles », sec et sans le moindre glaçon, dans un verre offert par le fromage fondu Kraft. Elle nous en a également proposé mais une seule gorgée du breuvage qui avait causé la perte de Willie m'a suffi, ce truc âcre vous brûle la gorge, c'est affreux. J'ai remarqué que Pamy semblait en apprécier le goût mais elle était loin de le lamper aussi vite que Mme Delvecchio-Schwartz.

Depuis un moment, je me demande si je ne pourrais pas raccourcir son nom et le transformer en « Mme D. S. » histoire de m'épargner, si possible, la crampe de l'écrivain. Je n'en ai pas le courage. Allez donc savoir pourquoi ! Ce n'est pas que j'en sois dépourvue, à l'école, je rendais fou mon professeur d'anglais en supprimant les « u » de tous les mots en « our » – mais « Mme D. S. »... Non, vraiment !

À ce moment, j'ai pris conscience d'une autre présence sur le balcon, jusque-là totalement invisible. J'ai ressenti un picotement, un frisson délicieux, comme le premier souffle d'une bourrasque du sud après des jours et des jours de canicule à 35°. Un visage est apparu au-dessus de la table, près de la hanche de Mme Delvecchio-Schwartz, et il a jeté sur nous un regard curieux. C'était le plus adorable petit minois, un menton en pointe, des pommettes hautes, une peau mate sans défaut, une masse de cheveux du châtain le plus clair, des sourcils bruns et des cils noirs si longs qu'ils semblaient emmêlés – ô j'aimerais être poète pour décrire cette enfant divine ! J'ai cessé de respirer, il m'a suffi d'un regard pour l'aimer. Elle avait d'immenses yeux d'ambre très écartés, les yeux les plus tristes qu'il m'ait été donné de voir. Sa petite bouche en bouton de rose s'est entrouverte et elle m'a souri. Je lui ai rendu son sourire.

— Alors, tu t'es décidée à être de la fête ?

L'instant suivant, le petit être s'est retrouvé sur les genoux de Mme Delvecchio-Schwartz, son visage souriant toujours tourné vers moi, une toute petite main agrippant fermement la robe de la propriétaire.

— C'est ma fille, ma Flo, a dit celle-ci. Je pensais que le retour d'âge était là depuis quatre ans et puis j'ai eu mal au ventre, j'ai cru que j'avais la courante et j'suis allée aux cabinets. Et bang ! Flo se tortillait sur l'sol, toute couverte d'un truc poisseux. Je m'suis même pas rendu compte que j'étais en cloque avant de la voir débouler – heureusement que je t'ai pas noyée dans les cabinets, hein, petit ange ? a-t-elle conclu en s'adressant à Flo qui tripotait un bouton de sa blouse.

— Quel âge a-t-elle ? ai-je demandé.

— Tout juste quatre ans. Une Capricorne qu'en est pas une, a répondu Mme Delvecchio-Schwartz en déboutonnant négligemment sa blouse. Il en est sorti un sein qui est mollement retombé, comme un vieux bas bourré de haricots et dont elle a fourré l'énorme téton calleux dans la bouche de Flo. La petite a béatement fermé les yeux, elle s'est abandonnée dans les bras de sa mère et s'est mise à téter avec de longs bruits de succion terriblement sonores. Je suis restée bouche bée, à court de mots... Le regard, perçant comme un rayon X, est revenu vers moi.

— Pour sûr, elle aime le lait de sa mère, Flo, a fait Mme Delvecchio-Schwartz sur le ton de la conversation la plus banale. Ouais, j'sais bien qu'elle a quatre ans mais qu'est-ce que l'âge a à voir là-dedans, princesse ? Qu'y a-t-il de meilleur à béqueter que le lait de sa mère ? Ce qu'y a c'est qu'elle a toutes ses dents et qu'elle me fait un mal de chien.

Je suis restée à bâiller comme un four jusqu'à ce que Pamy lance un peu brusquement :

— Alors, madame Delvecchio-Schwartz, qu'en dites-vous ?

— J'en dis que La Maison a besoin de miss Harriet Purcell, a répondu la logeuse avec un hochement de tête ponctué d'un clin d'œil. T'as jamais eu idée de partir d'chez tes parents, princesse ? Pour, comme qui dirait, un beau petit logement rien qu'à toi ?

Ma bouche s'est refermée avec un claquement sec et j'ai secoué la tête.

— Je n'en ai pas les moyens. Vous comprenez, je fais des économies pour prendre un congé sans solde et partir travailler deux ans en Angleterre.

— C'est y que tu paierais une pension chez toi ? a-t-elle demandé.

J'ai expliqué que je donnais cinq livres par semaine.

— Écoute, j'ai vraiment un beau petit appartement derrière, sur la cour, deux grandes pièces pour quatre billets par semaine, électricité comprise. Y a, dans la buanderie, une baignoire et des cabinets qui seront pour vous toutes seules, Pamy et toi. Janice Harvey, ma locataire, s'en va. Et y a un lit à deux places, a-t-elle ajouté avec un regard égrillard. J'peux pas voir ces minables p'tits lits.

Quatre livres ! Un deux-pièces pour quatre livres ! Un miracle de Sydney !

Pamy s'est faite persuasive.

— Si tu habites ici, il te sera plus facile de te débarrasser de David. Après tout, a-t-elle ajouté en haussant les épaules, tu as droit au barème masculin, il te resterait encore de quoi économiser pour le voyage.

Je me revois comme si j'y étais, la gorge nouée, cherchant frénétiquement un prétexte poli pour refuser et là, je me suis surprise à répondre oui ! Je me demande franchement d'où ce « oui » a bien pu surgir – car ce n'est certainement pas la réponse que j'avais à l'esprit.

— Super-sensass, princesse ! a tonitrué Mme Delvecchio-Schwartz qui, d'une pichenette, a retiré le sein de la bouche de Flo et s'est redressée non sans mal.

Mon regard a croisé celui de la petite et j'ai su pourquoi j'avais accepté. C'était elle qui m'avait mis ce « oui » en tête. Flo tenait à ce que je reste et j'étais incapable de lui résister. Elle s'est approchée et m'a étreint les jambes en levant vers moi un sourire mouillé de lait.

— Z'avez vu ça ? s'est exclamée Mme Delvecchio-Schwartz en souriant à Pamy. C'est un grand honneur, Harriet. Flo s'entiche pas de grand monde, pas vrai, petit ange ?

Et voilà, je m'efforce de tout noter avant que certains détails ne s'effacent. Comment vais-je m'y prendre pour annoncer la nouvelle à la maison ? Je me le demande.

« Je compte d'ici quelques jours emménager dans un deux-pièces à Kings Cross où vivent : alcooliques, prostituées, homosexuels, artistes sataniques, sniffers de colle, fumeurs de haschisch, que sais-je encore. » Mais je n'irai pas leur raconter que j'ai beaucoup aimé ce que j'ai pu en voir, de nuit et sous la pluie, ni leur parler de Flo, qui veut me garder dans La Maison. Je pourrais peut-être dire qu'elle se situe à Potts Point et non à Kings Cross ? Mais Pamy a tout bonnement éclaté de rire quand je lui en ai parlé. « Potts Point n'est qu'un euphémisme, Harriet. Tout le secteur appartient à la Marine royale australienne. »

Mon souhait du soir : que les parents ne fassent pas une attaque !

Dimanche 10 janvier 1960

Je ne leur ai encore rien dit. Je n'en ai toujours pas trouvé le courage. Hier soir, en me couchant – mamie ronflait comme un sonneur –, j'étais certaine de me réveiller en ayant changé d'avis. Mais non. La première chose que j'ai vue, ce matin, fut mamie installée sur son pot et j'ai touché le fond du désespoir. Quelle belle phrase ! Avant de me mettre à écrire, je ne réalisais pas à quel point j'ai glané toutes sortes de belles formules au fil de mes lectures. Ça ne paraît pas dans la conversation mais, sur le papier, elles sont bien là. D'ailleurs, ce journal n'a que quelques jours d'existence mais mon gros cahier est déjà bien rempli et je suis vraiment mordue. Je ne tiens jamais très longtemps en place, pas suffisamment pour réfléchir, voilà peut-être l'explication, j'ai toujours quelque chose en train mais là, je fais d'une pierre deux coups. Je reviens sur ce qui m'est arrivé tout en m'activant. Écrire est une discipline, j'ai une vision plus juste des événements. C'est un peu comme au travail. J'aime ce que je fais, alors rien ne vient distraire mon attention. Quant à Mme Delvecchio-Schwartz, je ne sais trop qu'en penser, mais c'est fou ce qu'elle me plaît. Elle me rappelle certains patients parmi les plus marquants, ceux qui se sont débrouillés pour rester avec moi depuis que j'exerce et qui me suivront peut-être jusqu'à la fin de mes jours. Comme ce brave petit vieux de Lidcombe State, qui pliait toujours soigneusement sa couverture. Quand je lui ai demandé ce qu'il faisait, il m'a dit plier les voiles et, en bavardant avec lui, j'ai appris qu'il était maître d'équipage sur un voilier marchand, un de ces clippers qui filaient vers l'Angleterre, chargés de grain jusqu'aux platsbords – ce sont ses propres termes. J'ai beaucoup appris à son contact et puis j'ai réalisé qu'il n'en avait plus pour bien longtemps et que, faute d'avoir été consignée par écrit, l'expérience d'une vie allait disparaître avec lui. Bon, Kings Cross n'a rien d'un voilier et je ne suis pas marin mais si j'écris tout cela, peut-être se trouvera-t-il dans un lointain avenir quelqu'un pour lire ces lignes, il saura ainsi quelle aura été ma vie. Car elle ne ressemblera pas à la morne existence de banlieusarde qui m'attendait au nouvel an, j'en ai la curieuse impression. Je me sens comme un serpent en pleine mue.

Mon souhait du soir : que les parents ne fassent pas une attaque.

Vendredi 15 janvier 1960

Je ne leur ai toujours rien dit mais c'est pour demain soir. J'ai demandé à maman si je pouvais inviter David à partager notre steak-frites et elle a répondu : « Oui, bien sûr. » Je crois qu'il est préférable de tous les assommer d'un coup. Peut-être David se fera-t-il à l'idée sans avoir le temps de sortir ses arguments et de me faire la morale ? Si nous restons assez longtemps en tête à tête, il cherchera à me faire changer d'avis. Je redoute ses sermons plus que tout ! Mais Pamy a raison, il sera plus facile de se débarrasser de lui en quittant la maison. Cette seule perspective a suffi à me convaincre de choisir le Cross, comme l'appellent ses habitants. À prendre cette voie, dirons-nous, ce serait plus exact.

Aujourd'hui, à l'hôpital, j'ai rencontré un homme sur la rampe menant de la radio à Chichester House, le très sélect bâtiment de brique rouge qui abrite la clientèle privée dans son luxueux univers, chacun y dispose de sa chambre et de sa salle de bains, excusez du peu, on est loin de ces lits perdus parmi vingt autres, alignés de chaque côté d'une immense salle. Ce doit être drôlement chouette de ne pas avoir à endurer les vomissements, crachats, toux et délires d'une bonne moitié de patients. Toutefois ces vomissements, crachats, toux et délires doivent sérieusement vous inciter à guérir pour sortir de là ou bien à en finir une bonne fois pour toutes.

L'homme ! J'achevais de suspendre des clichés dans la cabine de séchage quand sœur Agatha m'a saisie au vol. Jusqu'à présent, je n'ai jamais eu le moindre cliché flou, ce qui force le respect de mes deux stagiaires jusqu'à la soumission la plus servile.

— Miss Purcell, voulez-vous avoir l'obligeance de porter ceci au plus vite à Chichester Trois, à l'intention de M. Naseby-Morton, a-t-elle fait en me tendant une radio dans son enveloppe. Percevant son irritation, j'ai pris le cliché et je me suis empressée de filer. Normalement, Pamy aurait dû figurer en tête de sa liste d'élues, sœur Agatha n'avait donc pas réussi à la trouver. Je n'étais pas censée chercher à en savoir davantage et j'ai détalé vers la clinique privée comme la plus novice des bleues. La grande classe, Chichester House ! Les linos sont si brillants que j'ai vu la culotte rose de la surveillante s'y refléter, quant aux bouquets qui jalonnent les couloirs, sur leurs luxueuses sellettes, ils suffiraient à ouvrir un magasin de fleurs. Il régnait un tel silence qu'en déboulant sur le palier, à l'étage de Chichester Trois, j'ai vu six personnes me foudroyer du regard, un index sur les lèvres. Chuuut ! Houuula ! J'ai donc pris l'air penaud et, telle Margot Fonteyn, j'ai battu en retraite sur la pointe des pieds.

J'avais atteint le milieu de la rampe quand j'ai vu approcher un groupe de médecins – c'était un chef de service flanqué de ses subalternes. Au bout d'une journée dans un hôpital, vous avez compris que le grand patron est Dieu mais, au Royal Queens, Dieu se situe très au-dessus du Dieu que l'on peut trouver à Ryde. Ici, il porte des complets de flanelle à fines rayures, gris ou bleu marine, il arbore la cravate d'une vieille école de renom, des boutons de manchette (de discrètes mais robustes chaînettes en or) et des chaussures de daim marron (ou de chevreau noir) à fine semelle.

Ce spécimen-là avait opté pour de la flanelle grise et du daim marron. À ses côtés, deux chefs de clinique (longues blouses blanches), ses internes, débutants et plus chevronnés (chaussures et uniformes blancs) et six étudiants (courtes blouses blanches), arborant leurs stéthoscopes avec ostentation, leurs mains aux ongles rongés encombrées d'étuis de microscopes et de tubes à essai.

Oui, une incarnation de la divinité d'un rang très supérieur pour traîner une telle cour dans son sillage. C'est ce qui a attiré mon attention. Les examens de routine d'un service de radio ne vous amènent guère à rencontrer Dieu, quel que soit son rang ou son ancienneté, d'où ma curiosité.

Sa tête séduisante rejetée en arrière, il s'adressait avec animation à un chef de clinique et je crois bien que j'ai ralenti l'allure tout en fermant une bouche qui a tendance à béer comme un four, ces derniers temps. Vraiment chouette : très grand, de solides épaules et un ventre plat. Une masse de cheveux souples d'un roux soutenu, des tempes neigeuses, quelques taches de rousseur et des traits finement ciselés. Oui, il était chouette. Il était question d'ostéomalacie, je l'ai donc rangé dans la catégorie des orthos. Quand je me suis glissée auprès d'eux – ils occupaient presque toute la rampe – j'ai vu deux yeux plutôt verts m'observer avec insistance. Houuula ! Pour la seconde fois en une semaine, j'ai cessé de respirer. Mais je n'ai pas ressenti, comme avec Flo, cette onde d'amour qui m'avait brusquement submergée, il s'agissait plutôt d'une attirance qui me coupait le souffle. J'ai cru que mes jambes allaient lâcher. Forte de ma théorie sur l'orthopédie, j'ai bombardé Pamy de questions au cours du déjeuner.

— Duncan Forsythe, a-t-elle répondu sans hésiter. C'est le chef de service le plus titré, en orthopédie. Pourquoi cette question ?

— Il m'a lancé un drôle de regard.

— Tu es sûre ? a demandé Pamy en me fixant d'un air surpris. C'est curieux, ce n'est pas un des Casanova du Queens. Il est on ne peut plus marié et c'est, à ce qu'on dit, le plus gentil des grands patrons de tout l'hôpital. Un parfait gentleman, qui ne jette jamais les instruments aux infirmières en salle d'op, ne fait pas de blagues cochonnes et ne s'en prend jamais à un jeune interne, aussi empoté ou dépourvu de tact soit-il.

J'ai laissé tomber mais je suis sûre que je n'ai rien inventé. Il ne m'a pas déshabillée du regard, non, rien d'aussi idiot, mais ce regard était, à n'en pas douter, celui d'un homme qui remarque une femme. Quant à moi, je trouve que c'est l'homme le plus séduisant que j'aie rencontré.

Le grand patron ! Plutôt jeune pour ce poste, il n'a pas plus de quarante ans, j'en suis certaine.

Mon souhait du soir : voir un peu plus M. Duncan Forsythe.

Samedi 16 janvier 1960

Voila, c'est fait, je leur ai annoncé la nouvelle au souper, en présence de David. Tout le monde adore les steaks-frites, pour maman, c'est tout de même du travail, Gavin et Peter viennent à bout de leurs trois T-bones chacun et David en avale facilement deux. Comme dessert, nous avons eu du pudding aux raisins secs et de la crème anglaise, très appréciés chez nous, tous les convives étaient donc de bonne humeur quand mamie et maman ont apporté la théière. L'heure était venue de passer à l'offensive.

— Vous ne devinerez jamais ! ai-je lancé.

Personne n'a pris la peine de relever.

— J'ai loué un appartement à Kings Cross et je vais m'y installer.

Je n'ai pas obtenu plus de réaction qu'auparavant mais, brusquement, on a entendu une mouche voler. Plus de cliquetis de cuillères, ni de bruits de succion du côté de mamie, non plus que de quintes de fumeur chez papa, qui a sorti son paquet d'Ardaths. Il en a offert une à Gavin et à Peter et ils ont tous les trois allumé leur clope à la même allumette – Houuula, c'était mauvais signe !

— Kings Cross, a dit enfin papa en dardant sur moi un regard polaire. Ma fille, tu es idiote. Du moins, je l'espère. Car il n'y a que des idiots, des romanichels et des catins à Kings Cross.

— Je ne suis pas idiote, papa, ai-je vaillamment répliqué, ni catin, ni romanichelle, quoique, de nos jours, on prenne les beatniks pour des romanichels. J'ai trouvé un appartement tout à fait convenable dans une maison très respectable qui se situe au Cross – le meilleur secteur du Cross, près de Challis Avenue. À Potts Point, en fait.

— Potts Point appartient à la Marine royale dans sa totalité, a rectifié papa.

Maman semblait au bord des larmes.

— Harriet, pourquoi ?

— Parce que j'ai vingt et un ans et que j'ai besoin d'espace, maman. J'ai terminé mes études, je gagne bien ma vie et Kings Cross est assez bon marché pour me laisser de quoi vivre tout en économisant pour partir en Angleterre, l'an prochain. Dans un autre quartier, je devrais partager un appartement avec deux ou trois filles et je ne vois pas en quoi ce serait mieux que la maison.

Assis à la droite de papa, David ne pipait mot, il se contentait de me regarder comme s'il m'était poussé une seconde tête.

— Alors, petit génie, a grommelé Gavin à son intention, qu'est-ce que tu trouves à dire ?

— Je désapprouve, a répondu David d'un ton glacial. Mais j'aimerais en parler seul à seule avec Harriet.

— Pour une affaire, je dois reconnaître que c'en est une, a dit Peter en se penchant pour me donner une petite tape sur le bras. Ici, tu manques de place, Harry.

Cet argument a paru convaincre papa, car il a repris en soupirant :

— Dis-moi, Harriet, je n'ai pas vraiment les moyens de t'en empêcher ? Ce sera toujours plus près que notre Vieille Angleterre. Si jamais il t'arrivait quelque chose dans ton Kings Cross, j'aurais au moins la ressource d'aller t'en tirer.

Brusquement, Gavin s'est mis à hurler de rire et il s'est penché pour m'embrasser la joue en laissant sa cravate traîner sur le beurre.

— C'est toi la plus forte, Harry ! Fin du premier tour de batte et tu es toujours sur la ligne. En garde, maintenant, gare aux coups bas !

— Quand as-tu décidé tout ça ? a demandé maman en clignant furieusement des paupières.

— Quand Mme Delvecchio-Schwartz m'a proposé l'appartement.

Dans cette maison, le nom de Delvecchio-Schwartz sonnait d'une drôle de façon, à n'en pas douter. Papa s'est rembruni.

— M'dame quoi ? a demandé mamie qui, depuis le début, affichait un air suffisant.

— Delvecchio-Schwartz. C'est la propriétaire.

Je me suis alors souvenue d'un détail que je n'avais pas mentionné.

— Pamy habite la maison, c'est elle qui m'a présentée à Mme Delvecchio-Schwartz.

— Je savais que cette Chinetoque n'aurait pas une bonne influence sur toi, a déclaré maman. Du jour où tu l'as connue, tu ne t'es plus seulement souciée de Merle.

— C'est Merle qui ne s'est plus souciée de moi, maman, ai-je répliqué, le menton en avant. Elle a changé de petit ami et plus rien n'existe à ses yeux. Je ne rentrerai en grâce que le jour où il la laissera choir.

— Est-ce un appartement digne de ce nom, au moins ? a demandé papa.

— Un deux-pièces. Je partage la salle de bains avec Pamy.

— Ce n'est pas très hygiénique de partager une salle de bains, a fait observer David.

— Je le fais bien ici, lui ai-je répondu avec hauteur.

Ça lui a cloué le bec.

Maman a décidé d'en prendre son parti, elle a serré les dents.

— Bon. Eh bien, tu vas avoir besoin de vaisselle, de couverts et d'une batterie de cuisine. De linge. Tu n'as qu'à emporter tes draps.

Je n'ai pas réfléchi une seule seconde, la réponse a fusé :

— Non, maman, impossible. J'ai un lit à deux places pour moi toute seule ! C'est pas formidable ?

Ils sont restés là, bouche bée, à me dévisager comme s'ils voyaient déjà la sacoche du contrôleur de bus posée au pied de mon lit, prête à encaisser le montant du trajet.

— Un lit à deux places ? a répété David, soudain blême.

— Parfaitement, à deux places.

— Avant le mariage, une célibataire dort dans un petit lit, Harriet.

— C'est possible, David, ai-je rétorqué, mais la célibataire que tu as devant toi va dormir dans un lit à deux places !

Maman s'est levée d'un bond et a lancé gaiement :

— Dites, les gars, la vaisselle ne va pas se faire toute seule. Allons, mamie, c'est l'heure de 77 Sunset Boulevard.

Mamie s'est mise à chanter à tue-tête en sautillant comme un cabri :

— Kooky[1], Kooky, prête-moi ton peigne ! Qui l'aurait cru, dites-moi ? Harriet déménage et j'ai une chambre pour moi toute seule ! Je crois que je vais m'offrir un lit à deux places. Hi-hi-hi !

Papa et les frangins ont débarrassé la table en un clin d'œil et m'ont laissée en tête à tête avec David.

— À quoi devons-nous cette décision ? a-t-il demandé d'un air pincé.

— Au manque d'intimité.

— Ici, tu as beaucoup mieux, Harriet, tu as un foyer, une famille.

J'ai frappé du poing sur la table.

— Tu ne vois donc jamais rien, crétin ? Ma chambre, je la partage avec mamie et son pot, et je n'ai pas un seul endroit où poser mes affaires sans avoir à les ranger à la minute même où je n'en ai plus besoin ! Aussi vaste soit cette maison, je devrai toujours la partager avec quelqu'un. Alors, maintenant, je vais m'installer avec délices dans un coin bien à moi.

— À Kings Cross.

— Oui, dans ce foutu Kings Cross ! Où les loyers sont abordables.

— Dans un garni et chez une étrangère. Une immigrée.

Ça, ça m'a achevée, je lui ai ri au nez.

— Mme Delvecchio-Schwartz, immigrée ? C'est une Kangourou, avec un accent kangourou à couper au couteau !

---

1. Foldingue.

— Ce qui plaide encore moins en sa faveur, a répliqué David. Une Australienne qui porte un nom mi-italien, mi-juif. Dans le meilleur des cas, elle aura fait une mésalliance.

Sidérée, je suis parvenue à rétorquer :

— T'es vraiment qu'un sale snobinard ! Un connard sectaire. Dis-moi un peu ce qu'ils ont de si chic, tes Australiens ? Bon Dieu, nos ancêtres étaient tous bagnards ! Au moins, nos immigrés étaient-ils libres, eux, quand ils se sont installés ici !

— Mais oui, des matricules SS tatoués sur l'avant-bras, rongés de tuberculose ou empestant l'ail ! a-t-il grommelé. Quant au tarif du passage, il était libre, lui aussi : subvention déduite, le billet leur est revenu à dix livres.

Il n'en fallut pas plus. Je me suis dressée d'un bond et je me suis mise à lui marteler le crâne de coups de poing en plein sur les oreilles. Pan, paf, pan ! Et j'ai hurlé :

— Fous le camp, David ! Merde, tu vas dégager !

Il a dégagé mais son regard en disait long, j'étais dans un de « ces fameux jours » et il reviendrait à la charge.

Voilà, vous savez tout. J'aime beaucoup ma famille – il n'y a pas plus brave qu'eux. Mais David répond tout à fait à la description de Pamy : un collégien catholique constipé. Dieu merci, j'appartiens à l'Église d'Angleterre.

Mercredi 20 janvier 1960

J'ai été si occupée que je n'ai pas eu un instant à moi pour écrire, mais les choses se présentent bien. Papa et les frangins s'étaient mis en tête de venir inspecter mes nouveaux quartiers mais j'ai réussi à les faire changer d'avis (je suis allée jeter un coup d'œil dimanche dernier, ils n'auraient pas supporté l'inspection) ; et je me démène comme un beau diable pour tout rassembler car je déménage samedi prochain. Maman a été sensationnelle. J'ai des tonnes de vaisselle, de couverts, de linge et d'ustensiles de cuisine. Quant à papa, il m'a fourré sous le nez un billet de cent livres en bougonnant qu'il ne voulait pas me voir toucher à mes économies pour acheter ce qui me revenait de droit, c'est-à-dire mon trousseau. Gavin m'a offert une boîte à outils et un multimètre, et Peter sa « vieille » chaîne hi-fi en prétextant qu'il devait la changer pour quelque chose de mieux. Mamie m'a fait présent d'une bouteille d'eau de Cologne 4711 et des napperons au crochet qu'elle gardait pour mon trousseau.

Dans mon nouveau logement, la chambre est séparée du living-room par un genre de cintre – il n'y a pas de porte – et je vais devoir écorner les cent livres de papa pour me procurer des perles de verre et bricoler moi-même mon rideau. On ne les trouve qu'en plastique, ils sont affreux et encore plus horribles à entendre. J'en veux un qui tinte comme un carillon. Rose. Mon appartement sera rose car c'est la seule couleur qu'on ne tolérerait jamais à Bronte, nulle part. Et aussi parce que j'aime le rose.

C'est chaud, féminin, et ça me remonte le moral. Et puis, le rose me donne bonne mine, je ne pourrais pas en dire autant du jaune, du bleu, du vert ou de l'écarlate. J'ai la peau trop mate.

L'appartement donne sur le passage ouvert qui longe la maison et mène à la buanderie, dans la cour. Les pièces sont vastes et très hautes de plafond, mais l'équipement est assez sommaire. Dans le coin cuisine, j'ai un évier, un frigo et une gazinière vétustes qu'on ne peut guère améliorer, j'ai donc appelé Ginge, le brancardier en chef de Ryde, pour lui demander de me trouver un vieux paravent – aucun problème, a-t-il assuré avant de se mettre à gémir. Si je savais à quel point on s'ennuie depuis mon départ ! Quelle idiotie ! Une manipulatrice en radiologie ? Le Memorial Hospital de l'arrondissement de Ryde n'est tout de même pas si petit. Ginge a toujours eu tendance à l'exagération.

Hier, la surveillante générale est venue visiter le service. Un vrai dragon ! Si le grand patron est Dieu, la surveillante est l'équivalent de la Vierge Marie, je crois d'ailleurs que la virginité est de rigueur à ce poste, la comparaison est donc pertinente. Pas un homme n'aurait le courage de s'y attaquer, il faudrait qu'une colombe entre par la fenêtre pour émouvoir une surveillante générale. Elles tiennent toutes du cuirassé lancé à pleine vapeur, mais dans ce cas précis le bâtiment est fringant. Elle n'a pas plus de trente-cinq ans, grande, une jolie silhouette, des cheveux d'or roux, des yeux aigue-marine, un beau visage. On ne voit guère ses cheveux, sous le voile égyptien, mais cette nuance ne doit rien à un flacon de teinture. Pourtant, son regard suffirait à lui seul à faire geler un lagon tropical. Glacial. Arctique. Houuula !

En fait, je la trouve plutôt à plaindre. En tant que reine des reines[1], comment pourrait-elle également être femme ? Si on décide de passer une couche de peinture sur un mur ou de coller une affiche pour distraire les patients, la surveillante générale choisit la couleur de la peinture et autorise ou non la pose de l'affiche. Hormis en radiologie – où elle est, au sens strict du terme, l'invitée de sœur Agatha – elle porte des gants de coton blanc et promène, là où les infirmières travaillent ou se détendent, le bout de son index sur les plinthes, les bords des fenêtres, partout... et malheur à celle dont le domaine offrirait à ce gant blanc un soupçon du gris le plus pâle ! Elle dirige également le personnel domestique et siège au conseil d'administration de l'hôpital, j'ai d'ailleurs appris que Sir William Edgerton-Smith en était le président, or il se trouve que ce monsieur est l'oncle de ce mignon docteur Duncan Forsythe. Je comprends mieux maintenant comment un homme de cet âge a réussi à accéder au titre de grand patron du service d'orthopédie. L'aide de tonton aura sûrement été très précieuse. Quel dommage ! Quand mon regard s'est posé sur M. Forsythe, j'ai été tentée de croire qu'il ne s'abaisserait jamais à intriguer en haut lieu. Pourquoi les idoles se retrouvent-elles toujours sur des pieds d'argile ?

Bref, j'ai été présentée à la surveillante générale, qui m'a serré la main les quelques millièmes de

---

1. Jeu de mots : « reines » est le sens premier de « queens ».

seconde strictement requis par la courtoisie eu égard à mon rang. Sœur Agatha m'avait transpercée du regard sans me voir, celle-ci a capté le mien à la façon de Mme Delvecchio-Schwartz.

Mon souhait du soir : ne plus penser à Forsythe-le-lèche-bottes.

Samedi 13 janvier 1960

J'y suis ! Je suis dans la place ! Ce matin, j'ai retenu une camionnette de location et je me suis dépêchée de rejoindre Victoria Street, mon butin plein les cartons. Le chauffeur était formidable, il s'est contenté de m'aider à rentrer tout mon bazar sans une seule réflexion, il a empoché son pourboire de bonne grâce et a filé vers la course suivante. L'un des cartons était bourré de seaux de peinture rose – merci beaucoup pour les cent billets, papa – et l'autre contenait dix bons millions de perles de verre. Je me suis mise au travail sans perdre un instant. Le jour où elle m'a montré l'appartement, Mme Delvecchio-Schwartz avait promis de nettoyer et elle a fait du bon travail mais j'ai trouvé des crottes de cafard un peu partout. Je vais devoir rappeler Ginge pour lui demander du produit anti-blattes. J'ai ces bestioles en horreur, pleines de microbes – c'est qu'elles vivent dans les égouts, les tuyaux et la saleté.
J'ai frotté et récuré jusqu'à ce que la nature m'appelle et je suis partie à la recherche des toilettes,

situées dans la buanderie pour autant que je me souvienne. Une horreur, cette buanderie ! Guère étonnant que Mme Delvecchio-Schwartz l'ait rayée du programme de la visite guidée. Il y a une lessiveuse à gaz équipée d'un compteur qui avale les pennies à toute allure et deux grandes cuves de béton ainsi qu'une antique essoreuse à rouleaux rivée au sol. La salle de bains se trouve derrière. La vieille baignoire a perdu une bonne partie de son émail et lorsque j'ai posé la main sur le rebord, elle a légèrement basculé avec un bruit sourd – une des pattes de lion était arrachée. Un morceau de bois pourra y remédier mais il faudra bien plusieurs couches de laque à vélo pour retaper la baignoire. Le chauffe-eau mural fonctionne au gaz – encore un compteur, toujours des pennies... Les toilettes indépendantes (ça c'est une bonne chose !) occupent un minuscule réduit et la cuvette en porcelaine anglaise du siècle dernier, au décor d'oiseaux et de lianes bleu cobalt, est une authentique œuvre d'art. Surplombant un tuyau de plomb aplati, la chasse d'eau est également décorée d'oiseaux bleus. Je me suis perchée avec beaucoup de précaution sur la vieille lunette en bois – pourtant très propre –, elle est si haute que j'ai dû m'asseoir pour faire pipi. Même moi !

J'ai travaillé toute la journée sans voir âme qui vive. Je ne m'attendais pas à rencontrer grand monde mais je pensais entendre Flo, au loin – les jeunes gamins sont toujours à rire et à pousser des cris perçants quand ils ne braillent pas. Mais il régnait dans la maison tout entière un silence de mort. Où était donc Pamy ? Je n'en avais aucune idée. Maman m'avait lestée d'un panier de vivres, j'avais donc tout le carburant nécessaire à mon dur labeur. Mais je n'ai pas l'habitude de me retrouver dans une telle solitude. Ça fait tout drôle. Il n'y a qu'une prise de courant dans chaque pièce mais je m'y connais plutôt bien en électricité, j'ai donc sorti la trousse à outils, le multimètre et j'ai posé quelques prises de plus. J'ai dû ensuite aller dans la véranda, qui donne sur la rue, pour vérifier le tableau de fusibles. Ouais, j'y étais ! Je refermais l'armoire électrique quand un jeune gars aux cheveux taillés en brosse, le costume froissé et la cravate de guingois, a franchi le portail.

— Salut ! lui ai-je lancé, pensant qu'il s'agissait d'un locataire.

— Vous venez d'arriver ? a-t-il répliqué.

J'ai acquiescé et attendu la suite des événements.

— Où logez-vous donc ? a-t-il alors demandé.

— Sur la cour, près de la buanderie.

— Pas au rez-de-chaussée sur rue ?

Je lui ai servi un regard noir qui, chez quelqu'un d'aussi brun que moi, peut se révéler redoutable.

— En quoi est-ce que ça vous regarde ? ai-je répliqué fraîchement.

— Oh, mais ça me regarde parfaitement !

Il a tiré de sa veste un portefeuille au cuir éraflé qu'il a ouvert d'un coup sec.

— Brigade des mœurs, a-t-il ajouté. Comment vous appelez-vous, miss ?

— Harriet. Et vous ?

— Norm. Que faites-vous dans la vie ?

J'ai refermé complètement l'armoire à fusibles et j'ai pris Norm par le coude avec un regard langoureux qui s'inspirait, du moins je l'espère, de Jane Russel.

— Une tasse de thé ? ai-je proposé.

— Merci, a-t-il répondu sans se faire prier avant de se laisser entraîner à l'intérieur.

— Si vous êtes dans le bisness, c'est d'une propreté impeccable, a-t-il fait observer en inspectant mon living-room tandis que je mettais la bouilloire à chauffer.

Encore des pennies ! Je vais devoir acheter ces foutus bidules par sacs entiers, il y a tant de compteurs à gaver.

— Je ne fais pas le tapin, Norm, ai-je rectifié en préparant le thé, je suis manipulatrice diplômée en radiologie au Royal Queens Hospital.

— Oh ! C'est Pamy qui vous a amenée.

— Vous la connaissez ?

— Qui ne connaît pas Pamy ? Mais elle ne fait pas payer, alors tout est réglo.

Je lui ai tendu une tasse de thé, me suis servie à mon tour et j'ai déniché des biscuits sucrés que maman avait joints aux provisions. Pendant quelques instants, nous les avons trempés dans notre thé en silence, puis je me suis mise à le bombarder de questions sur ses activités aux Mœurs. Grands dieux, ce fut d'un instructif ! Non content d'être une mine de renseignements, Norm faisait également preuve d'un « pragmatisme absolu », selon l'expression de Pamy. Ils pouvaient bien penser ce qu'ils voulaient, ces archevêques, ces cardinaux et ces pasteurs méthos, bref, tous ces bien-pensants, la prostitution ferait toujours partie de l'équation sociale, m'a-t-il expliqué. Alors, que faire si ce n'est maintenir l'ordre et le calme ? Dans la rue, chaque fille avait son territoire, qu'une nouvelle s'avise de braconner en terrain balisé et c'était la porte ouverte à tous les désordres. Une pagaille monstre !

— À coups d'ongles et à coups de dents, oui d'ongles et de dents, a-t-il précisé en prenant un second biscuit croustillant. Et ensuite, les macs sortent rasoirs et couteaux.

— Euh... alors vous n'arrêtez pas les prostituées notoires ? ai-je demandé.

— Uniquement si les bien-pensants nous y obligent – lorsqu'ils montent en chaire pour déchaîner les associations familiales et les ligues de vertu –, de foutus emmerdeurs, oui ! Bon Dieu, je les déteste ! Mais, a-t-il poursuivi en se dominant, c'est toujours l'appartement du rez-de-chaussée qui pose problème car on ne tapine pas au 17c. Mme Delvecchio-Schwartz fait ce qu'elle peut mais des filles, il y en a de tous les styles et alors là, elles ébouriffent leurs plumes, aux 17b et 17d.

Je découvrais donc qu'au Cross, le rez-de-chaussée sur rue était idéal pour une fille qui tapinait. Quoi de plus facile que de faire entrer les clients par les portes-fenêtres donnant sur la véranda et de les faire sortir de la même façon au bout d'un quart d'heure ? Quelle que soit la locataire choisie par Mme Delvecchio-Schwartz pour occuper l'appartement, cette femme ou ces femmes étaient « dans le bisness ». En poussant un peu Norm aux confidences, j'ai appris que les deux bâtiments jouxtant La Maison étaient des bordels. Que dirait papa s'il savait ça ? Non que j'aie l'intention de le lui annoncer !

— Vous arrive-t-il de faire des descentes dans les bordels d'à côté ?

Norm – qui n'est pas mal du tout, soit dit en passant – a eu l'air absolument horrifié.

— Bon Dieu, non ! Ce sont les deux maisons closes les plus sélectes de Sydney, elles offrent leurs services à la meilleure clientèle qui soit. Conseillers municipaux, hommes politiques, juges, industriels. Si jamais l'envie nous en prenait, on nous pendrait par les couilles.

— Houuula !

Nous avons donc bu notre thé et j'ai fini par mettre Norm à la porte, non sans lui avoir laissé le temps de m'inviter à boire une bière, samedi après-midi, dans la salle réservée aux dames du Piccadilly Pub. J'ai accepté. Norm ne se doutait même pas qu'il y avait un David Murchinson dans le paysage – Oh, merci, Mme Delvecchio-Schwartz ! Il n'y a pas douze heures que je suis ici et j'ai déjà un rendez-vous. Je ne crois pas que Norm sera mon premier amant, mais ce qui est sûr c'est qu'il est assez présentable pour aller prendre une bière. Et pour un baiser, peut-être.

Mon souhait du soir : que les hommes intéressants se bousculent dans ma vie.

Dimanche 24 janvier 1960

Aujourd'hui, j'ai fait la connaissance de certains locataires. J'ai rencontré les deux premières après avoir pris mon bain (il n'y a pas de douche), quand j'ai voulu explorer la cour. Sur Victoria Street, je trouvais curieux de ne voir aucune voie ni la moindre allée latérale sur le trottoir de gauche, et tout aussi curieux que notre petite impasse soit sans issue, le 17 étant le dernier numéro de la rue. Les mêmes briques qui pavaient le passage sur lequel donnait mon appartement revêtaient la cour proprement dite, sillonnée de fils à linge et pavoisée de draps, de serviettes et de vêtements d'homme et de femme, à première vue. De mignonnes petites culottes à dentelles, boxers, chemises d'homme, soutiens-gorge et chemisiers, que j'ai écartés pour me frayer un chemin – tout était sec – et j'ai enfin compris pourquoi il n'y avait pas de voie adjacente sur la gauche et comment nous nous trouvions dans un cul-de-sac. Victoria Street était perchée au bord d'une falaise de grès de vingt mètres de haut ! À mes pieds, les toits d'ardoise des maisons jumelles de Wooloomooloo marchaient en rangs serrés vers le Domain[1] où l'herbe est verte et belle, à cette époque de l'année. J'aime cette sorte de frontière qui sépare Wooloomooloo de la City, bien que je ne l'aie jamais remarquée avant de m'avancer jusqu'à la clôture pour contempler le paysage. Sur la droite de Wooloomooloo, le port est piqueté de flocons blancs car, le dimanche, la terre entière sort en bateau. Quelle vue ! Je suis ravie de mon appartement mais j'ai tout de même éprouvé un petit pincement d'envie envers les locataires qui occupent les étages

---

1. Un des deux grands parcs de Sydney, jouxtant les jardins botaniques qui bordent la baie de l'Opéra.

et donnent de ce côté. Le paradis pour quelques billets la semaine !

J'écartais les draps pour retourner à ma peinture quand j'ai vu un jeune homme, portant un panier à linge, descendre l'allée à grands pas.

— Bonjour, tu es sûrement la fameuse Harriet Purcell, a-t-il lancé en arrivant à ma hauteur.

Il m'a tendu une longue main, fine et élégante. Trop occupée à le dévisager, je ne l'ai pas saisie aussi vite qu'il aurait fallu. « Il » a ajouté :

— Jim Cartwright.

Houuula ! Une lesbienne ! De près, il était évident que Jim n'était pas un homme, aussi efféminé soit-il, mais elle portait un pantalon d'homme – braguette sur le devant au lieu de la fermeture sur le côté – ainsi qu'une chemise d'homme aux poignets retournés. Une coupe de cheveux masculine à la dernière mode, pas la moindre trace de maquillage, un grand nez et de très beaux yeux gris.

Je lui ai serré la main, enchantée de faire sa connaissance, ai-je assuré. Là-dessus, elle a cessé de rire sous cape, a sorti de sa poche de chemise un paquet de tabac et du papier et, d'une seule main, elle a roulé une cigarette avec la dextérité d'un Gary Cooper.

— Bobbie et moi, nous sommes au deuxième, au-dessus de Mme Delvecchio-Schwartz – sensass ! Nos fenêtres donnent de ce côté et sur la rue.

Jim m'a fourni de plus amples renseignements sur La Maison et ses habitants. Mme Delvecchio-Schwartz occupe tout le premier étage excepté la pièce du fond, juste au-dessus de mon living, qui est louée à un vieil instituteur, Harold-Warner, mais en parlant de lui, Jim a esquissé une grimace, franchement haineuse, m'a-t-il semblé. À l'étage supérieur, habite un immigré qui vient de Bavière, un certain Klaus Muller, graveur en joaillerie de son métier, qui cuisine et joue du violon pendant ses heures de loisir. Tous ses week-ends, il les passe près de Bowral avec des amis qui font rôtir des agneaux, des veaux et des cochons entiers lors de barbecues dantesques. Jim et Bobbie disposent de pratiquement tout l'étage, et le grenier est le domaine de Toby Evans.

Jim a prononcé son nom avec un grand sourire.

— C'est un artiste... Fichtre, ce que tu vas lui plaire !

Après avoir jeté sa cigarette dans une poubelle, Jim a entrepris de prendre le linge et je l'ai aidée à plier les draps et à ranger soigneusement le tout dans le panier. L'air inquiet, Bobbie a alors fait son apparition, elle filait sur ses petits pieds dans des chaussures plates en chevreau bleu, on aurait dit des pattes de souris tricotant à toute allure. Cette petite poupée blonde, beaucoup plus jeune que Jim, aurait été à la pointe de la mode quatre ans auparavant avec sa longue jupe bleu pastel, gonflée par six jupons amidonnés, et ses seins écrasés tendus comme deux pointes Bic, ce qui selon mes frères signifie : « Bas les pattes ! »

Il n'y avait pas de taxi et elle allait rater son train, a-t-elle expliqué, très fébrile. Jim s'est penchée pour l'embrasser – ça, pour un baiser, c'en était un ! Bouche ouverte, avec la langue et des ronronnements de plaisir, « mmm »... Ça a marché, Bobbie s'est calmée. Le panier à linge sur une hanche qui n'était pas faite pour ça, Jim l'a ramenée vers le passage et elle a disparu à l'angle du couloir.

Les yeux rivés au sol, perdue dans mes pensées, je suis retournée chez moi sans hâte. Les lesbiennes sont une réalité mais je n'en avais jamais rencontré – enfin, pas officiellement. Car il y en a sûrement des tas parmi les légions d'infirmières célibataires, seulement elles ne laissent rien paraître, c'est beaucoup trop risqué. Faites-vous ce style de réputation et votre carrière est fichue. Pourtant, Jim et Bobbie n'en faisaient pas un secret ! Cela signifiait donc que si Mme Delvecchio-Schwartz ne voyait peut-être pas d'un très bon œil les filles « dans le bisness » s'installer dans son rez-de-chaussée, elle ne rechignait pas à loger deux lesbiennes n'hésitant pas à s'afficher. Un bon point pour elle !

— 'jour, chérie ! a crié une voix aiguë.

J'ai sursauté et levé les yeux dans la direction d'où provenait la voix féminine, vers une des fenêtres voilées de dentelle mauve du 17d. Ces fenêtres du 17d m'intriguaient au plus haut point avec leurs rideaux de dentelle et ces jardinières de géraniums rose puce sous chaque appui – l'ensemble avait un certain charme, on aurait dit une pension un peu miteuse. Penchée dans l'embrasure, une jeune femme nue à l'abondante crinière passée au henné brossait lascivement ses cheveux. Sa poitrine très généreuse et un rien tombante dansait joyeusement en cadence au rythme des coups de brosse et j'ai vu le sommet de sa toison brune pointer parmi les géraniums.

— 'jour, ai-je lancé.
— T'emménages, c'est ça ?

— Oui.
— Contente de t'avoir rencontrée, salut ! a-t-elle ajouté avant de fermer la fenêtre.

Mes premières lesbiennes et ma première putain professionnelle !

Après ça, la peinture n'avait plus autant d'intérêt mais j'ai peint à en avoir mal aux bras, jusqu'à ce que tous les murs et le plafond aient reçu une première couche. La partie de tennis dominicale en compagnie de Merle, Jan et Denise me manquait bien un peu, mais balancer le pinceau a sensiblement le même effet que balancer une raquette, comme ça j'aurai au moins fait de l'exercice. Je me demande s'il y a des courts, près du Cross. Sans doute, mais je ne pense pas qu'on joue beaucoup au tennis dans ce quartier. Ici, on préfère les jeux autrement sérieux.

Le soir tombait quand on a frappé à la porte. Pamy ! ai-je pensé avant de comprendre que ces coups brusques, autoritaires, ne lui ressemblaient pas. J'ai ouvert et l'apparition de David m'a mis le moral à plat. Le salaud ! Franchement, je ne l'attendais pas. Il est entré sans même que je l'y invite et a promené son regard autour de lui avec cet air maniaque et dégoûté de chat qui se retrouve dans une flaque de pisse pleine de bière. J'ai quatre chaises, de bonnes chaises en bois bien solides que je n'ai pas encore eu le temps de poncer. Du pied, j'en ai poussé une vers lui et je me suis perchée sur un coin de la table, pensant le dominer, mais il n'est pas tombé dans le panneau – il est resté debout pour me regarder dans les yeux.

— Il y a quelqu'un qui fume du haschisch, a-t-il dit. Je l'ai senti dans l'entrée.

— Ce sont les bâtons d'encens de Pamy – de l'encens, David, de l'encens ! Un bon catholique comme toi devrait en reconnaître l'odeur.

— Ce que je reconnais à coup sûr, ce sont la licence et la débauche.

J'ai senti ma bouche se crisper.

— Le lieu de perdition, tu veux dire.

— Si tu préfères l'exprimer ainsi, en effet, a-t-il fait avec raideur.

Comme si mes propos n'étaient que parfaitement anodins, j'ai repris :

— Pour être franche, je vis en effet dans un lieu de perdition. Hier, l'agent de la brigade des mœurs est venu s'assurer que je n'étais pas « dans le bisness » et, ce matin, j'ai salué une des professionnelles de haut vol qui se penchait, nue comme un ver, à la fenêtre de la maison d'à côté. J'ai également fait la connaissance de Jim et Bobbie, les deux lesbiennes qui logent deux étages plus haut, et je les ai regardées s'embrasser avec beaucoup plus de passion que tu n'en as jamais montré à mon égard ! Et que ça te plaise ou non, c'est comme ça !

Déterminé à se montrer conciliant afin de me ramener à la raison, il a changé de tactique et conclu son exposé sur la nécessité, lorsqu'on est une fille bien, de rester au foyer familial jusqu'au mariage par un :

— Je t'aime, Harriet !

J'ai lancé un énorme « pfff ! », comme un pet tonitruant, alors l'ampoule s'est allumée au sommet de mon crâne. Soudain, j'ai tout compris !

— David, tu es du style à choisir délibérément une fille très jeune et à la modeler jusqu'à ce qu'elle corresponde à ce que tu attendais. Mais ça n'a pas marché, mon vieux. En fait, tu as cassé ton putain de précieux moule !

Ah, j'ai eu la brusque impression que les portes de ma cage venaient de s'ouvrir ! David a toujours réussi à m'intimider avec ses leçons et ses sermons, mais aujourd'hui je me fichais pas mal de l'entendre pontifier, il n'avait plus aucun pouvoir sur moi. C'était très malin de sa part de ne me laisser aucune chance de le juger en tant qu'homme, à ses baisers, à ses caresses ou même – jamais de la vie – en me faisant voir sa boutique, ne parlons pas de s'en servir... Il est si séduisant, si bien bâti, et c'est un si beau parti que je suis restée, convaincue que je ne serais pas déçue du résultat. Aujourd'hui, j'ai compris que David ne s'est jamais soucié que de sa personne. Je ne devais surtout pas découvrir ce qui clochait chez lui et la seule façon de s'en assurer était de m'empêcher de tester ce qu'offrait la concurrence. Je me suis trompée de « A » à « Z » – ce n'était pas de David qu'il fallait se débarrasser, mais de moi-même. Et je me suis débarrassée de ce vieux moi au moment précis où j'ai lancé mon « pfff ! ».

Je l'ai donc laissé pérorer un petit moment, c'était une phase que je traversais et il aurait la patience d'attendre que je revienne à la raison... et patati et patata.

J'avais glissé dans ma poche un paquet de Du Mauriers trouvé dans la buanderie. Quand il en est arrivé au chapitre où « je jetais ma gourme », j'ai sorti les clopes, je m'en suis fourré une entre les lèvres et l'ai allumée avec une allumette de la gazinière.

J'ai cru que les yeux allaient lui sortir des orbites.

— Ôte ça de ta bouche ! C'est répugnant, cette habitude !

Je lui ai soufflé un nuage de fumée en plein visage.

— La prochaine fois, ce sera du haschisch, et ensuite tu vas te mettre à sniffer de la colle...

— Tu es un bigot sectaire, lui ai-je dit.

— Je suis un scientifique, un chercheur en médecine, et je raisonne parfaitement. Tu es tombée sur de mauvaises fréquentations, Harriet, pas besoin d'être prix Nobel pour le comprendre.

J'ai écrasé la cigarette dans une soucoupe – le goût était atroce mais je n'allais pas le lui laisser deviner –, je l'ai fait sortir et je l'ai entraîné vivement vers la porte d'entrée.

— Adieu, David et à jamais !

Les larmes aux yeux, il a posé la main sur mon bras.

— C'est une terrible erreur ! a-t-il fait d'une voix chevrotante. Après toutes ces années ! Embrassons-nous et faisons la paix, je t'en prie.

Il n'en fallut pas plus. J'ai refermé mon poing droit et je lui ai balancé un direct sur l'œil gauche. Comme il vacillait – je sais expédier un coup de poing, mes frangins y ont veillé – j'ai vu, par-dessus son épaule, arriver quelqu'un et je l'ai poussé au bas des marches. Aux yeux de l'arrivant, je devais avoir l'air d'une Amazone particulièrement redoutable, du moins l'espérais-je. Surpris par un étranger en fâcheuse posture, David a franchi le portail à toute allure et détalé dans Victoria Street comme s'il avait le chien des Baskerville à ses trousses.

Nous sommes donc restés à nous dévisager, le nouveau venu et moi. En tenant compte du fait que j'étais perchée sur une marche et lui dans l'allée en contrebas, il ne devait pas mesurer plus d'un mètre soixante-cinq. Mais il était massif, costaud. Aussi léger qu'un boxeur, il se tenait en équilibre sur la pointe des pieds, une lueur belliqueuse dans son regard brun-roux. Joli nez droit, pommettes bien dessinées, crinière de boucles auburn disciplinées par la coupe de cheveux, des sourcils noirs bien réguliers et des cils épais. Très séduisant !

— Vous avez l'intention d'entrer ou de rester dans l'allée comme élément de décoration ? ai-je demandé froidement.

— Je rentre, a-t-il répondu, sans toutefois esquisser le moindre mouvement.

Il était bien trop occupé à m'observer. L'agressivité quittait peu à peu son regard, laissant place à une drôle d'expression – détachée et néanmoins fascinée, mais dépourvue de toute émotion. Le regard du médecin qui évalue l'état d'un patient pourtant, si jamais il est médecin, je veux bien avaler l'élégant chapeau mou de David.

— Serais-tu désarticulée ? m'a-t-il demandé.

J'ai répondu que non.

— Dommage. J'aurais pu te peindre dans une pose de combat. Tu n'es pas épaisse, le peu que je vois a l'air sportif, tu as de très beaux seins. Et ils sont bien à toi, ils ne doivent rien à un fabricant de soutiens-gorge.

Sur ces mots, il a franchi la marche d'un bond et attendu que je pénètre dans l'entrée.

— Tu dois être l'artiste qui habite le grenier.

— Dans le mille ! Toby Evans. Et toi, tu es sûrement la nouvelle du rez-de-chaussée sur cour.

— Dans le mille ! Harriet Purcell.

— Monte donc prendre un café, tu dois en avoir besoin après la beigne que tu viens de coller à ce pauvre crétin, là dehors. Il en a pour un mois à promener son coquard.

J'ai gravi derrière lui deux étages menant à un palier sur lequel une porte affichait un énorme symbole féminin (Jim et Bobbie, à n'en pas douter) et l'autre un paysage alpin (Klaus Muller, évidemment). On accédait au grenier par une échelle de meunier. Tobby a grimpé le premier, à peine ai-je posé le pied sur la terre ferme qu'il a tiré une corde et soulevé l'échelle du sol pour la rabattre contre le plafond.

— Oh, formidable ! me suis-je exclamée en ouvrant de grands yeux. Tu peux relever le pont-levis et soutenir un siège.

Je me trouvais dans un gigantesque studio percé de quatre fenêtres mansardées dans la pente du toit, sur l'arrière et en façade. Peinte en blanc cru des plinthes jusqu'au plafond, la pièce semblait aussi stérile qu'une salle d'opération. Pas une épingle ne traînait, pas une trace, pas une tache, ni le moindre grain de poussière, pas même une goutte d'eau sèche sur une vitre. Nous étions dans un grenier et les embrasures des fenêtres étaient garnies de coussins de velours blanc. Dans leur casier blanc, les toiles étaient tournées contre le mur et il y avait un grand chevalet professionnel (peint en blanc) et une chaise blanche sur une estrade. Voilà pour l'aire de travail. Pour la détente, Toby avait installé deux grands fauteuils recouverts de velours blanc, des étagères blanches sur lesquelles chaque livre était droit comme un « I », un paravent d'hôpital masquait le coin cuisine : table et chaises blanches. Jusqu'au plancher qui avait été passé au blanc ! Et d'une netteté impeccable également. Seule touche de couleur, sous les néons blancs qui éclairaient le tout, une couverture militaire grise recouvrait le grand lit.

Comme il n'avait guère fait preuve de discrétion en me lançant cette réflexion sur ma poitrine – ce culot ! –, je ne lui ai rien dissimulé de ce qui venait de me traverser l'esprit.

— Seigneur, mais tu es obsessionnel ! Je parie que pour presser un tube de peinture, tu commences par le fond et que tu le replies soigneusement avant de t'assurer qu'il est parfaitement au carré.

Avec un grand sourire, il a penché la tête de côté comme un petit chien très vif.

— Assieds-toi, a-t-il fait en disparaissant derrière le paravent pour préparer le café.

Je me suis assise et j'ai continué à bavarder face aux plis dudit paravent, impeccablement repassés. Lorsqu'il est revenu avec le café servi dans deux chopes blanches, nous avons repris notre conversation. Il venait du bush, m'a-t-il appris et il avait grandi dans ces gigantesques élevages du Queensland de l'Ouest et des provinces du Nord. Son père était cuisinier de cantine mais surtout poivrot, sa vocation première, c'était donc généralement Toby qui faisait la cuisine sans quoi jamais son père n'aurait gardé un emploi. Apparemment, il n'en voulait pas à son vieux, à qui la gnôle avait fini par coûter la vie. À cette époque, Toby utilisait des gouaches pour enfants, pour tout carnet de dessins, il n'avait que du mauvais papier de boucher et des crayons HB piqués au bureau du ranch. Après le décès de son père, il avait pris le chemin de Big Smoke[1] pour étudier vraiment la peinture, la peinture à l'huile.

— Mais quand tu ne connais pas un chat et que la paille te sort des oreilles, c'est sinistre Sydney, m'a-t-il dit en ajoutant du cognac « trois étoiles » dans sa seconde tasse de café. J'ai essayé de trouver un emploi dans la restauration – hôtels, pensions de famille, soupes populaires, le Concord Repat Hospital. Abominable ! On n'y entend pas un mot d'anglais et les cafards courent partout, sauf au Concord. Il faut rendre cette justice aux hôpitaux, ils sont propres. Mais la cuisine y est encore plus infecte que dans les ranches. Et puis, je suis venu à Kings Cross. Je logeais dans une cahute de deux mètres cinquante sur deux quand j'ai rencontré Pamy. Elle m'a amené chez elle et m'a présenté à Mme Delvecchio-Schwartz qui m'a proposé son grenier contre un loyer de trois livres par semaine, payable quand j'en aurais les moyens. Tu vois ces statues de la Vierge, de sainte Thérèse et toute la clique, ce sont toujours de belles femmes mais il m'a semblé que je n'avais jamais rien vu de plus beau que Mme Delvecchio-Schwartz, cette horrible vieille

---

1. Sydney, « la Grande Fumée ».

bougresse. Un jour, quand je serai plus sûr de moi, je ferai son portrait, Flo sur ses genoux.

— Tu travailles toujours en cuisine ? ai-je demandé.

— Non ! s'est exclamé Toby avec mépris. Mme Delvecchio-Schwartz m'a suggéré d'aller empaqueter des noix dans une usine – « Tu vas t'faire de grosses pépètes et sans t'donner trop de mal, mon brave p'tit gars », comme elle m'a dit. J'ai suivi son conseil, quand je ne peins pas dans ce grenier, j'emballe des noix à Alexandria.

— Depuis quand habites-tu La Maison ?

— Quatre ans. Je vais avoir trente ans en mars.

Quand je lui ai proposé de laver les chopes, il a eu l'air horrifié – il a pensé que ce serait mal fait, je parie. C'est donc toute songeuse que j'ai repris le chemin de mon propre logis. Quelle journée ! Ou plutôt quel week-end ! Toby Evans. Ça sonne bien. Mais lorsqu'il a évoqué Pamy, j'ai vu une émotion nouvelle, fugace, traverser un instant son regard. Tristesse, souffrance. Alors le jour s'est fait dans mon esprit... Il est amoureux de Pamy ! Que je n'ai pas vue depuis que j'ai emménagé !

Oh, je suis moulue ! Il est l'heure d'éteindre et de profiter de ma deuxième nuit dans un lit à deux places. Une chose est sûre... plus jamais je ne dormirai dans un petit lit. Quel luxe !

Mercredi 3 février 1960

En dehors de mes habituels clichés de poumons, je n'ai rien fait d'autre que flanquer de la peinture rose sur tout ce qui, dans cet appartement, se tient tranquille assez longtemps pour en recevoir. Mais j'ai eu le temps de sillonner le Cross au grand jour, suffisamment pour commencer à me repérer. C'est fantastique ! Ces boutiques ! Je n'ai jamais rien vu de tel. En une semaine, j'ai ingurgité plus de trucs exotiques que je n'en ai vu dans toute mon existence. Il y a une boulangerie française qui vend de longs bâtons de pain à se pâmer et une « pâtisserie », comme on l'appelle, où l'on trouve de fabuleux gâteaux faits de multiples couches de pâte fine, comme de la gaufrette. Partout où se pose mon regard, ce n'est que nectar et ambroisie – pour ce qui est de la cuisine, j'ai l'impression d'être morte et montée au paradis. Ce n'est pas très cher non plus, j'ai d'ailleurs trouvé ça suffisamment curieux pour en faire la remarque à l'immigré qui tient mon épicerie fine favorite. Il a apporté une réponse à la question délicate des lois sur le travail dominical et les heures d'ouverture – il m'a assuré, en effleurant toutefois son nez de l'index, que tous les commerces étaient tenus par les membres d'une même famille. Donc, pas d'employés au sens où l'entendent les syndicats. Et voilà comment on baisse les prix !

J'ai ouvert des yeux comme des soucoupes devant les deux boutiques de lingerie. Les vitrines croulent sous les soutiens-gorge, les bikinis transparents, noirs ou écarlates, et les déshabillés, si David voyait ça, il succomberait à une attaque. De vrais dessous de traînées. Ce soir, sur le chemin du retour, Pamy a tenté de me convaincre d'en acheter mais mon refus a été sans appel.

— Non, j'ai vraiment le teint trop mat, lui ai-je expliqué. Le noir et l'écarlate ont sur moi le même effet qu'une cirrhose en phase terminale.

J'ai bien essayé d'en savoir un peu plus sur ses relations avec Toby mais elle a réussi à esquiver sans jamais mordre à l'hameçon. Voilà qui est déjà franchement suspect. Oh, si seulement je pouvais trouver un moyen de les rapprocher ! Ils n'ont pas de famille et sont tous deux accaparés par des activités d'une importance capitale, les études pour Pamy, la peinture pour Toby. Ils sont faits l'un pour l'autre et ils auraient de beaux enfants.

Aujourd'hui sœur Agatha m'a convoquée dans son bureau et m'a informée que, lundi prochain, je quitterai la pneumo pour les urgences. Les urgences ! Je suis aux anges ! Le meilleur poste qui soit, une infinie diversité de cas, tous très sérieux car les pathologies bénignes sont orientées vers la radiologie. À Queens, les urgences radio ne sont ouvertes que du lundi au vendredi ! Il faut dire que, le weekend, on ne voit pas grand monde. L'hôpital est entouré d'usines au nord, au sud, à l'ouest et vers l'est, ce ne sont que parcs et terrains de sport. Bien sûr, le gouvernement n'a qu'une idée, fermer l'hôpital et transférer le budget que Queens dévore comme de la barbe à papa vers St George et les petites structures de l'Ouest, où la population de Sydney explose. S'il le faut, je soutiendrai la surveillante générale dans son combat contre le ministère de la Santé. Queens n'est pas près de fermer, je ne risque rien dans mon nouveau poste.

— Vous êtes une excellente technicienne, miss Purcell, m'a dit sœur Agatha de son accent aux voyelles si rondes, vous êtes également parfaite avec les patients. Nous en sommes conscients.

— Oui, mademoiselle, merci, mademoiselle, ai-je répondu, battant en retraite tout en m'inclinant.

Youpi, les urgences !

Mon souhait du soir : que Pamy et Toby se marient.

Samedi 6 février 1960

Va donc te cogner la tête contre un mur, Harriet Purcell, jusqu'à ce que le cerveau qu'elle abrite parvienne à réfléchir. Quelle idiote ! Mais quelle gourde !

Ce matin, armées de nos filets et de nos porte-monnaie, nous sommes allées faire des courses, Pamy et moi. Le samedi, il y a une telle foule sur Darlinghurst Road qu'on ne peut avancer mais au Cross, rien n'est ordinaire, pas même les gens. Nous avons croisé une femme d'une incroyable beauté qui marchait à grands pas, vêtue de soie et de chevreau abricot de la tête aux pieds. Au bout d'une laisse en strass, elle tenait un caniche teint en rose abricot dont les poils étaient exactement de la même couleur que les cheveux de sa maîtresse.

— Houuula ! me suis-je exclamée à mi-voix en me retournant sur elle.

— Il est superbe, hein ? m'a fait Pamy avec un grand sourire.

— Il ?

— Connu sous le nom de Lady Richard. Un travesti.

Sidérée, j'ai répliqué :

— Tu veux dire pédé !

— Non, il est obsédé par la toilette à tel point qu'il en est asexué, mais beaucoup de travestis sont hétérosexuels. Ils aiment les vêtements féminins, ça ne va pas plus loin.

C'est ainsi que la conversation s'est engagée. Si je n'ai guère croisé Pamy à La Maison, nous nous voyons souvent durant la semaine, je pensais donc la connaître, à présent. Mais ce n'est vraiment pas le cas.

Elle m'a dit qu'il était grand temps que je prenne un amant et j'étais bien de son avis. Mais il se trouve que Norm, l'agent de la brigade des mœurs, embrasse très mal – il m'a noyée sous la salive. Après avoir bu notre bière, nous nous sommes quittés dans les meilleurs termes mais nous savions tous deux qu'il ne fallait rien attendre de plus. Quant à Toby Evans, il est pris, mais je ne pouvais pas vraiment informer Pamy de ce détail. Dommage ! Il me plaît beaucoup et j'ai idée qu'il sait s'y prendre avec une femme. C'est d'ailleurs ce dont me parlait Pamy en chemin : pour ma « première fois », je devais éviter à tout prix ceux qui manquaient de délicatesse, ceux qui n'y connaissaient rien et ceux qui étaient manches ou contents d'eux-mêmes.

— Il te faut quelqu'un de tendre et de prévenant, un homme qui ait de l'expérience.

J'ai éclaté de rire.

— Écoutez-moi l'expert ! ai-je gloussé.

Or il se trouve qu'elle est experte en ce domaine.

— Harriet, a-t-elle rétorqué, un rien exaspérée, tu ne t'es jamais demandé pourquoi tu ne me voyais pas beaucoup, le week-end ?

Je m'étais posé la question, en effet, ai-je répondu, mais je la croyais plongée dans un bouquin.

— Oh, Harriet, ce que tu peux être sotte ! s'est-elle exclamée. Le week-end, je le passe au lit avec des hommes.

— Des hommes ? ai-je répété, estomaquée.

— Oui, des hommes.

— Au pluriel ?

— Au pluriel.

Que répondre à cela ? Je cherchais encore ma réplique quand nous avons tourné au coin de Victoria Street.

— Pourquoi.

— Parce que je suis en quête de quelque chose.

— L'amant parfait ?

Elle a vivement tourné la tête d'une épaule à l'autre comme si c'était moi qu'elle avait envie de secouer.

— Non, non et non ! Ça n'a rien à voir avec le sexe, c'est de l'ordre du spirituel. Je cherche probablement l'âme sœur.

J'ai été tentée de lui faire entendre que ladite âme sœur barbouillait une toile de peinture dans le grenier mais j'ai su tenir ma langue. En entrant, nous avons trouvé un jeune type assis sur les marches. Pamy a furtivement esquissé un petit sourire d'excuse et quand il s'est levé, j'ai filé sans demander mon reste vers mon appartement rose, là je me suis effondrée sur une chaise pour retrouver mon souffle. Voilà donc ce qu'entendait Norm, l'agent de la police des mœurs par « elle ne fait pas payer » ! Bien sûr, elle avait également couché avec lui.

Il est temps de faire le tri, Harriet Purcell, de revoir tes priorités dans l'existence. Tout ce que ton éducation t'a amenée à penser jusqu'ici est remis en question. On ne peut ranger Pamy parmi les « filles bien », pourtant je n'ai jamais connu mieux qu'elle. Seulement les filles « bien » ne distribuent pas généreusement leurs faveurs en veux-tu en voilà. Il n'y a que les traînées pour faire ce genre de choses. Pamy, une traînée ? Non, là je ne suis pas d'accord ! Je suis la seule de notre petit groupe de Bronte-Bondi-Waverley à ne jamais avoir eu d'amant, mais prenez Merle, elle ne se considère pas comme une traînée, qu'elle n'est en aucun cas, d'ailleurs. Oh, les tempêtes émotionnelles dont j'ai pu être témoin quand Merle s'est lancée dans l'amour à corps perdu ! Les rhapsodies, les fureurs, les doutes et, en fin de compte, la désillusion. Et cette fameuse fois, ces jours atroces où elle a attendu des règles qui étaient en retard. Elles ont fini par arriver et son soulagement, je l'ai ressenti avec la même intensité, j'étais à sa place. S'il est un moyen infaillible de vous maintenir dans le droit chemin, c'est bien la crainte de la grossesse. Les rares personnes à pratiquer l'avortement utilisent des aiguilles à tricoter, mais y a-t-il une autre solution ? Sinon compromettre sa réputation. En général, on disparaît pendant quatre mois, à moins qu'un mariage décidé en toute hâte ne précède une naissance « prématurée ». Mais qu'une fille choisisse le séjour en maison de repos et l'adoption, ou qu'elle épouse le type, les ragots la poursuivront jusqu'à la fin de ses jours. « Elle a dû se marier ! » Ou encore : « Nous savons tous à quoi nous en tenir, pas vrai ? Elle fait une tête d'enterrement, on ne voit plus le gars, elle a la taille qui s'épaissit et, brusquement, la voilà qui part quelques mois chez sa grand-mère, dans une province de l'Ouest – et elle s'imagine nous faire gober ça ? »

Je ne pense pas avoir donné dans ce genre de malveillance, mais pour une femme, cela fait partie de l'existence. Alors voir ma Pamy, que j'aime, jouer avec le feu tous azimuts et risquer une grossesse, une MST peut-être, si elle ne se fait pas tabasser... S'en remettre au sexe pour trouver l'âme sœur ! Enfin, comment peut-on accéder à l'âme d'un homme en passant par la bagatelle ? Je n'ai pas de réponse à cette question, voilà l'ennui. Ce que je sais, en revanche, c'est que je ne l'en estimerai pas moins pour autant. Oh, le pauvre Toby ! Je me demande ce qu'il peut éprouver. A-t-elle couché avec lui ? Ou bien serait-il le seul qui ne lui dise vraiment rien ? Je ne sais pas comment m'est venue cette idée mais je crois que j'ai vu juste.

Impossible de me calmer. J'ai donc décidé d'aller me promener, de me perdre dans cette foule fascinante du Cross. Mais, dans l'entrée, je suis tombée sur Mme Delvecchio-Schwartz qui balayait. Sans grand résultat. Elle poussait son balai si vite et avec une telle vigueur qu'elle se contentait de soulever des nuages de poussière, aussitôt retombés pour salir le sol dans son dos. La langue me démangeait de lui demander si elle n'avait jamais pensé à répandre des feuilles de thé vert avant de balayer, mais je n'en ai pas eu le cran.

— Super-sensass ! s'est-elle exclamée avec un grand sourire. Monte donc boire une p'tite larme de cognac avec moi.

— Vous aviez disparu de la surface du globe, je ne vous ai pas vue depuis mon arrivée, ai-je dit en la suivant dans l'escalier.

— J'vais pas déranger les gens quand ils ont à faire, princesse, a-t-elle dit en se laissant choir sur une chaise du balcon avant de servir généreusement le cognac dans deux verres Kraft.

Flo, qui jusque-là restait accrochée à ses jupes, a grimpé sur mes genoux sans cesser de sourire et ses yeux d'ambre au regard tragique ne m'ont pas quittée.

J'ai bu ce truc écœurant à petites gorgées sans parvenir toutefois à le trouver bon.

— Je n'entends jamais Flo, est-ce qu'elle parle ?

— Tout le temps, princesse, a répondu Mme Delvecchio-Schwartz.

Elle maniait un paquet d'immenses cartes qu'elle a fini par poser en me fixant de ce regard qui vous transperce comme un rayon X.

— Qu'est-ce qui te tracasse ? m'a-t-elle demandé.

— Pamy couche avec des tas d'hommes.

— Ouais, pour sûr.

— Qu'en pensez-vous ? Je croyais que les filles qui ramenaient des hommes chez elles se faisaient jeter dehors par les propriétaires, c'est d'ailleurs le cas pour le rez-de-chaussée sur rue, je le sais.

— C'est pas juste de faire croire à une femme vraiment bien qu'elle vaut rien, tout ça parce qu'elle aime bien une petite partie de jambes en l'air de temps à autre, a-t-elle dit en lampant une bonne gorgée de cognac. Baiser c'est aussi naturel que chier et pisser, ça a rien d'anormal. Pour ce qui est de Pamy, qu'est-ce que tu veux que j'te dise ? Le sexe c'est sa façon à elle de voyager.

Le rayon X est revenu me foudroyer.

— Mais toi, tu t'y prends pas de cette manière, hein ?

Consciente de ne pas être vraiment à la hauteur, je me suis tortillée sur mon siège.

— Pas jusque-là, en tout cas, ai-je fait avant de siroter un peu de cognac.

La bibine de Willie avait moins mauvais goût.

— Prends la vie d'une femme, Harriet, Pamy et toi vous vous tenez chacune à une extrémité, a repris Mme Delvecchio-Schwartz. Pamy a dans l'idée qu'on peut pas aimer sans s'toucher. C'est une Reine d'Épées de la Balance et ça manque de force, ça. Son Mars, surtout. Très mal aspecté. Comme son Jupiter. La Lune est en Gémeaux, en carré à Saturne.

Je crois que j'ai tout enregistré sans faire d'erreur.

— Et moi, qu'est-ce que je suis ? lui ai-je demandé.

— Tant que j'saurai pas quand t'es née, j'pourrai pas t'dire, princesse.

— Le 11 novembre 1938.

— Ah ! J'le savais ! Une Scorpion ! Très puissant ! Et où donc ?
— À Vinnie's.
— Juste à deux pas du Cross ! Quelle heure ?
Je me suis creusé les méninges.
— 11 h 01 du matin.
— Onze, onze, onze. Oh, épatant ! Sensass !
Soufflant comme un bœuf, elle a fait craquer sa chaise et s'est calée contre le dossier en fermant les yeux.
— Mmm, voyons voir... ton ascendant est en Verseau – bien, bien !
L'instant suivant, elle se tenait à quatre pattes face à un petit placard dont elle a sorti un livre si abîmé qu'il partait en lambeaux, quelques feuilles de papier et un petit rapporteur en plastique bon marché. Elle a poussé vers moi une feuille vierge ainsi qu'un stylo.
— Tu vas tout écrire comme j'te l'dirai, a-t-elle ordonné avant de tourner son regard vers Flo.
— Va me chercher deux ou trois pastels, petit ange.
Flo s'est laissée glisser jusqu'au sol, elle a trotté jusqu'au living et est revenue avec une poignée de bleu, de vert, de rouge, de violet et de marron.
— Je calcule tout de tête – tu penses si c'est facile, depuis le temps, a repris Mme Delvecchio-Schwartz en consultant son manuel minable et en traçant des signes mystérieux sur une feuille déjà imprimée d'un curieux dessin, on aurait dit une tarte divisée en douze parts égales.
— Ouais, ouais, ouais, très intéressant. Écris, Harriet, écris ! Trois oppositions, toutes les trois très puissantes – le Soleil à Uranus, Mars à Saturne, et

Pluton à l'ascendant. Mais pas un seul carré à l'horizon, c'est-y pas beau ?

Ignorant ce que ce « beau » signifiait, je me suis contentée de noter ce qu'elle m'annonçait.

— Jupiter est dans la première maison et en Verseau, ton signe ascendant. Très fort, ça ! T'auras d'la chance dans la vie, Harriet Purcell. Le Soleil est en dixième maison, c'qui veut dire que ton métier, tu le garderas jusqu'au bout.

En entendant cela, je me suis redressée sur ma chaise et, droite comme un « I », je lui ai lancé un regard noir.

— Ah, non alors ! ai-je vertement répliqué. Je veux bien être pendue si je dois faire passer des radios jusqu'à l'âge de la retraite ! Porter pendant quarante ans un tablier de plomb sur les épaules et subir des analyses de sang tous les mois ? Flûte, alors !

— Y a métier et métier, a-t-elle rétorqué avec un petit sourire en coin. T'as aussi Vénus dans la dixième maison et ta Lune est en Cancer. Saturne est dans la trois, c'qui veut dire que tu t'occuperas toujours d'ceux-là qui sont pas capables d'veiller sur eux-mêmes.

Elle a poussé un soupir.

— Oh, y'en a des trucs, j'te les dirai plus tard mais, comparé à ce quinconce Lune-Mercure parfaitement exact, c'est de la gnognote.

— Quinconce ?

Le mot m'a paru parfaitement obscène.

Elle s'est frotté les mains en jubilant et m'a expliqué :

— Dans une carte du ciel, y faut tout r'garder

avant qu'le quinconce prenne un sens mais la progression des planètes depuis ta naissance me dit que tout est dans c'quinconce.

Le rayon X de son regard est revenu vers moi, puis elle s'est levée et est rentrée dans l'appartement pour se diriger vers le frigo. Elle est revenue avec une assiette où étaient disposées de bonnes portions de ce qui, à première vue, ressemblait à un serpent découpé en tranches.

— Tiens, princesse, sers-toi. De l'anguille fumée. Excellent pour les méninges. C'est le copain de Klaus, Lerner Chusovich, qui les attrape et qui les fume lui-même.

L'anguille fumée était délicieuse, je ne me suis donc pas fait prier et, sans cesser de mastiquer, j'ai fait observer :

— Vous vous y connaissez drôlement en astrologie.

— J't'en fiche, oui ! Je suis voyante.

Brusquement, j'ai revu la dame aux cheveux bleutés de la côte Nord, les quelques autres que j'avais croisées dans l'entrée et j'ai compris bien des choses.

— Ces dames qui ont l'air très à l'aise, ce sont des clientes ? ai-je demandé.

— Bingo, p'tite futée !

Le faisceau glacé de ses deux projecteurs est revenu me transpercer.

— Tu crois en l'au-delà ?

Avant de répondre, j'ai pesé la question.

— Je m'en tiendrai à « peut-être ». Quand on travaille dans un hôpital, on a peine à admettre qu'il y ait une logique et une justice derrière l'immuable plan divin.

— C'est pas de Dieu qu'y s'agit, j'te parle de l'au-delà.

J'ai répondu que, là encore, je ne savais pas trop.

— Eh bien, je « suis » dans l'au-delà, a repris Mme Delvecchio-Schwartz. Je dresse des horoscopes, je tire les cartes, je scrute ma Boule (qu'elle a fait précéder d'une majuscule), je communique avec les morts.

— Comment ?

— J'en ai aucune idée, princesse ! s'est-elle exclamée gaiement. J'ai dû attendre trente ans passés avant de comprendre qu'j'en étais capable.

Flo a grimpé sur ses genoux pour réclamer le sein mais elle l'a fait descendre, gentiment mais fermement.

— Pas maintenant, petit ange, on cause, Harriet et moi.

Elle s'est dirigée vers le petit placard et en a sorti un objet très lourd, recouvert d'une soie rose douteuse, qu'elle a posé sur la table. Elle m'a alors tendu le jeu de cartes. Je les ai retournées, m'attendant à trouver les cœurs, carreaux, trèfles et piques habituels, mais ces cartes-là portaient un dessin. La dernière, vivement colorée, représentait une couronne entourant une femme nue.

— C'est le Monde, a expliqué Mme Delvecchio-Schwartz.

Sur la carte suivante, une main portant un calice qui versait de minces filets de liquide. Tête renversée, une colombe tenant un petit cercle dans son bec, survolait le calice sur lequel était gravée une sorte de « W ».

— L'As de Coupes, m'a-t-elle dit.

— Qu'est-ce que c'est ? ai-je demandé en posant le jeu avec précaution.

— Un jeu de tarots, princesse. J'en fais des choses avec ces cartes ! J'peux te lire l'avenir, si tu veux. Pose-moi une question et j'y répondrai. Des fois, je reste là, toute seule, et je sors la suite des gitans pour sentir ce qui se passe dans La Maison et savoir ce que deviennent les gens que j'abrite sous mon toit. Les cartes ont des lèvres. Elles parlent.

— J'aime autant que ce soit vous qui les entendiez, ai-je répondu en frissonnant.

Elle a poursuivi comme si de rien n'était en retirant prestement la soie rose qui recouvrait ce qu'elle avait sorti du placard.

— Voilà la Boule.

Elle a tendu la main et pris la mienne pour la poser sur la surface fraîche du bel objet. Flo, qui se tenait près de nous et observait la scène, a étouffé un cri et s'est enfuie pour se cacher derrière sa mère. Là, à l'abri de ce massif rempart, elle a tendu le cou et m'a lancé un regard effaré.

— C'est du verre ? ai-je demandé, fascinée par la façon dont la Boule retenait tout ce qui l'entourait – le balcon, sa propriétaire, un platane – pour en donner une image inversée.

— Nân, c'est une vraie – du cristal. Elle a au moins mille ans. Elle a tout vu, cette Boule. Mais je m'en sers pas beaucoup, c'est comme un délire de soûlot.

— Un délire de soûlot ?

Combien de questions allais-je encore devoir poser ?

— Les chocottes du gin, la parano du whisky – le delirium tremens, quoi. Tu sais jamais c'qui va se montrer dans cette Boule, quel visage va s'écraser contre le bord du cristal en hurlant. Nân, j'me sers plutôt des cartes. Et pour mes madames, de Flo.

À l'instant précis où elle a prononcé le nom de Flo, j'ai compris pourquoi on me faisait ces confidences. Dieu sait pourquoi, Mme Delvecchio-Schwartz avait décidé de me faire partager le secret de son existence.

J'ai donc posé l'ultime question.

— Flo ?

— Ouais, Flo. Elle est médium. C'est bien simple, elle connaît les réponses aux questions que posent mes madames. Moi, le don je l'avais pas quand j'suis née – ça m'est venu, comme qui dirait, sans crier gare quand j'ai – Oh, Harriet – cruellement manqué d'argent ! Quand j'me suis lancée dans la voyance, c'était une arnaque, là j'suis franche. Par la suite, j'me suis rendu compte que j'pouvais lire dans l'avenir. Mais chez Flo c'est de naissance. Bon Dieu, y a des fois où elle me fiche une de ces frousses, pour sûr !

Oui, elle me fiche la frousse, à moi aussi, mais je n'éprouve aucun dégoût. Je n'ai rien trouvé d'anormal à ce que je venais d'entendre. Flo ne semble pas appartenir à ce monde, il n'est donc guère étonnant qu'elle ait accès à un autre univers. Il s'agit peut-être d'un don de naissance. Mais il est possible également qu'elle soit hystérique. On en voit de tous âges, des hystériques. Peu importe, je savais maintenant et je ne l'en aimais que davantage. Cela expliquait la tristesse de son regard. Ce qu'elle devait voir et ressentir ! Un don de naissance.

Après avoir avalé mon plein verre de cognac, j'ai eu quelques difficultés à redescendre, pourtant je ne me suis pas affalée sur mon lit pour dormir et oublier, j'ai tenu à consigner toute l'histoire avant qu'elle ne s'estompe. Et me voilà, le stylo à la main, franchement perplexe. Je devrais être indignée. Je me demande ce qui me retient de dire ma façon de penser à Mme Delvecchio-Schwartz quand je la vois exploiter son tout petit bout de fille de cette façon. Et pour ce genre de chose, je ne crains vraiment personne. Mais ce que j'ai vu aujourd'hui est si éloigné de ce que j'ai toujours su ou réussi à comprendre. Je ne suis pas dans cette maison depuis très longtemps mais j'ai beaucoup grandi. J'en ai du moins l'impression. Je me sens comme neuve, métamorphosée en quelque sorte. J'aime bien ce monstre qu'on appelle Mme Delvecchio-Schwartz, mais j'aime son enfant. Voilà, Horatio, ce qui me retient de dire le fond de ma pensée, j'ai compris en effet qu'il y avait, au ciel et sur la terre, plus de choses qu'il n'en est rêvé dans la philosophie de Bronte. Je ne peux plus retourner à Bronte. Je ne pourrai jamais y retourner.

Flo, le médium. Sa mère avait laissé entendre qu'elle-même communiquait avec les morts par le biais de la Boule, mais elle n'avait pas précisé si les activités de médium de la petite étaient en rapport avec le monde des morts. « Flo connaît la réponse aux questions que me posent *mes madames.* » J'ai évoqué l'image de ces fameuses « madames » et j'ai dû me rendre à l'évidence, elles ne poursuivaient pas de fantômes bien-aimés. Elles ne se ressemblaient pas mais aucune n'avait l'air accablée par une douleur insurmontable. Les motifs qui les amenaient à demander l'aide de Mme Delvecchio-Schwartz étaient bien de ce monde et sans rapport avec l'autre, j'en suis convaincue. Seulement, Flo n'appartient pas à ce monde.

Au début, quand cette escroquerie lui avait permis de trouver l'argent lui faisant cruellement défaut, il est possible que Mme Delvecchio-Schwartz ait accordé de l'importance au matériel. C'est probablement ainsi qu'elle a pu acquérir La Maison. Mais aujourd'hui ? Dans la triste nudité de ce cadre affreux ? Elle se fiche complètement du confort, tout comme Flo. Où qu'elles soient, on ne peut dire qu'elles évoluent parmi les jolies robes ou les divans moelleux. Je parviens même à comprendre pourquoi Flo est toujours au sein. Elle a besoin de ce lien avec sa mère. Oh, Flo ! Petit ange. Ta mère est tout ton univers, son commencement et sa fin. Elle est ton ancre et ton refuge. Et c'est un honneur de me voir offrir si spontanément ton affection. C'est un grand bonheur.

Lundi 8 février 1960

Ce matin, j'ai fait mes débuts aux urgences radio mais sans l'enthousiasme habituel, je dois l'avouer. Entre nymphomanie et voyance, ma vie n'est plus aussi simple. Pour autant que l'on puisse qualifier de nymphomanie une activité sexuelle qui se limite au week-end. Quoi qu'il en soit, au bout de dix minutes, j'avais oublié que le monde existait en dehors des urgences radio.

Nous sommes trois – une chef de service, une stagiaire et moi, en position intermédiaire. Est-ce que j'apprécie Christine Leigh Hamilton, ainsi que s'est présentée ma supérieure ? Je n'en sais trop rien. Elle a dans les trente-cinq ans or, à en juger par les deux ou trois conversations avec la surveillante des urgences que j'ai pu surprendre, elle présente les premiers signes du « syndrome de la vieille fille », comme je l'appelle. Si j'étais encore célibataire à cet âge, j'aimerais autant me trancher la gorge plutôt que d'y succomber. Ce mal a pour origine le célibat allié à la perspective de vieillir auprès d'une autre femme et dans la gêne, à moins qu'il n'y ait de l'argent dans la famille, ce qui est rarement le cas. Le symptôme le plus manifeste est une implacable détermination à prendre un homme dans ses filets. À se marier. À mettre au monde quelques enfants. À trouver une justification en tant que femme. Je compatis mais je suis bien décidée à ne pas contracter le mal. Je me demande quelle est la motivation la plus puissante chez les victimes du syndrome – trouver quelqu'un à aimer et être aimée en retour ou bien s'assurer la sécurité financière. Évidemment, en radiologie, Chris est rémunérée selon le barème masculin mais si elle voulait emprunter auprès d'une banque, on le lui refuserait. Peu importe le salaire qu'elles gagnent, les banques n'accordent pas de prêts aux femmes. Et la plupart ne sont guère payées, il est donc exclu de mettre de l'argent de côté pour ses vieux jours. Bobbie est secrétaire d'un magnat des affaires mais pas précisément surpayée, elle non plus. Quant aux fonctionnaires, elles sont tenues de démissionner le jour où elles se marient. C'est la raison pour laquelle on trouve tant de vieilles filles dans les rangs des surveillantes et des chefs de service. Il y a bien une ou deux veuves, également.

« Sans Mme Delvecchio-Schwartz, nous mènerions une vie de chien, m'a confié Jim. Vivant dans la terreur d'être découvertes et expulsées, sans possibilité d'acheter. La Maison est notre dernier rempart. »

Bref, revenons à Chris Hamilton. Ce n'est pas vraiment un attrape-cœurs, voilà le hic. Une silhouette assez trapue, des cheveux dont elle ne peut rien tirer, des lunettes, un maquillage qui ne lui va pas et des poteaux de piano à queue en guise de jambes. Ce qu'il lui serait facile de faire oublier si elle avait un sou de jugement mais ce n'est pas le cas. Je m'entends, du jugement en ce qui concerne les hommes. Ainsi, dès qu'un homme, surtout s'il est en blanc, pénètre dans notre petit domaine, elle se met à minauder, à s'agiter en tous sens et à faire la roue pour l'impressionner. Oh, je ne parle pas des immigrés qui sont brancardiers (elle ne les voit même pas), mais les ambulanciers eux-mêmes ont droit à leur tasse de thé, à un brin de conversation et aux biscuits servis avec des airs de sainte-nitouche. Si nous en avons le temps, soyons juste envers elle. Il se trouve que Marie O'Callaghan, sa meilleure amie, est également surveillante des urgences. Elles ont toutes deux dans les trente-cinq ans et partagent un appartement à Coogee. Et elles sont, l'une et l'autre, atteintes du syndrome de la vieille fille ! Pourquoi faut-il être mariée et avoir des enfants pour se voir accorder le statut de vraie femme ? Je sais bien que si Chris pouvait lire ces lignes elle dirait avec un sourire narquois que je n'ai pas à me plaindre, moi, j'attire les hommes comme des mouches. Pourquoi faut-il toujours qu'on nous colle ce genre d'étiquette ?

Je n'étais pas dans le service depuis cinq minutes quand j'ai compris que je n'en ferais pas à ma guise, aux urgences radio. J'ai vu entrer le chef de clinique de chirurgie, flanqué de son premier interne, à peine eut-il levé les yeux sur moi qu'il a lancé une grossière offensive de charme. Je me demande pourquoi je fais cet effet à certains médecins (quelques-uns seulement !), très franchement je ne chasse pas la blouse blanche. J'aimerais encore mieux rester vieille fille plutôt que d'épouser un homme qui détale au premier coup de fil. Et ils ne savent que parler médecine, encore médecine et toujours médecine. À entendre Pamy, il paraîtrait que je suis sexy, mais je ne vois vraiment pas ce que ça veut dire si l'on considère que Brigitte Bardot est sexy. Je ne tortille pas des fesses, je n'ai pas la moue boudeuse, je ne lance pas d'œillades langoureuses et je n'ai pas l'air dépourvue de cervelle. À l'exception de M. Duncan « lèche-bottes » Forsythe, sur la rampe de Chichester House, ces gars sont pour moi transparents. Je n'ai donc absolument rien fait pour encourager les deux médecins, ce qui ne les a pas empêchés de rester dans mes jambes. Sous les yeux horrifiés de Chris (et de la stagiaire), j'ai fini par leur dire de dégager.

Dieu merci, un cas de probable fracture des cervicales s'est présenté. Au moment précis où les doubles portes se sont ouvertes, je me suis mise au travail, bien décidée à ne fournir à Chris Hamilton aucune raison de me critiquer auprès de sœur Agatha.

J'ai eu tôt fait de comprendre que je n'aurais pas le temps de déjeuner avec Pamy – nous mangeons sur place et quand nous en avons le temps.

Une fois surmonté son mouvement d'humeur dû à l'attitude des deux séduisants célibataires, Chris a été assez intelligente pour comprendre que je n'entraverais pas la bonne marche du service auprès des patients et nous avons très vite mis au point une méthode de travail.

En théorie, le service est ouvert de 6 heures du matin à 6 heures du soir. Chris est de la première équipe et débraie à 14 heures, moi je dois normalement commencer à 10 heures pour terminer à 18.

— C'est une douce illusion de croire que nous partirons un jour à l'heure, m'a annoncé Chris à 15 h 30 en boutonnant son manteau, mais nous nous y efforçons. Je ne suis pas d'avis de garder la stagiaire plus que nécessaire, sauf en cas de panique monstre, assurez-vous donc qu'elle parte à 16 heures.

— Oui, madame.

J'ai enfin terminé peu après 19 heures, suffisamment fatiguée pour songer à héler un taxi. Tout compte fait, en dépit de ce qu'on raconte sur Sydney où il ne serait pas prudent pour une femme de se promener la nuit, j'ai traîné mes bottes jusqu'à La Maison. Bah ! J'en ai pris le risque et il ne m'est rien arrivé. En fait, je n'ai pas croisé un chat jusqu'à Vinnie's. Et ensuite au lit. Je suis complètement vannée.

Mardi 16 février 1960

J'ai enfin vu Pamy, ce soir. J'ai manqué la renverser en poussant la porte d'entrée, mais son rendez-vous n'était probablement pas si important puisqu'elle a fait demi-tour pour m'accompagner chez moi, où elle a attendu que j'aie fait du café.

Bien calée dans mon propre fauteuil, je l'ai observée d'un peu plus près et j'ai constaté qu'elle ne semblait pas très en forme. Elle avait le teint jaune et sous les yeux, qui semblaient plus orientaux que d'ordinaire, des cernes sombres, des cernes d'épuisement. Les lèvres gonflées, elle arborait une vilaine ecchymose sous chaque oreille. L'air était moite, ce soir-là, mais elle gardait son cardigan – des bleus sur les bras, également ?

Je suis une piètre cuisinière, mais je lui ai proposé de faire frire des saucisses pour accompagner la salade de pommes de terre et le coleslaw[1], dont je ne me rassasie jamais. Elle a souri et refusé d'un signe de tête.

---

1. Salade de chou cru.

— Demande à Klaus de t'apprendre à faire la cuisine, m'a-t-elle dit. C'est un chef de génie et tu as vraiment un tempérament à savoir cuisiner.

— Et quelle sorte de tempérament est censé bien cuisiner ?

— Tu es organisée et efficace, a-t-elle répondu en s'abandonnant contre le dossier du fauteuil.

Je savais très bien ce qui n'allait pas. Un des visiteurs du week-end s'était montré violent. Mais jamais elle ne l'admettrait, pas même devant moi. Je brûlais de lui dire qu'elle courait des risques énormes en couchant avec des inconnus, je ne sais pas ce qui m'a retenue mais je me suis tue. Si nous sommes à bien des égards plus proches que je ne l'ai jamais été de Merle, il m'a curieusement semblé que je devais respecter certaines limites sans chercher à en savoir davantage. Avec Merle, j'étais en quelque sorte à égalité, même si elle a eu deux amants et moi pas l'ombre d'un. Mais Pamy a dix ans de plus que moi et infiniment plus d'expérience. Jamais je n'aurais l'audace de prétendre que nous sommes sur le même plan, pas même l'audace de faire semblant.

Elle s'est plainte de ne plus beaucoup me voir, ces derniers temps – plus de déjeuners, nous ne faisons même plus le trajet ensemble, jusqu'à l'hôpital. Mais elle connaît Chris Hamilton, elle sait que c'est une garce.

— Regarde bien où tu mets les pieds, c'est en ces termes qu'elle a résumé la situation.

À quoi j'ai répondu :

— Si tu entends par là : ne regarde pas les hommes, j'ai compris la leçon. Dieu merci, nous n'arrêtons pas, alors quand elle commence à s'agiter pour faire du thé à un gugusse en blanc, je me remets au travail.

Je me suis éclairci la voix.

— Et toi, tu vas bien ?

— Couci-couça, a-t-elle répondu en soupirant avant de passer à autre chose.

L'air de rien, elle a ajouté :

— Euh, as-tu fait la connaissance d'Harold ?

— L'instituteur au-dessus ? ai-je demandé, un peu surprise. Non.

Mais elle n'a pas embrayé sur le sujet, je n'ai donc pas insisté.

Après son départ, j'ai fait frire deux saucisses, engouffré la salade de pommes de terre et le coleslaw, puis je suis montée chercher un peu de compagnie. Quand on embauche à 10 heures, inutile de se lever aux aurores, or j'avais assez de bon sens pour comprendre que si je me couchais trop tôt, je m'éveillerais au chant du coq. Jim et Bobbie avaient réuni quelques personnes, j'entendais derrière leur porte un bourdonnement de voix et un rire de jument qui n'appartenait ni à l'une ni à l'autre. Toby n'avait pas remonté son échelle, j'ai donc tiré la clochette qu'il a bricolée pour les visiteurs et il m'a invitée à monter.

Il se tenait devant son chevalet, trois pinceaux entre les dents, quatre dans sa main droite et celui qu'il tenait dans la gauche appliquait quelques traces de peinture sur une surface vierge. On aurait dit un souffle de vapeur.

— Tu es gaucher, ai-je fait en m'asseyant sur du velours blanc.

— Tu as tout de même fini par t'en apercevoir, a-t-il grommelé.

Je trouvais l'œuvre à laquelle il travaillait excellente mais je n'ai pas les compétences nécessaires pour juger. J'y voyais un terril fumant sous l'orage mais le sujet parvenait à garder le regard captif – les couleurs étaient superbes, saisissantes.

— Qu'est-ce que c'est ? ai-je demandé.

— Un terril fumant sous l'orage.

Je jubilais ! Harriet Purcell, l'amateur éclairé, a encore frappé !

— Est-ce que les terrils fument ?

— Celui-là fume.

Il a mis la dernière touche à sa volute de vapeur, a emporté les pinceaux jusqu'au vieil évier émaillé et les a soigneusement rincés à l'essence d'eucalyptus puis, après les avoir essuyés, il a récuré l'évier avec du « Bon Ami ».

— Tu ne sais pas quoi faire de ta peau ? a-t-il lancé en mettant la bouilloire à chauffer.

— Pour être franche, oui.

— Tu ne peux pas prendre un livre ?

— Ça m'arrive souvent, ai-je répliqué avec un soupçon d'aigreur – oh, il a vraiment l'art de vous prendre à rebrousse-poil ! – mais depuis que je travaille aux urgences, je ne suis plus en état de lire durant mes heures de liberté. Ce que tu peux être grossier !

Il s'est tourné vers moi avec un grand sourire et ses sourcils ont frémi... d'un séduisant !

— À t'écouter, on devine que tu lis, a-t-il repris en pliant un filtre en papier qu'il a glissé dans un entonnoir de laboratoire avant d'y verser, sous mes yeux fascinés, quelques cuillerées de café moulu.

Je ne l'avais jamais vu préparer du café. Pour une fois, le paravent était poussé... il devait avoir une tache.

Le café était extra, mais je me suis dit que je me contenterai de mon nouveau percolateur électrique. Plus commode, je ne suis pas maniaque à ce point. Mais lui, bien sûr, il l'est, c'est dans son tempérament.

— Qu'est-ce que tu lis ? m'a-t-il demandé en s'asseyant, une jambe passée sur l'accoudoir du fauteuil.

— Tout, ai-je répondu, depuis *Autant en emporte le vent* jusqu'à *Lord Jim*, en passant par *Crime et châtiment,* ce à quoi il a répliqué qu'il se cantonnait aux journaux à sensation et aux traités de peinture. Il n'a reçu aucune éducation au sens classique du terme et j'ai compris qu'il souffrait d'un sérieux complexe d'infériorité mais le sujet est trop sensible pour que je tente d'y remédier.

En général, les artistes s'habillent comme des clochards, c'est du moins ce que je croyais, mais Toby est très élégant. Le terril fumant sous l'orage avait eu droit à ses soins dans une tenue que les membres du Kingston Trio auraient approuvée – col de chemise impeccablement repassé retombant sur un pull ras du cou en mohair, plis du pantalon aussi nets qu'une lame et des chaussures de cuir noir rutilantes. Il n'avait pas la moindre particule de peinture sur lui et, lorsqu'il s'est penché pour poser ma chope devant moi, je n'ai rien senti, si ce n'est les senteurs d'herbe et de pin d'un savon de prix. De toute évidence, emballer des noix en usine payait très bien. Maintenant que je le connaissais un peu mieux, il me venait à l'esprit que ses « noisettes » étaient sûrement parfaites, sans trop de jeu ni trop serrées. Mais quand j'ai dit cela, il s'est mis à rire aux larmes, sans toutefois me confier ce qu'il trouvait si drôle.

— As-tu fait la connaissance d'Harold ?

— Tu es le deuxième, ce soir, à me poser la question. Non, je n'ai pas vu Klaus, non plus, et personne ne s'en inquiète. En quoi est-il si important, cet Harold ?

Il a haussé les épaules sans daigner répondre.

— Pamy, c'est elle ?

— Elle est dans un drôle d'état. Je sais. Un salaud a fait preuve d'un peu trop d'enthousiasme.

— Ça arrive souvent ?

Sans remarquer avec quelle intensité je l'observais, il a répondu non. Loin d'être indifférent, je le voyais à son expression, à son regard, il ne semblait pas angoissé pour autant. Quel comédien ! Oh, ce devait être dur de se voir rejeter ainsi ! J'ai voulu le réconforter mais ces derniers temps, c'est nouveau, ma langue est si nouée que je n'arrive pas à ouvrir la bouche, je n'ai donc rien dit.

Nous avons ensuite évoqué sa vie de broussard, du temps où il suivait son père d'élevage en élevage, là où les hautes herbes s'étendent à l'infini « comme un océan d'or et d'argent », selon ses propres termes. Bien que je n'y sois jamais allée, je voyais très bien le paysage. Pourquoi nous autres Kangourous ne connaissons-nous pas notre propre pays ? Qu'est-ce qui nous pousse vers l'Angleterre, tous autant que nous sommes ? Dans cette maison qui regorge de gens sensationnels, j'ai l'impression que je ne vaux pas mieux que du pipi de chat, je ne suis qu'un ver de terre. Je ne sais rien ! Parviendrai-je un jour à grandir assez pour les regarder en face et me sentir leur égale ? Je suis un ver de terre, du pipi de chat. Ils sont tous très gentils, alors ils sont pleins d'égards mais dès que j'ai le dos tourné, ils doivent me considérer avec une bienveillante ironie. Si jamais ils pensent à moi. Pourquoi le feraient-ils après tout ?

Mercredi 17 février 1960

Bon sang ! Fallait-il que je sois en veine d'autoflagellation, hier soir, quand j'ai écrit ces lignes ! C'est Toby, c'est lui qui me fait cet effet. Ce que j'aimerais coucher avec lui ! Qu'est-ce qui cloche chez Pamy ? Comment s'arrange-t-elle pour ne pas voir ce qui est sous son nez ?

Samedi 20 février 1960

Ça y est, j'y suis arrivée ! J'ai invité la famille à dîner dans mon nouveau logis. Merle était conviée, elle aussi, mais elle n'est pas venue. Elle m'a appelée en janvier, quand j'étais encore en pneumo et j'ai dû demander à une stagiaire de lui répondre que je ne pouvais pas venir au téléphone, les employés n'étant pas autorisés à recevoir des appels personnels. Il semble que Merle ait pris cela comme un affront puisque sa mère me répond à chaque coup de fil qu'elle est sortie. Elle est coiffeuse, voilà le problème, on dirait que ces filles passent la moitié de leur vie au téléphone à donner leurs coups de fil. À Ride, on n'était pas aussi à cheval sur le règlement, mais Queens n'est pas du tout le même style d'établissement. Après tout…

J'aurais aimé que Mme Delvecchio-Schwartz se joigne à nous, ainsi que Flo, mais la dame s'est contentée d'un grand sourire et m'a promis de descendre dire bonjour un peu plus tard.

Si, en apparence, il n'y a pas eu d'accroc, ce ne fut pas vraiment un franc succès. Il a fallu rehausser la table, mais j'avais raflé les chaises du rez-de-chaussée sur rue, de nouveau libre après avoir été loué par un homme et deux femmes, qui se prétendaient frère et sœurs. Croyez-moi, les hommes ne sont pas très regardants quand il s'agit de vider leurs rognons. Comparée à la plus jolie des deux « sœurs », Chris Hamilton a l'air d'Ava Gardner, et elles empestaient toutes deux un parfum de quatre sous éventé, qui ne parvenait pas à masquer une odeur de corps. Le « frère », lui, se contentait fort bien de l'odeur de corps. Les affaires ont prospéré jusqu'à l'arrivée du panier à salade, après que Mme Delvecchio-Schwartz a appelé la brigade des mœurs. Il y a un porte-avions américain dans le port, c'est ainsi qu'en poussant la porte, mardi soir, j'ai trouvé un foutoir monstre, il y avait des marins partout, assis dans l'escalier, appuyés contre les gribouillis de l'entrée, jusque devant chez Pamy et ils défilaient par dizaines jusqu'aux toilettes du premier, d'ailleurs ils ont tellement tiré la chasse qu'elle s'est mise à protester et à gargouiller. Mme Delvecchio-

Schwartz n'a vraiment pas trouvé ça drôle. Le « frère » et les « sœurs » ont été embarqués dans le panier à salade et traînés en taule, quant aux marins, ils se sont égaillés dans la nature en voyant arriver les flics, Norm en tête, ainsi que son sergent, un certain Merv – un sacré costaud, celui-là. Braves vieux Norm et Merv, les stars de la brigade des mœurs de Kings Cross !

Je n'ai rien osé raconter à la famille, ce qui m'a été le plus pénible. Je n'ai toujours pas fait la connaissance de Klaus et encore moins appris à cuisiner, j'ai donc triché en commandant tous les délices que je trouve dans mon épicerie fine préférée. Mais, de la salade de macaronis jusqu'aux feuilles de vigne farcies, en passant par la chiffonnade de jambon, ils n'ont rien aimé. J'avais pris ce gâteau sublime à la liqueur d'orange, de très fines tranches de cake alternées avec une bonne couche de crème au beurre. Ils ont chipoté dans leur assiette. Bah, c'est comme ça... Un bon steak-frites suivi du pudding aux raisins arrosé de crème anglaise ou d'une glace baignant dans le sirop, voilà tout ce dont ils rêvent la nuit quand leur ventre se met à protester.

Ils ont évolué dans la pièce comme des chats en territoire inconnu, bien décidés à ne pas aimer ce qu'ils voient. Les frangins ont écarté le rideau de perles pour jeter un coup d'œil circonspect à ma chambre, mais papa et maman l'ont tout simplement ignorée et mamie n'avait qu'une idée, faire pipi toutes les demi-heures. Ma pauvre maman a dû chaque fois l'accompagner jusqu'à la buanderie car mamie n'arrive pas à s'asseoir sur mes toilettes décorées d'oiseaux bleus, elles sont trop hautes. Je me suis excusée de l'état dans lequel étaient la salle de bains et les toilettes et je leur ai expliqué, en débitant comme une rotative, que je comptais tout passer à la laque à vélo dès que j'en aurais le temps. Le résultat serait absolument sensationnel ! Bleu cobalt, blanc et écarlate pour la baignoire. Je me suis retrouvée pratiquement seule à entretenir la conversation.

Quand j'ai demandé si quelqu'un avait vu Merle, maman m'a appris qu'elle s'était mis en tête que je ne voulais plus entendre parler d'elle depuis le déménagement, elle n'a jamais voulu croire que l'hôpital interdisait tout appel personnel. Maman m'a expliqué cela avec la douceur d'une mère convaincue que ses enfants vont au-devant d'une terrible déception mais je me suis contentée de hausser les épaules. Adieu, Merle.

Ils en savaient un peu plus sur David qui, pourtant, ne leur avait pas rendu visite – je devinais pourquoi : tant que le superbe coquard dont je l'ai gratifié n'aurait pas disparu, il ne s'y risquerait pas.

— Il a une nouvelle petite amie, a laissé tomber maman, l'air de rien.

— J'espère qu'elle est catholique, ai-je répondu sur le même ton.

— Oui, en effet. Et elle a tout juste dix-sept ans.

— C'est exactement ce qu'il lui faut, ai-je répondu avec un soupir de soulagement.

Plus de David Murchinson ! Il s'est trouvé une autre boule de glaise, du genre féminin, à modeler à sa guise.

Quand j'ai eu débarrassé le gâteau dont ils

n'avaient pas voulu et préparé le thé, Mme Delvecchio-Schwartz et Flo ont fait leur apparition. Oh, là, là ! La famille ne savait vraiment qu'en penser ! L'une ne parlait pas et la grammaire de l'autre laissait franchement à désirer, quant à leurs robes pas repassées, il n'y avait rien à en dire sinon qu'elles étaient propres. Pieds nus comme d'habitude, Flo portait son sempiternel tablier tabac et sa mère arborait des marguerites orangées sur un fond d'un mauve éclatant.

Après avoir commencé par lui faire de l'œil, il n'y avait pas à s'y méprendre, ma propriétaire a entièrement accaparé papa, ce qui n'a vraiment pas plu à maman. Mme Delvecchio-Schwartz a saisi comme prétexte la saga des Harriet Purcell pour le bombarder de questions. Comment se faisait-il qu'il ait donné à sa fille unique le nom tant redouté quand sa propre génération ne comptait pas une seule Harriet ? D'habitude, papa reste indifférent aux avances féminines mais, à se voir l'objet de toutes ces attentions, il rayonnait – on peut même dire qu'il flirtait ! Quand ma propriétaire s'est levée pour nous laisser, maman était dans une telle fureur que, de son côté, la pauvre mamie serrait les cuisses à en loucher, n'y tenant plus. Mais maman a attendu que Mme Delvecchio-Schwartz ait définitivement tourné les talons pour s'occuper d'elle. Je ne l'avais jamais vue jalouse.

— Cette gosse me fiche les jetons, a dit Gavin. On dirait que Dieu s'est ravisé, au moment d'en faire une attardée, il lui a finalement accordé un cerveau.

J'ai senti mon poil se hérisser comme celui de

maman. Je l'ai foudroyé du regard, ce crétin qui ne comprend rien, et j'ai aigrement répliqué :

— Flo est un être à part !

Au retour des toilettes, le verdict de mamie est tombé :

— Moi, je trouve qu'elle n'a vraiment pas l'air de manger à sa faim. Mais sa mère, quelle grosse dondon ! Très commune.

Mamie n'a jamais émis de jugement plus accablant à l'égard de qui que ce soit. « Commun. » Maman a acquiescé avec enthousiasme.

Seigneur ! Je les ai raccompagnés jusqu'à la porte et je suis restée sur le seuil à agiter la main tandis qu'ils s'éloignaient dans la Ford Customline toute neuve de papa, tout en formulant le souhait qu'ils ne reviennent jamais. Ce qu'ils ont dit de moi, de mon appartement, de La Maison, de Flo et de Mme Delvecchio-Schwartz, je ne peux que l'imaginer, mais j'ai la nette impression qu'en ce qui concerne ma propriétaire, l'opinion de papa diffère légèrement de celle de maman. Je parie que le vieux monstre s'est contenté de causer juste assez de dégâts pour s'assurer que la famille Purcell ne fasse pas de La Maison une étape obligatoire à chaque sortie.

Avec tout ce que j'ai vécu ces dernières semaines, je ne sais vraiment que faire de toutes ces opinions, ces impressions et ces conclusions tirées par milliers et je suis triste à pleurer, car il m'a suffi de voir leurs têtes face aux gribouillis de Flo pour comprendre que je ne pourrais rien leur faire partager. Pourquoi ? Je les aime toujours à la folie. Mais si, mais si ! J'ai eu l'impression que je descendais jusqu'au Quay pour dire au revoir à un ami partant pour l'Angleterre sur le vieil *Himalaya*. On est là, les yeux levés vers les centaines de visages massés au-dessus de la rambarde, on tient dans sa main un serpentin aux vives couleurs, alors le navire s'ébranle, tiré par les remorqueurs, il s'arrache à la jetée et tous les serpentins, le vôtre y compris, se déchirent d'un coup. Brusquement inutiles, ils n'ont d'autre but que d'aller rejoindre les épaves flottant sur l'eau sale.

À l'avenir, j'irai les voir à Bronte. Je sais que j'ai noté quelque part : « Jamais je ne pourrai y retourner », mais j'entendais par là « mon âme ». Mon corps, lui, devra faire son devoir.

Dimanche 28 février 1960

Demain, je vais pouvoir proposer le mariage au gars pour lequel j'en pince puisque c'est une année bissextile. Il y a vingt-neuf jours en février. Quelle veine !

Aujourd'hui, j'ai fait la connaissance de Klaus, qui n'est pas allé à Bowral ce week-end. C'est un petit bonhomme rondouillard qui a dépassé la cinquantaine, il a de grands yeux bleus, ronds. Soldat dans l'armée allemande pendant la guerre, il m'a raconté qu'il était faux-monnayeur dans un dépôt près de Brême. Il s'est donc retrouvé prisonnier des Anglais et interné dans un camp danois. On lui a laissé le choix de partir pour l'Australie, le Canada ou l'Écosse. Il a préféré l'Australie en raison de l'éloignement et, les deux premières années, il a échoué dans une administration où il était employé de bureau avant de revenir à son véritable métier, la joaillerie. Un sourire radieux a illuminé son visage quand je lui ai demandé s'il accepterait de m'apprendre à cuisiner. Avec grand plaisir, m'a-t-il assuré. Il parle si bien l'anglais qu'il pourrait presque passer pour un Américain et je n'ai pas remarqué d'insignes SS tatoués sur ses avant-bras quand je l'ai vu étendre son linge en maillot de corps. Alors, tu peux aller te rhabiller, David Murchinson, toi et tes préjugés mesquins à l'égard des immigrés ! Nous avons pris rendez-vous pour mercredi soir, à 21 heures, ce qui n'est pas trop tard pour un Européen, m'a-t-il assuré. À cette heure, je serai rentrée même si l'on vit l'enfer aux urgences, j'en suis à peu près sûre.

Vendredi soir, je me suis arrêtée au rayon spiritueux du Piccadilly Pub pour prendre un litre de Joe Dwyer « trois étoiles », auquel je m'habitue de plus en plus depuis ce jour où j'ai trouvé le cognac pas si mal que ça. Cet après-midi, j'ai filé avec ma bouteille jusque chez la dame des lieux et l'accueil fut très chaleureux. Elle me fascine littéralement et je veux en savoir beaucoup, beaucoup plus sur elle.

Flo a pris ses pastels par poignées, elle s'est mise à tracer ses arabesques au hasard sur un pan de mur fraîchement repeint, près du seuil, et nous nous sommes installées sur le balcon, où l'atmosphère était moite et chargée de sel, nous avions apporté nos verres Kraft, une assiette d'anguille fumée, une miche de pain et une livre de beurre. De toute évidence, rien ne nous pressait, pas un instant je n'ai eu l'impression que Mme Delvecchio-Schwartz attendait quelqu'un ou qu'elle ait voulu me pousser vers la sortie. J'ai toutefois remarqué qu'elle ne quittait jamais Flo des yeux et s'asseyait à l'endroit où elle pouvait la voir gribouiller et, chaque fois que le petit lutin tournait vers elle un regard inquisiteur, elle acquiesçait en émettant un grognement.

J'ai continué à jacasser, évoquant ma virginité qui se prolongeait, David, le baiser mouillé de Norm, très décevant, elle m'a écoutée comme si tout avait de l'importance et m'a certifié que, sans l'ombre d'un doute, la rupture de mon hymen était proche car elle était apparue dans les cartes.

— Un autre Roi de Deniers, dans la médecine, lui aussi, a-t-elle annoncé en préparant un sandwich à l'anguille fumée. Il sort à côté de ta Reine d'Épées.

— Reine d'Épées ?

— Ouais, la Reine d'Épées. Bobbie mise à part, dans La Maison, nous sommes toutes des Reines d'Épées, princesse. Puissant !

Elle a poursuivi sur le chapitre de ce Roi de Deniers, à mes côtés.

— Un navire qu'on croise dans la nuit. Ça c'est au poil, princesse. T'vas pas en tomber amoureuse. Si, la première fois, tu fais ça avec quelqu'un que tu crois aimer, c'est l'horreur.

Son visage a reflété une ironie teintée de malice, un peu suffisante, lorsqu'elle a repris comme si de rien n'était :

— Tu sais, la plupart des hommes sont pas très bons à ce jeu-là. Oh ça, pour se vanter quand ils sont entre eux... mais y a pas grand-chose derrière, tu peux me croire. Tu vois, les hommes, y sont pas comme nous et j'te parle pas seulement de Popaul, hun-hun-hun… Y faut qu'ils jouissent, y faut qu'ils déchargent leur vieille carabine, sinon ils deviennent dingues. C'est ce qui les fait courir, les pauvres types, comme des lemmings vers le bord de la falaise. Oui, comme des lemmings massés au bord de la falaise, a-t-elle ajouté en soupirant. Mais nous, on a pas besoin de jouir, pour nous c'est comme qui dirait, j'sais pas, moins important…

Elle a soufflé d'un air exaspéré.

— Moins obsessionnel ? ai-je suggéré.

— Bingo, princesse ! Obsessionnel. Alors, si tu t'figures que le type que t'as choisi pour ton coup d'essai chie de l'or en guise de crottes, tu risques d'être déçue. Prends donc un gars qu'ait de l'expérience, un type qu'aime autant faire l'amour à une femme qu'envoyer sa semoule. Et il est là, dans les cartes, j'te l'promets.

J'ai fini par lui confier mon désarroi face à la réaction des miens, bien qu'elle ait une bonne part de responsabilité dans l'histoire – mais elle sait parfaitement encaisser –, j'ai également parlé du navire et des serpentins.

Tout en bavardant, elle caressait les cartes comme des amies, en retournait une de temps à autre et la remettait dans le paquet d'un air un peu absent, m'a-t-il semblé. Elle m'a alors demandé si je me trouvais sur le bateau qui s'éloignait ou si j'étais restée sur le quai. Sur le quai, ai-je répondu, sans l'ombre d'un doute.

— Bien, très bien, a-t-elle conclu, aux anges. Toi, princesse, t'as pas perdu pied. Et ce sera toujours comme ça. T'es aussi solidement plantée dans le sol qu'un gigantesque vieil eucalyptus. Rien pourrait t'abattre, pas même une hache. T'es pas du genre à te laisser entraîner par la marée comme notre Pamy. Comme un brin d'herbe à la merci du courant. T'es venue apporter la lumière à La Maison, Harriet Purcell, lui apporter la lumière. Y a longtemps qu'je t'attends.

Elle a sifflé son fond de cognac et s'en est servie un autre. Puis elle a battu les cartes dans les règles de l'art et s'est mise à les étaler devant elle.

— Je suis toujours là ? ai-je égoïstement demandé.

— Comme j'te vois, princesse, mais deux fois plus belle.

— Vais-je enfin tomber amoureuse ?

— Ouais, ouais, ouais, mais pas tout de suite, alors prends ton mal en patience. Des hommes, y en a des tas, pourtant. Ah, voilà l'aut'gars dans la médecine ! Tu vois ? Là, c'est lui, le Roi de Deniers qui revient toujours pour toi. Hun-hun-hun.

Tout vient à qui sait attendre ! Je me suis toujours demandé ce qu'elle pouvait bien vouloir dire avec son Roi de Deniers, maintenant je sais.

— Ce mec-là, il a vraiment d'la classe, y parle comme un gars de la haute, encore mieux qu'Harold. Y'en a des lettres après son nom. Il est plus de première jeunesse, comme on dit.

J'ai pensé à M. Duncan Forsythe, l'ortho, et mon cœur a fait une drôle de petite pirouette, dans ma poitrine. Non, sûrement pas. Un grand patron et une manipulatrice radio de bas étage ? Pas moyen ! J'ai toutefois écouté avec l'attention d'une Chris

Hamilton face au pasteur prêt à recueillir ses vœux de mariage.

— Y a une femme et deux adolescents, des garçons. Y sont cousus de fric dans c'te famille. Il a pas b'soin de travailler, mais y bosse comme un forçat, y a que ça qui lui permet de tenir l'coup. La femme est aussi froide que des nichons de belle-mère – un repas chaud, c'est vraiment tout ce qu'y peut espérer en rentrant chez lui. Il a pas pour habitude de folâtrer mais il en pince pour toi, le pauv'gars.

Les cartes pouvaient bien dire ce qu'elles voulaient, là, elles se trompaient. Je n'avais vu M. Forsythe qu'une seule fois. Avec un sourire malicieux, Mme Delvecchio-Schwartz a continué à déployer ses lames de tarot.

— Voilà pour toi. Maintenant, r'gardons un peu les autres. Ah ! Je vois également quelqu'un pour Pamy ! Encore un qu'est pas de première jeunesse et qui a un tas de lettres après son nom. Bon Dieu ! Quêque c'est qu'ça ? Oh, merde !

L'air soucieux, elle s'est interrompue pour étudier les cartes, en a tiré une autre en grommelant puis a hoché la tête avec, m'a-t-il semblé, une certaine tristesse. Mais elle ne m'a pas donné d'autres informations.

— Toby va se faire piéger et il y sera vraiment pour rien, a-t-elle fait en étalant de nouveau ses cartes, mais y finira par s'en sortir. Un bon p'tit gars, ce Toby.

En voyant la lame suivante, elle s'est mise à claironner :

— Ah, me voilà, la Reine d'Épées ! Vraiment

bien placée. Ouais, ouais, ouais, je les fourre dans le paquet au fur et à mesure.

Je commençais à trouver le temps un peu long, sans doute parce qu'elle ne se donnait pas toujours la peine de m'expliquer la signification de chaque carte et quel rôle elle jouait dans le tableau d'ensemble. Mais après avoir posé quatre ou cinq lames à la suite de la Reine d'Épées, elle a abattu une carte qui représentait une silhouette étendue, transpercée de dix épées bien distinctes, plantées dans son dos – impossible de dire s'il s'agissait d'un homme ou d'une femme. À l'instant précis où elle l'a aperçue, elle a tressailli et, saisie de frissons, elle a pris une bonne lampée de cognac.

— Merde ! a-t-elle lâché entre ses dents. Me voilà encore *baisée* par ce Dix d'Épées, et Harold sort juste à côté.

Je n'ai pas entendu grand-chose de ce qu'elle racontait tant je me pâmais de ravissement – elle venait de prononcer le « grand mot fatidique » sans un battement de cils. Peut-être trouverais-je un jour le courage d'en faire autant ? Mais il valait mieux garder ce genre de réflexion pour moi, je lui ai donc demandé ce que signifiait ce Dix d'Épées.

— Si tu es Reine d'Épées, princesse, c'est la mort. Si tu sors en tant que reine d'une autre suite – Bâtons, Deniers ou Coupes – ce serait plutôt la ruine. Et Harold est encore là. À côté, comme toujours.

Je ne sentais plus mes lèvres qui semblaient engourdies quand j'ai posé sur ma logeuse un regard terrifié.

— Est-ce votre propre mort que vous voyez ?

Elle s'est mise à rire mais à rire, de bon cœur et sans la moindre arrière-pensée.

— Non, non ! Pas du tout, princesse ! C'est le genre de chose, la mort, qu'on voit jamais pour soi ! Quand y s'agit du médium, les cartes restent muettes comme des momies dans une tombe. Non, j'sais plus trop que penser, c'est qu'je comprends vraiment pas ce que veut dire ce Dix d'Épées avec Harold. Mais voilà, je continue à les sortir ensemble, et depuis le nouvel an.

Harold avait la tête en bas. « Le Roi de Bâtons renversé », c'est l'explication que m'a donnée Mme Delvecchio-Schwartz. J'ai compris que lorsqu'une carte se trouvait à l'envers, elle prenait un sens diamétralement opposé à sa signification primitive. Mais pourquoi cet Harold avait-il une telle importance ?

Flo a lâché ses pastels pour venir nous rejoindre sur le balcon. En se glissant près de moi, elle a effleuré mon bras de sa joue de satin mais, au lieu de grimper sur les genoux de sa mère pour réclamer le sein, elle s'est emparée de son verre et s'est mise à boire. Je fus saisie d'horreur.

— Oh, laissons-la faire, a dit Mme Delvecchio-Schwartz, qui lisait en moi à livre ouvert. C'est dimanche et elle sait ce qui l'attend.

— Mais elle risque de devenir alcoolique ! ai-je glapi.

Ce qui eut pour effet d'engendrer un « pffff ! » monstrueux.

— Qui ça, Flo ? Nâân ! s'est-elle exclamée avec une superbe insouciance. C'est pas dans ses cartes,

ni dans son horoscope, princesse. Le cognac, c'est pas seulement de la gnôle, c'est bon pour l'âme.
Elle a esquissé un sourire égrillard.
— Et tout aussi bon pour te redresser le braquemart d'un homme. Avec un autre alcool – ou de la bière ! – aussi flasque qu'une chaussette mouillée sur un fil à linge.
Ensuite, tout s'est passé si vite que je n'ai pas vu grand-chose. Flo a sursauté, puis bondi en renversant le verre à demi plein dans un jet de cognac, elle s'est enfuie vers le living-room comme si elle avait tous les diables à ses trousses et a filé droit sous le divan.
— Ah, merde, voilà Harold, a fait Mme Delvecchio-Schwartz en soupirant.
Elle s'est levée pour ramasser le verre intact.
Encore sous le choc, après l'accès de frénésie de Flo, je l'ai suivie à l'intérieur.
Gracieux, il est entré à pas mesurés, un peu comme un vieux danseur d'opéra perclus d'arthrose. Chacun de ses mouvements semblait calqué sur un gabarit. Ce petit bonhomme décrépit, racorni, frôlant la soixantaine, a braqué sur nous un regard perçant par-dessus les demi-lunes perchées sur un nez fin et pointu. Un regard de pure malveillance. Mais ce regard effrayant n'était pas destiné à Mme Delvecchio-Schwartz, j'en étais la seule bénéficiaire. Je ne sais comment décrire ce à quoi je n'ai jamais été confrontée, pas même chez un patient dément présentant des tendances criminelles. Il m'a foudroyée avec une telle haine, il distillait un tel venin ! Soudain, je me suis souvenue des explications de Mme Delvecchio-Schwartz, j'étais moi-même

une Reine d'Épées. Une pensée m'a traversé l'esprit. Peut-être avait-elle vu ma propre mort dans les cartes ? Ou celle de Pamy. Ou de Jim.

Elle a paru ne se rendre compte de rien et s'est mise à claironner :

— Je te présente Harold Warner, Harriet. C'est mon homme.

J'ai réussi à émettre d'une voix chevrotante quelques banalités polies, en guise de réponse, j'ai obtenu un petit signe de tête glacial et il s'est détourné comme s'il lui était intolérable de supporter ma vue un instant de plus. Si je ne faisais pas un solide mètre soixante-seize, je jure mes grands dieux que je serais allée rejoindre Flo sous le divan. Pauvre petit bout de chou ! De toute évidence, Harold lui faisait le même effet qu'à moi.

« C'est mon homme. »

Je comprenais pourquoi ils voulaient tous savoir si j'avais fait la connaissance d'Harold !

Ils ont tous deux quitté la pièce, lui en tête, elle sur ses talons comme un chien de berger ramenant dans le troupeau un agneau égaré. Ils sont probablement allés dans sa chambre. Ou bien dans les quartiers d'Harold, juste au-dessus de mon living. Quand j'ai compris qu'ils ne reviendraient pas, je me suis couchée sur le sol, j'ai soulevé le bord élimé du jupon entourant le divan et mon regard a buté sur deux yeux immenses qui luisaient dans la pénombre comme des éclats de verre pris dans l'asphalte. Il m'a fallu un certain temps pour convaincre Flo de sortir de là mais elle a fini par avancer comme un crabe, ses petites jambes tricotant sur le lino jusqu'à ce que ses bras trouvent ma nuque pour se suspendre à mon cou. Je l'ai fait glisser sur ma hanche pour répartir le poids de son corps et je l'ai regardée.

— Écoute, petit ange, ai-je proposé en caressant ses cheveux fous, si nous descendions chez moi trier tes pastels ?

Nous les avons donc ramassés sur le sol – il devait y en avoir plus de cent et ce n'étaient pas des pastels bon marché destinés aux enfants mais des articles allemands de qualité supérieure et dans toutes les nuances qui soient. Avec ce qu'ils avaient dû coûter, Flo aurait pu arborer une jolie robe tous les jours de la semaine.

J'en ai beaucoup appris sur elle, cet après-midi. Elle ne parle pas, du moins en ma présence, mais elle a l'esprit clair, vif et elle est intelligente. Nous avons plié du carton pour fabriquer des plateaux rainurés, puis je lui ai demandé de mettre de côté tous les pastels verts, ce qu'elle a fait. Je lui ai dit ensuite de les ranger en dégradé sur un plateau et je l'ai observée tandis qu'elle décidait si un jaune tirant sur le vert appartenait aux verts. Nous avons trié les rouges, les roses, les jaunes, les bleus, les marrons, les gris, les violets et les orangés et elle ne s'est pas trompée une seule fois. Elle s'amusait beaucoup, ce n'était pas difficile à comprendre car elle s'est mise à fredonner au bout d'un petit moment, bouche close, une jolie mélodie que ne modulaient ni les lèvres, ni la langue. Pas une fois elle n'a essayé de gribouiller sur mes murs, je me demandais pourtant... Nous nous sommes assises à la table et nous avons mangé de la salade de pommes de terre, du coleslaw et de la chiffonnade de jambon en buvant de la limonade avant de nous allonger sur mon lit pour faire un somme. Dès que je faisais mine de bouger, elle s'agrippait à ma jambe et m'accompagnait dans tous mes déplacements. Je n'ai jamais été aussi heureuse que durant cet après-midi passé auprès de Flo, à appréhender son univers. Tandis qu'au premier, sa mère, cette incroyable masse de contradictions, s'ébattait en compagnie d'un homme sérieusement atteint. Que pouvait bien faire cette enfant, les autres dimanches ? Car ce rendez-vous galant était hebdomadaire, tout ce que Mme Delvecchio-Schwartz avait fait et dit ce jour-là ne laissait planer aucun doute. Le Dix d'Épées, la Reine de la même suite, la mort.

Lorsque je l'ai entendue brailler pour appeler son petit ange, j'ai ramené Flo. Sa main dans la mienne, la toute petite a trottiné jusque chez sa mère qu'elle a retrouvée sans lui tenir rancune de l'avoir abandonnée pendant deux heures, apparemment. Je les ai quittées, l'esprit en plein chaos et le cœur en berne. En refermant la porte derrière moi, j'ai jeté un coup d'œil dans le sombre couloir qui mène à l'arrière de La Maison et un frisson m'a parcouru l'échine, j'ai été saisie d'une atroce terreur. Harold se tenait là, dans l'obscurité, sans manifester sa présence de quelque façon que ce soit. Une folle pensée m'a alors traversé l'esprit : il avait réussi à se fondre dans le mur, le bas de son corps disparaissant sous les gribouillis et le haut sous la sinistre peinture crème. Nos regards se sont croisés et ma bouche est devenue sèche comme du parchemin. Quelle haine ! Elle était palpable. Seuls ses yeux m'avaient reconnue, mais j'ai cru que jamais mes jambes ne me porteraient assez vite jusqu'en bas.

À cette heure encore, quand je devrais être au lit depuis longtemps, je suis assise à ma table, hérissée de chair de poule de la racine des cheveux jusqu'aux pieds. Qu'ai-je donc fait à cet horrible petit homme pour mériter une telle haine ? Et qui est, en fin de compte, la Reine d'Épées désignée par les cartes ? Mme Delvecchio-Schwartz, Pamy, Jim, ou moi ?

Mercredi 2 mars 1960

L'avantage, quand on tient son journal sur un cahier ordinaire, c'est qu'il n'y a pas de pages blanches pour vous reprocher de ne pas avoir fidèlement noté vos pensées au jour le jour. J'en suis déjà à mon second gros cahier. Ma porte a bien une serrure encastrée mais, quand j'ai oublié la clef, je n'ai aucun mal à la bricoler, il suffit donc d'un brin d'habileté pour en faire autant. Voilà pourquoi je cache le cahier terminé au fond du placard où je garde mon morceau de Tilsiter. J'ai pour théorie que pas un être au monde, pas même Harold, n'aurait le courage d'aller y fourrer la tête pour chercher quoi que ce soit. C'est incroyable ce que ce fromage peut empester ! Je parviens à en contenir la puanteur en colmatant la porte avec de la pâte à modeler et, sous un symbole de la radioactivité flanqué de deux tibias entrecroisés et d'une tête de mort, j'ai affiché cette mise en garde : ATTENTION FROMAGE ! Il y a deux bonnes raisons à cela. Premièrement, la pâte à modeler n'est pas facile à retirer, comme ça je ne touche pas au Tilsiter plus d'une fois par semaine – si je commence, je ne peux plus m'arrêter. Deuxièmement, mon cahier achevé sera en sécurité. Pour m'en assurer, j'insère un cheveu dans la pâte à modeler, une ruse que j'ai apprise dans je ne sais plus quel film. Le cahier en cours ne me quitte jamais, il me suit au Queens et dans les boutiques. Quand des secrets sont en jeu, on n'est jamais trop prudent.

Il est arrivé un drôle de truc aujourd'hui. Ce fut une panique monstre aux urgences – un avion de vingt places s'est écrasé sur la piste de Mascot, aussi la moitié des blessés ont-ils été dirigés sur St George et l'autre moitié sur Queens, les morts comme les survivants. J'ai une sainte horreur des brûlures. Comme tout le monde ! Six passagers ainsi que les deux pilotes ont fait un court séjour chez nous avant de filer droit vers la morgue, mais deux blessés étaient encore en vie quand j'ai quitté le service. Oh, quelle puanteur ! On aurait dit de la viande rôtie, calcinée, impossible de s'en débarrasser ! Les autres patients étaient inquiets, agités, les infirmières effrayées comme je les ai rarement vues, quant aux surveillantes elles ne savaient plus où donner de la tête.

Chris assistait à une réunion convoquée à la demande de sœur Agatha et la stagiaire mettait de l'ordre dans la chambre noire tandis que je réparais des sacs de sable... pour une fois, nous n'avions rien à faire. Et voilà que M. Duncan Forsythe est entré ! J'étais assise à notre bureau, dans l'aire d'attente réservée aux patients, et je poussais mon aiguille, je n'ai donc pas levé la tête tout de suite. Quand je me suis enfin décidée, je suis restée bouche bée. Quel sourire ! Il est vraiment très séduisant. J'ai réussi à esquisser une grimace polie et je me suis mise debout, main derrière le dos, avec la soumission d'une inférieure en présence de Dieu. Ventre et menton rentrés, au garde-à-vous. Après deux ans de service dans un hôpital, ça vous vient naturellement.

Il n'était là que pour le téléphone – il m'a expliqué qu'avec l'accident il n'y avait plus une ligne de libre aux urgences. Je lui ai indiqué notre appareil et je suis restée, toujours au garde-à-vous, tandis qu'il demandait au standard d'appeler son équipe de sous-fifres qui devait le rejoindre à Chichester Quatre. Quand il eut posé le combiné, je m'attendais à ce qu'il s'en aille mais il n'en a rien fait. Il s'est assis au bord du bureau, a balancé sa jambe dans le vide sans me quitter du regard. Puis il m'a demandé comment je m'appelais, je lui ai répondu et il a répété :

— Harriet Purcell. Cela sonne joliment, comme un nom un peu ancien.

— Oui, monsieur, ai-je acquiescé, raide comme un piquet.

Les yeux verts sont mystérieux. Dans la littérature romanesque, ils sont toujours « de la couleur des émeraudes » mais l'expérience m'a appris qu'ils évoquaient plutôt l'eau des marais, dont la nuance ne cesse de varier. Les miens sont noirs et on ne distingue pas très bien la pupille de l'iris, ce doit être pour ça que j'aime tant ses yeux – ils sont différents des miens sans être vraiment à l'opposé. Il est resté là, à me regarder avec un sourire serein, assez longtemps pour que je sente mon visage s'embraser, puis sa jambe a glissé le long du bureau, il s'est relevé et s'est dirigé d'un pas nonchalant vers la porte. Ces chirurgiens semblent se mouvoir avec une merveilleuse distraction, poussés, dirait-on, par des forces extérieures.

— Au revoir, Harriet ! a-t-il lancé en sortant.

Ouuh ! Il doit bien mesurer un mètre quatre-vingt-dix car j'ai dû lever les yeux vers lui.

Oh, ce qu'il est bien ! Mais Mme Delvecchio-Schwartz ne m'aura pas avec ses maudites cartes !

Et ce soir, j'ai pris ma première leçon de cuisine. Tous les ingrédients étaient prêts quand j'ai frappé à la porte de Klaus, peu après 20 heures ; j'avais entendu son violon et je savais qu'il ne m'en voudrait pas si je montais un peu plus tôt. C'est un véritable virtuose, il joue des morceaux classiques pleins de passion et de tendresse. Je ne suis pas très « classique » mais, si j'en juge par ce que j'entends, je vais acheter tous les 33 tours qu'il voudra bien m'indiquer. Là, Billy Vaughan peut toujours s'aligner !

Nous avons préparé du bœuf Stroganoff accompagné de Spaetzle (j'ai demandé à Klaus de m'épeler le mot – peine perdue, il ne figure pas dans mon dictionnaire) et j'ai l'impression d'avoir quitté cette terre pour le paradis.

Il n'a pas mis une demi-heure pour tout préparer et je n'ai jamais rien goûté d'aussi bon. Il m'a sévèrement mise en garde, comme si j'allais, sur-le-champ, commettre ce crime :

— Jamais de concentré de tomate, surtout, ni de

cornichons ! Il n'y a qu'une façon de préparer le Stroganoff et c'est la mienne.

Il a réfléchi quelques instants avant d'ajouter :

— Le cognac excepté, on peut tolérer le cognac. Il faut garder aux saveurs tout leur naturel et assure-toi que ce que tu mets dans ta sauce n'aille pas masquer les ingrédients de base. Qu'a-t-on besoin de camoufler un arôme de bœuf, de champignons ou d'oignons ?

Fin de la leçon. La semaine prochaine, nous passons au poulet au paprika – au paprika doux, de Hongrie ! Nous nous sommes un peu accrochés quand il s'est agi de décider qui paierait les ingrédients – Klaus tenait à les acheter et je ne voulais pas. En fin de compte, nous nous sommes mis d'accord pour partager les frais.

Samedi prochain, je vais chercher des couteaux, un tranchoir et un fouet. Ce que j'ai hâte d'expliquer à maman comment faire une sauce sans grumeaux ! Il faut battre la sauce avec un fouet.

Vendredi 20 mars 1960

Je refuse de croire ces cartes !

Aujourd'hui, c'était jour de traumatismes crâniens. Je ne saurais dire pourquoi mais c'est ainsi. Certains jours, plus que d'autres, nous voyons arriver un type de patient bien précis. Aujourd'hui, nous n'avons eu que des traumatisés du crâne, en veux-tu, en voilà.

Chris n'était pas encore partie quand Demetrios,

notre brancardier immigré, est entré en poussant sur un chariot son énième traumatisé. Demetrios, qui est grec, a mis en place un service d'interprètes pour faire face à la demande de toutes les nationalités présentes sur notre sol, en ces temps où les immigrés abondent. Je les aime beaucoup, ces immigrés, et je crois leur présence très bénéfique au pays – moins de steak-frites et plus de bœuf Stroganoff. Mais ma famille les méprise, tout comme Miss Christine Hamilton. C'est dommage, parce que Demetrios trouve Chris plutôt à son goût. Il est célibataire, assez grand et pas mal dans son genre un peu exotique et il m'a confié que cette activité de brancardier n'était que temporaire, il suit les cours du soir du Collège technique où il apprend la mécanique auto car il a l'intention d'ouvrir un jour son propre garage. Comme tous les immigrés, il travaille très dur et économise jusqu'au dernier penny. À mon avis, si la plupart des anciens Australiens méprisent les nouveaux, c'est que ces derniers considèrent le travail comme un privilège et non comme un droit. Ils sont si heureux d'avoir le ventre plein et quelques sous sur leur compte en banque !

Bref, n'ayant obtenu de Chris qu'un regard furibond en réponse à son œillade langoureuse, Demetrios s'est sauvé et nous a laissées avec notre patient. Ledit patient était bourré comme un coing, empestait la bière et refusait de se tenir tranquille et de coopérer. Donc, quand je me suis penchée pour lui fourrer un sac de sable de chaque côté de la nuque, il a dégobillé sa bière dont il m'a inondée de la tête aux pieds. Oh, ce gâchis ! J'ai dû abandonner Chris à ses jurons et la stagiaire à sa serpillière pour aller jusqu'aux vestiaires des femmes retirer uniforme, chaussures, bas, porte-jarretelles, soutien-gorge et culotte, absolument tout. J'avais bien un autre uniforme dans mon casier, mais ni sous-vêtements ni chaussures de rechange, il m'a donc fallu les laver dans le lavabo et tordre le tout aussi fermement que possible avant de me rhabiller, bas y compris. Il est formellement interdit de rester jambes nues. Mes vieilles chaussures adorées ne seront plus jamais comme avant. Une vraie tragédie ! Comme il est impossible de tordre des chaussures, je les ai enfilées trempées et je suis retournée aux urgences radio en pataugeant, laissant dans mon sillage une succession d'empreintes mouillées. De passage dans le service, la surveillante générale m'a toisée de la tête aux pieds.

— Vous mouillez le sol, miss Purcell, ce qui est très dangereux pour les autres, a-t-elle fait observer sur un ton glacial.

— Oui, madame, j'en suis consciente, madame. Je m'en excuse, madame, ai-je répondu avant de filer comme un zèbre et de disparaître dans nos locaux. En présence de la surveillante générale ou de sœur Agatha, on ne tente même pas de se justifier, on prend la fuite aussi vite qu'on peut. C'est quelqu'un, tout de même ! Elle ne m'a vue qu'une fois mais elle sait qui je suis et comment je m'appelle.

Et les choses n'en sont pas restées là – c'était un de ces « fameux jours »... J'ai tout de même expédié la stagiaire à 16 heures et poursuivi le combat sans personne pour m'aider, il était 20 heures largement sonnées quand j'ai évacué le linge sale dans le toboggan des urgences. Après avoir complété le registre et préparé les cassettes pour le lendemain, j'étais enfin libre.

En sortant, j'ai constaté qu'un de ces orages d'automne se préparait, il était même sur le point d'éclater. J'avais pris mon pépin, bien sûr, mais un coup d'œil circulaire en direction de Dowling Street m'a permis de voir que tous les taxis s'étaient donné le mot pour disparaître avant le déluge. De deux choses l'une, j'allais devoir rentrer chez moi à pied ou dormir sur un des divans recouverts de plastique des urgences et je ne pense pas que cette solution ait été du goût de la surveillante générale.

Le vent mugissait, soulevés par une énorme bourrasque, feuilles, papiers et canettes volaient en tous sens quand j'ai vu quelqu'un sortir du service par l'entrée des piétons. Je ne m'en suis pas souciée jusqu'à ce que cette personne soit suffisamment proche et je me suis aperçue qu'elle ne m'était pas inconnue. M. Forsythe, excusez du peu ! Il m'a offert son sourire éblouissant en pointant l'extrémité de son gros parapluie noir à manche d'ébène en direction du parking réservé aux grands patrons. Il n'y avait plus une Rolls, plus la moindre Bentley, seules restaient une Mercedes des années 30 et une berline noire, une Jaguar aux lignes épurées. La sienne était la Jag, j'en ai pris le pari avec moi-même.

— Harriet, m'a-t-il dit, d'ici trente secondes, il va tomber des cordes. Permettez-moi de vous reconduire chez vous.

J'ai réussi à esquisser un vrai sourire, tout en secouant vigoureusement la tête.

— Merci, monsieur, mais ça ira.

— Ça ne me dérange pas, je vous assure, a-t-il insisté.

À ce moment, les cieux se sont fendus en deux pour déverser des torrents de pluie et il a ajouté avec une exclamation de triomphe :

— Allons, Harriet, il est exclu d'attendre le bus par un temps pareil et il n'y a pas un seul taxi à des kilomètres à la ronde. Acceptez que je vous ramène.

Mais j'étais fermement résolue à ne pas me laisser fléchir. Les hôpitaux sont de véritables usines à ragots et l'endroit où nous nous trouvions on ne peut plus public, les allées et venues étaient incessantes.

— Merci, monsieur, ai-je répondu, mais j'empeste le vomi. Je préfère rentrer à pied.

J'ai redressé le menton en pinçant les lèvres. Il m'a observée quelques instants avec insistance, puis il a haussé les épaules et ouvert son parapluie, sur la bague d'argent qui enserrait la poignée était gravé un affectueux message de Mark et Geoffrey. Il s'est élancé en courant vers la jaguar. Bien joué, Harriet ! Une Mercedes 30 aurait convenu plutôt à un psychiatre ou à un pathologiste. Les orthos sont très respectueux de l'orthodoxie. Tandis que la jaguar noire passait auprès de moi dans un bruissement de pneus, j'ai entrevu un visage flou derrière la vitre embuée, ainsi qu'une main qui s'agitait dans ma direction. Je n'ai pas répondu à son signe d'adieu. Non, j'ai attendu encore quelques instants pour ouvrir mon parapluie et j'ai attaqué les cinq kilomètres qui me séparaient de la maison. C'était mieux ainsi. Beaucoup mieux.

Lundi 28 mars 1960

Entre urgences et cuisine, il y a un bon moment que je n'ai plus l'énergie d'écrire dans mon cahier. Mais je n'arrive pas à me remettre de ce qui s'est passé ce soir. Peut-être parviendrai-je ainsi à chasser les fantômes et à trouver un repos dont j'ai bien besoin.

Jim m'a convoquée à une réunion organisée en urgence dans leur appartement, une curieuse alliance des fanfreluches de Bobbie et de la simplicité un peu brute de Jim. La Harley Davidson enchaînée à notre platane, sur Victoria Street, appartient à Jim, il y a un bon moment que je le sais, les affiches collées sur les murs ne m'ont donc pas surprise. Elles ne cessent de me harceler pour que je participe aux rencontres qu'elles organisent régulièrement mais, jusqu'à ce soir, je ne me suis jamais laissé faire – pour être franche, j'avais tout bonnement la trouille. C'est que la perspective de nouer des relations trop étroites avec un groupe de femmes qui portent presque toutes des noms d'homme – Frankie, Billie, Joe, Robbo, Ron, Bert et j'en passe – ne m'enthousiasmait pas vraiment. Je tiens beaucoup à Jim et à Bobbie car elles font partie de La Maison, mais Mme Delvecchio-Schwartz m'a sévèrement mise en garde : les gouines n'hésitent jamais à s'en prendre à une pétasse – elle n'est jamais à court de métaphores superbes et je me demande toujours si elle me fait marcher, ce vieux monstre. Quand Jim m'a fermement priée de venir ce soir, j'ai compris que j'étais sur la touche, j'ai donc obéi.

À mon grand étonnement, Toby était présent. Ainsi que Klaus. Mais de Mme Delvecchio-Schwartz, point. Il y avait là six femmes que je ne connaissais pas. L'une d'elles, que l'on me présenta sous le nom de Joe, est avocate, avocate à la Cour en fait. Parvenir au sommet de la hiérarchie judiciaire en portant une jupe, c'est impressionnant ! Enfin, disons plutôt en tailleur sur mesure. Ça suffit, Harriet ! Ce n'est pas le moment de t'égarer. Si je me permets ces commentaires oiseux c'est, je crois, pour éviter de coucher noir sur blanc l'objet de la réunion.

Les protagonistes du drame – Frankie et Olivia – étaient absentes. J'ai cru comprendre que Frankie faisait figure d'idole dans le milieu lesbien, très dynamique, très masculine également. Elle venait de s'éprendre d'Olivia, dix-neuf ans, ravissante, et issue d'une famille qui pue le fric. Quand le père d'Olivia a découvert les préférences sexuelles de sa fille, il ne s'est pas contenté de sortir de ses gonds, il a décidé de lui donner une bonne leçon. Il a donc fait jouer quelques relations qui ont veillé à ce que Frankie et Olivia soient enlevées sur le sentier où elles promenaient leur chien et traînées en cellule de détention dans un des commissariats de la périphérie. Et là, la nuit dernière, elles se sont fait violer sans discontinuer jusqu'à l'aube par une douzaine de flics, puis on les a flanquées sur la route, ainsi que leur chien sans vie, près de la gare de Milson Point. Elles se trouvent toutes deux au Mater Hospital et souffrent de graves lésions.

Je me suis sentie si mal que j'ai bien cru devoir m'excuser pour aller restituer mon dîner mais mon amour-propre a réussi à dompter les spasmes de mon ventre et j'ai tenu le coup. Toby était à l'autre bout de la pièce, il lui a suffi d'un regard pour saisir la situation, il est venu me rejoindre et s'est assis sur le sol à mon côté. Il a glissé sa main vers moi pour s'emparer de la mienne. Et je l'ai agrippée de toutes mes forces. Joe, l'avocate à la Cour, parlait d'action en justice mais, selon Robbo, Frankie refusait de porter plainte, quant à la pauvre petite Olivia, elle serait transférée à l'unité de soins psychiatriques intensifs de Rozelle dès qu'elle serait physiquement en état de quitter le Mater.

La rage et la fureur retombées, elles se sont mises à raconter leurs vies de gouines, probablement parce que j'étais là. Robbo avait été mariée, nous a-t-elle expliqué, et elle a deux enfants mais, son mari ayant cité une codéfenderesse à comparaître lors du divorce, il lui est interdit de voir ses enfants avant d'avoir apporté la preuve qu'elle n'exerce pas « une influence corruptrice ». Deux d'entre elles avaient été sexuellement agressées par leur père lorsqu'elles étaient enfants, une troisième « vendue » par sa mère à un riche vieillard dont la préférence allait aux rapports anaux avec des petites filles. Physiques ou psychiques, elles avaient toutes gardé certaines cicatrices. Comparée à l'existence des autres, celle de Jim et Bobbie manque franchement de sel. Les parents de Jim l'ont mise à la porte parce qu'elle aimait s'habiller en homme mais elle n'a pas autrement souffert. Et ceux de Bobbie, qui vivent dans le bush, ne se doutent même pas que Jim est une femme.

Toby m'a ensuite emmenée dans son grenier, je

tremblais comme un vieux soldat en plein accès de paludisme et il m'a servi un café arrosé de cognac.

— Je ne savais pas qu'être lesbienne était un crime, ai-je dit quand la boisson chaude eut remis mon estomac d'aplomb et calmé les battements affolés de mon cœur. Pour un homme, oui, c'en est un, mais on m'a raconté que lorsque le projet de loi a été soumis à l'approbation de la reine Victoria, elle a refusé de croire que les femmes puissent être homosexuelles. Tout de même, si Frankie et Olivia se sont fait arrêter, ce doit être contraire à la loi.

— Non, tu as raison, a répondu Toby en me resservant. Ce n'est pas un crime d'être gouine.

— Comment est-ce arrivé, alors ?

— En douce, Harriet. Secrètement. Tu ne trouveras jamais le nom de Frankie et d'Olivia sur les registres du poste. Un gros bonnet de flic a fait une fleur au père d'Olivia. À mon avis, ce qu'ils avaient en tête c'était montrer à Olivia de quoi est capable un homme, un vrai, mais l'affaire a mal tourné. Probablement lorsque Frankie s'en est prise aux violeurs. Elle n'est pas du genre à crier « pouce », même dans une telle situation.

Ce qu'il peut être détaché, ce Toby ! Certainement comme tout artiste de talent qui observe le monde. C'est un sujet d'inspiration qu'ils recherchent.

En ce qui concerne les aspects sordides de l'existence, je ne suis pas la dernière des ingénues. Comment le serais-je après avoir exercé plus de trois ans dans un hôpital ? Mais nous n'entendons jamais qu'une partie de l'histoire, surtout dans ma branche, où les patients viennent subir des examens avant de repartir vers un autre service. Et puis, nous avons rarement le loisir d'écouter ce que racontent les malades. Quand nous nous retrouvons pour déjeuner ou pour une petite fête, quand nous avons une minute pour bavarder, nous ne dévions jamais de l'actualité brûlante des derniers ragots de radio-cancan. Prendre conscience de ce qui se passe, de ce qu'un être humain a pu subir, voilà l'horreur. Non, je ne suis pas totalement niaise. Seulement j'ai été protégée. Jusqu'à mon arrivée au Cross et à mon installation à La Maison.

J'ai eu ce soir une révélation aveuglante. Je ne verrai jamais plus les gens du même œil. Au grand jour, vous voyez un aspect des choses mais, à l'abri des regards, tout est si différent ! Dorian Gray est partout. Je ne sais rien du père d'Olivia mais j'ai suffisamment mûri en une soirée pour estimer qu'il est en paix avec lui-même et qu'il rejette entièrement la faute sur Frankie et sur sa fille. L'idée que l'on puisse s'attaquer à de jeunes enfants m'est intolérable ! Ce monde est atroce.

Vendredi 1er avril 1960 (poisson d'avril)

Ce soir, je suis rentrée assez tôt et Pamy avait du temps à perdre, pour une fois. Je ne sais pas où elle était passée, l'autre jour, lors de la réunion chez Jim et Bobbie – depuis que je travaille aux urgences radio, je ne la vois plus. Toby nous a proposé de l'accompagner chez Lorenzini, un bar à vins de la City qui se trouve à l'extrémité d'Elizabeth Street.

— Cet après-midi, j'ai appris deux nouvelles, nous a-t-il annoncé en descendant l'escalier McElhonne qui mène à Wooloomooloo. Une bonne et une mauvaise.

Pamy ne disait rien, je lui ai donc demandé :

— Quelle est la bonne ?

— J'ai eu droit à une belle augmentation.

— Et la mauvaise ?

— Les comptables de l'entreprise ont procédé à quelques petits calculs, a-t-il dit en faisant la grimace. Conclusion, en début d'année prochaine, je n'aurai plus de boulot, comme la plupart des copains. Entre les augmentations, les grèves, les délégués syndicaux qui appellent à la grève perlée et les actionnaires qui réclament de gros dividendes, l'entreprise a finalement pris la décision de remplacer les hommes par des automates. Ils ne se contenteront pas d'empaqueter mais évacueront également les coques vingt-quatre heures sur vingt-quatre, sans pauses déjeuner et sans aller aux chiottes.

— Seulement ils coûtent une fortune, ai-je objecté.

— C'est vrai mais les comptables ont calculé qu'ils seraient très vite rentabilisés et ensuite, sans main-d'œuvre humaine, les actionnaires mèneront la belle vie.

— C'est épouvantable ! s'est exclamée Pamy, suffoquée.

Les abus dont sont victimes les travailleurs ne manquent jamais d'éveiller la militante qui sommeille en elle.

— C'est une honte !

Toby lui a fait la leçon.

— Ainsi va le monde, Pamy, tu devrais le savoir. Personne n'a jamais entièrement tort ou raison. Les patrons essaient de nous exploiter et nous tâchons d'en faire autant. Si tu tiens absolument à blâmer quelqu'un, tu ferais mieux de t'en prendre aux têtes d'œuf qui inventent les robots.

— Je ne t'ai pas attendu ! a-t-elle sèchement répliqué. La science, voilà ce qui cloche !

J'ai ajouté mon grain de sel en déclarant que ce qui clochait franchement c'était les êtres humains, qui ne seraient même pas fichus de profiter d'une bonne cuite dans une brasserie.

Chez Lorenzini, on trouve toujours plus d'hommes jeunes que de femmes non accompagnées, nous n'avons donc pas tardé à voir disparaître Pamy qui, de toute façon, avait probablement couché avec tout l'effectif masculin du bar. Toby a déniché une petite table au fond de la salle et nous nous sommes contentés d'observer les virevoltes des clients qui s'asseyaient et se levaient à un rythme effréné, c'était un agréable moment que nous partagions sans éprouver le besoin de parler. Pauvre Toby ! Ce doit être affreux d'aimer quelqu'un comme Pamy.

Nous n'étions pas assis depuis bien longtemps quand nous avons remarqué une soudaine agitation vers la porte, une douzaine de personnes sont entrées, des jeunes filles pour la plupart. Pamy s'est alors précipitée vers nous en écarquillant les paupières.

— Harriet ! Toby ! Vous avez vu qui vient d'arriver ? C'est le professeur Ezra Mar... mmm-mmm, le philosophe mondialement connu !

J'ai voulu lui faire répéter ce nom, étrange s'il en est, mais elle était déjà partie se joindre au cercle qui s'était formé autour du professeur Ezra Mar... supial ? Oui, Marsupial, ça sonne bien. Un peu monté en graine pour Lorenzini, me suis-je dit quand le groupe s'est scindé en deux pour laisser apparaître le prof, tel le soleil émergeant d'un nuage.

Une chose est sûre, il n'a aucune chance de remporter le concours de Monsieur Amérique. Il est laid, ce petit homme sec, malingre, aux cheveux très longs ramenés sur le côté pour dissimuler une calvitie et vêtu comme ces auteurs d'ouvrages sérieux (pas les romans) dont la photo figure en dernière page, sur le rabat de la couverture – veste de tweed aux coudes renforcés de cuir, pull irlandais, pantalon de velours et la pipe à la main. Il faisait chaud, l'air était moite et il devait étuver comme un ragoût.

Je n'ai jamais compris comment s'y prend Pamy. Le prof croulait sous les étudiantes, toutes plus jeunes qu'elle d'une bonne dizaine d'années, certaines aussi jolies que des starlettes de cinéma. Quoi qu'il en soit, au bout de deux minutes, elle avait réussi à évincer ces filles. Assise à sa droite, elle levait vers le prof un visage de pure adoration, quelques mèches de son abondante et soyeuse chevelure s'étant égarées sur sa main. Ce sont peut-être les cheveux ? Elle est la seule que je connaisse à avoir les cheveux longs et on assure que les hommes en sont fous, me suis-je dit avec un petit reniflement méprisant.

J'ai esquissé un geste en direction du prof et expliqué à Toby :

— Voilà le Cavalier de Coupes renversé.

Il a ouvert de grands yeux.

— Tu prends des cours avec la vieille ?

J'ai répondu que non, qu'elle l'avait vu dans les cartes de Pamy.

— Mais c'est une vieille coquine, elle m'a raconté que ce Cavalier de Coupes renversé était tout ce qui convenait à Pamy. Une figure ne désigne que le sujet, je le sais, ce sont les autres cartes qui permettent d'étoffer le personnage et qui donnent des indications sur ses relations mais Mme Delvecchio-Schwartz ne m'a pas dit la vérité. À ses yeux, tout était clair comme de l'eau de roche, elle savait à quel genre de type Pamy aurait affaire et elle a vu autre chose, qui l'a profondément troublée. Seulement elle n'a rien voulu me dire. Je ne me souviens plus des cartes suivantes mais je suis allée acheter un ouvrage sur le tarot et si je n'ai pas été capable de reconstituer le tableau d'ensemble, lui, je l'ai repéré.

— Je croyais que les Cavaliers étaient jeunes. Celui-ci a la cinquantaine.

— Pas forcément, ai-je répondu en étalant ma science toute neuve. On les désigne également sous le nom de Valets.

Toby s'est calé sur sa chaise et m'a observée, paupières mi-closes.

— Tu sais, princesse, tu me fais bigrement penser à notre logeuse, par moments.

J'ai pris cela comme un compliment.

Au même instant, Pamy et son prof se sont levés pour partir, laissant les étudiantes au bord du suicide à en juger par leurs mines, et nous avons décidé de rentrer, nous aussi. Nous n'étions pas très loin derrière eux mais, au niveau d'Elizabeth Street, nous avons perdu leur trace. Craignant qu'ils ne se trouvent dans la chambre de Pamy, je ne tenais pas à ce que Toby me reconduise jusque chez moi mais il a absolument voulu m'accompagner.

Ah, tant mieux ! Aucune lumière ne filtrait sous la porte, pas de gloussements de plaisir charnel. Peut-être le prof avait-il sa propre garçonnière à en juger par son goût pour les hordes d'étudiantes nubiles.

Nous avons pris un café, Toby et moi, et la conversation s'est orientée vers les deux bordels jouxtant le 17c. Il a un nom pour chaque prostituée – Chastity, Patience, Prudence, Temperance, Honor, Constance, Verity et Columba – et a baptisé la propriétaire du 17d, Mme Fugue et celle du 17b, Mme Toccata. Franchement, compte tenu du fait que l'amour de sa vie était probablement au lit avec un vieux, chauve comme un genou et plein de lui-même, je l'ai trouvé en grande forme et il m'a fait rire aux larmes. Une telle débauche de rose n'était pas à son goût et mon rideau de perles s'est vu condamné, il trahissait selon lui un désir inconscient de me voir enfermée dans un harem mais j'ai passé un bon moment.

— Je suis surpris que tu ne m'aies pas encore flanqué une beigne comme à ton David, a-t-il dit en m'observant avec insistance. J'ai du mal à m'entendre avec les femmes.

— Les gouines exceptées.

— Les gouines ne jaugent pas un mec à l'aune du

mariage. Non, si je n'accroche pas avec les femmes, c'est parce que je dis ce que je pense.

Il a soupiré, s'est étiré, puis il a laissé errer son regard sur mon corps.

— Tu feras une ravissante vieille dame, grande et mince, et je maintiens que tes seins sont fantastiques.

Il était temps de changer de sujet.

— Qu'est-ce que tu penses d'Harold ?

— Je n'y pense pas, a répliqué Toby avec une moue méprisante. Pourquoi ?

— Il me hait.

— Tu y vas un peu fort, Harriet.

— C'est vrai ! ai-je insisté. Je l'ai croisé plusieurs fois et il me fiche une frousse bleue. Si tu voyais quelle haine je lis dans son regard ! Je me demande ce que j'ai bien pu lui faire, c'est là le pire !

— À mon avis, tu as su gagner l'affection de Mme Delvecchio-Schwartz, a-t-il dit en se levant. Mais ne t'inquiète pas, il n'a plus la cote. La vieille en a marre de ses manigances.

Je l'ai accompagné jusqu'à la porte et il m'a paru peu pressé de franchir le seuil.

— Tu ne voudrais pas descendre dans l'allée ? m'a-t-il demandé.

Je me suis exécutée. À présent, il me dominait légèrement.

— C'est mieux. J'ai besoin de toute l'altitude dont je peux disposer.

Il a posé les mains sur mes épaules en une étreinte ferme mais pleine de douceur.

— Bonne nuit, princesse, a-t-il fait avant de m'embrasser.

J'ai pensé qu'à l'issue de cette soirée éprouvante, il était en quête d'un lot de consolation, d'un bel au revoir, bien chaleureux. Pas du tout. Ses doigts ont glissé sous mes bras, puis sur mon dos pour m'attirer contre lui et il m'a donné un vrai baiser. Sous le choc, j'ai brusquement ouvert les yeux, le frisson d'une intense émotion a parcouru mes joues puis gagné mes lèvres. Paupières closes, je suis entrée dans le jeu. Oh, c'était merveilleux ! Après David et Norm, j'avais peine à croire que l'on puisse éprouver de telles sensations. Ses mains n'avaient pas quitté mon dos, je le savais, mais elles semblaient tracer un chemin de feu jusqu'au cœur de mes os. Et tout cela était à moi, pour moi seule, il se contentait d'épouser mon rythme et quand j'ai dû lever la tête pour reprendre mon souffle, il a blotti son visage au creux de mon cou pour un fougueux baiser. Houuula ! Il a déclenché toute une série de réactions ! Et j'ai pensé : « Allez Toby, viens donc un peu tâter de ces seins fantastiques ! »

Le salaud s'est écarté ! Outrée, j'ai ouvert les yeux et surpris l'éclat malicieux qui faisait pétiller les siens.

— Bonsoir, ai-je dit en m'efforçant de ne pas perdre la face.

Une lueur amusée, insupportable, dansait dans son regard quand il a négligemment effleuré ma joue d'une chiquenaude, puis il a remonté l'allée sans même tourner la tête.

— Poisson d'avril ! a-t-il alors lancé.

D'un bond, je suis rentrée chez moi et j'ai claqué la porte, je suis restée quelques instants à grincer des dents et j'ai fini par me calmer. Poisson d'avril ou pas, je venais de recevoir mon premier baiser digne de ce nom et j'avais adoré. Je sais maintenant à quel point la compagnie d'un homme peut être agréable, enfin j'en ai une petite idée. Mon sang danse la sarabande dans mes veines.

Lundi 4 avril 1960

Pamy est revenue, assez longtemps pour prendre un café avec moi avant d'aller travailler, évidemment elle m'a tirée du lit deux heures trop tôt. Mais j'étais si impatiente de savoir ce qu'il en était que je me moquais bien de ces deux heures de sommeil perdues. Elle était radieuse... si belle !
— Où êtes-vous allés ? ai-je demandé.
Elle m'a expliqué que son prof a gardé à Glebe, près de l'université, un appartement grand comme un mouchoir de poche.
— Nous avons verrouillé la porte, décroché le téléphone et nous n'en sommes pas sortis avant 6 heures du matin. Oh, Harriet, il est merveilleux, parfait... un roi, un dieu ! Il ne m'est jamais rien arrivé de semblable ! Imagine un peu, nous sommes restés sans rien sur nous et nous avons joué l'un avec l'autre pendant six heures avant qu'il ne me prenne enfin.
Les yeux vagues à l'évocation de ces moments, elle a poursuivi :
— Nous avons tourmenté nos corps – léché et sucé quasiment jusqu'à l'orgasme – puis nous avons fait une pause avant de tout reprendre depuis le

début – nous avons joui ensemble, incroyable, non ? Exactement au même instant ! Ensuite, nous avons sombré dans une tristesse si profonde, si totale, que nous nous sommes tous deux mis à pleurer.

J'étais si gênée d'entendre ces confidences que j'ai prié Pamy de garder pour elle les détails saignants.

— Tu n'as aucune raison de te sentir gênée, Harriet, a-t-elle fait sur le ton du reproche. Il est grand temps que tu te réconcilies avec ton corps.

J'ai redressé le menton et j'ai menti.

— Il n'y a personne qui me plaise.

Toby, Toby, Toby.

— Tu as peur.

— D'être enceinte, à n'en pas douter.

— Selon Mme Delvecchio-Schwartz, si une femme ne désire pas un enfant jusqu'au tréfonds de l'âme, elle ne peut concevoir.

J'ai grommelé.

— Merci bien, je n'ai pas l'intention de tester la « théorie Delvecchio-Schwartz », Pamy, tiens-le-toi pour dit. Donc tu t'es bien amusée avec le prof. Vous vous en êtes tenus au sexe ou bien avez-vous parlé également ?

— Si nous avons parlé ? Mais nous n'avons fait que ça ! Nous avons fumé un peu de hachisch, nous sommes restés dans les bras l'un de l'autre, puis nous avons inhalé un brin de cocaïne – je n'avais jamais réalisé à quel point certaines substances peuvent augmenter le plaisir. C'est à la limite du supportable !

Je savais que si je m'avisais de la chapitrer, nous

finirions par nous disputer, je me suis donc contentée de lui demander si le prof était marié.

— Oui ! a-t-elle lancé allégrement. Avec une femme triste, terne, qu'il déteste. Ils ont sept enfants.

— C'est qu'il ne la déteste pas tant que ça. Où habitent-ils ?

— Assez loin, du côté des Blue Mountains. Il y va de temps en temps, pour les enfants, mais ils font chambre à part, sa femme et lui.

— C'est une méthode de contraception comme une autre, ai-je répliqué avec un brin d'aigreur.

— Ezra m'a dit qu'il était tombé amoureux au premier regard. Il m'a assuré qu'il n'avait jamais ressenti une telle joie auprès d'une femme.

— Ezra signifie-t-il que le défilé masculin du week-end appartient au passé ?

Pamy a eu l'air vraiment choquée.

— Mais bien sûr, Harriet ! Ma quête a pris fin, j'ai trouvé Ezra. Maintenant, les autres n'ont plus de raison d'être.

Très franchement, je ne sais trop ce qu'il faut en penser. Pamy, elle, semble y croire et, dans son intérêt, j'espère que mes doutes sont sans fondement. Hachisch et cocaïne. Le prof sait fort bien comment se procurer des plaisirs extrêmes. Et marié avec ça.

Les hommes sont légion à connaître une union malheureuse, pourquoi cet Ezra Marsupial – au fait, comment s'appelle-t-il ? – ne serait-il pas de ceux-là ? Mais ce qui me fait grincer des dents, c'est la façon dont ce cher Ezra a organisé son existence. Il garde femme et enfants suffisamment éloignés de son lieu de travail pour nier jusqu'à leur existence et son minuscule pied-à-terre se trouve à Glebe. Très pratique, la petite garçonnière à deux pas d'un gisement inépuisable de jeunes vierges nubiles. Rien à faire, je ne vois vraiment pas ce que ce pauvre type peut avoir de si séduisant aux yeux de ces idiotes, mais il a manifestement quelque chose. Pourtant je doute que son engin soit aussi long que le tuyau d'arrosage de papa. Je crois que ça tient plutôt au hachisch et à la cocaïne.

Il se sert tout bonnement de Pamy, j'en ai la conviction. Mais pourquoi l'a-t-il choisie, elle, quand toutes les autres filles avaient l'eau à la bouche et le dévoraient du regard ? Qu'est-ce qui la rend à ce point désirable aux yeux de tous ces hommes ? Quand un type ne pense qu'au sexe, ce n'est pas la beauté profonde d'une femme qui l'attire. Il y a là une énigme qu'il me faut résoudre. J'aime Pamy et c'est indubitablement l'être le plus ravissant que j'aie rencontré. Mais ce n'est pas tout.

Tu n'es qu'une novice au rayon des amours, Harriet Purcell. De quel droit te livres-tu à de telles spéculations ? Dépêche-toi donc, Roi de Deniers numéro un ! J'ai besoin d'une base de référence.

Jeudi 7 avril 1960

Houuula ! Aujourd'hui, cette gourde de Chris Hamilton a fichu une jolie pagaille dans notre petit univers très actif mais néanmoins paisible. Bon sang, si seulement elle pouvait regarder vraiment Demetrios au lieu de lancer une vacherie à ce pauvre gars chaque fois qu'il nous amène un malade sur son chariot !

Ce matin, nous avons bien failli perdre un patient et il ne peut rien arriver de pire. Un cas de probable fracture crânienne s'est avisé de nous faire un œdème cérébral aigu tandis que le patient était à la radio. Je me suis sentie brusquement écartée par un chef de clinique que je ne connaissais pas, prompt comme l'éclair, il a emmené le malade en neurochirurgie et il était au bloc en moins de deux. Toutefois, dix minutes ne s'étaient pas écoulées que le médecin était de retour et il nous a toisées, Chris et moi, plus froidement que ne saurait le faire la surveillante générale.

— Espèce de sales garces, vous n'avez donc pas vu ce qui se passait ? nous a-t-il lancé avec hargne. Il a bien failli nous claquer dans les pattes car vous avez trop attendu pour appeler à l'aide ! Bougres d'idiotes ! Garces !

Chris m'a mis dans les mains les cassettes qu'elle tenait et elle s'est dirigée à grands pas vers la porte.

— Veuillez m'accompagner au bureau de la surveillante Toppingham, docteur, a-t-elle dit d'un ton glacial. Je vous serais reconnaissante de bien vouloir répéter ces commentaires en sa présence.

Une minute plus tard, la surveillante des urgences a déboulé dans le service en ouvrant des yeux comme des soucoupes et s'est exclamée :

— J'ai tout entendu ! Oh, quel salaud ce docteur Dobkins !

La stagiaire avait filé au bloc de neurochirurgie

avec les radios et je n'avais pas de patients sur les bras, je l'ai donc observée un instant tandis que germaient dans ma cervelle une ou deux hypothèses.

— Ils se connaissent, c'est bien ça ? Enfin, Chris et le docteur Dobkins.

Comme elles partageaient la même piaule, j'imaginais que la surveillante devait être au courant des petits secrets.

— Oh oui, a-t-elle fait d'un air sinistre. Il y a huit ans, quand Dobkins était interne en première année, ils n'avaient d'yeux que l'un pour l'autre et Chris se figurait qu'ils étaient fiancés. Il l'a laissée tomber sans un mot d'explication. Six mois plus tard, il épousait une kiné dont le père est directeur de société et la mère au Black and White Commitee[1]. Comme elle était encore pure et sans tache, Chris n'a même pas eu la ressource de le poursuivre pour rupture d'engagement.

Eh bien, voilà qui me suffit amplement.

Chris est revenue, accompagnée de sœur Agatha et du docteur Dobkins, et il m'a fallu donner ma version de l'incident, qui a corroboré celle de Chris. Suite à mon témoignage, le directeur, le responsable clinique et la surveillante générale sont apparus dans cet ordre et j'ai dû raconter toute l'histoire face à trois mines nettement réprobatrices. Chris avait accusé Dobkins de manquement au professionnalisme, à savoir lancer des qualificatifs inadmissibles à la tête du personnel féminin.

---

1. Association caritative féminine fondée en 1936 au profit des aveugles, en fait, cercle mondain très fermé dont le « Bal Blanc » sert de vitrine aux élégantes de Sydney.

À la fin de l'après-midi, c'est Dobkins qui s'est retrouvé au tapis, pas nous. Le patient avait bien failli nous claquer dans les pattes – l'œdème avait été si brutal que les centres vitaux du cortex cérébral s'étaient retrouvés comprimés par les plaques osseuses environnantes – mais, au bloc, on avait réussi à résorber l'énorme hématome subdural et, grâce au plateau de réanimation des urgences toutes proches, le patient n'avait gardé aucune séquelle. Le verdict prononcé en haut lieu nous fut transmis par sœur Agatha, nous n'avions pas failli à notre devoir.

Chris a quitté son service avec des airs de Jeanne d'Arc au bûcher et m'a laissée mener à son terme une journée assez catastrophique.

Il était près de 21 heures quand j'ai cherché du regard un taxi, dans South Dowling Street. Pas l'ombre d'un seul. J'ai donc marché. Aux feux de Cleveland Street, une jaguar noire aux lignes épurées a doucement mordu sur le trottoir à ma hauteur, la portière s'est ouverte côté passager et M. Forsythe m'a lancé :

— Vous avez l'air épuisée, Harriet. Voulez-vous que je vous ramène chez vous ?

Faisant fi de toute prudence, je suis montée sans me faire prier et je me suis exclamée en me blottissant sur le siège de cuir :

— Monsieur, c'est le ciel qui vous envoie !

Il a tourné vers moi son sourire éblouissant mais n'a rien ajouté. Toutefois, au grand carrefour suivant, il a tourné automatiquement dans Flinders Street et je me suis rendu compte qu'il ignorait totalement où je demeurais. J'ai dû m'excuser et dire que j'habitais à l'extrémité de Victoria Street, à la

limite de Potts Point. Quelle honte, Harriet Purcell !
Qu'as-tu donc fait de Kings Cross ? De son côté, il
s'est excusé de ne pas m'avoir demandé où j'allais et
a poursuivi dans William Street avant de rebrousser
chemin.

Dans un ronronnement de moteur, nous avons
pénétré dans cette cacophonie visuelle orchestrée
par les enseignes au néon et j'ai dit :

— Euh, en fait je suis à Kings Cross. Potts Point
appartient dans sa totalité à la Marine royale.

Il a haussé le sourcil et fait observer, avec un grand
sourire :

— Je n'aurais jamais pensé que vous habitiez
Kings Cross.

— Et quelle sorte de gens habitent Kings Cross,
selon vous ? ai-je grommelé.

Là, il est resté coi ! Ses yeux ont quitté la route,
assez longtemps pour constater que j'étais d'humeur
belliqueuse et il a cherché à arrondir les angles.

— Pour tout dire, je n'en sais rien, a-t-il répondu,
conciliant. Comme tous ceux qui ne connaissent le
Cross que grâce à la presse à scandale, je me fais
probablement des idées fausses.

— À en croire le facteur, les putains d'à côté font
adresser leur courrier à Potts Point mais en ce qui
me concerne, monsieur, Victoria Street fait partie de
Kings Cross, du commencement jusqu'à la fin !

Pourquoi une telle colère ? J'avais été la première
à mentionner Potts Point ! Mais il était parfaitement
dressé car il n'a pas cherché à se justifier, il s'est
contenté de garder le silence et de suivre mes indications.

Il s'est garé sur l'emplacement que la police

municipale réserve aux augustes clients des 17b et 17d ; le caducée sur le pare-chocs arrière de la Jag noire vous immunise contre les P. V., ici comme ailleurs.

Il est descendu et, avant même que j'aie réussi à trouver la poignée qui ouvrait la portière, il avait fait le tour de la voiture.

— Merci de m'avoir raccompagnée, ai-je marmonné.

Je n'avais qu'une hâte, m'enfuir au plus vite. Mais il restait là, sans aucune intention de s'en aller.

— C'est ici que vous habitez ? a-t-il demandé en esquissant un petit geste en direction de notre cul-de-sac.

— Le bâtiment du milieu. J'y loue un appartement.

— C'est charmant, a-t-il dit en agitant la main.

À ses côtés, je cherchais désespérément un moyen de lui faire comprendre que j'appréciais sa gentillesse mais que je ne tenais pas à le faire entrer. Au lieu de quoi, je me suis entendue proposer :

— Prendrez-vous une tasse de café, monsieur ?

— Volontiers, je vous remercie.

Oh, merde ! Priant le ciel de ne croiser personne, j'ai poussé la porte et traversé l'entrée, atrocement consciente de sa présence, derrière moi. Il venait probablement de remarquer les gribouillis des murs, le lino usé, les crottes de mouches sur les ampoules sans abat-jour. Quand nous nous sommes retrouvés à l'air libre, la fête battait son plein au 17d, les petits bruits émis par les putains, tout à leur tâche, étaient aussi audibles que l'engueulade maison servie à Prudence par Mme Fugue, dans sa cuisine, à savoir une description très imagée de ce que devait faire une jeune fille pour satisfaire un monsieur aux goûts assez particuliers.

« Enfin, bordel, ne va pas pisser avant d'y aller quand ils veulent qu'on leur pisse dessus, et bois-moi cinq putains de litres d'eau ! »

Nous étions au cœur du sujet.

— Une altercation qui ne manque pas d'intérêt, a constaté M. Forsythe tandis que je me débattais avec la vieille serrure.

— C'est un bordel de grande classe et l'autre également, qui est mitoyen de La Maison, ai-je répondu en poussant brutalement la porte. Fréquentés par tout le gratin de Sydney.

Il a gardé ses impressions pour lui et réservé ses commentaires à mon appartement, qu'il a qualifié de charmant, de joli et d'accueillant.

— Asseyez-vous, ai-je fait sans amabilité superflue. Comment prenez-vous votre café ?

— Noir et sans sucre, merci.

À cet instant, nous est parvenu le son d'un violon, il jouait ce que j'étais maintenant capable de reconnaître, du Bruch.

— Qui est-ce ?

— Klaus, au premier. Il est bon, n'est-ce pas ?

— Merveilleux.

Quand j'ai émergé de derrière mon paravent avec les deux tasses de café, je l'ai trouvé assis dans un fauteuil, très détendu, il écoutait Klaus. Levant les yeux, il a pris la tasse en souriant, ravi, et son plaisir semblait si sincère que j'ai senti mes genoux se dérober. J'étais moins impressionnée et c'est avec un certain sang-froid que j'ai réussi à m'asseoir. À l'hôpital, les employés de rang inférieur sont conditionnés : on regarde les grands patrons comme des êtres venant d'une autre planète... des êtres qui ne mettraient jamais les pieds au Cross à moins d'amener leurs patients à Mmes Fugue et Toccata.

— C'est sûrement très amusant de vivre ici, a-t-il dit. Spéculations de haut vol et préoccupations plus terre à terre.

Là, il fallait reconnaître qu'il faisait preuve d'une grande modération dans ses jugements.

— Oui, c'est très amusant.
— Racontez-moi.

Sans blague ! Et comment ? Tout se résume au sexe, ici. Le message de Mme Fugue n'était-il pas assez clair ? J'ai donc choisi comme sujet de conversation le rez-de-chaussée sur rue.

— Pour l'instant, ai-je dit en guise de conclusion, nous pensons avoir enfin trouvé un couple âgé qui n'est pas dans le bisness.

— Trop vieux, vous voulez dire ?

— Oh, vous seriez surpris, monsieur, ai-je répondu, histoire de bavarder. Les femmes qui font le trottoir sont assez décaties. Tant qu'elles sont jeunes et belles, elles travaillent dans des bordels ayant pignon sur rue – c'est mieux payé, la vie y est plus facile et il n'y a pas de macs pour les tabasser.

Ses yeux verts, de la couleur des marais, reflétaient l'amusement ainsi qu'une certaine tristesse. Je crois que je l'amusais mais, en ce qui concernait la tristesse, je n'aurais su dire. Peut-être ne quittait-elle jamais son regard ?

Il a rapidement consulté sa coûteuse montre en or et s'est levé.

— Je dois partir, Harriet. Je vous remercie de m'avoir offert ce café et de votre compagnie... et merci pour la leçon, je sais à présent comment vit l'autre moitié du monde. J'ai passé avec vous un bon moment.

— Merci de m'avoir raccompagnée, monsieur, ai-je dit avant de le reconduire jusqu'à la porte d'entrée. Quand elle se fut refermée sur lui, je m'y suis appuyée pour tenter de comprendre ce qui venait de m'arriver. Il semblerait que je me sois fait un ami. Dieu merci, il ne m'avait pas fait d'avances ! Mais je ne parviens pas à chasser de mon esprit la tristesse de ce regard et je me demande si ce n'était pas de parler dont il avait besoin, tout simplement. C'est drôle, tout de même. Et si Dieu le grand patron avait besoin de parler à quelqu'un ? Une question que je ne cesse de me poser.

Lundi 11 avril 1960

J'ai vu Pamy ce matin mais cette fois elle n'a pas eu besoin de me réveiller. Je l'attendais, étendue dans mon lit, quand elle est revenue de son rendez-vous du week-end à Glebe et je l'ai traînée chez moi pour lui faire ingurgiter un petit déjeuner digne de ce nom. Elle est peut-être amoureuse mais de plus en plus maigre. Maigre mais nageant dans un bonheur idyllique.

— Ça s'est bien passé ? lui ai-je demandé en lui tendant ses œufs Benedict.

— Merveilleux, merveilleux, merveilleux ! Harriet, je n'arrive pas à le croire ! s'est-elle écriée.

Elle a renversé la nuque en éclatant de rire. Elle jubilait.

— Mon Ezra veut m'épouser ! Il va l'annoncer à sa femme le week-end prochain.

Comment se fait-il que cela sonne faux ? Cependant, je n'ai pas cessé de sourire et j'ai tâché de manifester de l'intérêt.

— C'est une nouvelle formidable, Pamy.

Elle a bâillé, a fait la grimace devant son assiette et l'a écartée.

— Mange ! lui ai-je sèchement ordonné. Tu ne peux pas vivre que de hachisch et de cocaïne !

Impressionnée, elle a ramené l'assiette vers elle et a fourré distraitement la fourchette dans sa bouche. Puis elle s'est mise à manger de bon cœur – les leçons de Klaus commençaient à porter leurs fruits. Elle me faisait face et je me suis penchée vers elle, très mal à l'aise mais bien décidée à lui dire ce que je pensais.

— Euh, je sais que c'est grossier de me mêler de ce qui ne me regarde pas, mais...

Je pataugeais sans parvenir à trouver mes mots. Au point où tu en es, autant en finir, Harriet... fonce !

— Pamy, tu ne connais pas vraiment Ezra, pas plus qu'il ne te connaît. En fait, j'ai cru comprendre que, du vendredi soir au lundi matin, vous n'êtes guère en état de raisonner avec un soupçon de logique. Deux week-ends en ta compagnie et il veut t'épouser ? Au nom de quoi ? Parce que tu acceptes sans broncher ses petites extases pharmaceutiques ?

Je comprends pourquoi il se sent plus en sécurité auprès de toi qu'avec ses étudiantes à peine nubiles – tu es très avertie. Tu ne risques pas de le balancer aux flics, pas même par inadvertance. Mais le mariage ? Tu ne crois pas que c'est aller un peu vite en besogne, après deux malheureux week-ends ?

Elle ne s'est pas offusquée le moins du monde de mon scepticisme. Je me demande d'ailleurs si j'ai réussi à percer la brume qui l'entoure.

— C'est une question de sexe, m'a-t-elle répondu. C'est indispensable, sans cela un homme ne peut tomber réellement amoureux.

— Tu éludes la question, ai-je objecté. Ce n'est pas d'amour dont tu me parles, mais de mariage. Tu dis qu'il est mondialement connu en tant que philosophe. Cela signifie qu'il a un certain prestige dans son petit domaine de la sphère intellectuelle, il ne peut donc esquiver toutes les obligations liées à son statut de professeur, à sa réputation. Je ne suis pas une universitaire mais je connais ce monde, on y est très collet monté. S'il largue femme et enfants pour toi...

Engluée dans un bourbier où je m'étais moi-même fourrée, je ne savais plus que dire, j'ai posé sur elle un regard désespéré.

Lentement, elle a hoché la tête.

— Ma chère Harriet, tu es d'une ignorance ! Il y a sexe et sexe.

— Oh, pourquoi faut-il toujours que tu nous rebattes les oreilles avec ça ? ai-je grommelé. Les goûts « particuliers » ne font pas très bon ménage avec le mariage, si c'est ce que tu entends par là.

— Tu es si jeune !

J'ai réagi comme une idiote, j'ai explosé.

— Bon Dieu, Pamy, j'en ai marre qu'on me reproche mon ignorance crasse pour se débarrasser de moi ! Si je te harcèle, ce n'est pas de la curiosité malsaine de ma part ! Mais ce que j'aimerais savoir c'est ce qui peut bien pousser Ezra à vouloir se marier au lieu de se contenter de ces merveilleux week-ends qui font votre relation ! Je te connais, tu n'es pas du genre à t'accrocher pour lui extorquer une alliance, alors pourquoi ? Ça ne colle pas, ça ne colle vraiment pas !

— Fellation.

— Fella… quoi ?

— Fellation. Je suce son pénis jusqu'à ce qu'il éjacule dans ma bouche. C'est le rêve de tout homme normalement sexué mais peu de femmes apprécient. Les épouses surtout, qui – comme toi, en fait – ignorent de quoi il s'agit tant qu'on ne le leur a pas demandé. Là, elles sont horrifiées et considèrent leur mari comme vaguement pervers. Mais moi, j'aime faire des fellations à Ezra. Son pénis me convient parfaitement, il est petit et toujours un peu flasque. C'est pour ça qu'il veut m'épouser. Si je deviens sa femme, il aura sa fellation tous les jours s'il le désire.

Elle a poussé un soupir.

— Oh, Harriet, ce serait merveilleux de l'avoir pour époux !

J'en suis restée complètement abasourdie mais j'ai réussi à sourire.

— Ben, c'est une méthode de contraception efficace, j'imagine.

— Oh, nous le faisons également de façon plus classique, m'a informé Pamy.

Eh bien, voilà ! Recette de la félicité conjugale.

Mardi 12 avril 1960

Je me suis fait engueuler par Chris, et devant la stagiaire, parce que j'étais aimable avec Demetrios. J'ai vu rouge et lui ai sauté à la gorge comme une vraie furie.

— Écoutez, espèce de garce sectaire, cet homme est tout ce qu'il y a de bien, il ne manque pas de jugeote et il a un bel avenir devant lui ! Dieu sait pourquoi vous lui plaisez mais vous ne daigneriez même pas lui cracher dessus, tout ça parce qu'il brancarde les patients et que c'est un métèque. Si j'ai envie de traiter Demetrios comme un être humain, je ne vais pas m'en priver et vous pourrez dire ce que vous voudrez, sœur Agatha et vous, ça ne changera rien ! Ce qui vous manque, Christine Leigh Hamilton, c'est de baiser un bon coup !

Je l'ai dit, je l'ai dit ! La stagiaire a manqué s'évanouir, elle a filé dans la chambre noire de sa propre initiative et Chris est restée bouche bée comme si un cochon d'Inde venait de l'attaquer sauvagement.

Je m'attendais à ce qu'elle me traîne *manu militari* chez sœur Agatha mais, cette fois, elle s'est dit que discrétion était mère de courage et elle n'a dit mot. Quoi qu'il en soit, quand Demetrios nous a amené le premier patient, le regard de Chris s'est longuement attardé sur lui, ses yeux se sont enfin ouverts, dirait-on. Elle est allée jusqu'à lui sourire. Je parie que, dès demain, il se verra offrir une tasse de thé et un biscuit.

Appelez-moi donc Cupidon !

Lundi 25 avril 1960 (fête de l'Anzac)

Presque deux semaines que mon cahier n'est pas sorti de mon fourre-tout. Bien que la fête soit chômée, nous avons travaillé aujourd'hui mais nous n'avions pas grand-chose à faire et j'ai réussi à partir à l'heure.

En entrant chez moi, j'ai senti l'odeur persistante des épices – macis, curcuma, cardamome, fenugrec, cumin. Des mots d'un exotisme... Je me suis assise à ma table, le silence et les senteurs m'ont arraché quelques larmes et j'ai sorti mon cahier.

Après Pamy et sa théorie sur le bonheur conjugal, cette semaine au cours de laquelle j'ai conseillé à Chris de baiser un bon coup s'est achevée sur le vendredi saint. Mais au Cross, c'est un jour comme les autres, ou peu s'en faut. Les affaires continuent. Nous sommes allés à l'Apollon, Toby, Pamy et moi. C'est un café en sous-sol, trop intellectuel à mon goût – il semblerait que tous les clients jouent aux échecs – mais Pamy l'adore et Toby pensait que son copain Martin pourrait s'y montrer.

Rosaleen Norton a descendu les marches en compagnie de son ami poète, Gavin Greenlees

– c'était la première fois que je voyais la sorcière du Cross. À mon avis, il n'y a vraiment pas de quoi s'affoler. Elle veut se donner des airs sataniques – sourcils noirs en accent circonflexe, rouge à lèvres écarlate, cheveux noirs et maquillage noir sur les paupières, teint d'un blanc crayeux – mais, comme dirait Mme Delvecchio-Schwartz, je ne ressens aucune émanation démoniaque.

Et Martin est arrivé, bras dessus, bras dessous avec un mec à tomber. Même les joueurs d'échecs les plus acharnés se sont interrompus pour le dévisager, tout comme Rosaleen Norton et Gavin Greenlees. Fascinée, j'étais au paradis quand les nouveaux venus se sont dirigés vers notre humble table.

— Ça ne vous dérange pas si on s'assied avec vous ? a zézayé Martin.

Déranger ? Je n'arrivais pas à bouger ma chaise assez vite pour leur faire de la place. Loin de s'en cacher, Martin revendique avec force son appartenance au contingent homosexuel du Cross, mais son zézaiement n'a rien d'efféminé. S'il parle ainsi c'est qu'il n'a plus de dents. Il fait partie de ces phénomènes qui refusent de franchir la porte du dentiste.

— Je vous présente Nal, a-t-il dit avec un geste gracieux en direction du souriant Adonis. Il m'a donné du fil à retordre – impossible de le séduire, je suis absolument épuisé.

— Enchanté, a dit le réfractaire à la séduction avec l'accent d'Oxford avant de s'asseoir en face de moi. En fait, je m'appelle Nal Prarahandra, je suis docteur en médecine et je suis à Sydney pour une semaine, j'assiste au congrès de l'Organisation mondiale de la santé.

Il était d'une beauté ! Je n'ai jamais pensé qu'un homme puisse être beau mais je ne vois pas quel terme pourrait le décrire. Il avait des cils longs et fournis comme ceux de Flo ; couronnant l'arc parfait des orbites, ses sourcils semblaient tracés au fusain et ses yeux noirs, langoureux, avaient un regard lumineux. Le nez fort était légèrement aquilin, les lèvres pulpeuses mais pas trop. Et il était grand, large d'épaules, étroit de hanches. Adonis ! J'avais pour lui les yeux d'une péquenaude qui contemple sa reine.

Il a alors tendu la main et saisi la mienne qu'il a retournée pour en étudier la paume.

— Tu es vierge, a-t-il dit, si bas que j'ai dû lire sur ses lèvres.

— Oui.

D'une oreille, Toby écoutait jacter Martin mais il ne me quittait pas des yeux et semblait furieux. À ce moment, Pamy lui a effleuré le bras, il a croisé son regard et s'est apaisé peu à peu, il a souri. Pauvre, pauvre Toby !

Il – Nal – a murmuré :

— Chez toi, ce serait possible ?

— Oui.

Serrant toujours ma main, il s'est levé. Jamais il ne me serait venu à l'idée de lui cogner dessus, mais je soupçonne Toby d'y avoir songé. Sans doute était-il inquiet de me voir partir avec un étranger.

— Comment t'appelles-tu ? m'a-t-il demandé quand nous avons retrouvé le vacarme et les lumières du Cross.

Mes doigts toujours blottis dans les siens, je lui ai dit mon nom et j'ai ajouté :

— Par quel hasard es-tu tombé sur Martin ?

— Je viens d'arriver à Sydney et on n'a cessé de me répéter que je devais faire un tour au Cross. Quand Martin m'a accosté, j'étais en arrêt devant une vitrine accrocheuse et je l'ai trouvé drôle, alors j'ai accepté de le suivre. Je savais qu'il me mènerait vers quelqu'un qui me plairait et j'avais raison, a-t-il dit avec un sourire pas aussi merveilleux que celui de M. Forsythe, car je trouve qu'un visage d'une beauté aussi saisissante n'est pas fait pour sourire.

— Mon Dieu, pourquoi m'avoir choisie, moi ?

— Et pourquoi pas, Harriet ? Tu n'es pas encore entièrement consciente de ta sensualité, mais tu ne manques pas de potentiel. Et tu es très jolie. Je serais vraiment heureux de t'en apprendre un peu sur l'amour et, grâce à toi, cette semaine à Sydney sera riche de souvenirs voluptueux. Nous n'aurons pas le temps de réellement tomber amoureux l'un de l'autre et nous nous quitterons bons amis.

Je crois que je ne ressemble guère à Pamy car je n'ai aucune envie de coucher tous les détails « saignants » sur le papier. Si ce n'est que, la première fois, il m'a fait l'amour dans la baignoire, derrière la buanderie... Dieu merci j'avais eu le temps de la repeindre avec de la laque écarlate ! Et il a été merveilleux, tendre et prévenant, toutes les qualités qu'il me fallait exiger d'un premier amant, à en croire l'opinion générale. Il a adoré mes seins et j'ai adoré les attentions qu'il leur a accordées mais le meilleur, je crois, fut la sensualité dont il a fait preuve. Il a pris du plaisir, il me l'a fait comprendre sans équivoque mais il m'a aimée en pensant d'abord à moi, à ce que je pouvais éprouver. J'étais parfaitement au fait de tous les aspects de la chose, surtout après un séjour de quatre mois à La Maison, j'étais donc à même de l'apprécier, lui, bien plus que les vierges d'antan. Quel choc ce devait être pour elles !

Il s'est installé chez moi ce soir-là et il y est resté toute la semaine avec la bénédiction de Mme Delvecchio-Schwartz. La seule logeuse de Sydney capable, à mon avis, de faire preuve d'une telle largeur d'esprit. Quand Flo est descendue, le dimanche après-midi, elle l'a fasciné par son mutisme. Je lui ai assuré que sa mère m'avait dit qu'elles parlaient ensemble mais il en doute fortement.

— Peut-être communiquent-elles sur un autre plan, m'a-t-il dit après avoir fait la connaissance de Mme Delvecchio-Schwartz, venue récupérer Flo à l'issue des deux heures passées à divertir Harold. La mère est un personnage hors du commun. Elle détient une grande puissance et c'est une très vieille âme. Les pensées sont comme les oiseaux, capables de traverser des objets solides. Je ne crois pas que Flo et sa mère aient besoin de mots pour communiquer.

Communiquer sans avoir recours aux mots. Eh bien, nous ne nous en sommes pas privés avec Nal, qui est psychiatre. S'il ne voit pas les choses comme nous, il m'a plu énormément, je crois que lui aussi m'a appréciée et ce n'était pas uniquement une question de sexe. Nous avons aussi échangé pas mal de mots.

Il m'a appris à préparer deux plats indiens, un korma et un curry végétarien, en veillant bien à m'expliquer que, pour le véritable curry, il ne faut pas utiliser notre « mélange pour curry », chaque plat nécessite un assortiment différent d'herbes et d'épices. Dimanche matin, nous sommes allés jusqu'aux Marchés de Paddy et nous y avons acheté le macis, le curcuma, la cardamome, le cumin, le fenugrec et l'ail. Je trouve que la cuisine indienne ne peut soutenir la comparaison avec le bœuf Stroganoff ou le veau Piccata de Klaus, mais nos papilles ont certainement besoin d'un peu de temps pour s'habituer à des saveurs aussi lointaines.

Pamy fut notre seul point de désaccord. C'est tout de même curieux, non ? « C'est le type même de la métisse », il n'a rien dit de plus. Il semblerait que les Indiens aient également leurs préjugés, comme les Vieux Australiens. Évidemment, il appartient à une caste supérieure, son père est une sorte de maharaja. Il m'a dit qu'on lui avait déjà choisi une fiancée mais qu'elle était encore trop jeune pour se marier. Je connaissais la réponse à la question que je n'ai même pas jugé bon de poser – le mariage ne l'empêchera pas de rechercher la compagnie de femmes telles que moi, lors de ses voyages à l'étranger. Bah, il est comme il est. Nous agissons différemment. Son épouse ne l'en estimera pas moins pour autant, alors pourquoi ne pas faire de même ?

Il est venu tous les soirs m'attendre aux urgences pour m'accompagner jusque chez moi. Assis sur un de ces horribles divans de plastique, il attendait que je ferme la porte en lisant le *Mirror*. Puis il prenait mon sac et nous partions en semant derrière nous un délicieux sillage de ragots. La surveillante des urgences est de la première équipe, comme Chris, mais je suis sûre que l'infirmière Herbert, qui est responsable de celle du soir, se charge de relayer toutes les informations nous concernant. Chris m'a lancé de drôles de regards mais, depuis mon petit éclat, nos relations se sont considérablement améliorées. Et puis, Chris sort avec Demetrios. Ils devraient faire de très beaux enfants quand une pincée de métèque viendra relever son sang flegmatique d'Angliche. Si seulement elle parvient à aller jusqu'au bout... La surveillante des urgences les regarde de très haut et abreuve Chris de réflexions vénéneuses. Si Chris se marie, il lui faudra trouver une autre colocataire !

Samedi dernier, au point du jour, Nal a pris l'avion pour New Delhi. Je ne sais trop pourquoi la perspective de passer un week-end solitaire à La Maison m'a paru insupportable, je me suis donc repliée sur Bronte et le divan du salon jusqu'à ce matin. Maman m'a observée d'un œil inquisiteur mais elle n'a rien dit. Moi non plus.

De la coriandre. J'ai oublié la coriandre. Une bouffée d'arômes s'échappe de derrière le paravent. Nal avait toutefois raison. Nous n'avons pas eu le temps de nous connaître assez longtemps pour vivre une grande passion mais une chose est sûre : nous nous sommes quittés bons amis, mon premier Roi de Deniers et moi.

Mardi 26 avril 1960

Ce soir, j'ai rencontré Toby et j'ai trouvé son comportement curieux, je ne l'ai pas revu depuis que j'ai quitté l'Apollon en compagnie de Nal.
Voilà deux mois qu'il s'escrime sur un portrait de Flo et la contrariété le rend fou. Aussi lui ai-je demandé où il en était quand je l'ai croisé dans l'entrée.
— Oh, je remercie mille et mille fois Sa Grandeur de l'intérêt qu'elle me porte ! m'a-t-il rageusement lancé. Devrais-je me prosterner devant elle pour l'assurer de mon immense gratitude ?
Ma tête a vacillé comme s'il m'avait giflée – pourquoi diable était-il furieux ?
— Non, ai-je poliment répondu. Bien sûr que non. La dernière fois que nous en avons parlé, tu n'étais pas satisfait de ton travail et tu étais à la recherche de Martin, ton mentor.
La courtoisie de ma réponse l'a, de toute évidence, laissé penaud.
Il m'a tendu la main.
— Pardon, Harriet. Sans rancune ?
J'ai serré cette main.
— Viens voir par toi-même, m'a-t-il alors proposé.
À mes yeux de béotienne (je le sais bien) ce portrait était remarquable – d'une tristesse quasi insoutenable. Mon tout petit ange ! Toby était parvenu à donner à la chair la finesse du papier sans suggérer l'impression que Flo était maltraitée, le visage n'était qu'un écrin pour les immenses yeux

d'ambre et tout l'arrière-plan était peuplé d'ombres, sortes de fantômes nés du brouillard gris. Nous n'avions jamais beaucoup parlé de Flo avec Toby, ce fut donc pour moi un choc de découvrir cet arrière-plan. Était-il à ce point évident qu'elle n'appartenait pas vraiment à ce monde ? Ou bien Toby, avec la perspicacité de son œil d'artiste, était-il le seul à l'avoir compris ?

— C'est superbe, lui ai-je dit très sincèrement. La dernière fois que j'ai vu cette toile, Flo semblait sortie d'un camp de concentration. Là, tu as réussi à préserver l'essentiel sans qu'elle ait l'air d'avoir subi de mauvais traitements.

— Ouais, a-t-il acquiescé d'un air bougon mais sans m'inviter à m'asseoir pour prendre un café.

— L'amour s'est-il envolé ? m'a-t-il brusquement demandé.

— Oui, samedi dernier.

— Le cœur en écharpe ? Tu veux pleurer sur l'épaule d'Oncle Toby ?

J'ai éclaté de rire.

— Mais non, idiot ! Ce n'était pas du tout ça.

— Comment était-ce, alors ?

Toby ! Ça ne lui ressemblait pas de poser une question aussi personnelle !

— Très bien, ai-je répondu.

Ses yeux ont viré au rouge, ses traits se sont crispés en une grimace farouche.

— Tu ne souffres pas ?

Ah, voilà ! Béni soit Toby qui ne cherchait qu'à protéger les femmes de La Maison. J'ai hoché la tête en signe de dénégation.

— Pas du tout, croix de bois, croix de fer ! Ce

n'était qu'une passade, mon vieux. Une passade dont j'avais bien besoin après des années et des années de David.

Sa fureur est montée d'un cran, il a montré les dents.

— Une passade ? Comment peux-tu parler de cette façon ?

— Oh, toi alors ! On croirait entendre un héros de roman victorien ! ai-je répliqué en montrant les dents à mon tour. Je te tenais en plus haute estime, Toby Evans, je ne t'aurais jamais cru capable d'une telle discrimination ! Les hommes ont le droit de tremper leur biscuit dès la puberté mais les femmes n'ont droit à rien jusqu'au mariage ! Va te faire voir ! ai-je hurlé.

— Allons, allons, ne monte pas sur tes grands chevaux ! a-t-il répliqué en se dominant, sans trop savoir toutefois comment il allait réagir l'instant suivant.

C'est du moins ce qui m'a traversé l'esprit. Je me trompe peut-être, je n'en sais rien, cette scène était si étrange. Non, tout cela ne lui ressemblait vraiment pas.

— Je n'ai l'intention de monter nulle part, monsieur Evans ! ai-je vivement répliqué. Vivre une amourette avec un paon indien ne veut pas dire que je songe à m'envoler avec n'importe quel corbeau australien !

— Paix, paix ! s'est-il écrié en levant les deux mains, paumes tendues vers moi.

Je fulminais encore mais s'il y a une chose que je ne souhaite pour rien au monde c'est me brouiller avec Toby, son amitié m'est bien trop précieuse. J'ai donc changé de sujet.

— Je sais qu'Ezra devait parler divorce avec sa femme, il y a quinze jours, mais je n'ai pas vu Pamy, je n'ai pas pu lui demander ce qu'avait répondu l'épouse.

L'humeur de Toby était passée du rouge au brun, à présent elle virait au noir, un noir terne.

— Ezra ne s'est pas montré, le week-end dernier, elle ne sait donc pas ce qu'il en est. Si ce n'est qu'il a appelé vendredi pour dire que sa femme faisait des histoires et qu'il devrait retourner là-bas.

— Si ça se trouve, elle est prête à tout, même à lui proposer une petite fellation, ai-je lancé étourdiment.

Comme frappé de paralysie, Toby m'a dévisagée avec stupeur puis il s'est brusquement détourné, il a saisi la bouteille de « trois étoiles » qui était sur la table et s'en est versé un plein verre. Je n'ai compris qu'en redescendant, il avait dû penser que je tenais mes informations de Nal, que si le terme m'était connu c'était pour l'avoir mis en pratique. Depuis quelque temps déjà, j'avais réalisé que si Toby est très libéral, en ce qui concerne les femmes et leurs agissements, il reste franchement vieux jeu. À son catalogue, je figurais donc en tant que femme. Contrairement à Jim, à Bob et à Mme Delvecchio-Schwartz. Les hommes sont bizarres, tout de même !

Vendredi 29 avril 1960

J'aime beaucoup Joe Dwyer, du rayon spiritueux, au Piccadilly Pub. Ce soir, j'y suis passée pour acheter un litre de cognac « trois étoiles » en prévision de ma séance du dimanche après-midi, chez Mme Delvecchio-Schwartz. Il m'a emballé la bouteille dans un sac de papier brun avant de me la tendre avec un grand sourire.

— Pour la tigresse extralucide du premier, a-t-il dit.

J'ai fait observer qu'il semblait fort bien connaître la tigresse extralucide et il a ri.

— Oh, c'est une des grandes figures du Cross, a-t-il répondu. Voilà bien deux vies que je la connais, oui on pourrait dire ça !

Quelque chose, dans sa voix, me disait qu'il l'avait connue au sens biblique du terme et je me suis demandé combien de vieilles – et pas si vieilles – connaissances de Mme Delvecchio-Schwartz étaient d'anciens amants. C'est avec une tendre passion que le timide Lerner Chusovich, qui fume nos anguilles et partage de temps à autre le repas de Klaus, parle de notre logeuse à chacune de nos rencontres. S'il lui prenait l'envie de jeter son dévolu sur un homme pour un motif quelconque, elle n'obéirait pas aux mêmes raisons qu'une autre femme. Elle ne connaît qu'une loi, la sienne.

Comme les toilettes sont indépendantes de la salle de bains, au premier, j'utilise souvent la baignoire qui est équipée d'une paume de douche – je préfère la douche au bain.

Viens-en au fait, Harriet ! Harold. Les toilettes et la salle de bains du haut sont situées entre le domaine d'Harold, juste au-dessus de mon living, et la chambre de Mme Delvecchio-Schwartz, que je n'ai jamais vue, les portes étant toujours fermées. On dirait qu'il sait quand je vais arriver, je ne fais pourtant aucun bruit, je peux le certifier et, grâce aux horaires fantaisistes des urgences radio, l'heure est très variable. Cependant, je le trouve toujours là, dans ce couloir invariablement plongé dans l'obscurité – il semblerait que l'ampoule soit tous les jours grillée mais, lorsque j'en ai fait la remarque à Mme Delvecchio-Schwartz, elle a paru surprise et m'a assurée qu'elle l'avait toujours vue s'allumer. Serait-il possible qu'Harold la retire de la baïonnette quand ses antennes lui signalent que je suis sur le point de monter ? C'est facile à vérifier, en effet la lampe des toilettes fonctionne parfaitement et la porte reste entrouverte mais il fait noir comme dans un four dans les angles du couloir, où il se tient toujours quand je tourne au coin de l'escalier. Jamais il ne dit mot, il se fond dans le mur et darde sur moi un regard brûlant de haine. Je dois avouer que j'avance à pas de loup, prête à esquiver le couteau ou le morceau de fil à linge, s'il lui prenait l'envie de se jeter sur moi.

Pourquoi ne pas me contenter d'un bain au rez-de-chaussée ? Parce que je suis entêtée dans mon genre, enfin disons que la lâcheté m'effraie plus encore que la présence d'Harold, ce serait peut-être plus exact. Céder, renoncer à ma douche, c'est admettre devant lui que la peur est la plus forte, que je n'ose envahir son territoire, et lui donner l'avantage. Ce serait accepter de me soumettre et renoncer à tout pouvoir. Impossible, je ne peux le tolérer. Je monte donc prendre ma douche et je fais comme s'il n'existait pas, tapi dans l'obscurité, comme si le mal qui l'habite ne m'était pas exclusivement destiné.

Dimanche 1ᵉʳ mai 1960

Quand je suis entrée, la boule de cristal était découverte et posée sur la table du living. L'été s'en est allé pour de bon et l'air est un peu cru, ce qui explique que Mme Delvecchio-Schwartz ait quitté son balcon. Et aujourd'hui, pour couronner le tout, il pleut.

Radieuse, Flo a couru vers moi pour me serrer dans ses bras et, quand je me suis assise, elle a préféré s'installer sur mes genoux. D'où me vient ce sentiment qu'elle est la chair de ma chair ? Plus le temps passe et plus je l'aime. Petit ange.

— La Boule a sans doute une grande valeur si elle est vieille d'un millier d'années, ai-je dit à Mme Delvecchio-Schwartz, qui avait disposé sur la table notre déjeuner habituel.

— J't'e parie qu'en la vendant je pourrais m'acheter Motel Australia mais on vend jamais une boule, princesse. Surtout si elle est efficace.

— Comment vous l'êtes-vous procurée ?

— C'est sa dernière propriétaire qui me l'a donnée. Sur son testament. On se les transmet d'une voyante à l'autre. Quand je m'en irai, je la transmettrai, moi aussi.

Flo a sursauté, cela tenait de la convulsion, elle a brusquement quitté mes genoux et plongé sous le divan.

Trente secondes ne s'étaient pas écoulées qu'Harold se faufilait dans l'ouverture de la porte. Comment Flo avait-elle su qu'il arrivait ? Mes oreilles fonctionnent parfaitement mais je n'ai pas entendu le plus léger frottement de semelle.

Mme Delvecchio-Schwartz lui a lancé un regard noir.

— Qu'est-ce que tu fiches là, bon Dieu ? a-t-elle grommelé. C'est pas 4 heures mais 1 heure. T'as rien à faire ici, Harold, alors fous le camp.

Ses yeux rivés sur moi brûlaient de haine mais il les a dirigés vers elle sans se laisser impressionner.

— C'est une honte, Delvecchio !

Delvecchio ? Était-ce son prénom ?

Elle a reposé bruyamment la bouteille de cognac et s'est tournée vers lui mais ma position ne me permettait pas de voir l'expression de son regard.

— Une honte ?

— Ces deux répugnantes déviées sexuelles, à l'étage au-dessus, ont volé l'argent du compteur à gaz, dans la salle de bains !

— T'as une preuve ? a-t-elle demandé en avançant la lèvre inférieure.

— Une preuve ? Je n'en ai pas besoin ! Qui d'autre, dans cette maison, pourrait faire une chose pareille ? C'est vous qui m'avez demandé de vérifier les compteurs, le dimanche !

Il a esquissé une grimace.

— Vous êtes trop grande pour vous abaisser à ce niveau, a-t-il poursuivi, mais moi, je suis atteint du mal du canard !

Mme Delvecchio-Schwartz a cherché mon regard en émettant des borborygmes réjouis.

— Ça aussi, c'est vrai, princesse. Tu sais ce que c'est que le mal du canard ?

— Non, ai-je répondu, en priant le ciel qu'elle n'aille pas plaisanter aux dépens d'Harold.

— Un cul trop près du sol.

Elle s'est levée avec difficulté.

— Viens, Harold, allons jeter un coup d'œil.

Je savais qu'il était inutile de tenter de faire sortir Flo de sa cachette. Harold allait probablement revenir et la petite l'avait certainement compris. Perception extrasensorielle. J'ai lu quelque part qu'on menait des recherches sur ce sujet. Va te faire fiche, Harold ! Ce n'était qu'un truc pour gâcher ce moment que je partageais avec ma logeuse. Jim et Bobbie, voler les pennies d'un compteur à gaz ? Grotesque !

Les indices s'accumulaient, je comprenais que ce vieil homme refoulé et plein de haine était un maelström d'émotions négatives. Soudain, je me suis souvenue d'une conférence donnée par un psychiatre. Il avait abordé le cas du « fils à maman » – le célibataire qui reste sous l'emprise de sa mère jusqu'à la mort de celle-ci puis, trop inadapté pour ne pas subir sa situation comme une fatalité, tombe entre les griffes d'une autre dominatrice. Harold était-il un « fils à maman » ? Le personnage cadrait assez bien dans le tableau. Mais cela n'expliquait pas la haine qu'il me vouait. Ce genre d'individu était en général parfaitement inoffensif et, s'il venait à faire preuve de violence, la cible en était parfois la dominatrice mais le plus souvent lui-même, selon le gars qui donnait la conférence. Il s'avérait aujourd'hui que la haine d'Harold ne m'était pas uniquement réservée. Il s'en était pris à Jim et Bobbie. Et Jim était également une Reine d'Épées.

J'ai entendu approcher Mme Delvecchio-Schwartz tant elle hurlait de rire.

— Super-sensass ! a-t-elle rugi en faisant irruption dans la pièce.

Sur ses talons, Harold affichait un masque impassible.

— Oh, fichtre, c'est du tonnerre !
— Quoi donc ? ai-je docilement demandé.
— Les saligauds ont piqué les pennies du compteur de la salle de bains, pour sûr, mais pas en bousillant le cadenas. Oh non ! Y se sont servis d'une scie à métaux pour découper les charnières à l'arrière du panneau qui reçoit les pièces. Tout semblait en parfait état ! Franchement, ce qui me tue c'est que ces saligauds se soient donné tant de mal, tout ça pour environ deux shillings.

— Delvecchio, vous devez expulser ces femmes, j'insiste ! s'est écrié Harold.

— Écoute, gros malin, a marmonné Mme Delvecchio-Schwartz entre ses dents, c'est pas Jim et Bobbie, c'est Chikker et Marge, du rez-de-chaussée sur rue. Ça peut être qu'eux.

— Ce sont des personnes respectables, a objecté Harold avec raideur.

— Grandis un peu, crétin ! Tu l'entends donc pas la battre comme plâtre quand y rentre bourré, l'vendredi soir ? Respectable, mon cul ! Vous vous figurez un peu, se donner tout ce mal pour quelques pennies ! a-t-elle repris, secouée de rire. J'peux pas non plus leur faire porter le chapeau. Qui plus est, j'y tiens pas. Ils sont pas dans le bisness, c'est déjà ça, et l'vendredi soir mis à part, ce sont de bons locataires.

— Je suis bien obligé de vous croire, a dit Harold, qui de toute évidence se fichait comme d'une guigne de Chikker et Marge. Cependant, j'insiste pour que vous vous débarrassiez de ces deux lesbiennes ! Conduire une moto, je vous demande un peu ! Elles sont répugnantes et vous, vous êtes stupide !

— Et toi, a répliqué Mme Delvecchio-Schwartz l'air de rien, tu serais pas capable d'organiser une partouze gratuite au 17d ! Dégage ! Allez, dégage ! Et t'avise pas de revenir à 4 heures. J'suis pas d'humeur.

Ce renvoi, Harold ne parut pas en saisir le sens tant le regard qu'il dardait sur moi se consumait de haine. Consciente, de mon côté, que je n'aurais pas dû entendre un mot de cette dispute, je me suis plongée, pour dissimuler mon malaise, dans la contemplation de l'énorme boule de cristal qui m'offrait le reflet inversé de la pièce.

— Vous formez un autre charlatan ? a-t-il demandé, narquois.

Mme Delvecchio-Schwartz n'a pas répondu. Elle l'a tout simplement saisi par le col et par le fond de son pantalon et l'a jeté dehors comme s'il pesait une plume. J'ai entendu le fracas lorsqu'il a atterri sur le sol, j'étais prête à bondir pour voir si elle ne l'avait pas blessé, puis je me suis calée sur mon siège. Après tout, ça le calmerait peut-être un peu.

— Fous le camp, espèce de petit con ! a-t-elle hurlé en direction du couloir avant de revenir s'asseoir avec un sourire ravi.

Elle s'est tournée vers le divan et a lancé :

— Flo, tu peux sortir maintenant, Harold est parti.

— Pourquoi a-t-elle si peur de lui ? ai-je demandé tandis que Flo tétait, nichée dans le giron de sa mère.

— J'sais pas, princesse.

— Vous n'avez aucun moyen de la convaincre de vous le dire ? ai-je demandé.

— Elle veut pas. Et moi, j'suis pas sûre de vouloir en savoir plus.

— Il... il n'abuserait pas d'elle, au moins ?

— Non, Harriet, y ferait pas ça. J'suis pas idiote, j't'assure. C'est spirituel.

— Je n'avais pas réalisé qu'il y avait, dans La Maison, un être capable de rejeter Jim et Bobbie.

— Harold en a après tout le monde.

— Est-ce un « fils à maman » ?

Le rayon X a dardé son faisceau.

— Dis donc, toi, rien t'échappe, hein ? Oui, c'est bien ça. C'était ce que j'appelle une invalide professionnelle – elle passait sa vie au lit et Harold la servait comme une princesse. Mais, quand elle est morte, il est resté comme un poulet sans tête, il savait plus quoi faire. Y a pire, elle a laissé tout ce qu'elle avait à un cousin de la mère patrie qu'elle avait jamais revu depuis l'enfance. Le cousin a vendu la maison et Harold s'est retrouvé sans nulle part où aller. Il avait dépensé jusqu'au dernier penny pour cette vieille garce égoïste. Alors, quand il est venu me demander une chambre, je l'ai pris en pitié. Y a des lustres, j'avais comme locataire un des gars qui enseignent dans la boîte privée très sélecte où il travaille – voilà comment Harold a connu La Maison. J'ai retourné les cartes et elles m'ont dit qu'il avait quelque chose d'important à faire pour La Maison, alors je l'ai pris chez moi. Et puis, a-t-elle poursuivi, l'œil égrillard, j'ai découvert qu'en fait de vieille fille, y avait pas que les manières – ouais, il était vierge ! Crois-moi, princesse, il faudra que tu te fasses un vierge avant de mourir.

Comme j'aurais voulu lui faire comprendre que je croyais Harold très sérieusement atteint ! Mais ma langue a tendance à me fourrer dans un tel pétrin ces derniers temps que j'ai ravalé mon compliment, je n'ai rien dit, je n'ai même pas fait allusion à la façon dont il me traquait, ni à ses regards. Je me suis contentée de constater :

— Vous ne le supportez vraiment plus.

— Ras le bol, princesse !

— En ce cas, pourquoi ne pas vous débarrasser de lui ?

— Peux pas. Les cartes disent toujours la même chose, il a un important travail à faire pour La Maison et on désobéit pas aux cartes.

Elle a sifflé son cognac, pris une bouchée de pain et d'anguille et marmonné :

— Alors, le Roi de Deniers est retourné au pays du curry ?

— Il y a huit jours. J'ai passé le dernier week-end à Bronte.

— Un beau type ! Il m'a rappelé M. Delvecchio, seulement M. Delvecchio était rital, il avait pas un poil de nègre dans les veines comme ton gars. Mais ce qu'il était fier et d'une élégance ! C'était le Roi de l'univers, M. Delvecchio.

Elle a soupiré, puis reniflé.

— Je restais au lit et je le regardais parader comme un coq.

Elle a fermé un de ses yeux pâles avec curiosité tandis que l'autre gardait un éclat ironique.

— Ton premier Roi de Deniers, c'était un bel homme bien poilu ?

— Non. Je dirais plutôt une sculpture d'ivoire.

— Dommage. M. Delvecchio était couvert de poils. Je lui peignais le torse et pour ce qui est de « là où je pense », a-t-elle ajouté avec un rire énorme, un fouillis, tout emmêlé, princesse, tout emmêlé ! Une vraie jungle où j'adorais rôder ! Je me servais de ma langue en guise de peigne.

Je me demande comment j'ai réussi à garder mon sérieux.

— Il y a combien de temps ?

— Oh, y a un siècle, il me semble ! Une trentaine d'années, en fait. Mais, aaah, je me souviens de lui comme si c'était hier ! Tes hommes, c'est comme ça que tu te les rappelleras, tu verras quand tu commenceras à en faire le compte. Ouais, comme hier. C'est c'qui te garde ta jeunesse.

— Il n'y a pas eu d'enfants ? ai-je demandé.

— Nân. C'est drôle, tout de même ? Un bel homme, poilu comme il était et pas d'enfants. Ça devait venir de moi. C'est à cause de ce truc, de cette hormone, que Flo est arrivée.

— Qu'est devenu M. Delvecchio ?

— J'sais pas, a-t-elle fait en haussant les épaules. Un beau jour, il a fichu le camp. Sans même prendre une valoche. Je l'ai attendu quelques jours mais il est jamais revenu. Alors j'ai retourné les cartes et elles m'ont dit qu'il était parti pour de bon. La Tour Foudroyée. L'Amoureux renversé. Le Pendu. Le Neuf d'Épées. Le Quatre de Bâtons renversé. L'effondrement de La Maison, tu vois. Mais la Reine d'Épées – moi – était bien placée, et je m'en suis remise. Un jour, je l'ai vu dans la Boule, longtemps après. Il semblait bien et avait l'air heureux, entouré d'enfants. La première fois, il m'a donné une couverture avec un lapin bleu pour le fils que nous n'avons jamais eu. Bah, c'est comme ça !

Après avoir entendu cette histoire, l'émotion me suffoquait, pourtant elle n'avait pas manifesté l'ombre d'un regret, pas plus qu'elle ne s'était apitoyée sur elle-même en la racontant.

— Oh, je suis vraiment navrée !

— Inutile, princesse. Les choses ont une fin et faut bien que ça arrive un jour, voilà tout. Tu le sais maintenant, après cette semaine passée auprès de ta statue d'ivoire.

— Oui, sans doute.

— T'as le cœur brisé ?

— Pas même ébréché.

— Eh ben, voilà ! La mer grouille de poissons, ma p'tite Harriet Purcell. T'es pas du genre à avoir le cœur brisé, tu serais plutôt du style à les briser toi-même. Tu me ressembles pas mais là, on est pareilles, toi et moi. La vie est trop belle et les poissons trop abondants pour les gens comme nous, jeune Harriet. On est indestructibles.

Il y avait belle lurette que je ne trouvais plus la gnôle de Willie aussi répugnante et, pour être franche, plus j'en buvais plus je l'appréciais. J'étais donc suffisamment pompette pour continuer à poser mes questions.

— Vous avez divorcé, M. Delvecchio et vous ?
— Pas eu besoin.
— Vous voulez dire que vous n'étiez pas mariés officiellement ?
— On peut dire ça comme ça.

Mme Delvecchio-Schwartz a rempli nos verres.

— Mais avec M. Schwartz vous étiez mariée ?
— Ouais. C'est drôle, non ? Et y avait largement le temps pour Flo. J'étais arrivée à cet âge où... Tu sais, les années passent et brusquement tu as un peu froid sans un mari pour te réchauffer les pieds.
— M. Schwartz ressemblait-il à M. Delvecchio ?
— Tout l'opposé, princesse, tout l'opposé. C'est beaucoup mieux comme ça. Répète jamais les mêmes erreurs ! Prends pas deux fois le même genre de gars. La variété c'est le piment de la vie !
— M. Schwartz était-il séduisant ?
— Ouais, un peu comme un poète. Des yeux noirs mais des cheveux franchement blonds. Un beau visage, jeune, frais. Flo ressemble à son père à sa façon.

Je sombrais peu à peu dans une torpeur béate, peut-être est-ce ainsi qu'en clignant de l'œil je vis brusquement à quoi devait ressembler Mme Delvecchio-Schwartz trente ou quarante ans plus tôt. Pas belle, ni jolie, mais très attirante. En escaladant ses sommets, les hommes avaient dû éprouver les mêmes sensations que Sir Edmund Hillary conquérant l'Everest.

— Vous aviez beaucoup d'affection pour M. Schwartz.

— Ouais. C'est toujours comme ça avec ceux qui font pas de vieux os, a-t-elle dit avec tendresse. Et M. Schwartz a pas fait de vieux os. Il avait vingt-cinq ans de moins que moi. Un charmant gentleman juif.

J'ai ouvert une bouche comme un four.

— Il est mort ?

— Ouais. Un beau matin, il s'est tout simplement pas réveillé. Ah, c'est tout de même rageant de partir comme ça, princesse ! Il avait le cœur qui flanchait, c'est ce qu'a conclu l'enquête. Pt'êt ben. Mais les cartes disaient que si ç'avait pas été ça, ç'aurait été autre chose. Un bus ou une piqûre de guêpe. Quand ton heure est venue, pas moyen d'échapper à la Grande Faucheuse.

J'ai écarté mon verre.

— Si je ne m'en vais pas tout de suite, Mme Delvecchio-Schwartz, je vais finir par « boire des véréphants loses ».

Une dernière question m'a toutefois traversé l'esprit.

— Harold vous a appelée Delvecchio. Mais ce n'est pas votre prénom de baptême. Quel est-il, si je peux me permettre ?

— Drôle de façon de parler quand la majeure partie du monde est pas chrétienne, a-t-elle fait avec un grand sourire. Y a belle lurette que j'ai laissé tomber mon prénom. C'est Delvecchio-Schwartz qui fait toute ma magie.

— Et la mienne, est-ce Harriet Purcell ?
Elle m'a pincé la joue.
— J'sais pas, princesse.
Puis elle s'est étirée.
— Oh, quel soulagement ! Je verrai pas ce foutu Harold, c't'aprêm !

Je suis descendue, je me suis effondrée sur mon lit et j'ai dormi deux heures. En me réveillant, il y a un petit moment, je me suis sentie merveilleusement bien. J'en ai appris sur ma logeuse, aujourd'hui ! Flo ? Un truc hormonal ? Zut ! Je ne lui ai pas demandé.

Mercredi 11 mai 1960

Un pauvre vieux est entré aux urgences cet après-midi, traumatisé à partir du pelvis et les deux jambes broyées. Un de ces accidents absolument insensés, si invraisemblables qu'on a du mal à seulement les concevoir. Il marchait tranquillement sans rien demander à personne quand un bloc de béton s'est détaché de la corniche d'une vieille usine. S'il l'avait touché, on n'aurait rien retrouvé à ramasser mais c'est une plaque d'acier solidaire de la corniche qui l'a atteint, assez loin du sol pour lui aplatir les jambes et rebondir ensuite, le libérant ainsi. Les ambulanciers ont donc eu le temps de l'amener au Queens de toute urgence. Mais bien sûr il n'y avait plus d'espoir, pas à cet âge. Quatre-vingts ans.

Après être passée à la salle de repos du personnel

féminin, je regagnais mon domaine quand la surveillante Herbert, de l'équipe du soir, m'a agrafée et m'a demandé si j'avais du travail. J'ai répondu que non.

— Écoutez, le service est sens dessus dessous, j'attends des renforts d'une minute à l'autre, mais j'ai besoin de quelqu'un de qualifié, capable de comprendre ce qui perturbe le pauvre vieux de la 7. Il est absolument bouleversé, il ne parviendra pas à se calmer et je ne veux pas qu'il lâche la rampe dans cet état. Nous avons fait notre possible – il s'en ira ad patres dans la nuit, c'est inéluctable, mais il ne cesse de pleurer et d'appeler une certaine Marceline. Je ne supporte pas de ne pouvoir lui offrir les derniers instants auxquels il a droit. Seulement je n'ai personne de disponible pour lui parler. Il ne cesse de répéter qu'il n'a ni proches ni famille – oh, il est parfaitement conscient, en état de choc, enfin vous voyez ce qu'il en est. Pourriez-vous vous occuper de lui à ma place ?

Sur ce, elle a filé... tout était vraiment sens dessus dessous.

Il était adorable, ce pauvre vieux, et d'une propreté impeccable. On lui avait enlevé ses fausses dents, alors il m'a souri de toutes ses gencives en agrippant ma main. La perf, l'arceau, les moniteurs, rien ne semblait l'affecter. Il n'avait qu'une chose en tête, Marceline. Sa chatte.

— Je ne pourrai pas rentrer pour la nourrir, a-t-il dit. Marceline ! Qui va s'occuper de mon petit ange ?

En entendant ces mots, j'ai eu l'impression qu'un

mur de briques venait de s'effondrer sur moi. Son petit ange !

Dès qu'il s'agit des vieux et des laissés-pour-compte, j'ai le cœur qui saigne – ils sont si nombreux au centre-ville, logés dans ces petites maisons sordides et délabrées qui s'étendent entre le Royal Queens et le Cross. « CHAMBRE ET PENSION – HOMMES UNIQUEMENT », indiquent les panneaux de carton libellés à la main ; comme ce pauvre vieux, ces hommes végètent dans des chambres minuscules. Il ne leur reste que leur dignité et ils survivent avec trois fois rien, quand ils ne sont pas abrutis par l'alcool. Et là, sous mes yeux, celui-ci allait mourir sans personne pour veiller sur son petit ange.

Une stagiaire de quatrième année est arrivée quelques minutes plus tard et, à nous deux, nous sommes parvenues à lui faire admettre que j'irais nourrir son chat et que je m'en occuperais jusqu'à son retour. Une fois convaincu, il a fermé les yeux et il a sombré dans l'inconscience avec sérénité.

J'ai emprunté le cabas en toile de Chris, ainsi qu'une provision d'épingles de sûreté et je me suis rendue à pied à Flinders House, j'ai trouvé la maison et j'ai frappé à la porte. Les propriétaires étaient absents car aucun responsable ne m'a demandé de comptes. Un vieux en proie à une sacrée crise de delirium tremens et sentant l'alcool, à tel point que j'ai manqué me trouver mal, m'a indiqué la cour, enfin si l'on peut dire. Un minable petit rectangle rempli de saletés. Et là, sur la carcasse d'une gazinière, se tenait le petit ange de mon pauvre vieux. Une chatte efflanquée au pelage écaille et blanc, qui en me voyant s'est redressée sur ses pattes et a miaulé plaintivement.

J'ai tendu la main.

— Marceline ? C'est bien toi, Marceline ?

Elle a sauté sur le sol, puis elle est venue se frotter contre mes jambes en ronronnant très fort. J'ai posé le fond du sac par terre et soulevé un bord pour y ménager une cavité, la chatte y a tranquillement pénétré et quand j'ai redressé le cabas pour y piquer mes épingles et le fermer, elle a continué à ronronner. Je n'ai donc eu aucun mal à ramener mon fardeau à La Maison, je craignais cependant que Mme Delvecchio-Schwartz ne m'autorise pas à garder le petit ange, Marceline. Personne ne possède d'animal, à l'exception de Klaus, il a deux perruches dans une cage et il les lâche dans sa chambre.

Bien que le sac n'ait pas bougé ni émis le moindre miaulement, Mme Delvecchio-Schwartz savait ce qu'il contenait. Enfin, comment fait-elle ? Elle voit tout dans les cartes ou dans la Boule...

— Tu peux le garder, princesse, a-t-elle fait avec un petit geste désinvolte.

Je n'ai pas dit que Marceline était un petit ange, qu'il fallait voir dans cet animal un heureux augure pour La Maison.

Après avoir défait la fermeture, j'ai trouvé la chatte au fond du sac, pattes rentrées, elle faisait un petit somme. Peut-être mon pauvre vieux était-il très sensé pour montrer un tel attachement à la seule manifestation de vie présente dans son existence. Marceline était un être à part. Je lui ai donné de l'anguille sur laquelle elle s'est précipitée et j'ai montré la fenêtre entrouverte. Elle m'a fixée d'un air solennel, puis elle s'est éloignée en se dandinant avec son ventre distendu, elle a bondi sur l'appui, puis disparu.

Je me demande si, demain matin, j'aurai encore un chat.

Jeudi 12 mai 1960

Oui, j'ai toujours un chat. À mon réveil, Marceline était pelotonnée au pied de mon lit. Je l'ai soulevée et l'ai soigneusement examinée pour vérifier si elle n'avait pas de puces, de plaies ou la gale, mais elle était d'une propreté tout aussi irréprochable que son pauvre vieux maître. Maigre, voilà tout, car il n'avait certainement pas les moyens de trop la nourrir. Nous avons pris toutes les deux de l'omelette et des toasts, au petit déjeuner – on ne peut vraiment pas dire qu'elle soit difficile. Toutefois, elle aime beaucoup la crème du lait. Ça devrait l'aider à prendre un peu de poids. Rien de plus facile que de laisser la fenêtre ouverte, à La Maison, il y a une falaise de vingt mètres à escalader pour accéder à la cour. Pourquoi se donner tant de mal quand la porte d'entrée est toujours ouverte ?

Le pauvre vieux a rendu son âme au Créateur pratiquement au moment où je prenais possession de son petit ange, à la maison de Flinders Street.

Je vais devoir emmener Marceline chez le vétérinaire pour lui faire prescrire un vermifuge voire lui faire enlever les ovaires, j'ai donc gardé le sac de toile de Chris, je lui en ai acheté un plus beau en me rendant au travail.

Samedi 14 mai 1960

Figurez-vous que David Murchinson est arrivé peu après mon retour de chez le véto. Le pauvre vieux avait dû dépenser tout ce qu'il avait pour son petit ange car le véto m'a assuré qu'elle avait déjà été opérée. Je n'ai eu qu'à régler le vermifuge, les comprimés de levure et deux injections contre les affections félines. Cinq putains de livres ! Autant dire que lorsque David est apparu sur le seuil, je n'avais rien d'autre en tête que ma chatte ruineuse et le métier de véto qui est vraiment un sacré fromage.

En voyant Marceline pelotonnée sur mes genoux, David a frissonné, peu désireux de s'approcher, il est resté, de l'autre côté de la cheminée où (autre compteur, encore des pennies !) j'avais allumé le radiateur à gaz. L'hiver pointe le bout de son nez.

— Où es-tu allée chercher ça ? m'a-t-il demandé avec une grimace dégoûtée.

— Au ciel, je crois, ai-je répondu. J'arrive de chez le véto et je peux te dire qu'elle s'appelle Marceline, qu'elle a été opérée et qu'elle a trois ans, environ.

Pour toute réponse, il a émis un son éloquent, il était écœuré, il s'est toutefois assis en face de moi, dans le second fauteuil, et m'a fixée de ses yeux bleus que je trouvais autrefois divins, puis il a joint le bout de ses doigts.

— J'ai appris que tu avais une nouvelle petite amie, ai-je dit sur le ton de la conversation la plus banale.

Manifestement agacé, il a rougi et sèchement répondu :

— Non, absolument pas !

— Elle a cassé le moule, alors ?

— Je suis venu, a-t-il repris avec raideur, te demander de réfléchir et de revenir avec moi. Si j'ai fréquenté Rosemary c'est uniquement sous le coup de la déception.

— David, ai-je patiemment expliqué, tu es sorti de ma vie. Je ne veux plus te voir et encore moins sortir avec toi.

— Tu es cruelle, a-t-il marmonné. Tu as changé.

— Non, je n'ai pas changé, pas en ce qui te concerne, en tout cas. Mais je ne suis plus la même. À présent, j'ai le courage de me montrer directe et je suis assez dure pour ne pas me laisser faire quand on essaie de m'avoir aux sentiments. Tu ferais mieux de lever ton cul de mon fauteuil et de ficher le camp, je ne veux plus de toi.

— Ce n'est pas juste ! s'est-il écrié sans desserrer les doigts pour autant. Je t'aime ! Et je ne me satisferai pas d'un refus.

Bon, Harriet Purcell, tu vas devoir amener la Grosse Bertha.

— Je ne suis plus vierge.

— Quoi ?

— Tu as très bien entendu, je ne suis plus vierge.

— Tu plaisantes ! Tu affabules !

J'ai éclaté de rire.
— David, pourquoi refuses-tu de voir la vérité ?
— Parce que tu n'as pas fait ça ! Tu n'as pas pu !
— Foutre si et foutre oui ! Qui plus est, j'y ai pris beaucoup de plaisir.

Vas-y, Harriet, l'heure est venue d'envoyer l'obus de dix !

— Et pour couronner le tout, il n'était pas précisément blanc mais d'une jolie couleur, toutefois.

David s'est levé et a quitté la pièce sans un mot de plus.

— Voilà, ai-je raconté un peu plus tard à Toby, j'ai enfin réussi à me débarrasser définitivement de David, je suspecte toutefois que je le dois à mon « amant indien » et pas seulement à mon amant.

— Non, a répondu Toby d'un air réjoui, c'est un peu grâce aux deux. Quelle andouille ! Il y a des années qu'il aurait dû mesurer la gravité de la situation. Si un homme a des vues sur une femme, il n'y a rien d'autre à faire qu'attendre, la casquette à la main, qu'elle prenne sa décision. Et si elle décide de le virer en beauté, tant pis pour lui. Depuis les chiens jusqu'aux petits zoziaux, c'est toujours le même refrain, je l'ai constaté. Quant aux araignées – il a frissonné – là, ce sont les dames qui mangent leurs partenaires.

— Merci bien, je ne suis pas une chienne en chaleur ! ai-je grommelé.

Il a ri.

— Peut-être pas, Harriet, mais une chose est sûre, tu fais de l'effet aux pauvres types que nous sommes.

Paupières mi-closes, il m'a observée comme un sniper évalue sa cible.

— Tu es sexy. C'est le genre de truc sur lequel on ne peut pas coller d'étiquette, c'est intérieur.

— Je ne fais pas la moue, je ne tortille pas des fesses, ni ne montre ma langue !

— Il ne faut pas tout confondre, je ne te parle pas de publicité, mais de l'essence même de la chose. Quand un homme dit d'une femme qu'elle est sexy, il pense qu'avec elle on doit s'amuser au lit. Je connais des femmes et des moins attirantes, qui sont sexy. Prends Mme Delvecchio-Schwartz. Elle est moche à faire peur mais je te parie que les hommes n'ont cessé de la culbuter depuis l'âge de douze ans. Sincèrement, j'aurais moi-même un petit faible pour elle. J'ai toujours aimé les femmes plus grandes. Je dois avoir du sang de Sherpa.

Sans se presser, nonchalamment, il s'est approché de mon fauteuil, il a pris appui sur le dossier et s'est laissé glisser sur l'accoudoir, son genou pesait lourdement sur moi.

— Je sais par expérience qu'avec les femmes authentiquement sexy, on s'amuse beaucoup au lit.

— Est-ce une innocente allusion ou une invite ? ai-je demandé, méfiante.

— Ni l'un ni l'autre. Pour l'instant, je n'ai pas envie de me retrouver entièrement à ta merci, très peu pour moi. Attention, ça ne veut pas dire que je ne vais pas t'embrasser.

Ce qu'il a fait, avec assez de violence pour me faire mal jusqu'à ce que je me tourne vers lui et que je lui offre mes lèvres, alors il a voluptueusement investi ma bouche et joué avec ma langue.

— Je n'ai pas l'intention d'aller plus loin, a-t-il dit en me libérant.

— Et je n'ai pas l'intention de te laisser aller plus loin, ai-je répliqué.

Intéressant, ce Toby Evans. Amoureux de Pamy mais attiré par moi. Eh bien, il me plaît également mais je ne suis pas amoureuse. Pourquoi faut-il qu'on en revienne toujours au sexe, dans cette existence ?

Ce week-end, Pamy est de nouveau revenue au bercail. La femme d'Ezra, m'a-t-elle dit quand je l'ai invitée à faire la connaissance de Marceline en mangeant un morceau, fait des tas d'histoires.

— Avec sept enfants, tu m'étonnes ! ai-je dit en posant le bœuf braisé sur la table pour qu'elle puisse se servir à sa guise.

Dieu merci, Marceline lui a plu et la chatte l'a appréciée, suffisamment pour grimper sur ses genoux et se mettre à ronronner. J'ai ensuite cherché à en savoir un peu plus sur Ezra et j'ai appris deux ou trois trucs intéressants, par exemple, comment il peut se permettre d'entretenir une femme et sept enfants tout en gardant un appartement à Glebe et s'offrir également de coûteuses substances interdites par la loi. Il est titulaire d'une chaire mais les universitaires n'ont pas des salaires de directeurs de société car intellect ne rime pas avec profit. Selon Pamy, son salaire lui sert à faire vivre sa famille. Mais il est l'auteur de deux livres qui ont su trouver un large public et il garde ces revenus pour lui. Oh, plus j'en apprends sur Ezra, moins je l'apprécie ! D'un parfait égoïsme, total, absolu.

D'un autre côté, Pamy est si heureuse... et chaque jour de bonheur est un jour de malheur en moins. Elle n'a pas une once de sens pratique mais nous ne pouvons pas tous être issus du même moule.

Samedi 28 mai 1960

C'est une agréable compagnie, un animal. Ce samedi fut particulièrement calme. Jim et Bobbie étaient parties se balader dans les Blue Mountains sur la Harley Davidson, Klaus descendu à Bowral, au rez-de-chaussée sur rue, Chikker et Marge cuvaient une cuite, Toby avait pris son carnet de croquis et une boîte d'aquarelle pour se rendre sur un site qui lui a tapé dans l'œil, du côté d'Iron Cove, quant à Mme Delvecchio-Schwartz, elle se consacrait à ses clientes aux cheveux bleus qui n'ont cessé de défiler (elles adorent venir le samedi) et Pamy était à Glebe, perdue au pays des songes. Harold était là, bien sûr. Je me demande ce qu'il peut faire quand il n'enseigne pas, mais une chose est sûre, il ne sort jamais. Dans sa chambre, qui se trouve pourtant juste au-dessus de la mienne, on n'entend jamais un son – ni musique ni craquement de plafond – et quand je lève les yeux vers sa fenêtre, les deux panneaux du store sont entièrement baissés. Pourtant, sa présence hante sans relâche un recoin de mon esprit. Auparavant, ce genre de chose ne se produisait que lorsque j'allais prendre ma douche au premier mais, ces deux dernières semaines, j'ai constaté que s'il m'arrivait de monter rendre visite à quelqu'un, en redescendant j'entendais chuchoter derrière moi des pieds déchaussés, c'est du moins l'impression que j'ai. Je me retourne mais il n'y a jamais personne. Et si je sors de chez Mme Delvecchio-Schwartz, je le trouve toujours sur le palier, immobile, qui ne me quitte pas des yeux.

Il devait être dans les 18 heures quand on a frappé à ma porte. Les jours ont bien raccourci, il fait nuit à 18 heures et j'ai pris l'habitude de tirer le verrou intérieur quand l'arrière de La Maison est désert, Harold et moi restant les seuls occupants. Plus grave, et c'est révélateur de ma paranoïa rampante, j'ai planté des clous de quinze centimètres de long dans le cadre des fenêtres en les faisant chevaucher jusqu'aux montants, je peux ainsi laisser les battants entrouverts en haut et en bas mais il est impossible de se glisser à l'intérieur. À Sydney, l'hiver n'est pas froid au point de vous obliger à fermer complètement les fenêtres, ni le vent ni la pluie ne battent la façade le long de l'allée et l'été, je ne reçois pas le soleil. Si le gros verrou est tiré, je suis en sécurité à l'intérieur. Quand j'y pense, j'en ai des frissons. Cet horrible petit homme, là-haut, a engagé contre moi une guerre psychologique, j'ai beau avoir la lâcheté en horreur, il a en quelque sorte pris l'avantage. Toutefois je ne peux rien dire à personne – Toby n'a rien voulu entendre quand je me suis confiée à lui. Paranoïaque.

Autant dire qu'en entendant frapper j'ai sursauté. Je lisais un polar écrit par une Anglaise snobinarde, la hi-fi de Peter jouait *Les Planètes* de Holst, le radiateur donnait et Marceline, roulée en boule sur un fauteuil, était profondément endormie. J'hésitais, tentée de crier pour demander qui était là, mais c'eût été lâche, Harriet Purcell. Je me suis donc avancée jusqu'à la porte, j'ai fait glisser le verrou et tiré très vite le battant en bandant tous mes muscles, prête au combat, pas à la fuite.

M. Forsythe se tenait devant moi. Mes muscles se sont relâchés.

— Bonsoir, monsieur, ai-je allégrement lancé en ouvrant la porte toute grande. Ah, euh… eh bien, entrez. Mauviette !

— J'ose espérer que je ne suis pas importun ? a-t-il demandé en pénétrant dans la pièce.

Quelle incroyable façon de parler ! Dieu ne s'exprime pas dans la langue du commun. Pas de ces « J'dérange pas, au moins ? ».

— Pas le moins du monde, monsieur, ai-je répondu. Asseyez-vous.

Toutefois Marceline n'était pas décidée à bouger. Elle aime trop le feu. Il s'est résolu à la soulever, puis il s'est installé confortablement dans le fauteuil, il a posé la chatte sur ses genoux et l'a caressée jusqu'à ce qu'elle se rendorme.

— Je peux vous proposer un café ou du cognac « trois étoiles ».

— Un café, merci.

J'ai disparu derrière mon paravent et suis restée en contemplation devant l'évier comme s'il était capable de me révéler si l'existence avait un sens. Le son de sa voix m'a poussée à l'action, j'ai rempli le percolateur, j'y ai versé les cuillerées de café et je l'ai mis en marche.

— Je suis passé voir un patient âgé, à Elizabeth Bay, m'expliquait-il, et je dois y retourner dans la soirée. Il y a malheureusement plus d'une heure de route jusque chez moi, aussi ai-je pensé que vous pourriez peut-être vous libérer et partager mon dîner, dans le quartier.

Oh, Seigneur ! Voilà deux mois, ou peu s'en faut, que je ne l'ai vu, depuis ce fameux soir où il m'a raccompagnée et a pris une tasse de café. Depuis, aucun signe de lui.

— J'en ai pour une minute, ai-je lancé en me demandant pourquoi les percolateurs mettent si longtemps à venir à bout du seul boulot qu'on leur demande.

Pourquoi était-il ici ? Pourquoi ?

— Noir et sans sucre, ai-je dit quand j'ai fini par me montrer.

Je me suis assise en face de lui et je l'ai regardé avec les yeux de Chris Hamilton pour Demetrios, ce fameux jour où je lui ai explosé au visage comme un pain de plastique. Des yeux qui voyaient enfin. Ces maudites cartes ont raison, M. Forsythe me désire. Il me veut ! Je suis donc restée à le dévisager comme une idiote, trop abasourdie pour trouver quoi dire.

Je ne crois pas qu'il ait eu conscience de la tasse de café ou du chat sur ses genoux, il ne voyait que moi. Le menton haut, le regard serein, déterminé. Il me faisait un peu penser à une star de cinéma dans le rôle de l'espion qui marche vers le peloton d'exécution. Prêt à souffrir, prêt à mourir pour ses convictions. Soudain, j'ai compris que je ne connaissais certainement rien aux hommes, pas assez en tout cas pour comprendre quelles forces pouvaient pousser un Duncan Forsythe à agir ainsi. Ce dont j'étais sûre, en revanche, c'est qu'en acceptant son invitation j'allais enclencher une succession d'événements susceptibles de nous détruire tous deux.

À quelle vitesse va la pensée ? Combien de temps m'a-t-il fallu pour réfléchir sans même formuler mes hésitations ? S'il n'y avait Harold, je serais parfaitement satisfaite de ce que m'a offert l'existence – de ma personne, de ma sexualité, de mon code de conduite, de ma vie. Mais lui, le pauvre homme, il ne sait pas qui il est, il ignore même ce qu'il est. Pourquoi me veut-il, moi ? Je n'en ai pas la plus petite idée mais il en est arrivé au stade où une telle proposition était inévitable. Et tout cela en vertu de trois brèves rencontres.

— Merci, monsieur Forsythe, ai-je répondu. Je serais ravie de dîner avec vous.

L'espace d'un instant, il a semblé totalement décontenancé, puis ce sourire qui me fait littéralement fondre a illuminé son regard et ses traits.

— J'ai réservé une table pour 7 heures, au Chelsea.

Il a fini par remarquer la tasse de café dont il a bu une gorgée.

Le Chelsea. Doux Jésus ! Décidément, radio-cancan ne se trompait pas, il n'a vraiment rien d'un coureur. Il avait l'intention de m'emmener dans le restaurant le plus chic de la ville, situé entre le City et Prunier's, un endroit où la moitié des clients l'auraient reconnu au premier coup d'œil.

— Pas au Chelsea, monsieur, ai-je objecté

doucement. Je n'ai pas la garde-robe qui convient. Cela vous ennuierait-il si nous allions au Bohemian, un peu plus haut dans la rue ? Œufs à la russe et Rostbraten Esterhazy pour dix shillings.

— Où il vous plaira !

Il semblait délivré du lourd fardeau qui pesait sur ses épaules. Il a posé sa tasse, s'est levé et a remis Marceline sur son fauteuil.

— Vous aimerez certainement disposer d'un peu de temps pour vous préparer, a-t-il ajouté avec sa courtoisie légendaire. Je vais donc vous attendre dans la voiture.

Sur le seuil, il a marqué un temps d'arrêt.

— Dois-je vous précéder pour réserver ?

— Ce n'est pas nécessaire, monsieur. Je ne serai pas longue, ai-je dit avant de refermer la porte derrière moi.

Nal n'avait été qu'une passade mais la relation dans laquelle je m'apprêtais à m'engager était tout autre chose. Il ne s'agissait pas d'un petit plaisir éphémère que l'on partage en amis. Duncan Forsythe n'était pas de cette eau-là, point besoin de consulter Mme Delvecchio-Schwartz pour le comprendre. Oh, merde ! Qu'est-ce qui nous pousse ainsi à risquer de tout gâcher, quand c'est de notre vie qu'il s'agit ? J'aurais dû poliment le prier de s'en aller, je sais. Mais je n'ai pas eu assez de force de caractère, voilà tout. Je ne suis pas la surveillante générale, moi. J'ai donc passé mon nouvel ensemble d'hiver en tweed caillouté rose, j'ai glissé mes pieds dans les escarpins les plus hauts que je possède – lui au moins, je ne risque pas de le dominer – et je me suis mise à la recherche de mon unique paire de gants. De coton blanc, pas de chevreau assorti à ma tenue. Les chapeaux, je ne les supporte pas, ils ne servent strictement à rien, surtout sur des cheveux épileptiques.

Au Bohemian, nous avons mangé des œufs à la russe et du Rostbraten Esterhazy sans pratiquement échanger un mot. Mais il a tenu absolument à commander une bouteille de bourgogne pétillant, ce qui a quasiment doublé la note. C'est M. Czerny en personne qui nous a servis et quand M. Duncan Forsythe a flanqué sur la table un billet bleu tout neuf de cinq livres en lui disant de garder la monnaie, il a manqué tomber en pâmoison.

Nous avions marché jusqu'au restaurant, nous sommes donc revenus à pied. Quand le groupe des collégiennes de St Vincent a surgi devant nous, j'ai bifurqué et me suis brusquement retrouvée sur la chaussée sans me soucier le moins du monde de la circulation, il a tendu la main et m'a agrippé le bras pour me retenir. À ce contact, j'ai eu un instant de panique, j'ai heurté un platane et je me suis retrouvée plaquée contre le tronc, face à M. Forsythe, qui a étouffé un cri. J'ai senti sa bouche glisser sur ma joue, j'ai fermé les yeux, trouvé ses lèvres et ne les ai plus lâchées, emportée par un violent émoi attisé par la crainte de ce que nous réservait l'avenir.

Ensuite, mes mains, mes yeux ont su le convaincre de me suivre chez moi. En arrivant, nous avons trouvé les lumières allumées et Marceline, sur son fauteuil, qui a levé les yeux et bâillé en nous offrant le spectacle de sa gueule toute rose.

La nuque renversée, les pupilles encore dilatées par l'obscurité, il avait le souffle court comme s'il venait de courir. Oh, il semblait si plein de vie ! Et je savais que pour lui l'addition serait si lourde que je devais faire en sorte qu'il n'ait jamais à le regretter.

Je l'ai donc aimé avec ma peau, mes lèvres et le bout de mes doigts, avec douceur, avec délicatesse, force et passion. C'était merveilleux d'être à nouveau avec un homme, cet homme-là, surtout. Nal n'avait été qu'un essai, une expérience éducative vécue dans l'insouciance et d'où le cœur était absent. Il était à la fois le moyen et la fin. Mais Duncan Forsythe comptait. Je ne pourrai le rayer de mon existence. Mon Dieu, quelle émotion ! Je lui ai baisé les mains et les pieds, je l'ai chevauché jusqu'à ce qu'il se cabre, glissant entre mes cuisses moites, je l'ai serré au creux de mes bras, de mes jambes et j'ai lutté dans un corps à corps qu'il a fini par remporter. Vaincue par sa force, je l'ai laissé peser sur moi.

Il est resté jusqu'à 23 heures passées, je crois qu'il avait perdu toute notion du temps puis, tout à coup, il a quitté mon lit et m'a regardée.

— Je dois m'en aller.

Il n'a rien dit de plus mais une fois vêtu, après s'être recoiffé devant mon miroir, il s'est approché, s'est penché vers moi et sa joue a effleuré la mienne.

— Puis-je revenir demain, vers 16 heures ?
— Oh, oui.

Oh, oui ! Je dois être amoureuse, oui, sans doute. Sinon, pourquoi aurais-je permis que tout cela arrive ?

Dimanche 29 mai 1960

À 14 heures, quand je suis montée chez Mme Delvecchio-Schwartz pour notre séance habituelle, j'avais déjà croisé Toby. Franchement, je me demande comment les nouvelles peuvent circuler à cette vitesse mais Toby était déjà au courant. Allez savoir comment !

— Tu es idiote, m'a-t-il rageusement lancé, les yeux plus rouges que bruns. Encore plus idiote que Pamy, si c'est possible.

Je n'ai pas daigné répondre, je me suis contentée de l'écarter et j'ai poursuivi mon chemin jusqu'au living de ma logeuse.

— Le Roi de Deniers est arrivé, a-t-elle fait comme je m'asseyais avant de prendre mon verre Kraft.

— Cette maison est incroyable, ai-je répondu en prenant de modestes gorgées de cognac – il vaut mieux y aller doucement, M. Forsythe revient dans deux heures. Comment les nouvelles font-elles le tour de La Maison ?

— Flo, s'est-elle contentée de répondre, en faisant sautiller notre petit ange sur ses genoux.

Flo m'a fait un sourire mais un sourire triste et elle a quitté le giron de sa mère pour aller gribouiller sur le mur.

— Ça t'embête pas qu'y soye marié ? a demandé ma logeuse en distribuant l'anguille fumée, le pain et le beurre avec parcimonie.

J'ai réfléchi, puis haussé les épaules.

— À vrai dire, je crois que ça me convient parfaitement. Je ne suis pas toujours très sûre de savoir ce que je veux mais je sais à coup sûr ce dont je ne veux pas.

— Et c'est quoi que tu veux pas ?

— M'installer dans une maison chic et jouer les madame Docteur.

— Ça vaut mieux, a-t-elle fait avec un grand sourire. Les cartes, elles donnent pas grand espoir de ce côté-là, tu vivras pas dans une banlieue chic, Harriet Purcell.

— Ai-je un avenir à Kings Cross ?

Elle est restée dans le vague, refusant de s'engager.

— Tout dépendra de ce qui arrivera à ça, a-t-elle répondu en montrant la boule de cristal.

Je l'ai observée avec curiosité et plus d'attention que je ne lui en avais jamais accordé jusque-là. Elle ne présentait ni bulles ni fissures, mais n'était pas sans défaut. Elle ne renfermait que des écharpes de nuages, aussi ténues que les nébuleuses stellaires de nos cieux du Sud. Elle reposait sur un socle d'ébène probablement concave pour maintenir aussi solidement l'énorme boule – qui faisait bien vingt centimètres de diamètre –, j'ai alors remarqué qu'un petit carré d'étoffe noire dépassait de la base. Forcément, Mme Delvecchio-Schwartz avait dû glisser une sorte de coussin pour isoler le bois d'ébène qui risquait de rayer le cristal. En faisant des recherches sur le cristal de quartz, à la bibliothèque de Queens, j'ai découvert qu'il avait une « molle » dureté. Impropre à la joaillerie, il supporte parfaitement la taille et un polissage minutieux. Pourquoi me disait-elle cela ? Sa réponse était lourde de sens. Mais en quoi ?

— Tout dépendra du sort de la Boule, ai-je répété.
— C'est ça.
Donc, elle tenait à rester sibylline.
J'ai tâché d'en savoir plus et demandé, l'air de rien :
— Je me demande qui, le premier, a eu l'idée de tailler une boule dans du cristal de roche et de s'en servir pour voir l'avenir ?
— Oh, c'est pas toujours l'avenir. Ça peut être le passé. J'sais pas mais y z'étaient déjà vieux quand Merlin était petit.
Décidément, elle ne dirait rien.
Je l'ai quittée un peu plus tôt que d'habitude pour redescendre avant l'arrivée de M. Forsythe mais je refusais de tout bouleverser pour lui. Flo viendrait passer ses deux heures avec moi, que ça lui plaise ou non. Mme Delvecchio-Schwartz a renâclé mais j'ai fini par avoir gain de cause. Quand Harold arriverait, petit ange descendrait chez moi.
Il était là, dehors, dans le noir, Harold. Il attendait. Le regard plein de haine. Je l'ai ignoré et j'ai commencé à descendre les marches. Il a alors murmuré :
— Putain ! Putain !
M. Forsythe est arrivé à l'heure. J'étais assise par terre, auprès de Flo et de ses pastels, car elle refuse de s'amuser avec quoi que ce soit d'autre. J'ai rapporté de Bronte quelques vieux jouets, une poupée et sa garde-robe, un tout petit tricycle, des cubes de construction portant une lettre de l'alphabet sur chaque face. Mais elle n'a pas daigné leur accorder un regard. Il n'y en avait que pour les pastels.

— C'est ouvert ! ai-je crié.

La première chose qu'a donc vu le pauvre homme était sa petite amie jouant avec une enfant de quatre ans et ses pastels, sur un tapis tressé. Il fallait voir sa tête ! Je n'ai pas pu m'empêcher d'éclater de rire.

— Non, ce n'est pas la mienne, ai-je dit en me levant pour aller vers lui.

J'ai pris son cou entre mes mains et j'ai incliné sa tête jusqu'à effleurer sa tempe neigeuse de mon nez et de mes lèvres. Il sentait délicieusement bon le savon de prix et il n'abîme pas cette superbe chevelure avec de la brillantine. Je l'ai pris par la main et je l'ai conduit vers Flo, qui a levé de grands yeux vers lui sans aucune appréhension et lui a spontanément souri.

— Je vous présente Flo, la fille de ma logeuse. Je la garde entre 4 et 6 le dimanche après-midi, si vous êtes pressé je crains donc que nous devions nous contenter de bavarder.

Il s'est accroupi en souriant pour caresser les cheveux de la petite.

— Tu vas bien, Flo ?

Les orthos savent très bien s'y prendre avec les enfants, qui représentent une bonne part de leurs patients mais, en dépit de tous ses efforts, il n'a pas réussi à la faire parler.

— Il semble bien qu'elle soit muette mais sa mère soutient que non. Cela vous laissera probablement sceptique mais nous croyons, un ami et moi, qu'elle n'a pas besoin de mots pour communiquer avec sa mère, il s'agirait en quelque sorte d'un phénomène de télépathie.

Pour être sceptique, il l'était – il est chirurgien, tout de même. Ces gens-là sont rarement victimes de leur folle imagination, pas pour ce qui touche à la télépathie et aux perceptions extrasensorielles, en tout cas. En l'occurrence, c'était un psychiatre qu'il nous aurait fallu et, tant qu'à faire, originaire d'Asie.

Quoi qu'il en soit, Harold s'est fait expédier, aujourd'hui. Il n'y avait pas plus d'une demi-heure que Flo était chez moi quand Mme Delvecchio-Schwartz a déboulé en trombe par la porte restée ouverte.

— Ah, te voilà, petit ange ! s'est-elle écriée d'une voix suraiguë, totalement dépourvue de naturel, comme si elle venait de fouiller La Maison de fond en comble.

Puis elle a insisté, terriblement cabotine, faisant mine d'ignorer la présence d'un homme jusqu'à l'ultime fraction de seconde.

— Oh-oh ! Le Roi de Deniers ! a-t-elle braillé avant de s'emparer d'une Flo abasourdie. Allons, petit ange, va pas déranger. Laisse-leur donc un peu d'intimité, hun-hun-hun.

Le regard que je lui ai lancé était éloquent, je n'avais jamais vu prestation plus lamentable.

— Madame Delvecchio-Schwartz, je vous présente le docteur Duncan Forsythe, un de mes supérieurs, au Queens. Monsieur, voici la mère de Flo, qui est également ma propriétaire.

Le vieux monstre a osé esquisser une révérence.

— Enchantée, m'sieur.

Flo sous un bras, elle est sortie au pas de charge sur un dernier « hun-hun-hun ».

— Seigneur ! s'est exclamé M. Forsythe, éberlué. Est-ce la mère biologique de Flo ?

— C'est ce qu'elle assure et je lui fais confiance.

— Elle devait être ménopausée quand la petite est née.

— Elle savait même pas qu'elle était en cloque, m'a-t-elle dit.

Ce furent les derniers mots que nous avons prononcés dans l'heure qui a suivi. Oh, quel homme merveilleux ! Nous sommes si bien ensemble.

— Dorénavant, je ne veux plus que tu me considères comme « M. Forsythe », ni que tu m'appelles monsieur, m'a-t-il dit une heure plus tard. Mon prénom est Duncan, tu le sais probablement. J'aimerais l'entendre sur tes lèvres, Harriet.

— Duncan. Duncan, Duncan, Duncan.

Ce qui a débouché sur un second interlude, ensuite j'ai réchauffé le ragoût de mouton que j'ai préparé ce matin et j'ai fait bouillir quelques pommes de terre pour l'accompagner. Il a dévoré comme s'il mourait de faim.

— Cela ne t'ennuie pas que je sois marié ? a-t-il demandé en sauçant le fond de son assiette avec un morceau de pain.

— Non, Duncan. J'ai compris hier que tu avais dû beaucoup réfléchir avant de venir. Ça ne m'ennuie pas le moins du monde, dans la mesure où ça ne te pose pas de problème, non plus.

Mais si, bien sûr, cela pose problème comme il s'est mis en devoir de me l'expliquer avec un luxe de détails que je n'avais pas franchement envie d'entendre. La culpabilité est parfois un sacré fardeau. Le fait est qu'il est venu me chercher, ne nous leurrons pas – sa femme est un vrai glaçon et il ne représente à ses yeux qu'un bifteck. C'est d'ailleurs ainsi que bien des femmes considèrent les médecins qu'elles épousent. J'ai appris, en écoutant Chris et la surveillante des urgences, qu'il s'était marié avec une camarade de notre surveillante – l'infirmière la plus jolie et la plus pétulante de la promo. De son côté Duncan était, à cette époque, le chef de clinique le plus séduisant et le plus convoité de l'hôpital. Et n'oublions pas que sa famille est scandaleusement riche. Vieille fortune, a précisé la surveillante des urgences avec une admiration teintée de respect. Dans un pays qui ne date que d'hier, les vieilles fortunes en imposent, toutefois je ne pense pas que l'idée que nous nous faisons d'une « vieille fortune » corresponde à celle des Anglais.

Les premières années, ils furent relativement heureux, Cathy et lui, il s'installait comme spécialiste et elle mettait au monde leurs deux garçons. Mark a treize ans et Geoffrey onze. Il les aime tendrement mais il ne les voit pour ainsi dire jamais, entre les miles qui s'accumulent au compteur de sa Jaguar et les longues heures passées en salle d'opération, au cabinet, dans les salles communes ou auprès des patients externes. La langue me démangeait de lui demander ce qui peut bien les pousser, tous autant qu'ils sont, à aller habiter là-haut, sur la côte Nord, quand leurs hôpitaux se trouvent en général à l'autre bout de Sydney et à penser qu'il est indispensable d'ouvrir un cabinet sur Macquarie Street, ce qui n'est pratique ni pour se rendre à l'hôpital ni pour rentrer chez soi. À Vinnie's Hospital, les chefs de service, en majorité juifs ou catholiques, ont assez de bon sens pour vivre en banlieue est, ce qui leur facilite l'existence.

Mais je n'ai rien dit car la raison avancée par Duncan n'aurait pas satisfait mon « pourquoi ». Leurs épouses adorent la côte Nord, voilà la vraie réponse. Elles vont s'entasser entre Lindfield et Wahroonga, où elles peuvent conduire en toute sécurité leurs élégantes petites voitures anglaises en évitant le plus gros de la circulation, où elles se retrouvent pour une partie de bridge, de whist, de tennis ou une réunion de leur comité. Leurs enfants sont inscrits dans les écoles privées très sélectes du coin où l'on trouve des tas d'arbres et des parcelles de vraie forêt. La côte Nord c'est le paradis pour une épouse fortunée !

Peu importe, Cathy Forsythe m'a franchement l'air d'une fieffée garce bien que Duncan l'ait résolument défendue et se soit attribué toute la responsabilité de son infidélité. Et peut-être – c'est totalement inconscient ! – m'en a-t-il attribué une toute petite part.

— Tu es une sorcière, mon amour brun, m'a-t-il dit, en gardant ma main dans la sienne. Tu m'as jeté un sort.

Que répondre à cela ? Je ne m'y suis pas risquée.

Il a porté ma main à ses lèvres et l'a embrassée.

— Tu ne peux imaginer ce que représente une réussite trop brillante, il faut que je te l'explique. S'il y a une chose que les proches sont incapables de comprendre c'est que l'on aime le travail pour lui-même, pour l'amour de l'art. On se retrouve prisonnier d'une image dont chacun s'empare et qui ne vous appartient plus. Tiens, prends le travail justement, on passe la moitié de son temps à tâcher de satisfaire tout le monde, à ne pas soulever la moindre vague qui risque de troubler la surface, au grand hôpital. Mon oncle préside le conseil d'administration, ce qui avec le temps s'est révélé une véritable plaie. J'étais parfaitement satisfait de mon sort quand je n'étais qu'assistant – je disposais de plus de temps pour mes recherches, pour mes patients. Mais depuis que je dirige le service d'orthopédie, j'ai l'impression de passer un nombre d'heures invraisemblable en réunions – à l'hôpital, la politique ne diffère en rien de ce qu'elle est ailleurs.

J'ai chaleureusement compati, ravie qu'il ne se soit pas aplati devant Tonton.

— Ce doit être un sacré guêpier.

Duncan Forsythe n'est pas différent de ce qu'il paraît – un homme très agréable, cultivé, brillant, quelqu'un de vraiment bien.

— Ne t'inquiète pas, Duncan. Tu seras toujours le bienvenu au 17c Victoria Street quand tu trouveras un moment pour passer.

Ce n'était pas la réponse qu'il attendait, bien sûr. Il aurait voulu m'entendre dire que je l'aimais à la folie, que je déplacerais des montagnes pour lui, que je laverais ses chaussettes et lui ferais des fellations. Bon, je laverais bien ses chaussettes et j'en suis à pratiquer une semi-fellation, si on entend par là « ne pas aller jusqu'au bout ». Mais je ne suis pas sûre d'être prête à lui remettre la clé de mon âme. Je le plains infiniment, je l'aime énormément, j'adore la façon dont nous faisons l'amour et nous partageons également une complicité professionnelle, c'est un lien supplémentaire. Mais l'amour ? Si cela signifie confier la clé de mon âme, non, ce n'est pas de l'amour.

Il était dans les 21 heures quand il est parti et je suis restée une heure entière à réfléchir à notre relation, finalement j'en étais encore à me demander si je l'aimais à la folie. Car je veux bien être pendue si j'accepte un jour d'aliéner ma liberté pour lui. Comme je l'ai dit à Mme Delvecchio-Schwartz, je ne tiens pas à aller vivre dans une maison chic pour y jouer les madame Docteur.

En relisant ce que j'ai noté samedi dans ce journal, je me rends compte de la rapidité avec laquelle j'ai changé de point de vue. « Ce doit être l'amour », me disais-je alors. Aujourd'hui, ce serait plutôt « tout sauf l'amour ». Comment expliquer un tel revirement en l'espace de vingt-quatre heures ? Je l'ai écouté parler de sa vie, de sa femme, ce doit être ça. Elle s'est débrouillée pour qu'il devienne grand patron !

Lundi 30 mai 1960

Je marchais dans l'obscurité pour rentrer chez moi quand il m'a fait monter dans sa voiture, aux feux de Cleveland Street, il m'a décoché ce sourire qui me fait littéralement fondre et ses yeux brillaient mais j'ai tout de suite compris que ce n'était pas l'amour qu'il avait en tête. Et cela m'a rassurée, pour lui notre relation ne se réduisait pas à un corps qui lui plaisait.

— Je n'ai pas beaucoup de temps, m'a-t-il dit en

conduisant, mais je viens de réaliser que je n'ai pas pensé à prendre soin de toi, Harriet.

Quelle drôle de façon de s'exprimer !

— Prendre soin de moi ?

— Oui. Mais peut-être vaudrait-il mieux te demander si, de ton côté, tu te montres prudente.

La pièce est tombée dans son encoche, l'ampoule s'est allumée.

— Ah ! Oh, ça ! Je crains de n'y avoir pas pensé une seconde. Je fais mes tout premiers pas dans la carrière de maîtresse, tu sais. Mais il ne devrait pas y avoir grand risque, pour le moment. J'attends mes règles pour demain et je suis aussi ponctuelle qu'une horloge.

J'ai perçu son soupir de soulagement, une fois rassuré, il n'a toutefois rien ajouté jusqu'à ce que je le fasse entrer chez moi. Là, il a pris Marceline dans ses bras et l'a câlinée avant de poser sa petite trousse noire sur la table. Je n'avais même pas remarqué qu'il l'avait prise, c'est dire l'effet qu'il produit sur moi !

Il a sorti son stéthoscope et son tensiomètre, écouté mon cœur et mes poumons, pris ma tension, examiné mes jambes pour vérifier s'il n'y avait pas de varicosités, tiré ma paupière inférieure et minutieusement observé le bout de mes doigts et le lobe de mes oreilles. Enfin il a pris son bloc d'ordonnances et y a rapidement inscrit quelque chose avant d'en détacher une feuille qu'il m'a tendue.

— Harriet, ma chérie, voilà ce qui se fait de mieux en matière de contraceptifs oraux, m'a-t-il dit en rangeant ses instruments. Tu le prendras dès la fin de tes règles.

J'ai glapi :

— La pilule ?

— C'est le nom qu'on lui donne, en effet. Ça ne devrait pas te causer de problèmes, tu es en pleine forme, mais si tu ressentais la moindre douleur dans les jambes, un essoufflement, des vertiges, des nausées, si tes chevilles gonflaient ou si tu étais prise de maux de tête, arrête immédiatement le traitement et fais-le-moi savoir aussitôt, m'a-t-il ordonné.

J'ai observé quelques instants l'écriture indéchiffrable, puis j'ai levé les yeux vers lui et je lui ai demandé avec un grand sourire :

— Comment se fait-il qu'un ortho connaisse la pilule ?

Il a éclaté de rire.

— Du psychiatre jusqu'au gérontologue, tous les médecins la connaissent, Harriet. D'une façon ou d'une autre, nous sommes tous confrontés aux grossesses non désirées et c'est avec un soupir de soulagement que nous avons vu arriver cette petite merveille.

Il m'a pris le menton qu'il a gardé dans sa main et, avec le plus grand sérieux, il a plongé son regard dans le mien.

— Je ne voudrais pas te causer plus d'ennuis que nécessaire, mon très cher amour. Si je ne peux rien d'autre pour toi que te prescrire la contraception la plus efficace à ce jour, ce sera déjà ça.

Il m'a alors embrassée, m'a dit qu'il viendrait samedi midi et il est parti.

J'en ai une veine ! Il y a des célibataires qui sillonnent Sydney en tous sens en quête d'un médecin connu pour prescrire la pilule. C'est formidable pour nous... uniquement pour celles qui sont mariées ! Seulement, mon homme tient à veiller sur moi comme il se doit. À certains égards, je l'aime vraiment.

Lundi 6 juin 1960

Ça devait bien finir par arriver. Pamy savait que j'avais un petit ami mais son identité demeurait mystérieuse. Elle a franchi la porte d'entrée à 18 heures, au moment précis où Duncan partait. Bien sûr, il ne l'a pas reconnue, il lui a souri et l'a courtoisement laissée passer mais elle savait parfaitement qui il était et elle est venue directement chez moi.

— Je n'arrive pas à le croire ! s'est-elle écriée.
— Moi non plus.
— Ça dure depuis longtemps ?
— Ces deux derniers week-ends.
— Je ne savais pas que tu le connaissais.
— Je le connais si peu.

Drôle de conversation, pour des amies très proches, me suis-je dit en préparant un petit déjeuner.

— Mme Delvecchio-Schwartz m'a appris que le Roi de Deniers était là et Toby m'a informée que tu étais nantie d'un amant, mais jamais je n'aurais rêvé de M. Forsythe.

— Moi non plus, je n'ai jamais rêvé de lui. Tout de même, j'ai plaisir à constater que radio-cancan n'est pas aussi efficace que je l'imaginais. Toby m'a traitée d'idiote, après quoi je n'ai revu que son dos montant l'escalier, depuis, rien. Quant à Mme Delvecchio-Schwartz, avant de me donner sa bénédiction, elle a fait irruption chez moi pour le voir.

J'ai servi à Marceline sa crème de lait.

— Tu es sûre que tout va bien ? m'a demandé Pamy en me lançant un regard dubitatif. Tu parais terriblement détachée.

Je me suis assise, mes épaules se sont affaissées et j'ai fixé mon œuf à la coque sans aucun appétit.

— Je vais bien, mais est-ce que je suis quelqu'un de bien ? C'est toute la question. Pamy, je ne sais pas pourquoi je l'ai fait ! Pour ce qui est de Duncan, je connais ses raisons – il est seul, il a peur et il est marié à un iceberg.

— On dirait Ezra, a-t-elle dit en engouffrant son œuf.

Cette comparaison ne me plaisait pas mais je comprenais pourquoi elle l'avait établie, je n'ai donc pas relevé. 6 h 30, un sombre matin d'hiver, l'heure était mal choisie pour se chamailler surtout après deux jours d'amours clandestines dans les bras de deux hommes on ne peut plus mariés.

— Il n'a jamais fait ce genre de choses, alors pourquoi m'a-t-il choisie, moi ? Mystère. Il est amoureux – c'est du moins ce qu'il croit – et lorsqu'il est arrivé sans crier gare, je n'ai pas eu le cœur de le repousser.

— Tu veux dire que tu ne l'aimes pas ? a-t-elle demandé comme si c'était là un péché plus grave que tout ce dont Sodome et Gomorrhe auraient pu rêver.

— Comment peut-on aimer quelqu'un qu'on connaît à peine ? ai-je objecté.

Mais ce n'était pas la chose à dire si l'on considère que Pamy ne connaît absolument pas Ezra.

— Il suffit d'un regard, a-t-elle répliqué plutôt fraîchement.

— Ah oui ? Ne serait-ce pas plutôt ce que mes frères appellent « l'amour monstre » ? En fait, je n'ai que mon père et ma mère comme éléments de comparaison et ils sont très épris l'un de l'autre. Mais, selon maman, ils ont construit cet amour durant des années et il s'améliore avec le temps.

Je l'ai regardée, totalement désemparée.

— Pamy, je n'ai besoin de personne pour veiller sur moi, c'est lui qui m'inquiète. Dans quoi me suis-je lancée ? Sera-t-il le seul à en payer le prix fort ?

Brusquement, le ravissant visage s'est durci.

— Ne te fais pas trop de souci pour lui, Harriet. Les hommes sont gagnants sur toute la ligne.

— Dois-je comprendre qu'Ezra baise toujours avec sa femme ?

— Éternellement.

Elle a haussé les épaules en fixant mon œuf.

— Tu ne le manges pas ? Les œufs sont des protéines idéales.

Je l'ai poussé devant elle.

— Prends, je t'en prie, tu en as plus besoin que moi. On dirait que tu as abandonné quelques illusions en route.

— Non, ce n'est pas ça.

Elle a soupiré et trempé une mouillette de toast dans le jaune baveux de son œuf comme s'il avait bien plus d'intérêt que notre conversation.

— Je me suis imaginé qu'Ezra serait capable de s'engager totalement, voilà tout. Je l'aime tant ! J'aurai trente-quatre ans en octobre. Oh, ce que ce serait bien de se marier !

Je ne m'étais pas rendu compte qu'elle était si vieille, bientôt trente-cinq ans, voilà qui expliquait tout. Pamy souffre du syndrome de la vieille fille. Elle est passée d'une foule de types à l'homme de sa vie mais sans grand résultat, elle n'a pas trouvé pour autant la sécurité et la sérénité tant désirées. Oh, mon Dieu, je vous en prie, je vous en supplie, faites que je ne succombe jamais au syndrome de la vieille fille !

Jeudi 23 juin 1960

Ce matin, quand je suis montée prendre ma douche à la salle de bains du premier, j'ai pu constater que je n'étais pas victime de mon imagination débridée ni d'une illusion née de faux espoirs, c'est bien réel. À l'instant où Duncan est entré dans ma vie, Harold a cessé de me traquer. Dans le couloir, la lumière fonctionne en permanence et il ne se montre plus. Je n'entends plus derrière moi le chuchotis de ses chaussettes dans l'escalier et je ne le trouve plus derrière la porte quand je sors de chez Mme Delvecchio-Schwartz. En fait, notre dernière rencontre remonte au soir où il m'a traitée de putain. Serait-ce le seul moyen de dissuader ce genre de psychopathe ? L'entrée en scène d'un homme fort ?

Mardi 5 juillet 1960

Je néglige mon cahier. J'en suis au numéro trois mais, depuis que Duncan est entré dans ma vie, il ne progresse pas bien vite. Je ne m'étais jamais rendu compte à quel point un homme peut prendre de place même s'il n'est là qu'à temps partiel. Il s'est arrangé pour me voir aussi souvent que possible. Le samedi, je suis une partie de golf assez longue pour inclure un « verre avec les copains », au club-house, après un parcours de dix-huit trous. Le dimanche, il est là dès le matin et reste jusqu'à l'arrivée de Flo – oui, elle lui fait quelque peu perdre ses moyens mais je refuse de faire passer son bien-être avant celui de Flo. Ce jour-là, je me transforme dans un premier temps en séance de travail consacrée aux dossiers en retard, je deviens ensuite une intervention en urgence ou une réunion quelconque.

Je n'arrive pas à comprendre que sa femme n'ait pas flairé anguille sous roche, mais il m'assure qu'elle ne se doute absolument de rien. De son côté, elle suit un rythme assez trépidant. C'est une fanatique de bridge, comme Duncan déteste ça, il n'y joue jamais. Évidemment, quand votre moitié semble respecter à ce point vos goûts, il est assez facile de faire taire ses soupçons. Tout de même, elle ne doit pas être très maligne, sa Cathy. À moins qu'elle ne soit tout bonnement horriblement égoïste ? Il m'a fait quelques confidences assez révélatrices, les chambres séparées par exemple (pour éviter de la réveiller quand on l'appelle au milieu de la nuit), et elle l'a relégué dans la « salle de bains des garçons » comme elle dit. Il déteste « sa » salle de bains qui communique avec « sa » chambre – que des miroirs, d'un mur à l'autre. Elle est, paraît-il, l'une des femmes les mieux habillées de Sydney mais elle approche la quarantaine et ne laisse rien passer, depuis les pattes-d'oie jusqu'au soupçon d'embonpoint qui pourrait guetter sa taille. Aussi fanatique de tennis qu'elle est mordue de bridge, ce qui lui permet de conserver sa silhouette. Lorsqu'elle voit sa photo dans une rubrique mondaine, elle est au septième ciel. Voilà pourquoi il ne peut rester chez moi le samedi soir – elle a besoin d'un cavalier pour l'accompagner à quelque réception très habillée, de préférence une soirée où se pressent photographes et chroniqueurs mondains.

Quelle vie creuse ! Mais cette opinion n'engage que moi. C'est, je pense, l'existence dont elle a toujours rêvé depuis les bancs de l'école. L'argent coule à flots, deux beaux garçons qui ne semblent pas très mûrs pour leur âge, elle s'en est assurée, une maison sublime dans le secteur le plus retiré de Wahroonga, où les propriétés avec piscine ne comptent jamais moins d'un hectare de terrain et où les voisins restent hors de vue. Elle a un jardinier, une souillon pour nettoyer le sol, passer l'aspirateur, faire la lessive et repasser, une femme qui vient préparer le repas, les soirs où Duncan dîne à la maison, une petite berline Hillman Minx et un crédit illimité dans les magasins les plus chic ainsi que lors des deux salons de mode que compte Sydney. Comment suis-je au courant ? Ce n'est pas grâce à Duncan mais j'ai entendu bavarder Chris et notre surveillante, qui l'admirent corps et âme. Elle possède tout ce qu'une femme peut désirer.

En ce qui me concerne, vous vous dites peut-être que je me contente des miettes de Cathy Forsythe. Ce que j'apprécie chez Duncan c'est précisément ce dont elle ne veut à aucun prix. Nous parlons beaucoup, lui et moi, et de tout, de sa fascination pour le sarcome jusqu'à sa secrétaire particulière, au cabinet de Macquarie Street, Miss Augustine. Elle a cinquante ans bien sonnés, encore une vieille fille, et elle considère Duncan comme son seul et unique rejeton. Un modèle d'efficacité, de tact, d'enthousiasme, on peut tout lui demander. Elle a même inventé un système de classement original, ce qui m'a fait doucement sourire quand il me l'a dit. Est-il plus sûr moyen de se rendre absolument indispensable ? Sans elle, le pauvre garçon est incapable de retrouver quoi que ce soit.

Voilà un petit peu plus de cinq semaines qu'il a frappé à ma porte pour m'inviter à dîner au Chelsea et il est transformé. En mieux, ce dont je me flatte. Il rit plus volontiers et ses yeux vert sombre, qui évoquent les marais, ne sont plus aussi tristes. Pour tout dire, il a bien meilleure allure, d'ailleurs la surveillante des urgences répète à l'envi que M. Forsythe est bel homme, qu'elle l'a toujours su mais qu'elle n'avait jamais remarqué à quel point. Il est rayonnant, tout cela parce qu'on l'apprécie en tant qu'homme. À la différence des séducteurs ordinaires, il n'est pas conscient du pouvoir qu'il détient sur les femmes, il se figure donc que ma capture tient du miracle.

En tout cas, tant que Cathy Forsythe ne soupçonne pas mon existence, j'espère que rien ne changera. Mon cahier d'écolier est le seul à en pâtir, ce n'est pas cher payer l'amour et la compagnie d'un homme très séduisant et d'une incroyable gentillesse.

Vendredi 22 juillet 1960

J'ai enfin réussi à voir Toby. Sa disparition prolongée commençait à m'inquiéter. Quand je montais jusqu'au deuxième, je trouvais toujours son échelle relevée et sa sonnette décrochée. Bobbie et Jim n'ont pas changé d'attitude à mon égard, bien que je perçoive chez elles une certaine déception devant un tel entêtement à préférer un homme, quant à Klaus il me dispense toujours ses cours tous les mercredis soir, dans la cuisine. Je sais maintenant frire et griller mais aussi braiser et faire mijoter, il refuse toutefois de m'apprendre la pâtisserie.

— Ma chère Harriet, l'estomac dispose d'un compartiment distinct pour les desserts, a-t-il déclaré en toute franchise, mais si tu amènes dès maintenant ce compartiment à se refermer, tu t'en féliciteras quand tu auras mon âge.

Si je me fie à sa silhouette, je le suspecte toutefois de ne pas avoir réussi à condamner son compartiment à dessert personnel.

Ce soir, je ne suis pas montée rendre visite à Bobbie et Jim, ni même à Klaus, je suis allée vérifier si l'échelle de Toby était descendue. Elle l'était ! Qui plus est, la sonnette était raccrochée.

— Montez ! a-t-il crié.

Il se colletait à un vaste paysage qu'il n'avait pu caser sur son chevalet, il s'y était donc attelé sur un cadre de fortune peint en blanc – bien sûr – et monté sur le chevalet. Je ne l'ai jamais vu réaliser une telle œuvre. Ses paysages ont invariablement pour sujet un haut-fourneau, une centrale électrique en ruine ou un terril fumant. Mais celui-ci était extraordinaire. Une immense vallée peuplée d'ombres douces, de falaises de grès rougeoyant sous les derniers feux du soleil, une touche de montagnes à perte de vue et de calmes forêts jusqu'à l'infini.

— Où as-tu déniché ça ? ai-je demandé, fascinée.

— Là-haut, de l'autre côté de Lithgow. C'est une vallée qu'on appelle le Wolgan, totalement isolée et inaccessible si ce n'est par une piste réservée aux quatre-quatre, qui descend jusqu'au bas de la falaise dans d'interminables lacets et mène à un pub qui est une véritable antiquité. Newnes. On y extrayait de l'huile de schiste pendant la guerre, quand la pénurie de pétrole était sévère en Australie. J'y ai passé tous ces derniers week-ends à faire des esquisses et des aquarelles.

— C'est une merveille, Toby, mais à quoi doit-on ce changement de style ?

— À un appel d'offres, il s'agit de la décoration

du hall d'un hôtel en construction dans la City et, selon Martin, c'est le genre de truc que recherche la direction.

Il a grommelé.

— D'habitude, les décorateurs magouillent avec un galeriste, mais Martin s'est débrouillé pour me décrocher cette opportunité. Il est incapable de peindre des paysages, quand il ne fait pas dans le cubisme, il se cantonne aux portraits.

— Eh bien, moi je trouve que ce tableau mérite d'être accroché au Louvre, lui ai-je répondu très sincèrement.

Il a rougi et paru ravi, à tel point que c'en était ridicule, puis il a posé ses pinceaux.

— Tu veux un café. ?

— Oui, merci. Mais si je suis là c'est pour te demander de fixer une date, je t'invite à venir tester mes talents culinaires tout neufs.

— Et déranger quand le petit ami risque de se pointer ? Non merci, Harriet, a-t-il sèchement répliqué.

J'ai vu rouge.

— Écoute un peu, Toby Evans, le petit ami ne tombe jamais à l'improviste à moins que je ne l'y invite ! En dépit de ton intolérance face à ma « légèreté », je ne me souviens pas que tu aies trouvé à redire pour Nal, mais si j'en juge par la façon dont tu m'as rayée de ton existence depuis que Duncan est entré dans ma vie, on croirait que j'ai séduit le duc d'Edimbourg !

— Allons, Harriet, a-t-il repris, derrière son paravent, tu sais bien pourquoi ! À en croire radio-cancan, ce type n'est pas du genre à fréquenter les filles qui habitent Kings Cross. En dehors des professionnelles comme Patience ou Chastity, bien sûr.

— Tu es d'un sectaire, Toby ! Jamais je ne pourrais toucher un client de Mmes Fugue et Toccata !

— Vider ses couilles, c'est toujours vider ses couilles.

— Ne sois pas grossier ! Tu t'arranges pour ne pas répondre. Et que fais-tu de ce cher professeur Ezra Marsupial, alors ?

— Ezra ne vient pas s'encanailler ici. Pamy se rend chez lui. Au fait qui est-ce, au juste, ton gars de la haute ?

— Tu ne vas pas me dire que La Maison ne t'a pas informé de ce détail ? ai-je répliqué, narquoise. Il est ortho au Queens.

— Il est quoi ? a-t-il demandé en revenant avec le café.

— Un ortho, c'est un chirurgien orthopédiste.

— Mme Delvecchio-Schwartz l'a appelé « monsieur », pas « docteur ».

— Au sein de l'hôpital, on appelle toujours les chirurgiens « monsieur », ai-je expliqué. Mais ce n'est pas de la bouche de notre logeuse que tu tiens cette information. Je lui ai présenté Duncan sous le nom de « docteur Forsythe ».

Toby ne s'est pas laissé démonter pour autant, il s'est contenté de hausser les sourcils.

— Alors, ce doit être de celle d'Harold, a-t-il dit en s'asseyant.

— Harold ?

Il a paru surpris.

— Qu'y a-t-il de si extraordinaire ? Nous rentrons souvent à la même heure et je prends le temps de lui dire un mot. C'est la plus grande commère de La Maison, rien ne lui échappe.

— Ça, je veux bien le croire, ai-je marmonné.

L'opinion de Toby compte beaucoup pour moi, aussi ai-je essayé de lui expliquer pourquoi j'étais avec Duncan, j'ai tenté de lui faire comprendre que si notre relation est clandestine, elle n'est pas immorale. Mais je n'ai même pas réussi à ébranler son scepticisme. Bon Dieu, ces hommes, ce qu'ils peuvent être partiaux ! Contaminé par le venin de cette vipère d'Harold, à n'en pas douter. Il n'aurait pas raté une si belle occasion de me nuire auprès de ceux que j'aime, celui-là. Oh, ce que ça fait mal de me voir injustement condamnée par Toby ! C'est vraiment quelqu'un de bien, il est si droit, totalement incapable de dissimulation. Ne comprend-il pas que la franchise avec laquelle je lui ai parlé de ma liaison avec Duncan prouve bien que je ne cache rien non plus ? Si cela ne tenait qu'à moi, le monde entier serait au courant. C'est Duncan qui tient à garder le secret afin de ne pas mettre sa précieuse Cathy dans l'embarras.

Ravie de constater que je n'étais pour rien dans ses disparitions, j'ai changé de sujet et je suis revenue au tableau, sur le chevalet. C'est cette lamentable histoire dans laquelle s'est fourrée Pamy qui l'a entraîné de l'autre côté de Lithgow, voilà la vérité. Mais quand il m'a annoncé qu'il avait acheté un lopin de terre à Wentworth Falls, enfin pas sur le bon versant et qu'il y construisait un cabanon, je suis restée K.O.

— Ne me dis pas que tu vas quitter La Maison ?

— L'an prochain, je n'aurai pas le choix. Quand

les robots m'auront pris mon boulot, j'en serai une fois de plus réduit à vivre au jour le jour si je reste en ville mais, dans les Blue Mountains, je pourrai cultiver mes légumes, j'aurai des arbres fruitiers et je ne dépenserai rien, tout y est bien moins cher. Et puis, si je décroche le contrat de l'hôtel, je pourrai me bâtir une maison digne de ce nom, j'aurai un toit bien à moi, je serai tiré d'affaire et je serai libre comme l'air.

Je n'avais qu'une envie, pleurer, mais j'ai réussi à sourire et à lui dire combien j'étais heureuse pour lui. Bon sang de bon sang, foutue Pamy ! Tout est sa faute.

Mercredi 24 août 1960

Oh, là, là ! Un mois entier sans écrire un mot ! Mais que peut-on raconter quand la vie suit son cours sans que rien ne vienne la perturber ? Je crois que je suis devenue une vraie « Crossite » et tout ce qui me laissait baba a perdu le pouvoir de m'étonner. Duncan et moi, nous nous sommes installés dans la routine comme un vieux couple mais, au lit, nous n'avons rien perdu de notre enthousiasme. Durant un petit moment, il a voulu accélérer le rythme de ses visites en y ajoutant les mardi et jeudi soir mais j'ai tenu bon. Aussi myope que soit cette idiote de Cathy F., elle a des yeux, tout de même. S'il cumulait en semaine des absences autres que celles auxquelles elle est habituée, elle finirait par s'interroger sur cette passion soudaine pour le golf dans le secteur des Lacs, beaucoup plus proche de Queens que de Wahroonga. C'est le prétexte qu'il a trouvé pour fréquenter un terrain où il n'est connu de personne.

Peut-être ce double jeu commence-t-il à me peser mais mon instinct de conservation me dit que, tant que Cathy F. demeure dans une ignorance béate, je n'ai pas à faire de choix – jouer ou ne pas jouer les madame Docteur dans une maison très chic, par exemple. Duncan est perturbé mais il ne veut pas la blesser en passant aux aveux. Elle est la mère de ses enfants, ne l'oublions pas et Tonton, au conseil d'administration, lui voue un véritable culte. Qu'a dit Duncan, déjà ? « Ne pas faire de vagues qui puissent troubler la surface du lac. » Eh bien, à Kings Cross, je ne tiens pas à voir des vagues troubler la surface de mon lac. Merci bien !

Aujourd'hui, c'est un raz-de-marée qui a déferlé sur le lac des urgences radio. Chris et Demetrios se marient et elle est absolument folle de joie. Le service au grand complet a pu admirer la bague, séduisante par son originalité, c'est un pavé de diamants, rubis et émeraudes qui appartenait à la mère du marié. Il règne un tel snobisme dans cet hôpital que notre humble brancardier grec a, depuis qu'il s'est trouvé une manipulatrice radio diplômée, droit à « un bel avenir devant lui ».

Eh bien, dites donc ! Chris peut mourir demain, elle ne mourra pas dans l'ignorance. Demetrios se pavane dans tout le service comme un dindon et Chris n'a plus le même visage – elle arbore l'expression « Je sais ce que c'est qu'une bonne baise ». J'avais raison, ça lui a fait un bien fou.

Le mariage est fixé au mois prochain et ce sera une cérémonie orthodoxe, selon le rite grec. Chris s'affaire, elle prend des leçons auprès du pope et finira, je le crains, plus orthodoxe que les orthodoxes. Ces convertis sont une vraie plaie !

Dimanche 11 septembre 1960

Flo agrippée à ma jambe, je raccompagnais Duncan, cet après-midi, quand Toby a bruyamment descendu l'escalier. À l'instant précis où il nous a vus, il s'est appuyé sur la rampe, son visage était éloquent et son hésitation sans équivoque – il a, jusqu'à présent, réussi à éviter le face-à-face avec Duncan. Il a toutefois haussé les épaules et poursuivi sa descente. Quand on est petit, il n'est jamais facile de lever les yeux aussi haut et de tendre la main à un homme pour se présenter, mais Toby n'a pas démérité. Face à quelqu'un de très grand, il s'est efforcé de rester sur un pied d'égalité.

Il s'éclipsait déjà quand il m'a lancé sur le seuil de la porte :

— Qu'a donc notre Pamy ? Je lui trouve une mine épouvantable.

L'instant d'après, il avait disparu.

L'ennui c'est que je ne la vois presque plus. Mais je vais me lever tôt, demain matin, et tâcher de la coincer.

Lundi 12 septembre 1960

Toby avait raison, elle a une mine épouvantable. Je ne crois pas qu'elle ait maigri – ce serait difficile à moins de ne garder que la peau sur les os – mais on dirait qu'elle a perdu de la substance. Les coins de sa jolie bouche se sont affaissés et son regard erre nerveusement en tous sens sans parvenir à se fixer. Pas même sur moi.

— Qu'est-ce qui se passe, Pamy ?

Elle s'est affolée.

— Je vais être en retard au travail, Harriet, j'ai tant de problèmes avec sœur Agatha ces derniers mois – j'ai toujours l'air fatigué, je ne me concentre pas suffisamment sur ce que je fais, le lundi, je suis en retard quand je ne suis pas absente. Si je ne pars pas tout de suite, je vais me fourrer dans un sacré pétrin !

— Je me charge de sœur Agatha, je vais aller la voir ce matin et lui servir la première histoire qui me passera par la tête – tu t'es fait renverser par un bus, enlever par un réseau de traite des Blanches, tiens, je vais lui raconter à quel point cet homme qui te traque depuis des semaines a perturbé ton travail. Sœur Agatha, j'en fais mon affaire, je t'en donne ma parole. Mais tu ne bougeras pas de cette pièce avant de m'avoir dit ce qui t'arrive, ne discute pas ! ai-je conclu d'un air menaçant.

Brusquement, Pamy a courbé la nuque, elle s'est cachée derrière ses mains et s'est mise à pleurer avec un tel désespoir que je me suis surprise à en faire autant.

Il m'a fallu un bon moment pour la calmer. Je lui ai donné du cognac, l'ai installée dans un fauteuil, à demi allongée, les pieds posés sur un tabouret bas. Jusqu'à cette minute, elle m'en avait toujours vaguement imposé, par son âge d'abord et puis elle a tellement plus d'expérience, elle est si intellectuelle, si aimante, si généreuse. Trop aimante et généreuse, je m'en rendais compte aujourd'hui. Tout d'un coup, je me suis sentie son égale car je venais de comprendre que je possède en abondance ce dont elle est totalement dépourvue – le bon sens.

— Qu'est-ce qu'il y a ? lui ai-je demandé tout doucement en m'asseyant auprès d'elle, sa main serrée dans la mienne.

Elle a tourné vers moi un regard vague, noyé de larmes.

— Oh, Harriet, qu'est-ce que je vais faire ? Je suis enceinte !

C'est drôle, ça. Quand une fille est au comble du bonheur, elle dit toujours qu'elle va avoir un enfant. Mais quand elle touche le fond de l'horreur, elle est enceinte. On dirait que le choix des mots établit une distinction, intellectuelle et émotionnelle, entre un merveilleux événement et une maladie que l'on redoute avec horreur. Accablée, j'ai observé son visage ravagé, sans la prévenance d'un homme, cela aurait tout aussi bien pu être moi.

— Ezra est-il au courant ?

Elle n'a pas répondu.

— Ezra est-il au courant ? ai-je répété.

La gorge nouée, elle a secoué la tête et a voulu chasser d'un revers de main les larmes qui ne cessaient de couler.

Je lui ai tendu un mouchoir propre.
— Tiens.
— J'ai tout essayé, a-t-elle murmuré d'une voix sans timbre. Je me suis jetée dans l'escalier. Je me suis cogné le ventre contre la table. Je me suis administré une douche vaginale à l'ammoniaque, puis j'ai essayé de faire pénétrer une injection d'eau savonneuse. J'ai acheté du tartrate d'ergotamine à un garçon de salle mais je n'ai réussi qu'à me faire rendre. J'en suis même arrivée à faire fondre du hachisch dans du fromage et à le prendre sur un toast mais, là encore, j'ai vomi. J'ai tout essayé, Harriet, tout ! Mais je suis toujours enceinte.

Son visage n'était plus qu'un masque reflétant la terreur à l'état pur.

— Qu'est-ce que je vais faire ?
— Mon cœur, il faut commencer par le dire à Ezra. C'est aussi son enfant. Il a le droit de savoir, tu ne crois pas ?
— Harriet, j'étais si heureuse ! Qu'est-ce que je vais faire ?

J'ai insisté.

— Il faut prévenir Ezra.
— J'étais si heureuse. Ça va tout gâcher. Ce qu'il veut c'est une partenaire sexuelle sans tabous, pas un enfant de plus.
— Tu en es à combien ?
— Je n'en suis pas sûre. Pas loin de vingt semaines, je crois.
— Oh, Seigneur ! Tu es à mi-parcours !
— Rien n'a réussi à le faire bouger, rien !
— De toute évidence, tu n'en veux pas.

Pamy fut prise de frissons, puis elle s'est mise à trembler.

— Si, si, je le veux ! Mais comment le garder, dis-moi ? Ezra ne peut pas m'aider, il a déjà sept enfants ! Sa femme est au courant, pour moi, mais elle refuse de lui accorder le divorce. Comment veux-tu que je le lui annonce ?

— Il faut être deux pour faire un bébé. Tu dois le lui dire ! Peu importe le nombre d'enfants qu'il a déjà, il doit répondre de celui-ci, il en est responsable.

Je lui ai servi un autre café arrosé de cognac.

— Pourquoi as-tu gardé cela aussi longtemps ? Tu sais bien que nous t'aurions tous épaulée.

— Je... c'est que... les mots n'arrivaient pas à franchir mes lèvres, pas même devant Mme Delvecchio-Schwartz, a-t-elle murmuré en séchant ses larmes. J'ai dû sauter deux cycles avant de me douter de quoi que ce soit. Là, je me suis mise à compter, mais il était probablement trop tard pour qu'un truc comme l'ergotamine ait encore une chance de marcher.

Elle a alors lancé ce cri :

— Oh, Harriet, qu'est-ce que je vais faire ?

— Pour commencer, tu vas appeler Ezra à l'université et lui dire de venir aujourd'hui. Quand il sera au courant, nous verrons, chaque chose en son temps, ai-je répondu avec plus d'optimisme que je n'en éprouvais.

Voyant qu'elle refusait, je me suis résolument dirigée vers le téléphone, installé dans ma chambre – Duncan a tenu à ce que je le fasse brancher –, j'ai appelé sœur Agatha et je l'ai prévenue, Pamy était si mal que nous ne viendrions travailler ni l'une ni l'autre. J'ai ensuite localisé Ezra et lui ai intimé l'ordre de se présenter une heure plus tard. S'il avait eu affaire à Pamy, il aurait peut-être discuté mais le ton de ma voix, froid comme l'acier, était assez inhabituel pour le faire obtempérer.

Pamy s'est endormie et moi j'ai pris un livre, mais j'étais trop préoccupée pour comprendre un traître mot de ce que je lisais. Je me suis dit que la véritable émancipation de la femme reposait sur la pilule. Guère étonnant qu'aujourd'hui où elle est enfin là, bien réelle et formidable, elle soit si décriée et impossible à se procurer. Elle reste encore aux mains des hommes. Dans l'esprit de certains corps religieux, elle incarne le mal et ces salauds, ces hypocrites de politiciens, se sont défilés en poussant les hauts cris. Mais les hommes ne parviendront plus à en contrôler la diffusion très longtemps. La pilule va envoyer les couilles au tapis et ce seront les femmes qui prendront le dessus. La pilule c'est le pouvoir !

En tout cas, Ezra ne fait pas partie de ses adversaires, c'est certain. Pamy travaillant à l'hôpital, il a probablement pensé qu'elle pouvait se la procurer. Il n'appartient pas à une profession de santé, comment connaîtrait-il le mode de fonctionnement des hôpitaux ? Tout de même, il aurait dû s'en inquiéter. Peut-être l'a-t-il fait. Elle m'a dit un jour qu'elle utilisait toujours un diaphragme. Seulement, ces deux-là passaient tous leurs week-ends à magnifier leurs émotions au hachisch et à la cocaïne. Au cours d'un rapport très banal, ils ne s'étaient pas montrés aussi prudents qu'ils le croyaient, voilà ce qui avait dû se passer. Oh, Pamy, si seulement tu t'en étais tenue à la fellation !

Je l'ai laissée dormir une demi-heure, puis je l'ai réveillée et lui ai dit de prendre une douche et de se préparer pour accueillir Ezra.

— J'ai tant pleuré que je suis complètement bouffie, a-t-elle objecté.

Je suis restée inflexible.

— Le sommeil a tout arrangé, maintenant il te faut affronter Ezra.

— Pardon de ne pas m'être confiée à toi, Harriet, mais les mots restaient bloqués dans ma gorge. Je n'arrivais pas à sortir un son. Et je ne cessais de me répéter : « Si je ne dis rien à personne, ça s'en ira – si j'attends encore un peu, ça va disparaître. » C'est drôle, non ? Il me semble que face à un tel rejet, on devrait sombrer dans le plus noir désespoir et disparaître. Mais ça, non. Pas ça !

— Bon, tu refuses absolument de mener cette grossesse à terme, ai-je conclu en l'aidant à remonter le couloir.

— Si seulement je le pouvais ! Oh, si tu savais comme je le voudrais ! s'est-elle écriée. Je le veux cet enfant, j'aime tant Ezra et il est de lui. Je désirais un enfant auquel consacrer ma vie. Mais c'est absolument impossible. Où trouverais-je de quoi vivre ? Les mères célibataires n'ont droit à rien, Harriet, tu le sais.

— Il y a, je crois, une toute petite allocation, mais bien trop faible pour te permettre de joindre les deux bouts sans travailler. Et si tu le faisais adopter après l'avoir mis au monde ?

— Non, non et non ! Je préfère encore tuer un

embryon plutôt que d'abandonner un enfant ! Le laisser grandir avec l'idée que sa mère biologique n'a pas voulu de lui ? Pour moi, cela reviendrait à mouler une miche de pain pour quelqu'un d'autre quand le boulanger meurt de faim. Non, il n'y a pas d'autre issue, je dois avorter.

Son regard s'est embué de nouveau.

— Oh, Harriet, c'est vraiment sans espoir ! s'est-elle exclamée. Je ne serai plus jamais la même. Mais que faire d'autre ?

— Ezra va t'aider, ai-je assuré avec une confiance que je n'éprouvais pas vraiment.

— Il ne peut pas, il n'a pas d'argent.

— Qu'est-ce que tu racontes ! Il possède une maison assez grande pour loger une femme et sept enfants, un appartement à Glebe et des revenus suffisants pour se procurer des drogues illégales. Bon, maintenant prépare-toi, il sera là dans vingt-cinq minutes.

Il n'est pas resté longtemps. J'ai entendu la porte claquer et j'ai attendu Pamy. Ne la voyant pas revenir au bout de dix minutes, je suis allée la trouver.

— Il est parti ! s'est-elle exclamée, sidérée.

— Pour de bon ?

— Oh oui, définitivement et pour de bon. Il ne peut rien faire, Harriet, c'est bien simple il n'a pas l'argent nécessaire.

J'ai vertement répliqué :

— Il en avait bien assez pour te fourrer dans cette panade. Le salaud ! Si jamais je l'avais eu à ma portée, je me serais attaquée à son scrotum avec un beau petit scalpel bien tranchant. Le philosophe mondialement connu n'aurait plus qu'à changer de métier et à entrer dans les chœurs des petits chanteurs de Vienne.

J'ai alors engagé les hostilités mais j'ai perdu la bataille. Pourquoi les gens se laissent-ils mener par leurs sentiments sans faire preuve d'un atome de bon sens ? Pamy désire cet enfant mais pour rien au monde elle ne traînerait en justice son précieux Ezra, elle ne veut pas en entendre parler, pas plus que d'aller trouver sa femme et lui demander de l'aider. Non, non et non, Ezra ne doit pas souffrir ! Hors de question ! Il faut protéger sa carrière et sa position sociale à tout prix ! Elle n'a cessé de répéter que l'avortement était la seule solution, n'a cessé de dire que l'enfant était maudit puisque son père ne voulait pas de lui, affirmant encore et encore qu'elle refusait de mettre au monde un bébé que son père rejetait. Pour conclure, elle m'a demandé si je pouvais lui prêter la somme nécessaire. Il semblerait qu'elle ait aidé ce cher Ezra à payer les coûteuses drogues car elle est fauchée.

Finalement, je l'ai quittée pour monter voir Mme Delvecchio-Schwartz, qui devait être informée. Cette fois, c'est moi qui me suis effondrée et j'ai pleuré, pleuré, tandis que ma logeuse s'affairait et buvait son cognac avec de petits claquements de langue agacés.

— Et n'allez pas me raconter que c'était dans les cartes ! ai-je hurlé quand j'ai été capable de parler. En ce cas, vous auriez pu faire quelque chose !

— Dis pas de conneries, princesse. On peut pas décider de la vie des gens à leur place et s'ils veulent pas savoir ce qu'y a dans les cartes, pas question de se précipiter pour le leur annoncer. C'est pas comme ça que ça marche, les cartes. Ou la Boule ou bien les Progressions.

Je me suis calmée.

— Premièrement, elle en est à vingt semaines ou presque. D'autre part, même si elle n'a que l'avortement à la bouche, je sais qu'elle désire cet enfant de toute son âme. Ne pourrions-nous pas apporter chacun notre contribution pour l'aider à l'élever ?

— Non, pas question, a répondu cette femme que j'avais toujours trouvée si bonne, si généreuse, si tolérante. Réfléchis, Harriet Purcell, réfléchis ! Ouais, ce serait possible pendant quelque temps mais Toby va bientôt s'en aller, Jim et Bobbie iraient jamais détourner ce fric qui leur vient des causes féministes pour aider Pamy et un enfant. Et toi, hein ? Qu'est-ce qui se passera si, tout compte fait, tu te décides à t'installer du côté des banlieues chic et que tu te carapates aussi ? Tu crois que je serai là pour en prendre la responsabilité ?

Elle s'est levée et a fait le tour de la table pour me dominer de toute sa taille et me vriller de son terrible regard.

— Qu'est-ce que tu t'imagines ? Que j'sais pas que j'ai quêque chose qui cloche ? m'a-t-elle demandé d'un ton sévère. J'ai une tumeur dans mon cerveau, elle m'a laissée vivre bien plus longtemps que personne l'aurait cru. J'en ai peut-être encore pour un sacré bout de temps mais là-dessus, y a aucune garantie. J'ai vu le grand Gilbert Phillips lui-même et il a dit que j'avais une tumeur. Y se trompe jamais s'il dit que t'as une tumeur cérébrale, t'en as une. Elle est pas maligne, mais elle est bien là et je suppose qu'elle grossit un peu de temps en temps. Y a près de six ans, un putain de docteur de Vinnie's m'a fait prendre une de ces hormones, le dernier truc sorti. Et vlan ! J'ai eu Flo. Tu penses si j'ai arrêté ce machin. Je tâche de ne pas lâcher, voilà tout. Comme on doit le faire, tous autant qu'on est. Alors, tu vas laisser Pamy décider toute seule, tu m'entends, princesse ?

Pétrifiée, je suis restée à dévisager Mme Delvecchio-Schwartz comme si je la voyais pour la première fois.

Quand j'ai retrouvé mon souffle, j'ai lancé mes dernières cartouches en l'assurant que j'étais capable de subvenir aux besoins de Pamy sans aucune aide.

— Et mon mari, m'a-t-elle demandé, qu'irait-il en dire le jour où je me marierais ? Et ainsi de suite…

— Très bien, ai-je admis, vaincue. Je la laisserai libre de sa décision. Mais je sais qu'elle aurait gardé l'enfant si elle avait eu le temps de se ressaisir. Enfin, à vingt semaines, c'est absolument hors de question. D'ailleurs qui accepterait de pratiquer un avortement à un stade aussi avancé ?

— Demande à ton docteur Forsythe.

Je ne peux plus écrire, je suis trop crevée. Combien de chocs un être humain est-il capable d'encaisser en une seule journée sans devenir fou ? J'ai l'impression que la planète tout entière s'est dérobée sous mes pieds avec une telle brutalité que je me retrouve seule et perdue en terre inconnue. Mais si j'ai cette impression, que peut bien éprouver cette pauvre Pamy ? Et cette géante, là-haut, avec cette petite masse qui grandit dans son cerveau ?

Mardi 13 septembre 1960

Duncan et moi avons mis au point un système qui me permet de le prévenir en cas d'urgence et il peut faire de même. Il était donc un peu plus de 20 heures lorsque je suis montée dans sa voiture aux feux de croisement de Cleveland Street et nous avons bavardé de choses et d'autres durant le trajet, histoire de passer le temps. C'est ce que j'aime chez cet homme. Il est si maître de lui, si prévenant, il sait exactement quand aborder les sujets sérieux et en quelles circonstances.

Le pauvre, je l'ai frappé droit au plexus en lui demandant, la porte à peine refermée :

— Duncan, connaîtrais-tu quelqu'un qui accepte de pratiquer un avortement à environ vingt semaines ?

— Pourquoi ? a-t-il demandé, sans perdre son calme mais toutefois prudent.

— Il s'agit de Pamy.

Il s'est dirigé vers le placard où se tient le cognac.

— Si je comprends bien, le prof à face de carême a pris la tangente ?

La suite de l'histoire a jailli d'un trait, y compris le chapitre concernant Mme Delvecchio-Schwartz et sa tumeur au cerveau.

— Je suis sincèrement navré pour Pamy, a-t-il dit en me tendant un plein verre de cognac. N'a-t-elle pas songé à mettre l'enfant au monde et à le faire adopter ? C'est ce qui se fait en général.

— Quand je le lui ai suggéré, elle s'en est prise à moi comme une vraie harpie.

De son côté, il a avalé une bonne gorgée d'alcool et frissonné.

— Je crois que je commence à m'habituer à ce pipi de chat. Au fait, où est la superbe Marceline ?

Pendant quelques minutes, il a amoureusement caressé Marceline. Cette traînée, il en fait ce qu'il veut !

— Si le regretté Gilbert Phillips a diagnostiqué une tumeur cérébrale, Mme Delvecchio-Schwartz en a probablement une, a-t-il repris. Sur une banale radio crânienne, il a dû repérer une calcification ne laissant planer aucun doute.

Mes dents ont claqué sur le bord du verre.

— Oh Duncan, qu'arriverait-il à Flo si elle... si elle mourait ? La fin de La Maison. Je n'ose même pas y penser !

Il a posé Marceline et s'est assis sur le bras de mon fauteuil.

— Cela concerne l'avenir, Harriet, et cette tumeur ne signifie pas qu'elle ne fêtera pas ses soixante-dix printemps, voire plus. Pour l'instant, notre problème c'est Pamy, pas Mme Delvecchio-Schwartz. Ne pourrait-elle pas envisager d'élever l'enfant ?

— Je crois que ce serait son souhait le plus cher mais elle n'en a pas les moyens. Si elle cesse de travailler, elle n'aura plus de quoi manger ni payer son loyer. Bon Dieu, Duncan, pourquoi faut-il que nous en soyons restés au mythe de la femme déchue dans la seconde moitié du XXe siècle ? La raison ne triomphera-t-elle donc jamais ? Dieu a voulu la grossesse, pas le mariage ! Le mariage n'a été inventé que pour permettre aux hommes de s'assurer que leur descendance était bien la leur – ce qui a fait des femmes des citoyennes de seconde zone !

— Ce n'est pas le moment de jouer les profs à face de carême, Harriet. Tenons-nous-en à la cruelle réalité, a-t-il fait en me toisant avec sévérité.

— Elle a décidé d'avorter et je n'ai pas réussi à la faire changer d'avis.

— Et tu voudrais que je l'adresse à qui de droit, a-t-il dit avec beaucoup de gravité. Tu veux que j'enfreigne la loi, tu le comprends ?

J'ai grommelé :

— Ne dis pas de sottises, Duncan ! Je ne te demande pas de le faire toi-même, tout ce que je veux c'est savoir qui pourrait s'en charger. Donne-moi un nom, un nom, rien de plus ! Je m'occupe du reste.

— Je doute que le comité d'éthique ou le conseil de discipline soient prêts à faire la différence. Dès l'instant où je t'indique quelqu'un, je suis aussi coupable que toi.

Oui, bien sûr, il l'est !

— Enfin, que veux-tu que je fasse ? ai-je demandé, à bout de patience. Il n'y a qu'une alternative, des aiguilles à tricoter au fond d'une ruelle mal famée – pour autant qu'on accepte d'y toucher à ce stade de la grossesse. Je pourrais, je pense, m'adresser à l'une des tenancières d'à côté mais chez elles, s'il vient à se produire une petite erreur, on la rectifie probablement à l'ergotamine et sans attendre plus de six semaines.

— Ne t'inquiète pas, ma chérie, a-t-il dit en m'embrassant. Je suis tout de même parvenu à mes fins. Tu as refusé tous les cadeaux que j'ai voulu t'offrir depuis que nous sommes ensemble. Mais là, tu vas finir par accepter ce que j'ai à donner. Il y a, à la campagne, une très belle maison de santé, très retirée, spécialisée dans les cas comme celui de Pamy. C'est ce qui se fait de mieux en matière d'interventions, de suivi médical et de soins. Je vais appeler de chez toi la personne en question et faire en sorte que Pamy soit admise demain à la première heure.

Il s'est relevé.

— Mais tout d'abord, je tiens à parler à Pamy en tête à tête.

— Combien cela va-t-il coûter ? ai-je demandé, éperdue de gratitude. J'ai mille livres sur mon compte d'épargne.

— Les services que l'on se rend entre médecins ne coûtent rien, Harriet.

Il est resté plus d'une demi-heure auprès de Pamy, à son retour il semblait profondément triste.

— Puis-je utiliser ton téléphone pour appeler ce collègue ?

Je l'ai suivi dans la chambre où j'ai ôté mes vêtements avant de me glisser entre les draps, il a eu l'air très étonné. Il ne s'attendait pas, je crois, à se voir offrir de réconfort physique lors de cette épouvantable soirée mais j'aime bien régler mes dettes. C'est curieux, ai-je pensé en le regardant se déshabiller, d'ordinaire, nous nous débarrassons de nos vêtements ensemble et très vite, je n'ai donc jamais l'occasion de vraiment le regarder. Pour un homme de quarante-deux ans, il fait honneur à son tailleur, à n'en pas douter.

— Tu as un corps superbe.

Il est resté coi. Pétrifié, le souffle coupé. Les femmes ne font-elles jamais de compliments aux hommes ? Manifestement, la sienne ne lui en faisait pas et j'en savais maintenant assez pour comprendre qu'il s'était marié sans grande expérience, hormis quelques brèves rencontres que l'alcool avait en partie effacées de sa mémoire.

Mercredi 14 septembre 1960

J'ai été réveillée à 6 heures, on martelait ma porte et, à en juger par la façon dont on frappait, le vacarme ne cesserait que si je répondais.

Toby est entré d'autorité et m'a regardée d'un air hargneux.

— C'est Mme Delvecchio-Schwartz qui m'envoie. Je suis passé prendre des nouvelles de Pamy mais elle n'a rien voulu me dire et Pamy n'est pas chez elle.

Je l'ai foudroyé du regard en allant préparer du café.

— Attends, laisse-moi faire, a-t-il dit en m'écartant de son chemin. Je veux savoir ce qui est arrivé, alors concentre-toi.

J'ai donc tout raconté. Toby semblait bouleversé par mon récit, il a serré les dents et son poing s'est abattu sur le comptoir.

— Je vais débusquer ce salopard et le dérouiller à mort.

— Avant d'y aller, tu ferais mieux d'écouter ce

que Mme Delvecchio-Schwartz en pense, ai-je objecté en m'abritant derrière ma tasse. Pamy ne veut pas que l'on touche à un seul cheveu d'Ezra, elle est bien décidée à le protéger à tout prix et même à lui sacrifier son enfant. Elle refuse de le poursuivre en justice pour obtenir une pension alimentaire ou de tout révéler à sa femme – rien qui risque de chambouler l'existence du Marsupial ! Quant à Mme Delvecchio-Schwartz, elle va remuer le couteau dans la plaie en te faisant observer que tu n'es ni le mari ni le père ni le frère ni l'oncle ni le cousin, que tu n'as donc absolument aucun droit de dire ou de faire quoi que ce soit.

— Et l'amour, ce n'est pas une raison suffisante ? Pamy n'a personne au monde. Si nous ne veillons pas sur elle, qui s'en chargera ?

— Nous veillons sur elle, Toby, de la façon qui lui convient, ai-je calmement répondu. Le mal est fait mais Duncan Forsythe était là, Dieu merci. Si elle n'est pas dans sa chambre c'est qu'elle est déjà en route pour la maison de santé – non, je ne connais pas le nom ni l'endroit où elle se trouve, Duncan n'a pas voulu me le dire. Et toi, ne t'avise pas d'en souffler mot à qui que ce soit, alors surveille ta langue. Si tu vas caqueter auprès d'Harold Warner quand tu le croiseras – ne serait-ce que pour brouiller les pistes – je fais le serment, Toby Evans, que tu finiras castré ! Ce petit homme est mauvais, il n'a rien d'un imbécile et il est dangereux.

Je doute toutefois qu'il ait entendu un mot de ce discours, il était trop bouleversé. Qui plus est, il était furieux que l'aide de Duncan ait été plus efficace que la sienne. Comme je le comprenais ! Je souffre à la pensée de ce qu'il a dû endurer, dans l'histoire d'Ezra.

Après une deuxième tasse de café, il s'est un peu calmé et suffisamment ressaisi pour me toiser de la tête aux pieds avec... mépris ?

Il m'a lancé durement :

— Tu as l'air comblée.

— Comblée ? Qu'entends-tu par là ?

— En dépit des malheurs de Pamy, après que le grand chirurgien a proprement réglé son avenir, tu sembles avoir pris un sacré bon temps, a-t-il fait d'un air goguenard.

Je lui ai balancé une telle gifle qu'il en a vacillé. Puis j'ai murmuré :

— Ne t'avise pas de me juger ! Bon sang, ne t'amuse pas à ça ! Ni à juger Duncan Forsythe, d'ailleurs ! Tu en veux à ceux qui ont su aider Pamy mieux que tu ne l'as fait, voilà l'ennui ! Eh bien, c'est fichtrement dommage ! Mais il faudra t'y faire, alors inutile de t'en prendre à moi !

Il était livide et ma main avait laissé sur sa peau une marque qui ressortait comme une tache de vin.

— Je te demande pardon, a-t-il dit avec raideur. Tu as raison. Ne t'inquiète pas, je m'y ferai.

Je lui ai enlacé les épaules et l'ai serré un instant contre moi. Toby a fait de même puis il s'est écarté, s'est glissé sous mon bras et il est parti avec un grand sourire.

La journée commençait assez mal. J'ai dû ensuite me rendre au bureau de sœur Agatha et expliquer que Pamy serait absente pendant deux semaines.

— Ce n'est absolument pas régulier, miss

Purcell ! Pourquoi l'infirmière Sutama ne s'est-elle pas présentée à l'infirmerie ?

J'ai menti.

— Elle a consulté son médecin traitant. Je pense qu'il adresse ses patients à Vinnie's Hospital ou aux cliniques privées de la banlieue est.

Oh, pourquoi faut-il que les gens rendent les choses si compliquées ?

— La question n'est pas là, miss Purcell. L'infirmière Sutama fait partie du personnel, elle a donc droit à un lit au Queens, quel que soit son médecin. C'est très simple, elle serait passée sous la responsabilité d'un de nos titulaires – qui sont les meilleurs, je sais qu'il est inutile de vous le rappeler.

Je ne me suis pas démontée.

— Je ne peux vraiment rien vous dire, miss Toppingham. L'infirmière Sutama a préféré s'en remettre à son propre médecin, je n'en sais pas plus.

— Absolument irrégulier. Absolument ! a gloussé sœur Agatha, dont les pâles yeux bleus m'ont lancé un regard si pénétrant que c'en était effrayant. Elle a flairé anguille sous roche, j'en suis sûre. C'est peut-être une vieille bique guindée mais on ne dirige pas une petite armée de jeunes femmes pendant trente ans sans finir par comprendre qu'en certaines circonstances, un et un font trois.

— Veuillez m'excuser, miss, ai-je dit selon la formule consacrée.

— Fort bien, miss Purcell, fort bien.

Elle s'est penchée sur les papiers posés sur son bureau.

— Vous pouvez disposer.

J'ai dû affronter une autre catastrophe mais, cette fois, ce n'était que la routine. Un patient désorienté requérait les talents de consolatrice d'Harriet Purcell.

Heureusement, tout est rentré dans l'ordre environ une heure plus tard et nous nous sommes assises pour prendre une tasse de thé. La surveillante des urgences nous a rejointes – le mariage se rapproche, chaque jour un peu plus. Mais tout d'abord, Chris avait un compte à régler avec moi.

— Pourquoi étiez-vous en retard ? a-t-elle demandé d'un ton peu amène.

— J'ai dû passer voir sœur Agatha. Pamy ne va pas mieux.

— Qu'est-ce qu'elle a ?

— Rien de très grave mais son médecin l'a fait hospitaliser.

— Pauvre petite ! Où est-elle, à Vinnie's ou au Sydney ? Nous passerons la voir en rentrant, Marie et moi.

— C'est impossible. Elle est dans une maison de santé, à la campagne.

Chris et Marie ont échangé un regard entendu, elles avaient parfaitement saisi, elles ont changé de sujet et nous avons parlé du mariage.

Dieu merci, Pamy n'a pas un membre du personnel pour amant ! Chris et la surveillante ont été très bien mais radio-cancan va s'emparer de cette soudaine maladie, aucun doute là-dessus. Tout le monde connaît Pamy, en radio, voilà treize ans qu'elle fait partie des meubles. Chris et la surveillante m'ont fichu une frousse bleue, je vous le garantis. Tant que l'éventualité de voir éclater la vérité n'est qu'une vague perspective, on se dit parfois que l'on s'en moque et brusquement, le jour où la vie privée d'une amie très chère menace de tomber dans le domaine public, cette éventualité vous saute au visage. Ah, on ne voit plus le monde de la même façon !

Et si papa et maman venaient à l'apprendre ? Dieu du ciel, s'ils considéraient leur fille comme une briseuse de ménages, j'en mourrais ! Car c'est l'étiquette que l'on me collera si jamais Cathy F. découvre tout. Une briseuse de ménages.

Samedi 17 septembre 1960

Aujourd'hui, Duncan est arrivé à midi et j'ai rompu.

— Je ne supporte plus cette angoisse et cette incertitude, ai-je tenté de lui expliquer sans entrer dans les détails.

Je n'ai mentionné ni radio-cancan ni la beigne que ses commentaires désobligeants avaient value à Toby.

— Je sais que le moment est particulièrement mal choisi, tu viens de t'occuper de Pamy et tu as été formidable – tu dois me trouver fameusement ingrate ! Mais c'est de papa et maman qu'il s'agit, tu comprends ? Duncan, ce que je fais de ma vie ne regarde que moi tant que ça n'implique pas un homme marié. Là, cela devient l'affaire de tous. Comment trouverais-je le courage de me présenter devant eux ? Si nous continuons ainsi, tout finira par se savoir. Donc, c'est terminé.

Cette tête ! Ces yeux ! Le pauvre, on aurait dit que je venais de l'assassiner.

— Bien sûr, tu as raison, a-t-il répondu d'une voix mal assurée. Mais j'ai une autre solution. Harriet, je ne peux vivre sans toi. Je ne le peux pas ! Tes craintes sont on ne peut plus légitimes, mon amour. Ne plus oser regarder tes parents en face, pour rien au monde, je ne voudrais que tu en arrives là. Le mieux serait donc de demander le divorce à Cathy et sans délai. Quand il sera prononcé, nous pourrons nous marier.

Oh, Seigneur ! C'était bien la dernière réponse à laquelle je m'attendais et la dernière que je souhaitais entendre.

— Non, non et non ! me suis-je écriée en agitant frénétiquement les mains. Non, pas ça... jamais !

— Tu penses au scandale, a-t-il repris, décomposé. Mais je te protégerai, Harriet. J'engagerai quelqu'un pour jouer le rôle de co-défenderesse et je ne te reverrai qu'une fois libre. Que Cathy aille claironner ses injures à la presse à scandale, que ces torchons se surpassent dans la bassesse ! Peu importe le degré de sordide que l'on atteindra pourvu que tu ne sois pas impliquée.

Oh, mon Dieu ! Il ne comprenait pas ce que je voulais dire car il n'avait même pas envisagé que je puisse refuser de jouer les madame Docteur. Que je n'en sois pas capable, même pour lui. Si je l'avais aimé un tout petit peu plus, peut-être aurais-je pu faire ce sacrifice. Seulement, je l'aime à ma façon et pas « de toute façon ».

— Écoute, Duncan, ai-je repris, dure comme l'acier. Je ne suis pas prête à épouser qui que ce soit, ni à m'installer, du moins dans le genre de vie que m'aurait offert David ou que tu m'aurais offert. Très franchement, je crains fort de ne l'être jamais.

Jaloux, même en un moment comme celui-là !

— Qui est David ?

— Mon ex-fiancé – il ne compte pas. Retourne à ton existence, Duncan, ou si la perspective de la partager avec Cathy est trop insupportable, trouve une femme qui accepte de vivre dans ton monde. Mais tu dois m'oublier. Je ne veux pas d'une liaison avec un homme marié et, ne rêve pas, je t'en prie, je refuse que tu me considères comme une seconde Mme Forsythe. Aussi clairement qu'il est possible de le dire, c'est terminé.

— Tu ne m'aimes pas, a-t-il conclu, accablé.

— Si, je t'aime, crois-moi. Mais je n'ai aucune envie d'installer mon nid en banlieue et je tiens à me sentir parfaitement propre.

— Et les enfants ! Tu désires sans doute des enfants ! a-t-il bredouillé.

— J'aimerais en avoir un, au moins, je ne prétendrai pas le contraire mais de la façon dont je l'entends et je préférerais encore y renoncer s'il fallait pour cela remettre mon destin entre les mains d'un homme et attendre qu'il en assume la responsabilité. Tu ne ressembles pas à Ezra, Duncan, mais tu es issu du même univers, tu attends des femmes les mêmes engagements que lui et tu les ranges dans des catégories similaires. Il y a celles avec lesquelles on s'amuse et celles qui procréent. Je suis extrêmement flattée que tu me voies dans le rôle d'épouse plutôt que dans celui de maîtresse mais je ne veux ni l'un ni l'autre.

— Je ne te comprends pas, a-t-il fait, totalement déconcerté.

— Non, monsieur, et vous ne pourrez jamais me comprendre.

Je me suis dirigée vers la porte que j'ai ouverte devant lui.

— Au revoir, monsieur. C'est on ne peut plus sérieux.

— Eh bien, au revoir, mon amour, a-t-il dit avant de me quitter.

Oh, ce fut épouvantable ! Je dois certainement l'aimer car je souffre atrocement. Mais je suis si heureuse que tout cela ait pris fin avant que les choses ne deviennent encore plus pénibles !

Samedi 24 septembre 1960

Christine Leigh Hamilton est devenue aujourd'hui Mme Demetrios Papadopoulos. La fête fut superbe quoique un peu étrange. Je suppose que les querelles diplomatiques ont fait rage, il a fallu concéder telle tradition à la mariée et telle autre au marié avant qu'ils parviennent tous deux à un accord à l'amiable. Les parents et amis du marié occupaient un côté de l'église, ceux de la mariée l'autre. Le premier était plein à craquer, dans le second, aux deux tiers vide, hormis quelques médecins et leurs épouses, il n'y avait que des femmes célibataires.

Duncan était bien la dernière personne que je m'attendais à voir mais il était là, accompagné de sa « bourgeoise ». Je me tenais dans l'ombre, au fond de l'église, un foulard de dentelle rose sur la tête car je refuse de porter un chapeau, même au mariage de Chris. J'étais très contente de ma robe moulante en jersey assortie au foulard quand mon regard s'est posé sur Mme Duncan Forsythe. Alors la « bourgeoise », houuula ! Jacques Fath, à en juger par le drapé de ce modèle beige très près du corps. Gants de chevreau beige fermés de sept boutons, des Charles Jourdan coordonnés à la robe, d'un beige d'une telle élégance que vous ne le verrez jamais sur aucun membre de la famille royale. Dans notre assemblée de péquenauds endimanchés, Australiens de souche ou immigrés, elle ressortait comme une mouche dans du lait, si ce n'est que ses cheveux, sa peau et ses yeux sont aussi beiges que l'était sa toilette. Elle aurait dû normalement se fondre dans le décor mais c'était loin d'être le cas. Pour tout bijou, elle ne portait que des perles, trop ternes et moches pour être fausses.

Duncan avait une mine épouvantable, la « bourgeoise » avait eu beau s'assurer que sa tenue convenait parfaitement à un événement qu'elle méprisait, j'en suis persuadée, il a suffi d'une petite semaine pour qu'il perde son éclat. Il n'était pas beige, comme elle, mais il présentait toute la gamme des gris. Le teint et les cheveux gris – est-il possible de voir autant de gris apparaître en une semaine ? Je crois. Il arrive, en effet, qu'une chevelure blanchisse en une seule nuit. Il m'a donné l'impression de frôler la crise cardiaque, mais il est en trop bonne forme.

Non, Harriet Purcell, il souffre, voilà tout, et c'est entièrement ta faute, espèce de sale garce égoïste ! J'ai tout de même été contente d'apercevoir sa « bourgeoise » que je ne reverrai probablement jamais.

Il se trouve que Chris n'a plus de proches parents, c'est donc sœur Agatha qui a conduit la mariée à l'autel ! Chris portait une crinoline de tulle blanc, à la Scarlett O'Hara, disparaissant sous une débauche de fanfreluches de dentelle et dont le dos formait une traîne d'une longueur impressionnante, tenue par deux toutes petites Grecques au pas mal assuré, adorables à regarder, et chacun s'est mis à pousser des « oh ! » et des « ah ! » quand elle a remonté la nef au bras de sœur Agatha. Celle-ci était en guipure bleu pastel et arborait un chapeau pour lequel la reine mère se serait volontiers damnée – un bol à punch de paille bleue assorti, agrémenté de coques bien raides de tulle mauve et de deux orchidées d'un violet agressif, identiques à la boutonnière de son corsage. La surveillante des urgences – ou plutôt Marie Callaghan, en ce jour –, vêtue de dentelle crème doublée de satin jonquille, était la seule demoiselle d'honneur.

La réception avait lieu dans un restaurant grec de Kensington et j'ai trouvé qu'elle ne manquait pas d'éclat. Les parents de Demetrios étaient si fiers de leur fils ! Il avait réussi à mettre la main sur une Australienne de souche, le passage à dix livres sur l'épouvantable rafiot qui les avait amenés de Grèce trouvait enfin sa justification. Les Papadopoulos s'intégraient dans la société australienne. J'ai constaté que les Forsythe se contentaient du service religieux, sous une débauche de confettis, ils ont serré la main du marié et piqué un baiser sur la joue de la mariée sur le parvis de l'église puis, sans doute pour répondre à une invitation plus séduisante, ils sont montés dans une énorme Rolls noire qui s'est éloignée en ronronnant. Je ne crois pas qu'ils aient remarqué ma présence, ni l'un ni l'autre, car je suis restée cachée derrière un pilier avant d'aller rôder discrètement dans le vestibule jusqu'au départ de la Rolls.

J'ai donc pu me détendre lors de la réception, j'ai dansé avec une douzaine de Grecs qui m'ont tous déshabillée du regard, j'ai lancé des assiettes avec ceux que je trouvais le mieux et j'ai voulu essayer ce truc de *Jamais le dimanche* mais il était plus drôle de s'asseoir et de regarder danser les hommes dans les règles de l'art. Ils ne manquaient ni de grâce ni de passion et la musique était magique. Je ne crois pas que le repas ait soulevé l'enthousiasme du contingent des invités de la mariée mais moi, j'ai engouffré moussaka, feuilles de vigne farcies, petites boulettes de viande, taboulé, agneau rôti à la broche, aubergines, olives, artichauts, poulpes et encornets. Je me suis littéralement empiffrée.

Bien que la cuisine fût sublime et qu'une horde d'admirateurs m'aient invitée soit à danser, soit à coucher avec eux, j'ai eu le loisir d'observer la table placée sur l'estrade. Chris et Demetrios étaient plongés dans une sorte d'hébétude et ne mangeaient rien mais, les yeux dans les yeux, la surveillante des urgences et Constantin, le témoin, se tendaient avec coquetterie des bouchées de nourriture entre deux intermèdes de petits gloussements auxquels le résiné n'était pas étranger. Il va y avoir un second mariage aux urgences, vous pouvez me croire !

Quand l'heure de partir est venue pour les mariés, quand Chris a rassemblé toutes ses forces (entretenues par le maniement des sacs de sable), pour lancer cet énorme bouquet à une horde de femmes hurlant et prêtes à tout, j'ai bien fait appel à mes anciens talents de basketteuse mais pas de la façon dont j'avais menacé de le faire. J'ai amené la surveillante des urgences à l'endroit idéal, balancé un petit coup de phalanges à la fleur adéquate quand le bouquet est arrivé droit sur moi en sifflant et je l'ai fait dévier entre les mains ravies de Marie Callaghan.

Cupidon a encore frappé !

Dimanche 25 septembre 1960

Dimanche dernier, Harold et moi n'avons vu Mme Delvecchio-Schwartz ni l'un ni l'autre car elle recevait sa plus grosse cliente, Mme Desmond Machin Chose – je n'arrive jamais à me souvenir de leurs noms. Peut-être ce rendez-vous avait-il été prémédité à la faveur du chaos engendré par Pamy ? Au fait, elle n'est toujours pas revenue. Je suis franchement inquiète mais également certaine que, s'il y avait eu un accroc, la maison de santé aurait su nous contacter. Duncan n'aurait pas manqué de s'en assurer. Peut-être son état général était-il si délabré qu'on a préféré attendre un peu avant d'intervenir et la garder ensuite quelques jours de plus.

C'est du moins ce que j'ai expliqué aujourd'hui à Mme Delvecchio-Schwartz, qui a suffisamment de bon sens pour accepter ma théorie.

Elle savait, bien sûr, que j'avais congédié Duncan, je l'ai pourtant fait avec beaucoup de discrétion, il n'y avait absolument personne dans La Maison et je ne l'ai pas vue, dimanche dernier. Je n'ai parlé de Duncan à personne mais elle était au courant. C'était dans les cartes. C'est toujours dans les cartes. Serait-ce sa tumeur qui lui donne cette prescience ? Il paraît que nous n'utilisons pas toutes les zones du cerveau et que nous possédons des pouvoirs dont nous n'avons pas conscience. Et si certaines personnes étaient réellement capables de conjurer les éléments ? D'infléchir le cours des événements dans le sens désiré ? De percer les brumes du temps ? J'aimerais le savoir, mais il n'en est rien. Je ne sais qu'une chose, soit Mme Delvecchio-Schwartz possède le meilleur réseau d'espionnage au monde, soit elle voit vraiment ce qui va arriver en étalant ses cartes.

J'ai dû lui raconter le mariage jusque dans les moindres détails, depuis les six verres de cristal que j'ai offerts à l'heureux couple jusqu'à la façon dont sœur Agatha a dansé des heures durant en tricotant de ses petits pieds. Qui l'eût cru ? C'est fort le résiné.

Flo avait l'air épuisée, sa mère prétend toutefois qu'elle n'a pas reçu de clientes, ce week-end. Quand je suis entrée, la petite m'a fixée avec intensité comme si elle savait parfaitement ce qui m'était arrivé, j'ai pourtant tout fait pour garder cela pour moi, je ne me suis même pas épanchée dans ce cahier. Ça ne regarde personne, pas même celui qui a rompu le cheveu en retirant la pâte à modeler pour fourrer son nez dans le placard de mon Tilsiter. On a lu mes vieux cahiers, ils ne sont plus dans la même position, rangés bien droits. Et ils ne sont pas tombés, je les ai trouvés posés à plat. Il y a maintenant quelqu'un qui n'ignore plus rien de moi ni de ce qui me concerne jusqu'à ce jour, pratiquement, puisque je viens d'entamer un cahier neuf. Bien que je connaisse parfaitement le coupable, j'en ai gardé un drôle de goût dans la bouche, Harold. J'ai donc fait encore plus fort, j'ai tiré tous les rideaux, je suis montée sur le lit et j'ai glissé les cahiers dans la trappe d'évacuation des eaux qui se trouve au plafond. Même s'il lui venait à l'idée d'aller chercher de ce côté, il lui faudrait une échelle. Si seulement j'avais quelqu'un à qui me confier ! Maintenant que Duncan n'est plus là, va-t-il relancer cette horrible petite guerre qu'il a engagée contre moi ?

Quoi qu'il en soit, Flo a plus ou moins compris ce que je viens de traverser, à moins qu'elle ne l'ait ressenti ou deviné. J'en mettrais ma main au feu. Mon petit ange, je le lis dans ses yeux. Elle est venue vers moi à l'instant où je me suis assise et elle a grimpé sur mes genoux, elle a couvert mon visage de baisers, s'est blottie contre ma poitrine et s'est mise à jouer avec ses doigts. Puis elle a furtivement tendu la main vers mon verre de cognac.

— Pas dans mon verre, Flo chérie. Si tu en veux, demande à ta mère.

— Bah ! Elle a qu'à en prendre un peu, a grommelé Mme Delvecchio-Schwartz. J'ai fini par la sevrer, alors faut bien lui laisser quêque chose.

— Pourquoi avez-vous fait cela ? ai-je demandé, stupéfaite.

_ Je l'ai vu dans les cartes, princesse.

Elle a tendu le bras et pris ma main droite, l'a retournée pour en observer la paume, puis l'a refermée avec un petit rire en me serrant le poing.

— Tout ira bien, Harriet Purcell. Toi, tu vas pas te laisser abattre. Tu l'as renvoyé chez sa « bourgeoise », c'est ça ?

— Oui. Il devenait de plus en plus possessif, puis il m'a dit qu'il allait demander le divorce pour m'épouser et mener une vie respectable. Mais cette seule perspective m'a semblé insupportable.

J'ai soupiré.

— J'ai vraiment essayé de le ménager.

— Les hommes ont tant d'orgueil qu'y a pas moyen de les larguer en douceur si c'est toi qui les plaques. C'est vraiment un type bien – un gentleman et un érudit, comme on dit. Z'auriez été très bien ensemble à temps partiel mais en permanence ? C'est simple, c'est pas dans les cartes. Toute cette eau et tout ce feu – tôt ou tard z'auriez fini par exploser, vous deux, comme un volcan qui rencontre la mer.

— Vous avez dressé son horoscope ? lui ai-je demandé avec étonnement.

— Ouais. Un Lion solide, du Bélier et du Sagittaire. Il a l'air d'une Vierge avec un soupçon de Balance et de Sagittaire et il en a le comportement mais le feu couve en permanence sous la surface – y a un carré mal aspecté entre Vénus et Saturne, pourtant il en a pas le côté égoïste – seulement ça l'gêne terriblement. Dommage que je sais pas où est son ascendant.

— Comment avez-vous trouvé sa date de naissance ? Je ne la connais même pas !

— J'ai cherché dans le *Who's Who en Australie*, m'a-t-elle informée d'un air supérieur.

— Vous êtes allée dans une bibliothèque ?

— Nân, princesse, j'ai ma bibliothèque à moi.

Si c'est vrai, elle ne la garde pas dans cette pièce. Son attitude m'a beaucoup aidée – ça va passer, la mer grouille de poissons, ma Reine d'Épées est bien placée, je suis indestructible. Mais Flo m'a aidée mieux encore. Elle n'a pas bougé de mes genoux jusqu'à l'arrivée d'Harold, alors elle a filé sous le divan.

Il est effrayant. Malade, négligé. Il s'effondre lentement, il perd tout respect de lui-même. Il était si soigné, si impeccable – un petit homme maniaque, précieux dans son costume trois-pièces d'un autre âge, avec sa montre en sautoir barrant son gilet. Je trouve aujourd'hui qu'il a l'air d'une épave. Son col de chemise est usé, son pantalon froissé, ses fins cheveux gris parsemés de pellicules. Oh, Mme Delvecchio-Schwartz, tâchez donc de le traiter un peu plus gentiment !

Mais ça ne lui ressemble pas. Elle ne peut pas le sentir, elle veut se débarrasser de lui, seulement les cartes disent qu'il a quelque chose à faire pour La Maison et elle ne s'opposerait jamais à la volonté des cartes. Elle le déchiquette de son bec comme un corbeau picore un cadavre, en commençant par les morceaux les plus tendres et les plus vulnérables.

Elle lui a lancé avec hargne :

— Tu es en avance.

— À ma montre, il est 16 heures précises, a-t-il répondu sans me quitter des yeux. Haine, haine, haine.

Jusqu'au timbre de sa voix qui s'est émoussé, ses voyelles recherchées, élégantes, sont plus nasales, sans relief, plus australiennes.

— On s'en fout de l'heure ! a-t-elle braillé. T'es en avance, alors dégage.

Et Harold s'en est pris à elle ! Il s'est mis à hurler d'une voix suraiguë :

— La ferme ! Vous allez la fermer ! La fermer !

Oh, Flo, tu ne devrais pas entendre ça, sous ton divan ! Je me suis faite toute petite sur ma chaise et j'ai bredouillé une muette prière pour que les cartes délivrent la mère du terrible esclavage qu'elle s'infligeait volontairement.

Mme Delvecchio-Schwartz s'est tout simplement moquée de lui.

— Merde, Harold, t'es même pas dangereux pour tous ces petits garçons, à l'école ! a-t-elle lâché avec mépris. Tu m'impressionnes pas une seconde avec tes « fermez-la ». Ou même avec ton anguille de calecif, pauv'couillon.

Elle m'a adressé un clin d'œil appuyé en s'assurant qu'il la voyait.

— La vérité, princesse, c'est que si elle était un centimètre plus courte, ce serait plus qu'un trou.

— La ferme, la ferme ! s'est-il remis à glapir.

Puis, d'un seul coup, il s'est tourné vers moi, la haine flamboyait dans ses yeux comme un feu qu'on noierait sous l'essence.

— C'est votre faute, Harriet Purcell ! C'est

entièrement votre faute ! Depuis que vous êtes là, rien n'est plus pareil !

Si j'avais été en mesure de répondre, Mme Delvecchio-Schwartz ne m'en aurait pas laissé le temps.

— Laisse Harriet tranquille ! a-t-elle fulminé. Qu'est-ce qu'elle a bien pu te faire ?

— Elle a tout changé ! Elle a tout changé !

— Des conneries ! a-t-elle laissé tomber avec dédain. La Maison a besoin d'Harriet.

À ces mots, il s'est mis à tourner dans la pièce en se tordant les mains, la tête rentrée dans les épaules, il tremblait, frissonnait. Je me suis dit : Seigneur, il est franchement dément !

— La Maison, La Maison, cette maudite maison ! s'est-il écrié. Vous savez ce que je pense, Delvecchio ? Je crois que vous avez conçu un attachement malsain pour cette... cette femelle ! Harriet n'a qu'à parler, elle obtient tout ce qu'elle veut. Il n'y a aucune différence entre vous et ce couple répugnant, là-haut ! Oh, pourquoi êtes-vous aussi cruelle ?

— Fous le camp, Harold, a fait Mme Delvecchio-Schwartz avec un calme inquiétant. Allez, fous le camp. Les cartes ont beau dire que je dois te garder ici, ton petit tour au rayon jambes en l'air est terminé, connard. Dorénavant, t'auras qu'à te masturber. Va te faire foutre !

Un dernier regard dans ma direction, propre à me réduire en cendres, et il est parti.

— Navrée, princesse, m'a-t-elle dit avant de se tourner vers le divan. Tu peux sortir, petit ange,

Harold remettra plus jamais les pieds dans cette pièce.

J'ai tâché de faire montre de toute l'autorité dont j'étais capable.

— Madame Delvecchio-Schwartz, les facultés mentales d'Harold sont sérieusement altérées. Si vous tenez à le garder à La Maison, je vous prie, je vous supplie de le traiter un peu mieux ! Son état se dégrade, vous devez vous en rendre compte ! Et il me traque… du moins il me traquait jusqu'à l'arrivée de Duncan. Maintenant qu'il n'est plus là, il pourrait bien recommencer.

Oh, comment peut-elle être si intelligente et pleine de sagesse et en même temps si obtuse ? Pour toute réponse, j'ai eu droit à un « pfff ! » de dérision.

— T'en fais donc pas pour Harold, princesse. Les cartes disent que tu cours aucun danger avec ce sale petit bonhomme.

Les cartes, les cartes, ces bon Dieu de cartes !

Enfin, j'ai eu Flo pour moi toute seule pendant deux heures, ce qui m'a ravie. La scène entre les deux amants que rien ne destinait l'un à l'autre avait été épouvantable cependant, même au plus fort de la querelle, c'est une impression d'accablement que je ressentais en pensant à ce que leur brouille signifierait pour moi : plus de Flo le dimanche après-midi. Je crois que la petite partageait le même sentiment, pelotonnée sous le divan ; en effet quand sa mère me l'a tendue, son visage s'est illuminé à tel point que je me suis sentie fondre comme je fondais devant le sourire de Duncan. Fondais. Au passé, Harriet, au passé. Oh, comme il me manque ! Dieu merci, je n'aurai pas à revivre ce genre de chose avec mon petit ange.

Elle adore l'autre petit ange, Marceline. Si seulement Flo pouvait prendre aussi facilement du poids ! Ma chatte de cinq livres en pèse aujourd'hui dix et elle ne cesse de prospérer. Quel bonheur de les regarder se rouler par terre, toutes les deux ! Mais j'ai réfléchi, Flo doit absolument s'amuser avec les cubes alphabet. J'ai essayé de communiquer avec elle par la pensée mais rien ne passe. Si je lui apprends à lire et à écrire, nous serons à même de nous comprendre.

Je lui ai montré le « A », le « B », le « C », le « T », le « H » et deux ou trois autres lettres, elle a paru saisir parfaitement quand j'ai formé les mots « chat » et « chien ». Toutefois, quand je lui donne les cubes, elle ne parvient à former que des « tcha » ou des « nacie ». Elle est même incapable de me tendre le « A » ou le « B ». Tout cela n'a aucun sens pour elle. Le centre du langage a probablement été lésé, à moins qu'il ne soit inexistant... Oh, Flo !

Lundi 26 septembre 1960

Pamy a dû rentrer très tard la nuit dernière car nous dormions déjà, Marceline et moi. La Maison doit toutefois être sous l'emprise d'une sorte de force surnaturelle, en effet je me suis réveillée deux heures plus tôt que d'habitude avec la certitude qu'elle était revenue. Quand j'ai tourné à l'angle du couloir qui mène à sa chambre, sa porte était grande ouverte.

Elle était assise à la table, elle a levé les yeux et m'a souri. Oh, elle semblait tellement mieux que le jour où elle est partie ! Je l'ai serrée contre moi, je l'ai embrassée et j'ai servi le café avant de m'asseoir. La table était jonchée de feuilles de papier, certaines vierges, sur les autres, on voyait quelques mots tracés à l'encre violette.

— Ezra Pound – encore un Ezra ! – avait une écriture gigantesque, m'a-t-elle dit. Je lui ai écrit quand il était en prison et il m'a répondu. Incroyable, non ? Il faut que je te montre sa lettre – au crayon, sur une page déchirée dans un cahier d'écolier. Quelle poésie superbe ! J'essaie de composer un poème mais je ne trouve pas les mots.

— Ça viendra, dans quelque temps. Comment cela s'est-il passé ?

Elle n'a pas éludé la question.

— Pas si mal. J'ai fait une hémorragie postopératoire et j'ai dû rester plus longtemps que prévu. On m'a appliqué le traitement indiqué en cas de fibrome – le diagnostic mentionné sur ma pancarte. L'établissement est très bien tenu. J'étais dans une chambre particulière et on ne voit jamais les autres patientes – extrêmement prudentes. La cuisine était bonne et ils se sont montrés compréhensifs quand j'ai dit que je ne mangeais plus de viande. Une diététicienne est venue m'expliquer qu'il me fallait soigneusement équilibrer mon régime pour ne pas manquer des indispensables acides aminés – prendre des œufs, du fromage et des noix. Tu vois, à l'avenir, tu ne pourras plus me tarabuster, je serai raisonnable.

Elle avait dit cela d'une petite voix douce, dépourvue de vitalité.

— Harriet, a-t-elle fait brusquement, as-tu déjà eu l'impression de te sentir clouée au sol par un pied et de tourner, tourner éternellement en rond ?

— Plus d'une fois, ces derniers temps.

La gorge nouée, j'ai essayé de trouver les mots qui ne rouvriraient pas ses blessures mais sauraient la réconforter. Finalement, je me suis contentée de la regarder, les yeux pleins de larmes.

— Serais-tu capable d'enseigner ? m'a-t-elle demandé.

— Moi ? Enseigner ? Mais quoi ?

— J'ai l'intention de passer l'examen d'entrée à l'école d'infirmières mais je ne possède pas les bases élémentaires que l'on acquiert normalement à l'école. C'est drôle, je suis capable de lire et d'écrire comme un authentique écrivain mais je ne sais pas faire une analyse grammaticale et mes additions, soustractions, multiplications et divisions sont du niveau du jardin d'enfants. Mais je ne supporte plus ce travail d'aide-soignante. Je veux devenir infirmière.

Quel soulagement ! À l'entendre, il n'y aurait plus de week-ends frénétiques durant lesquels les hommes défilaient par douzaines. D'une certaine façon, Ezra avait bien failli la tuer mais d'un autre côté il l'avait, semblait-il, libérée.

Je lui ai dit que j'essaierais et lui ai suggéré de s'adresser à la surveillante responsable de la formation, au Queens, elle pourrait ainsi se faire une idée du niveau requis pour se présenter.

— Tu crois que Duncan accepterait de me donner des références ?

— Je suis sûre qu'il s'en ferait une joie, Pamy.

Elle a longuement inspiré, puis relâché son souffle.

— Sais-tu qu'il m'a proposé de subvenir à mes besoins et à ceux de l'enfant ? De me donner de quoi lui offrir une bonne éducation sans être obligée de travailler ?

Oh, Duncan ! Comme tu es bon et généreux ! Ce que je peux être cruelle !

— Non, il ne m'a rien dit.

— Il a été extrêmement peiné de mon refus. Il n'a pas compris.

— Moi non plus.

— C'est le rôle du père de veiller sur la mère et l'enfant. Lorsqu'il se soustrait à ses obligations morales et éthiques, personne ne peut le remplacer. Si un autre le faisait, les avocats seraient en mesure d'apporter devant un tribunal la preuve qu'il est le père.

— Quelle connerie, ce droit ! ai-je répliqué, écœurée.

— Il faut que je remercie Duncan de tout ce qu'il a fait. Je t'en prie, dis-lui de passer me voir quand il viendra.

— Tu vas devoir laisser un mot dans sa boîte, au Queens. J'ai rompu.

À l'évidence, cette nouvelle l'a bouleversée davantage que le traitement administré à son fibrome. Elle n'a pas compris, non plus, pourquoi j'ai envoyé promener Duncan. Elle estime que je l'ai trahi, lui, le meilleur des hommes. J'ai renoncé à lui faire admettre ma façon de voir. Pourquoi la perturber plus qu'elle ne l'est déjà ?

Mercredi 19 octobre 1960

Je perds tout enthousiasme, je n'ai même plus envie d'écrire dans ce cahier, les autres sont pourtant en sûreté au plafond.

Harold fait de nouveau des siennes et le vieux dément a remporté une première bataille, sinon la guerre, peut-être est-ce dû au fait que Duncan me manque terriblement. Je ne monte plus prendre ma douche au premier, j'utilise la salle de bains de la buanderie. C'en était à un point tel que mes cheveux se dressaient sur ma tête et que j'avais la chair de poule avant même d'atteindre le haut des marches. Quand je jetais un coup d'œil à l'angle de l'escalier, l'ampoule était invariablement éteinte et la porte des toilettes fermée. Noir comme dans un four et terrifiant.

— Putain ! murmurait-il. Putain !

Je vais donc acheter une pomme de douche, un morceau de tuyau et deux coudes pour tâcher de bricoler une douche. J'ai bien demandé à Mme Delvecchio-Schwartz si elle pouvait en faire installer une mais elle est d'humeur étrange, ces temps-ci. Je ne crois même pas qu'elle m'ait entendue. « Des influences maléfiques sont à l'œuvre », elle n'a rien dit de plus et encore a-t-elle marmonné. Par conséquent, les déjeuners du dimanche n'ont plus lieu. Flo descend toujours chez moi, c'est l'essentiel. Mais elle n'arrive pas à apprendre l'alphabet.

Toby n'est jamais là, le week-end, il est trop pris par la construction de son cabanon à Wentworth Falls et, durant la semaine, il n'a pas un instant à lui avec les leçons qu'il donne à Pamy, toujours fermement décidée à se présenter à l'examen d'entrée, fin novembre. J'ai bien essayé de l'aider mais je suis si forte en maths que je n'arrive pas à comprendre quelqu'un qui a des difficultés à acquérir les bases de l'arithmétique. Toby, lui, fait preuve d'une patience extraordinaire et se montre plein d'attentions. Je suis ravie. Du lundi au jeudi, ces deux-là passent des heures ensemble. Elle semble toujours en bonne forme, simplement éteinte.

Grâce à Klaus, je réussis très bien les plats européens et je peux même y ajouter quelques recettes indiennes et chinoises que je dois à Nal et à Pamy. C'est tout de même curieux, je n'ai pas le courage de faire la cuisine quand je suis seule. Je réserve mes talents à mes invités, qui sont en nombre très restreint. Jim et Bobbie, en fait. Elles descendent le mardi soir, parfois accompagnées de Joe, l'avocate, et de son amie Bert. Je connais maintenant leurs véritables prénoms. Jim c'est Jemima[1] et je ne peux guère la blâmer de détester ce nom. Comment des parents peuvent-ils manquer à ce point d'égards pour faire ça à un enfant ! Bob et Bert s'appellent toutes deux Roberta et Joe est une Joanna. Après

---
1. Double sens, signifie également pot de chambre.

cette horrible histoire avec les flics, Frankie (Frances) a quitté le Cross, aujourd'hui, elle vit du côté de Drummoyne. Si elle est partie là-bas c'est que la pauvre petite Olivia a été transférée de Roselle à Callan Park – elle est carrément folle, la malheureuse, elle erre à la dérive dans un autre univers. Enfin, si les siens l'ont abandonnée, Frankie ne la laissera pas tomber. Vraiment lamentable, non ?

J'ai invité Norm à dîner – pour lui : poulet rôti, pommes au four et bons légumes bien de chez nous – et j'ai appris que la barbarie dont Frankie et Olivia ont été victimes avait fini par transpirer, nos flics de Kings Cross sont à la fois furieux et profondément humiliés. Eh oui, chez nos poulets, comme dans tout corps de cette importance, il y en a de bons, il y en a de mauvais et d'autres qui sont indifférents. Nos gars à nous laissent les gouines en paix, une fille ne va pas baisser dans leur estime parce qu'elle est lesbienne, pas plus que si elle fait le tapin. Ils se contentent de tenir les bien-pensants en respect. À mon avis, ces gens-là sont responsables des plus extrêmes perversions tout simplement en attisant l'intolérance contre l'inévitable, quant aux politiciens ils ne font que servir leurs intérêts en léchant les bottes des bien-pensants. Méfions-nous de tous ces gens pour lesquels le pouvoir est une drogue. Chez les politiciens, l'ambition va de pair avec une absence totale de talent. Ce sont en général des avocats ratés ou de piètres instituteurs, auxquels on peut ajouter un leader syndical ou deux.

Harriet Purcell, vas-tu cesser de haranguer les foules !

J'ai parlé de Harold à Jim et à Bobbie qui m'ont crue.

— Dites, vous ne pensez pas qu'il va se mettre à hanter la buanderie ? leur ai-je demandé en frissonnant.

Jim a réfléchi, puis elle a hoché la tête.

— Non, Harry, je ne crois pas. Il semble rivé à l'étage de Mme Delvecchio-Schwartz, c'est le centre de son univers. Il cherche à t'éloigner de la vieille, voilà tout. S'il avait réellement l'intention de te faire ton affaire, je pense qu'il aurait déjà essayé.

J'ai ajouté d'un ton sinistre :

— Vous aussi, il vous déteste.

— Oui, mais là, c'est son côté puritain. Oh, il nous jalouse, bien sûr, mais il sait que nous n'avons pas ton importance aux yeux de la vieille.

Jim est absolument superbe ! Je la regardais, elle semblait toute de whipcord et de ressorts d'acier, mince et musclée, ses traits anguleux décidément plus masculins que féminins. Guère étonnant que la terre entière la prenne pour un jeune homme quand elle passe dans un fracas de tonnerre, Bobbie perchée sur le siège arrière de sa Harley Davidson... un gars qui file ventre à terre pour une virée avec sa petite amie. J'arrive même à comprendre comment les parents de Bobbie, d'authentiques péquenauds plus très jeunes, ne se sont jamais rendu compte que Jim est une femme. Quelle sagesse !

Jim m'a proposé de m'aider à installer ma douche.

Lundi 7 novembre 1960

Voilà, je suis désormais officiellement responsable des urgences radio. Chris est partie vendredi dernier après la petite fête organisée par notre surveillante qui, en d'autres temps, aurait larmoyé et fait triste mine mais Marie s'est montrée joviale car elle a bon espoir de suivre les traces de Chris, l'an prochain. Constantin (qui est chef au restaurant Romano's) a toujours un sacré béguin. Quand Chris a annoncé qu'un heureux événement s'annonçait, la petite troupe d'infirmières et de manipulatrices radio s'est mise à glapir, à glousser, s'est répandue en effusions et a sombré dans la guimauve. Dieu merci, deux cas de polytraumatismes sont venus interrompre la réunion et nous sommes toutes retournées au travail.

J'ai dans mon service une nouvelle manipulatrice, qui m'a remplacée – plus âgée et plus expérimentée mais fiancée à un interne, ce poste d'intermédiaire lui convient donc parfaitement. Elle s'appelle Ann Smith et elle envisage de longues fiançailles car le docteur Alan Smith (pas besoin de changer de nom !) doit décider de la suite de sa carrière avant de pouvoir se passer la corde au cou. Mais pourquoi m'a-t-on choisie, moi, pour ce poste à responsabilité ?

— Vous faites de l'excellent travail, miss Purcell, m'a dit sœur Agatha alors que je me tenais au garde-à-vous devant son bureau. J'ai décidé de vous offrir le poste de Miss Hamilton car vous êtes efficace, très organisée et capable de réagir sans délai – ce qui, aux urgences, est essentiel pour obtenir de bons résultats.

— Oui, miss, merci, miss, ai-je répondu comme un automate.

— À moins que…

Cette interruption n'augurait rien de bon.

— À moins que… miss ?

— Que vous n'envisagiez de vous marier, miss Purcell.

J'ai souri de toutes mes dents, je n'ai pas pu m'en empêcher.

— Non, miss, je peux vous assurer que je n'envisage pas de me marier.

— Fort bien, fort bien !

Et elle a souri, elle aussi !

— Vous pouvez disposer, miss Purcell.

C'est très différent d'être responsable ! Chris était très bonne manipulatrice mais je trouvais que sa façon de diriger le service laissait parfois à désirer. Maintenant, je suis libre de faire ce qui me plaît – à condition que l'infirmière en chef ou sœur Agatha ne trouve rien à redire.

Ce qui signifie que je débute à 6 heures du matin, j'ai repris mon ancien horaire. Je doute qu'Ann soit enchantée de commencer à 10 heures, pas de veine mais c'est comme ça. Si son emploi du temps ne lui permet pas de voir son Alan aussi souvent qu'elle le voudrait, il lui faudra s'y faire. Vous voyez ce que ça donne de se retrouver en position de pouvoir ? Me voilà devenue une garce sans cœur.

Mercredi 23 novembre 1960

Aujourd'hui, j'ai vu Duncan. Le professeur Sjögren est venu de Suède donner une conférence sur les moyens de lutter contre les anomalies vasculaires cérébrales par l'hypothermie. Tout ce que Queens peut compter de personnel, autre que domestique, voulait y assister mais notre salle de conférence ne contient pas plus de 500 places, autant dire que la compétition fut acharnée. Le vieux Suédois est un grand neurochirurgien, mondialement connu pour sa théorie novatrice qui consiste à réfrigérer le patient afin de ralentir son rythme cardiaque et sa circulation avant d'intervenir pour mettre à plat un anévrisme, fermer une fistule et que sais-je encore. En ma qualité de manipulatrice responsable des urgences radio, j'avais droit à une place et je me suis retrouvée coincée entre la surveillante des urgences et M. Duncan Forsythe en personne. Ce fut un vrai supplice ! Nous ne pouvions éviter de nous toucher, après quoi tout le côté droit m'a brûlé pendant des heures. Sans un sourire, il m'a saluée d'un bref signe de tête, après quoi il n'a pas quitté l'estrade du regard quand il ne bavardait pas avec son voisin, M. Naseby-Norton.

La surveillante Tesoriero, qui dirige l'orthopédie pédiatrique, était assise de l'autre côté, auprès de notre surveillante avec qui elle échangeait les piques habituelles.

— Moi, je travaille, disait Marie O'Callaghan, mais vous autres, surveillantes de salle, vous n'êtes là que pour le décor. Vous courez dans tous les sens, vous léchez les bottes des grands patrons et vous leur servez avec leur thé des sandwiches à la tomate au lieu du beurre de cacahuète auquel ont droit les simples mortels.

— Chuuut ! ai-je sifflé entre mes dents. Je suis assise auprès de « qui vous savez » !

La surveillante des urgences s'est contentée d'un sourire narquois mais la surveillante Tesoriero, horrifiée, n'a plus pipé mot. Son M. Forsythe chéri, chef de l'orthopédie pédiatrique, risquait fort de ne pas approuver les sandwiches à la tomate s'il se rendait compte que le reste des infortunés mortels devait se contenter de beurre de cacahuète. Il est si gentil !

Un court instant, j'ai eu la tentation de plaquer ma main devant ma bouche et de filer comme une flèche en simulant la nausée mais nous étions placés au centre d'un long banc de bois et j'aurais attiré l'attention, bien plus qu'en supportant l'épreuve.

Je ne crois pas avoir entendu un traître mot de la conférence, et à la seconde où elle s'est achevée j'étais prête à me joindre à l'exode général. Dieu merci, il allait sortir par l'allée opposée en compagnie de M. Naseby-Norton. Mais non. Il m'a emboîté le pas, suivi par le chef du service de chirurgie cardiaque qui poursuivait la conversation. C'est alors qu'il a posé ses mains sur ma taille, une de chaque côté. Quel idiot ! Ne voit-il pas que, dans un auditoire, une bonne moitié des regards féminins sont focalisés sur lui ? Ce fut une caresse, pas une étreinte et tout m'est brusquement revenu, ces grandes mains soignées capables de pénétrer d'un seul coup au cœur d'un os et de me faire frissonner quand elles parcouraient ma peau avec une humble ferveur. J'ai été prise de vertige, j'ai vacillé. Quand j'y repense, je n'aurais pu mieux réagir. Il n'a pas eu à me lâcher, il m'a aidée à retrouver l'équilibre et a même réussi à me faire pivoter pour voir mon visage.

— Merci, merci, monsieur ! ai-je soufflé avant de me dégager et de m'enfuir pour rejoindre les deux autres qui avaient une bonne longueur d'avance.

— Enfin qu'est-ce qui s'est passé ? m'a demandé notre surveillante quand je les ai rejointes.

— J'ai trébuché et M. Forsythe m'a rattrapée.

— Ce n'est pas à moi que ça arriverait ! a lâché la surveillante Tesoriero en soupirant.

Tu parles ! Ce salaud l'a fait exprès, il a voulu tester ma réaction et je lui ai bigrement facilité la tâche.

La surveillante des urgences, qui me connaît beaucoup mieux, s'est contentée d'un regard intrigué.

Quelle tête pouvais-je bien faire ?

Jeudi 1ᵉʳ décembre 1960

C'est incroyable, 1960 tire à sa fin. L'an dernier, à cette époque, j'étais encore à Ryde, je venais de passer mes examens, je n'avais jamais vu la cabine de radio du Royal Queens, c'est dire si je n'aurais jamais imaginé y travailler un jour. Je ne connaissais pas Pamy, je ne savais rien de Mme Delvecchio-Schwartz ou de La Maison. J'ignorais l'existence de mon petit ange. On dit que l'ignorance est une bénédiction mais moi, je n'en crois rien. C'est un leurre qui vous pousse à faire de mauvais choix. Si l'on excepte Harold et Duncan, je suis vraiment heureuse d'être devenue une grande et belle phalène de Bogong et non un fragile papillon en quittant ma chrysalide.

Si la journée a été potable, je rentre à 16 heures ou 16 h 30. Aujourd'hui se situait tout juste dans la moyenne, je suis donc partie peu après 17 heures et je suis rentrée à pied avec Pamy, qui vient de passer ses examens. Elle pense avoir réussi de justesse, ce dont je suis convaincue. On manque toujours d'infirmières, la discipline est si impitoyable et le travail si dur, sans oublier l'impératif de résider en internat. C'est cette contrainte qui me préoccupe le plus ; après tout, elle a jusqu'à présent toujours été soumise à une discipline encore plus stricte, les aides-soignantes sont vraiment sur le dernier barreau de l'échelle. Seulement, parviendra-t-elle à supporter une chambre minuscule, si toutefois l'hôpital dans lequel elle se trouve dispose d'un vaste foyer, ou à partager cette chambre minuscule si l'établissement est moins bien doté ?

— Tu garderas ta chambre à La Maison, lui ai-je dit quand nous avons quitté le service.

— Non, je ne peux pas me le permettre et, pour être tout à fait franche, ma chère Harriet, je ne suis pas sûre de le vouloir.

Oh, mais qu'est-ce qui se passe ? Voilà Toby qui veut s'en aller et maintenant Pamy ! Je vais me retrouver seule avec Jim, Bob, Klaus et Harold. Ainsi que deux nouveaux, dont l'un juste à côté de moi. Sans les livres qui s'empilent jusqu'au plafond, j'entendrai vraiment tout quand je serai dans mon lit – les deux pièces sont séparées par une porte condamnée dont les panneaux victoriens ne sont pas plus épais que du contreplaqué. Ça semble égoïste, et ça l'est probablement mais je ne peux tolérer l'idée que Pamy s'en aille. Va donc pourrir en enfer, professeur Ezra Marsupial ! Le jour où elle a tué son enfant, ce n'est pas seulement un fœtus qu'elle a détruit en elle, c'est bien autre chose.

— Tu devrais tâcher de garder un point de chute à La Maison, ai-je suggéré tandis que nous traversions Oxford Street. Premièrement, tu ne pourras jamais emporter le vingtième de tes livres et puis, tu es trop vieille pour cette joyeuse vie de communauté et de petits gloussements juvéniles. Ce sont des bébés, Pamy !

Oh, quel lapsus malheureux ! Elle n'a pas relevé.

— À Stockton, je devrais pouvoir louer quelque chose qui se situe entre la cabane et le pavillon. J'y garderai mes livres mais je n'y passerai pas mes journées.

J'ai entendu « Stockton », rien d'autre et j'ai murmuré :

— Stockton ?

— Oui, je postule au poste d'infirmière psychiatrique à Stockton.

— Mon Dieu, Pamy, ce n'est pas possible ! me suis-je écriée en m'arrêtant devant Vinnie's Hospital. La psy est déjà assez épouvantable... On sait bien que les médecins et les infirmières y sont encore plus timbrés que les patients mais Stockton est le dernier des dépotoirs ! Là-bas, dans les dunes, à l'autre bout de l'estuaire du Hunter, avec tous les aliénés, les déments, les aberrations biologiques – ça va t'achever !

— Me guérir, j'espère.

Oui, bien sûr. C'était exactement ce à quoi il fallait s'attendre de la part d'un être comme Pamy. C'est si facile, pour les catholiques, ils ont la possibilité de renoncer au monde, de prendre le voile et d'entrer au couvent. Mais les non-catholiques, que leur reste-t-il ? Réponse : prendre la coiffe et entrer dans un service psychiatrique, à Stockton, à cent miles de Newcastle, où l'on embarque pour nulle part quand on monte sur le ferry. Elle expie ses péchés de la seule façon qui lui soit familière.

— Je comprends parfaitement, ai-je répondu en reprenant mon chemin.

En arrivant, nous avons trouvé Mme Delvecchio-Schwartz qui rôdait dans l'entrée et qui nous a accueillies d'une bien curieuse façon.

— Oh, c'est-y que j'ai besoin de vous deux ! s'est-elle exclamée, manifestement inquiète et perturbée avant de réprimer un éclat de rire.

Ce rire m'a immédiatement rassurée – Flo allait bien. S'il lui était arrivé quelque chose, il n'y aurait pas eu de rire.

— Qu'y a-t-il ? lui ai-je demandé.

— C'est Harold. Harriet, tu pourrais pas venir jeter un petit coup d'œil ?

Aller voir Harold était bien la dernière des choses dont j'avais envie, mais il s'agissait là d'une question médicale. Dans l'esprit de notre logeuse, je suis supérieure à Pamy dans ce domaine.

— Bien sûr. Qu'est-ce qu'il a ? ai-je demandé en montant avec elle.

Elle a plaqué sa main sur sa bouche en s'esclaffant, puis elle s'est mise à agiter cette main sans parvenir à réfréner un rire tonitruant.

Quand elle fut enfin en mesure de parler, elle s'est exclamée :

— Je sais que c'est pas drôle, princesse, mais bon Dieu que ça l'est ! Y a des années que j'ai rien vu d'aussi marrant ! Oh, bon sang, je peux pas m'en empêcher ! C'est ma-ma-marrant !

Et c'est reparti.

— Assez, vieux monstre ! ai-je fait sévèrement. De quoi Harold souffre-t-il ?

— Il peut pas pisser ! a-t-elle braillé dans un nouvel accès d'hilarité.

— Pardon ?

— Il peut pas pisser ! Il... peut pas... pisser ! Oh, que c'est drôle, bon Dieu !

Sa gaieté était si communicative que j'ai dû prendre sur moi pour garder mon sérieux, mais j'y suis parvenue.

— Pauvre Harold. Quand est-ce arrivé ?

— J'en sais rien, princesse, a-t-elle répondu en s'essuyant les yeux avec sa robe, dévoilant une invraisemblable culotte rose qui lui descendait quasiment jusqu'aux genoux. J'sais qu'une chose c'est que ces derniers temps il a monopolisé les cabinets. J'ai cru que c'était la constipation – il garde tout pour lui, Harold. Bref, Jim et Bobbie se sont plaintes, et Klaus aussi, Toby, lui, cavale jusqu'à la buanderie. J'ai dit à Harold de prendre du sulfate de magnésium, de la cascara ou ce qu'y voudrait, mais il a vu rouge. Y a des jours que ça dure ! Cet après-midi, il a oublié de tirer le verrou des cabinets, j'suis donc entrée sans façons pour lui dire ce que je pensais.

Le rire menaçait de nouveau, elle l'a héroïquement contenu.

— Il était là devant les chiottes, il fouettait son pauvre vieil engin et il pleurait comme s'il avait le cœur brisé. Il lui en a fallu du temps pour se mettre à table – c'est une vraie vieille fille, tu le sais. Il... peut pas... pisser !

Elle a recommencé à se tordre de rire.

J'en avais plus qu'assez.

— Bon, continuez à rire si ça vous chante, moi je vais voir Harold, ai-je dit en me dirigeant vers la chambre d'un pas décidé.

Cette chambre, je ne l'avais jamais vue, bien sûr. Elle était à l'image de son propriétaire, terne, nette et dépourvue d'imagination. Dans un cadre d'argent, la photo d'une vieille femme hautaine au regard méprisant trônait sur la cheminée entre deux petits bouquets dans des vases jumeaux. Il y en avait des livres ! *Beau Geste, Le Mouron rouge, Le Prisonnier de Zenda, Les Gars du barrage, Le Cheval de bois, Le Comte de Monte-Cristo, Racines de cannelle, Ces ombrages d'antan, Les Renards d'Harrow.* Le catalogue complet de la bibliothèque Rouge et Or. Une incroyable collection de romans de cape et d'épée, chevaliers en armure étincelante, toute la littérature romanesque que je ne voulais plus voir dès l'âge de douze ans.

Je lui ai souri et l'ai salué gentiment. Le pauvre, il était assis au bord de son petit lit, plié en deux. En entendant ma voix, il a levé vers moi un regard torturé. Quand il a vu qui j'étais, l'expression douloureuse a laissé place à la fureur.

— Vous lui avez dit ! a-t-il hurlé à l'intention de Mme Delvecchio-Schwartz, qui se tenait sur le seuil. Comment avez-vous pu ? À elle ?

— Je travaille dans un hôpital, Harold, voilà pourquoi Mme Delvecchio-Schwartz m'a mise au courant. Je suis ici pour vous aider, allons, ne faites pas l'idiot, je vous en prie ! Vous n'arrivez pas à uriner, c'est bien ça ?

Ses traits étaient déformés par la douleur, ses bras plaqués sur son ventre comme pour le protéger, le dos arqué, il a été saisi d'un très léger tremblement et s'est balancé d'avant en arrière avant d'acquiescer.

— Cela dure depuis longtemps ?
— Trois semaines, a-t-il murmuré.
— Trois semaines ! Oh, Harold ! Pourquoi n'avoir rien dit à personne ? Pourquoi n'avez-vous pas consulté un médecin ?

Pour toute réponse, il s'est mis à pleurer, les vannes s'étaient rompues et quelques larmes glissaient sous la monture de ses lunettes, aussi maigres que le jus d'un citron sec.

Je me suis tournée vers Pamy.

— Il faut l'emmener aux urgences de Vinnie's sans plus attendre.

Malgré la douleur, il a reculé et s'est dressé comme un cobra en sifflant :

— Je n'irai pas à St Vincent, c'est un hôpital catholique !

— Alors, nous vous emmènerons au Sydney Hospital ! ai-je persiflé. À la minute où vous serez sondé, vous vous sentirez tellement mieux que vous vous demanderez pourquoi vous n'avez pas appelé à l'aide beaucoup plus tôt.

L'image d'Harold sondé eut pour effet de provoquer un nouveau déchaînement d'hilarité chez Mme Delvecchio-Schwartz et je m'en suis prise à elle.

— Voulez-vous sortir ? lui ai-je rageusement lancé. Rendez-vous donc utile ! Trouvez de vieilles serviettes au cas où il n'arriverait pas à se retenir et appelez un taxi – remuez-vous un peu !

Nous avons aidé Harold à prendre appui sur ses pieds mais nous avons dû le soutenir, Pamy et moi, afin qu'il se redresse, si l'on peut dire. La douleur lui interdisait de se tenir droit et ses mains n'ont pas lâché son ventre. Le taxi nous attendait quand nous sommes arrivés au rez-de-chaussée.

Quand nous leur avons précisé la nature de l'urgence, le jeune interne et la surveillante, médusés, se sont contentés de dévisager Harold.

— Trois semaines ! s'est exclamé l'interne sans le moindre tact avant de battre en retraite face aux trois regards furieux que nous lui avons lancés, Pamy, la surveillante et moi.

Nous avons attendu qu'Harold soit installé dans un fauteuil roulant et qu'on l'ait emmené pour aller prendre le tramway de Bellevue Hill.

— Il va avoir droit au grand jeu, a dit Pamy en montant dans la voiture. Nous ne le reverrons pas avant qu'il ait subi cystoscopies, intraveineuses, que sais-je encore.

— Toi non plus, tu ne penses pas que ce soit organique.

— Non, il semble en trop bonne forme. Il n'a pas mauvaise mine, c'est sa vessie dilatée qui le fait souffrir. Tu sais la tête qu'ont les patients atteints de pathologies rénales, de calculs ou de cancers pelviens. Il s'agit probablement d'un déséquilibre des électrolytes. Avec la mine qu'il a ? Non, ce n'est pas organique.

« Oh, Pamy, si seulement tu pouvais t'en tenir à une formation généraliste ! »

Mais je n'ai pas osé dire tout haut ce que je pensais.

Pour l'instant, je suis donc débarrassée d'Harold mais je ne m'en inquiète pas moins. Une sorte de flair médical me souffle que cet homme, affligé de terribles refoulements s'achemine vers l'ultime refoulement. Retenir ses fèces ne lui suffit plus, la souffrance et l'humiliation qui en résultent ne lui sont d'aucune utilité, il en est donc arrivé à un stade où il retient son urine. Seulement, au-delà de la rétention d'urine, il ne lui restera plus rien à supprimer si ce n'est la vie elle-même. Au diable Mme Delvecchio-Schwartz et ses moqueries ! Si elle ne parvient pas à se dominer, il finira, un jour ou l'autre, par se détruire. Il ne reste plus qu'à prier pour qu'il s'en tienne à cela sans entraîner à sa suite Jim, Pamy ou moi. Mais comment raisonner une force de la nature ? Mme Delvecchio-Schwartz n'a d'autre loi que la sienne. D'une sagesse étonnante et d'une sottise abyssale ! Et s'il en arrivait réellement à se tuer, elle serait désespérée, repentante et inconsolable. Pourquoi ne l'a-t-elle pas vu dans les cartes ? Ça y est ! J'y suis ! Harold et le Dix d'Épées. La ruine de La Maison.

Samedi 10 décembre 1960

Aujourd'hui, j'ai invité Toby à déjeuner et il a accepté. Il avait besoin de son samedi matin pour se procurer des matériaux bien spécifiques pour son cabanon et il a été contraint de rester à Sydney car il n'y a que chez Nock et Kirby qu'il peut trouver le nécessaire.

— De toute façon, ton samedi est fichu, viens donc manger avant de sauter dans le train, ai-je proposé d'un air charmeur.

Il y avait au menu un parmentier de thon et de champignons, lié avec une sauce à la marjolaine fraîche. J'avais ajouté à la purée de pommes de terre des tonnes de beurre, du poivre rose moulu et j'ai servi le tout avec une salade assaisonnée à l'huile de noisette diluée à l'eau et au vinaigre vieux, qui n'est pas astringent.

— Si tu cuisines toujours comme ça, il faut que je t'épouse dès que je serai célèbre, m'a dit Toby, la bouche pleine. C'est bon !

— Je ne cours aucun risque, tu ne seras célèbre qu'après ta mort, ai-je répliqué en souriant. Ça m'amuse de faire la cuisine mais ça ne m'amuserait pas autant si, comme ma mère, je devais la faire tous les jours.

— Je parie que ça lui plaît, a-t-il répliqué en se déplaçant jusqu'au fauteuil, face à Marceline, qui a dû se contenter d'une grimace.

— C'est qu'elle aime voir ses hommes s'empiffrer, alors, ai-je fait avec un brin d'aigreur. La carte n'est pas très variée... Pourquoi n'aimes-tu pas ma belle Marceline ?

— Les animaux ne sont pas faits pour vivre à l'intérieur.

— Quel bouseux ! Si un chien ne sait pas mener son troupeau, il n'y a plus qu'à l'abattre.

— Une dose de poison au plomb dans l'oreille gauche, radical, il y a pire façon de s'en aller, a-t-il décrété. Pas d'histoires, c'est l'affaire d'une seconde et on n'en parle plus.

— Tu es un vrai solitaire, ai-je dit en prenant le fauteuil où était couchée la chatte.

— Tu apprends à le devenir quand tu n'obtiens jamais ce que tu veux, et quand je dis jamais, c'est jamais, sans aucune exception.

— Elle finira par aller vers toi, Toby, lui ai-je dit affectueusement.

— De quoi parles-tu ? a-t-il demandé, interdit.

— Tu le sais bien ! ai-je répliqué, déconcertée.

— Non. Explique-toi.

— Pamy.

Il est resté interdit.

— Pamy ?

— Oui, crétin, Pamy, bien sûr !

— Pourquoi Pamy devrait-elle aller vers moi ? a-t-il fait d'un air perplexe.

— Enfin, Toby, tu crois peut-être que tu es capable de dissimuler tes sentiments, mais pas besoin d'être Einstein pour comprendre que tu l'aimes.

— J'aime Pamy, bien sûr, mais je ne suis pas amoureux d'elle... Dis-moi, Harriet, c'est une blague ?

— Mais si, tu l'es ! ai-je répliqué, ne sachant plus que penser.

Ses yeux ont viré au rouge.

— Tu dis des conneries !

Je me suis enfoncée.

— Oh, je t'en prie ! J'ai lu dans ton regard à quel point tu souffrais, tu ne réussiras pas à me faire gober ça un seul instant.

— Vous savez, miss Purcell, a-t-il dit en se levant brusquement, vous pensez peut-être avoir acquis une grande expérience mais vous êtes aveugle, stupide, illogique et égocentrique !

Sur ce dernier trait, il est sorti avec raideur et m'a laissée en compagnie de Marceline, blottie sur mes genoux, ne sachant trop ce qui venait de m'arriver.

Il se passe des choses dans cette maison, je le sens, et le comportement de Toby n'en est qu'une manifestation de plus. Inutile d'attendre de Mme Delvecchio-Schwartz qu'elle raisonne sainement en ce qui la concerne ou pour ce qui est de La Maison, quant à Harold, il est rentré en grâce, depuis son retour. Il n'a même pas idée de la façon dont elle s'est moquée de lui. Il souffrait tant ! Quand on a voulu le faire examiner par un psychiatre, à l'hôpital, il a signé une décharge et il est rentré chez lui.

Oh Duncan, tu me manques !

Dimanche 25 décembre 1960 (jour de Noël)

Je suis allée chez moi, à Bronte, mais j'ai décliné l'invitation à dormir sur le divan du salon. Demain, boxing day[1], je travaille car toutes sortes de manifestations sportives sont programmées sur les nombreux terrains de jeu à l'est de Queens, nous allons donc voir des dizaines d'accidents de la circulation et les bagarres d'ivrognes feront quelques victimes. Bien qu'Ann Smith se soit portée volontaire car son fiancé est de garde aux urgences, je suis également de service le jour de l'an. La nuit de la Saint-Sylvestre, c'est la panique aux urgences mais c'est encore pire à Vinnie's car la moitié de la ville se rend au Cross pour sa visite annuelle et on se saoule, on jonche les rues de détritus et de vomi, bref Norm, Merv, Bumper Farell et tous les flics du quartier bossent comme des dingues.

J'ai offert à Willie une bouteille de « trois étoiles », à mamie un superbe châle espagnol, à Gavin et Peter un objectif grossissant pour leur appareil photo Zeiss, à papa une boîte de cigares cubains et à maman, de très jolis dessous (sexy mais convenables). Ils se sont tous cotisés et m'ont donné un bon pour acheter des tas de trente-trois tours chez Nicholson. Très, très apprécié.

---

1. Le 26 décembre, jour férié où l'on offre les cadeaux de Noël.

Mercredi 28 décembre 1960

Cet après-midi, Mme Delvecchio-Schwartz m'a saisie au vol et m'a invitée à venir prendre un cognac dans un verre Kraft. Ce qui m'a mise en rage.

— Pourquoi vous servez-vous encore de ces trucs-là ? lui ai-je demandé d'un ton peu gracieux. Je vous ai offert pour Noël sept beaux gobelets en cristal taillé !

En ce moment, le rayon X de son regard perd de son acuité, il serait même assez vague, ma question n'a donc pas réussi à faire flamboyer son phare personnel.

— Oh, j'oserais pas m'en servir ! s'est-elle exclamée. J'les garde pour une grande occasion, princesse.

— Pour une grande occasion ? Enfin, je ne vous les ai pas offerts pour que vous les rangiez dans un placard ! ai-je fait, au désespoir.

— Si je m'en servais, j'pourrais en casser un.

— Mais ça n'a aucune importance, madame Delvecchio-Schwartz ! Si vous en cassiez un, je le remplacerais.

— On peut pas remplacer ce qu'est cassé. L'aura est dans l'original, princesse, dans ces sept-là – bonne idée d'en avoir pris sept, pas six – que t'as touchés et si bien emballés.

— Je toucherais et j'emballerais tout aussi bien le verre de rechange.

— C'est pas pareil. Nân, j'les garde pour plus tard.

J'ai laissé tomber, mieux valait lui parler de mon étrange conversation avec Toby.

— J'aurais juré qu'il était amoureux de Pamy !

— Nân, il l'a jamais été. Il y a cinq ans, elle l'a amené ici pour une petite baise, vite fait, et elle a compris que c'était lui qu'je cherchais – j'l'avais vu dans les cartes. Le Roi d'Épées. Y faut un Roi d'Épées dans La Maison, princesse, mais y sont beaucoup plus difficiles à trouver que les Reines. Ce sont de pauvres types, les hommes, dans l'ensemble ils sont pas aussi forts que les femmes. Mais Toby, lui, il l'est. Un brave gars, ce Toby, a-t-elle fait en opinant du bonnet.

— J'en suis consciente ! ai-je répliqué sèchement.

— Ouais, princesse, tu l'es, mais pas assez.

— Pas assez ?

Elle a toutefois changé de sujet et m'a annoncé qu'elle organisait chaque année une fête pour la Saint-Sylvestre. Attention, une bombe à tout casser. Qui fait maintenant partie des traditions du Cross, tout ce qui compte dans le quartier sera présent, du moins prendront-ils part aux festivités. Norm et Merv en seront ainsi que Mmes Fugue et Toccata, Chastity Wiggins et quelques-unes des « permanentes » d'à côté, qui trouveront un moment pour assister au réveillon de fin d'année de Mme Delvecchio-Schwartz. J'ai promis de venir, mais également prévenu que je ne serais pas vraiment dans l'ambiance car je travaillais le jour de l'an.

— T'auras pas de boulot le jour de l'an, a-t-elle répliqué. Ça j'peux te le garantir.

— C'est dans les cartes, ai-je répliqué en affectant une patience infinie.

— T'as tout pigé, princesse !

Il se trouve, bien sûr, qu'elle a besoin d'assistance culinaire. Les gars ont pour consigne de fournir la bibine, les filles de La Maison (et Klaus) se chargent de la cuisine. Mme Delvecchio-Schwartz en personne s'occupera de la dinde – qui sera sèche et caoutchouteuse, ai-je pensé avec un frisson de dégoût. Il est entendu que Klaus fera rôtir un cochon de lait. Quant à moi, je suis censée apporter les desserts « à manger avec les doigts ».

— Tu ferais bien d'ajouter quelques-uns de ces formidables Anzac biscuits[1] que tu fais, a repris le vieux monstre. Je suis pas très gâteaux mais j'aime bien tremper un bon biscuit bien croustillant dans mon thé.

J'ai éclaté de rire.

— Non mais quel faux jeton ! Depuis quand buvez-vous du thé ?

— Deux tasses toutes les nuits de Saint-Sylvestre, a-t-elle solennellement déclaré.

— Comment va Harold ?

— Harold sera toujours Harold, a-t-elle répondu en faisant la moue. Heureusement, ce qu'y doit faire pour La Maison devrait plus tarder, maintenant, c'est ce que les cartes m'ont annoncé. À la minute même où ce sera terminé, dehors !

— Je ne vous apprendrai rien en vous disant que nous allons perdre Pamy, après Toby.

---

1. Biscuits sablés.

J'ai soupiré.

— La Maison s'effondre.

Dans ses yeux, le projecteur s'est allumé.

— Dis jamais ça, Harriet Purcell ! m'a-t-elle lancé d'un ton sans réplique.

Flo est arrivée en bâillant et en se frottant les yeux, elle m'a aperçue et, d'un bond, s'est retrouvée sur mes genoux.

— Je ne l'ai jamais vue avoir sommeil, ai-je dit.

— Elle dort.

— Pas plus que je ne l'ai entendue parler.

— Elle parle.

Je suis donc tranquillement descendue en tenant Flo par la main et si la soirée m'a paru supportable c'est uniquement parce que ma propriétaire m'a permis de prendre mon petit ange. Quand je l'ai ramenée, juste avant 21 heures (Flo n'est pas soumise aux mêmes horaires que les autres enfants, elle reste debout jusqu'à ce que sa mère aille se coucher... qu'en penserait ma propre mère ?), Mme Delvecchio-Schwartz était assise dans la pénombre et non sur le balcon comme elle a coutume de le faire en été. La Boule posée devant elle, sur la table, absorbait la moindre particule de lumière dispensée par le réverbère, l'ampoule du couloir, le phare d'une Rolls avec chauffeur qui déposait de temps à autre un client devant le 17b ou le 17d. À l'instant où Flo a vu sa mère, elle s'est brusquement figée et, sans émettre un son, m'a ordonné de ne plus bouger en accentuant la pression de sa main dans la mienne. Nous sommes donc restées là, debout dans la pénombre, une demi-heure peut-être, devant cette masse parfaitement immobile dont le visage invisible dans l'ombre n'était qu'à trente centimètres de la Boule.

Mme Delvecchio-Schwartz a fini par laisser échapper un soupir, elle s'est calée contre le dossier de sa chaise et a passé avec lassitude une main sur son visage.

— Merci de t'être occupée d'elle, princesse. Il fallait que je regarde dans la Boule.

— Voulez-vous que j'allume ?

— Merci. Et tu reviendras me voir une minute.

Quand je me suis approchée, Flo assise sur ses genoux regardait tristement sa robe boutonnée.

— Quel dommage que vous l'ayez sevrée ! me suis-je surprise à dire.

— Il a fallu, a-t-elle répondu d'un ton bref.

Elle a alors tendu les bras pour prendre mes mains et les placer sur la Boule, Flo les a observées avec ravissement, puis elle a levé vers moi un regard... émerveillé ? Je ne sais pas trop. J'ai gardé la Boule entre mes mains, attendant quelque chose. Mais rien. Si ce n'est que sa surface est fraîche et lisse, rien de plus.

— Souviens-toi, a dit Mme Delvecchio-Schwartz, souviens-toi que le destin de La Maison est dans la Boule.

Elle a retiré mes mains de la boule de cristal et les a jointes, doigts tendus et paume contre paume, comme les mains des anges sur les tableaux.

— Il est dans la Boule.

Vendredi 30 décembre 1960

Encore ces foutues cartes ! En fin de compte, je suis libre le jour de l'an. Le Dr Alan Smith est de garde aux urgences toute la journée, Ann tient donc à travailler. Ce n'est guère surprenant. S'il assure une double garde, il sera vanné et il aura bien besoin du havre que seront les urgences radio tenues par Ann. Notre stagiaire nous quitte, nous avons donc une intérimaire, une brave fille. Je n'aurais pas donné mon accord si Ann n'avait pas été capable d'assumer mais c'est le cas, je leur ai donc fait une fleur à tous deux car ils auront droit à deux jours de repos dès la fin de leur garde.

Dimanche 1er janvier 1961 (jour de l'an)

1961 à maintenant 24 heures ou peu s'en faut, la nuit est tombée. Voilà un an que je tiens ce journal et j'ai beau être naze au point de ne plus pouvoir remuer, je dois noter dans mon cahier tout ce qui est arrivé aujourd'hui avant que les émotions ne perdent de leur force. J'ai découvert que ce cahier a un rôle de catharsis car l'écriture ne se contente pas de tourner en rond comme on le fait soi-même lorsqu'on passe en revue les derniers événements.

La nuit dernière, ce fut une bombe… à hydrogène – « une vraie fiesta à tout casser », selon la définition de Mme Delvecchio-Schwartz, rouge comme une tomate et enlaçant Merv d'un bras. Elle n'était pas ivre pourtant, pas le moins du monde. Juste un peu éméchée, voilà tout. Et drôlement heureuse, ai-je pensé à ce moment, je m'en souviens.

Tout le Cross était là, certains ne sont restés que quelques minutes, d'autres jusqu'à perpète, m'a-t-il semblé quand je suis partie à 3 heures, soutenue par Toby, pour redescendre chez moi. Je n'en garde qu'un souvenir assez flou, quelques impressions seulement, comme l'arrivée de Lady Richard arborant une perruque blonde platine, perché sur des talons de douze centimètres de haut, dans un fourreau rouge pailleté, fendu pratiquement jusqu'aux hanches et laissant deviner une peau blanche, douce et imberbe, au-dessus des bas noirs de soie diaphane. Ses seins n'étaient pas en toc et on ne voyait pas la plus légère protubérance là où il y aurait dû y en avoir une. Pamy m'a glissé en aparté que, selon la rumeur, il serait allé en Scandinavie pour se faire faire « la totale ». Dans ce cas, lui ai-je murmuré, son tractus urinaire doit être dans un état lamentable. Le pauvre Norm n'est resté que le temps de me donner un baiser baveux mais Merv a joué de son ancienneté pour s'attarder et flirter de façon éhontée avec Mme Delvecchio-Schwartz. Lerner Chusovich n'a pas apprécié. Ni Klaus, je l'ai remarqué, qui contemplait sa logeuse avec un désir manifeste. Jim m'a embrassée avec un art consommé et j'étais suffisamment dans les vapes pour goûter la chose mais Bobbie était furieuse, je l'ai donc repoussée et je n'ai regardé que Toby jusqu'à la fin de la soirée. Notre petite altercation était oubliée et ses baisers, je m'en souviens, capables de rivaliser avec ceux de Duncan mais ce n'est pas à Duncan que je pensais en l'embrassant. Toby est Toby et personne d'autre.

Je me suis effondrée comme une masse dans mes atours de fête et j'ai été réveillée à 8 heures par Marceline dont la petite existence rondelette est régie par son estomac. Toby avait dû fermer les rideaux, quel bonheur ! Je suis sortie en zigzaguant pour mettre la cafetière en route, j'ai avalé une bonne dose d'Alka-Seltzer pour calmer mes nausées et fait taire Marceline avec de la crème de lait et un bol de sardines qui empestaient si fort que j'ai dû me pencher sur l'évier pour vomir. En vain. Je me suis toutefois réfugiée dans la chambre jusqu'à ce que Marceline ait fait disparaître les sardines.

Flo était sur mon lit, pelotonnée dans la pénombre. Petit ange, mon petit ange ! Je ne l'avais pas vue, je n'avais même pas senti sa présence. Ils avaient vraiment dû y aller fort, là-haut, pour qu'elle soit venue me rejoindre. À moins qu'Harold ne se trouve dans le lit de sa mère. Oh oui ! Il était présent, au réveillon, il a bu du cognac en catimini, observé en maugréant Mme Delvecchio-Schwartz et Merv, qui prenaient du bon temps, m'a foudroyée du regard surtout quand j'ai embrassé Jim. Ses lèvres ont alors esquissé : « Putain. »

Quand j'ai eu l'impression que la nausée s'était estompée, je suis retournée dans le living et j'ai ouvert la porte en grand pour faire entrer l'air frais que j'ai inhalé à pleins poumons. Le monde extérieur était d'un calme parfait. Pas de linge claquant sur les fils, pas un bruit derrière les fenêtres voilées de dentelle mauve du 17d, ni disputes, ni échos frivoles, quant à La Maison, elle était plongée dans le plus profond silence. Je m'attendais presque à entendre brailler Mme Delvecchio-Schwartz, à la recherche de son petit ange, mais non. Un jour de l'an, d'assez bon matin, le Cross vit certainement ses heures les plus calmes. Il n'y a pas un indigène qui n'ait eu son compte.

Mais il fallait ramener Flo au premier, au cas où sa mère s'inquiéterait à son réveil. Je suis donc retournée dans ma chambre, je me suis assise sur le bord du lit et j'ai pris l'enfant dans mes bras, j'ai posé ma joue sur ses cheveux fous et je l'ai câlinée, embrassée. Quand j'étais petite, maman me réveillait toujours ainsi et je me rappelle encore à quel point il était merveilleux d'émerger du pays des rêves sous les baisers de maman qui me serrait dans ses bras.

Elle était mouillée. Oh non, petit ange ! Ma première réaction fut de me demander : comment vais-je faire pour flanquer mon matelas de kapok sur le fil ?

Mais Flo ne sentait pas l'urine et, au toucher, cela ne ressemblait pas à de l'urine, qui ne raidit ni ne durcit l'étoffe comme l'était celle de son tablier. Malgré mes baisers et mes câlins, elle n'avait pas bougé. Ni elle ni sa mère ne s'étaient mises sur leur trente et un pour la soirée et je ne voyais pas, sur ce tissu tabac, dans quoi elle baignait. Seulement je connaissais cette odeur unique. Oh, mon Dieu ! Dépêche-toi ! Va tirer les rideaux !

Du sang. Elle était trempée de sang. Un picotement a parcouru ma peau, tendue à se rompre, mais j'ai gardé la tête froide, j'ai lentement passé son corps en revue, l'ai minutieusement observée en levant le tablier, puis j'ai tiré sa pauvre culotte pour examiner son pubis. Mes mains et mon corps tremblaient à l'unisson et je ne cessais de répéter : Mon Dieu, non ! Pas ça ! Pas ça ! Mais non, il n'y avait rien. Ce n'était pas son sang dont Flo était couverte de la plante des pieds jusqu'aux mains – ses paumes en étaient poisseuses, poisseuses. À cet instant, elle s'est réveillée, j'ai eu droit à un sourire ensommeillé et elle a passé ses bras autour de mon cou. Je l'ai soulevée et l'ai portée dans le living, où Marceline, qui avait nettoyé son bol sans laisser une miette, était assise et faisait sa toilette.

— Tu vas jouer avec Marceline, ma chérie, ai-je dit en dépit de l'atroce stupeur qui s'emparait de moi.

Je l'ai posée sur le sol auprès de la chatte.

— Je dois sortir un instant, petit ange, et j'ai besoin de toi pour veiller sur cette pauvre Marceline. Fais attention à ce qu'elle soit bien sage.

J'ai grimpé les marches quatre à quatre, d'un bond j'ai traversé le couloir et me suis ruée dans la pièce, là, je me suis arrêtée net, pétrifiée. Sous la table et aux alentours, ce n'était qu'un lac de sang, gélifié aux endroits où le lino déformé s'enfonçait, en couche mince là où il se relevait. Quelqu'un avait rangé, on avait entassé les détritus à l'extrémité du living mais, sur la table, étaient empilées toutes les assiettes et la carcasse de cette dinde immangeable. Mon regard a saisi l'ensemble de la scène, pas un détail ne m'a échappé, je crois. Le sang n'avait pas giclé, ni éclaboussé les murs mais, à un endroit précis, la paroi en était couverte – celle où Flo gribouillait, d'ordinaire. Elle était maculée de grandes volutes qui viraient au brun et gardaient, çà et là, la marque d'une main minuscule. Du bord du lac jusqu'à ce pan de mur, de petites empreintes sanglantes traversaient le lino intact, des empreintes de pas qui allaient du lac jusqu'au mur et en revenaient. Les pastels ne suffisant plus à exprimer ses émotions, Flo s'était servie de sang pour peindre avec ses doigts.

Auprès de la table, Mme Delvecchio-Schwartz gisait sans vie, face contre terre. Non loin d'elle, Harold Warner, effondré à la renverse sur sa chaise, était en appui sur ses hanches, il serrait le manche du couteau à découper à l'endroit précis où il était fiché dans son ventre, sa tête retombait sur sa poitrine et il semblait contempler sa propre perte.

Ma bouche s'est ouverte et je me suis mise à beugler. J'entends par là que je n'ai ni pleuré, ni crié, ni poussé des hurlements – du haut de mes poumons ont jailli des sons bestiaux d'horreur et de désespoir et j'ai continué sans pouvoir m'arrêter.

Toby fut le premier à me rejoindre et il a pris les choses en main. Il a probablement chargé quelqu'un de prévenir la police car je l'ai vaguement entendu crier ses instructions à ceux qui étaient sur le seuil mais il ne m'a pas quittée un seul instant. Quand je n'ai plus eu la force de pousser mes beuglements, il m'a fait sortir et a refermé la porte. Dans le couloir, Pamy, Klaus, Jim et Bobbie étaient blottis les uns contre les autres, en revanche, aucune trace de Chikker et Marge, du rez-de-chaussée sur rue.

— J'ai appelé la police... Toby, qu'est-ce qui se passe ? a crié Pamy.

— La ruine de La Maison, ai-je dit en claquant des dents. Harold et le Dix d'Épées. Il était là pour causer la ruine de La Maison. Voilà le travail dont il était chargé et si elle ne l'a jamais lu dans les cartes, elle l'a vu dans la Boule, j'étais là quand elle l'a compris. Elle savait, elle savait ! Mais elle s'est soumise au destin.

— Mme Delvecchio-Schwartz et Harold sont morts, a dit Toby.

Le temps qu'il me fasse sortir et me conduise jusqu'à l'allée, toutes les fenêtres étaient grandes ouvertes, au 17d, et on voyait pointer une tête dans chaque embrasure.

« Mme Delvecchio-Schwartz et Harold sont morts », a-t-il dû répéter à plusieurs reprises avant de me ramener chez moi.

Flo était par terre, recroquevillée sur elle-même en un amas compact de bras et de jambes et pelotonnée contre Marceline qui ronronnait. Toby a jeté un coup d'œil à la petite, puis il m'a lancé un regard horrifié et a voulu prendre la bouteille de cognac.

— Non ! lui ai-je soufflé. Je ne veux plus jamais voir ce truc. Ça va maintenant, je t'assure.

Tout au long de la matinée, ce fut un défilé ininterrompu, à commencer par la police. Non pas mes amis de la brigade des mœurs, mais des étrangers en civil. Toby dirigeant les opérations et ne voulant pas me laisser seule, mon living s'est transformé en centre opérationnel. Mais Pamy n'avait pas attendu leur arrivée pour emmener Flo, lui donner un bain et la faire changer de vêtements tandis que, de mon côté, j'allais prendre une douche et troquer ma robe de soirée contre quelque chose de sobre. Sobre.

Ce qui intéressait surtout les policiers c'était les gribouillis de Flo. Le crime leur paraissait manifestement très banal, meurtre suivi d'un suicide, aussi évident que le nez au milieu de la figure mais là, ils étaient fascinés. Ils nous ont tous interrogés, ils cherchaient un mobile mais aucun de nous n'avait remarqué le moindre changement de comportement chez Harold ou Mme Delvecchio-Schwartz. J'ai dû leur raconter de quelle façon il m'avait traquée, leur parler de son instabilité mentale, de la rétention d'urine, de son refus de consulter un psychiatre quand on le lui avait recommandé. Chikker et Marge avaient décampé sans laisser de traces, pas même une empreinte digitale. Mais, si la consigne était de les retrouver pour les interroger, ils n'intéressaient manifestement pas la police. Comme ils se trouvaient juste au-dessous de la pièce où tout s'était produit, peut-être avaient-ils entendu.

Le sergent a dit à Toby :

— Ce qui est sûr c'est que la gosse a tout vu. Quand nous aurons sa version des faits, nous saurons ce qui s'est passé.

Je suis intervenue.

— Flo ne parle pas. Elle est muette.

— Vous voulez dire qu'elle est attardée ? a demandé le sergent en fronçant les sourcils.

— Au contraire, elle est extrêmement intelligente. Elle ne parle pas, voilà tout.

— Est-ce également votre opinion, monsieur Evans ?

Toby a confirmé que Flo ne parlait pas.

— Il se peut qu'elle soit surhumaine ou pas tout à

fait humaine, je n'en suis jamais très sûr, a-t-il ajouté, le salaud.

Sur ce, Pamy est revenue avec Flo, vêtue d'un tablier propre mais pieds nus comme d'habitude. Les deux flics ont regardé mon petit ange comme un phénomène de foire et j'ai lu dans leurs pensées comme s'ils s'étaient exprimés à haute voix : elle ressemble à toutes les gamines de cinq ans mais il ne faut pas se fier aux apparences, c'est un monstre.

Oui, Flo a cinq ans. C'est aujourd'hui son anniversaire et je gardais son cadeau – une jolie robe rose – bien emballé dans un placard. Il y est encore.

Nous sommes ensuite passés aux choses sérieuses, à l'enquête officielle, à savoir : y avait-il des parents ? Nous n'avons pu répondre que par la négative, nous ne pensions pas. Pamy elle-même, qui demeure dans La Maison depuis l'âge de dix ans, a dû déclarer que, pour autant qu'elle sache, elle n'avait pas vu apparaître un seul parent en vingt-quatre ans. Et Mme Delvecchio-Schwartz n'avait jamais fait allusion à une quelconque famille.

Le sergent a fini par refermer son carnet et s'est levé, il a remercié Toby pour le petit remontant, la goutte de cognac – « merci mon vieux, beaucoup apprécié ». On sentait qu'ils étaient contents d'avoir un homme à qui s'adresser, socialement parlant, de ne pas se retrouver uniquement face à une bande de bonnes femmes carrément bizarres. Car l'élément social compte aussi – c'est un sale boulot mais il est facile de s'entendre avec un brave gars.

Sur le seuil de la porte, le sergent s'est adressé à moi.

— Je vous serais reconnaissant de bien vouloir

vous occuper de la petite fille pendant une heure ou deux, miss Purcell. Le temps nécessaire aux services de la Protection de l'enfance pour venir jusqu'ici.

J'ai eu conscience d'écarquiller les yeux.

— Il est inutile de faire intervenir la Protection de l'enfance. Dorénavant, je prendrai soin de Flo.

— Navré, miss Purcell, mais ce n'est pas ainsi que ça se passe. Dans la mesure où la famille n'a pas été identifiée, ce sont les services de la Protection de l'enfance qui sont désormais responsables de la petite Florence (Florence ?). Si nous parvenons à retrouver un de ses proches, elle aura la possibilité de vivre avec cette personne si l'on accepte de la prendre et, dans un cas comme celui-ci, la famille accepte généralement. Mais s'il est impossible de localiser le moindre parent, Florence Schwartz deviendra pupille de l'État du New South Wales.

Il a coiffé son élégant chapeau mou de flic en civil et il est sorti, suivi de son adjoint.

— Toby ! suis-je parvenue à articuler à grand-peine.

— Pamy, emmène donc Flo et Marceline dans la chambre, a dit Toby.

Il a attendu que Pamy ait obéi puis il m'a pris les mains, m'a fait asseoir dans un fauteuil et s'est perché sur un bras exactement comme le faisait Duncan. Faisait. Au passé, Harriet, au passé.

— Ce n'est pas vrai, il n'a pas voulu dire ça…

Je n'ai jamais vu Toby faire preuve d'une telle dureté, si froidement impitoyable.

— Si, Harriet. Il pense que Flo est probablement seule au monde. Sa mère est morte à la suite d'une querelle d'ivrognes – c'est du moins son avis – avec son amant toqué, amant qui n'était pas le père de Flo. Son opinion est faite, il estime que l'éducation de la petite a été gravement négligée et qu'elle a grandi au sein d'un foyer déplorable. Il considère également qu'elle est dérangée. Dès son retour au quartier général, il va s'empresser de tout rapporter aux services de la Protection de l'enfance et il recommandera de confier sans délai sa garde à l'État.

— C'est impossible, impossible ! ai-je crié. Jamais Flo ne survivra en dehors de La Maison ! Si on l'emmène, elle mourra !

— Tu oublies l'élément décisif, Harriet. Elle était là, dans cette pièce, quand ça s'est produit et elle a utilisé du sang pour gribouiller sur le mur. Voilà ce qui l'accuse, a-t-il conclu avec dureté.

Mon ami si cher, comment peut-il parler ainsi ? N'y a-t-il donc personne, en dehors de moi, pour prendre fait et cause pour elle ?

— Flo n'a que cinq ans Toby ! Dans les mêmes circonstances, qu'aurions-nous fait à cet âge, toi ou moi ? Essaie d'être un peu juste ! Il n'y a aucune statistique qui codifie clairement ce genre de comportement ! On lui a toujours permis de gribouiller sur les murs de sa mère. Comment pourrions-nous savoir ce qui l'a poussée à se servir du sang ? Peut-être a-t-elle cru ramener sa mère à la vie en faisant cela. On ne peut pas me l'enlever, non, on ne peut pas !

— On le peut fort bien et on va le faire, a déclaré Toby, inflexible, avant de se diriger vers la cuisinière pour mettre la bouilloire à chauffer. Je joue les avocats du diable, Harriet, voilà tout. Je t'accorde que la petite ne peut s'épanouir en dehors de La Maison, mais tu ne trouveras personne, ayant autorité, pour envisager la situation sous cet angle. Maintenant, va chercher Flo et Pamy. Si tu ne veux pas de cognac, le thé est encore ce qui se fait de mieux dans le genre.

Ils sont venus me prendre Flo aux alentours de midi, deux femmes des services de la Protection de l'enfance. Elles n'ont pas été trop mal – c'est un boulot épouvantable. Flo a refusé de coopérer de quelque façon que ce soit, même après leur avoir suggéré de l'appeler Flo et non Florence. Je suis prête à parier que c'est ce qui est inscrit sur son certificat de naissance – si jamais elle en a un. Connaissant Mme Delvecchio-Schwartz, il est bien possible qu'il n'en soit rien. Petit ange, petit ange ! Elles n'ont jamais réussi à mettre la main sur elle, ni l'une ni l'autre, et Flo n'a pas été plus sensible à leurs câlineries, leurs cajoleries, persuasions ou supplications. Le visage blotti dans mon giron, elle n'a cessé de s'agripper à moi de toutes ses forces. Finalement, elles ont pris la décision de la calmer avec du sirop de chloral mais, elles ont eu beau lui pincer le nez, elle l'a rejeté à chaque tentative.

C'est à ce moment que Jim et Bobbie sont descendues, j'aurais toutefois préféré qu'elles s'abstiennent. La responsable les a toisées de la tête aux pieds comme si elle avait devant elle la lie de l'humanité et elle a attribué à La Maison un mauvais point de plus : il n'y avait qu'une salle de bains et un W. C. dignes de ce nom pour quatre étages. Enfin, pourquoi l'enfant était-elle pieds nus ? N'avait-elle pas de chaussures ? Ce détail a paru inquiéter infiniment les deux intruses. Quand, après une quatrième dose d'hydrate de chloral, Flo a renoncé à ma protection pour s'élancer dans la pièce comme un oiseau pris au piège entre quatre murs dont il ne peut s'échapper, quand je l'ai vue s'écraser contre les cloisons, la cuisinière, les meubles, la rage m'a prise et j'ai voulu me servir de mes poings pour m'attaquer à la Protection de l'enfance. Mais Toby m'a ceinturée et il nous a empêchées d'intervenir, Jim et moi. En fin de compte, elles ont eu recours au chloral en injection, ce qui marche sans coup férir. Flo s'est écroulée, elles l'ont ramassée et l'ont emportée tandis que je leur emboîtais le pas, flanquée de Toby qui ne m'aurait lâchée pour rien au monde.

Elles l'ont chargée dans leur voiture et la dernière image que j'ai gardée de mon petit ange, quand elles se sont éloignées, fut son petit visage, pâle et figé.

Ils voulaient tous rester pour me tenir compagnie mais je ne souhaitais aucune compagnie et celle de Toby moins qu'une autre, il s'est pourtant montré le plus insistant. J'ai hurlé : va-t'en ! va-t'en ! Jusqu'à ce qu'il s'en aille. Un peu plus tard, Pamy s'est faite toute petite pour venir me dire que Klaus, Lerner Chusovich et Joe Dwyer, du rayon boissons au Piccadilly, étaient réunis dans la chambre de Klaus, ils voulaient savoir comment j'allais et s'ils pouvaient faire quoi que ce soit. Merci, je vais bien et je n'ai besoin de rien, ai-je répondu. J'avais encore dans les narines l'odeur douceâtre et écœurante du chloral.

Vers 15 heures, je suis passée dans la chambre pour appeler Bronte. Je devais prévenir papa et maman avant que toute l'histoire ne paraisse dans les journaux, bien qu'à Kings Cross une nuit de réveillon, un meurtre dû à l'alcool suivi d'un suicide ne fasse pas plus de quelques lignes en page dix. En soulevant le combiné, je me suis rendu compte qu'il n'y avait plus de tonalité – on avait débranché la prise, sur la plinthe. Probablement Toby, qui m'avait aidée à me mettre au lit, la nuit dernière. À la seconde où je l'ai rebranché, il s'est mis à sonner.

— Harriet, où étais-tu passée ? m'a demandé papa. Nous sommes morts d'inquiétude !

— Je n'ai pas bougé. Mon téléphone était déconnecté. Mais il semble que vous soyez déjà au courant.

— Nous t'attendons, immédiatement.

Il n'a rien dit de plus – ce n'était pas une requête mais un ordre. J'ai dit à Pamy où je me rendais et j'ai hélé un taxi sur Victoria Avenue. Le chauffeur m'a lancé un drôle de regard mais il n'a pipé mot.

Papa et maman étaient assis à la table de la salle à manger. À voir la tête de maman, il était clair qu'elle avait dû pleurer pendant des heures et brusquement papa accusait son âge – j'ai eu un serrement de cœur car j'ai compris à cet instant qu'il approche les quatre-vingts ans.

— Je suis soulagée de ne pas avoir à tout vous raconter, leur ai-je dit en m'asseyant.

Ils me dévisageaient tous deux comme une étrangère ; je devais avoir l'air tout droit sortie d'un cercueil, je ne le réalise que maintenant, à la minute où j'écris. L'horreur a ce genre d'effet.

— Tu ne veux pas savoir comment nous l'avons appris.

— Si, comment ? ai-je docilement demandé.

Papa a sorti une lettre de son enveloppe et me l'a tendue. Je l'ai lue. Belle écriture bien moulée, très droite sur le luxueux papier uni au bord découpé par un professionnel. L'écriture et le papier d'une personne ultra distinguée.

Monsieur,
Votre fille est une putain. Une vulgaire et ordinaire traînée, indigne de vivre en ce monde mais indésirable dans l'autre.

Ces huit derniers mois, elle a entretenu une sordide liaison avec un homme marié, un médecin très connu de l'hôpital où elle travaille. Elle l'a séduit, je l'ai vue à l'œuvre sur Victoria Street, dans l'obscurité. Il faut voir de quelle façon elle l'a aguiché ! Comment elle a déployé ses charmes ! Comment elle s'est immiscée dans sa vie et dans son cœur ! Comment elle l'a avili ! Comment elle s'est fait une joie de le rabaisser à son niveau ! Mais un homme « respectable » ne saurait la satisfaire. C'est une lesbienne, un membre estimé de cette société d'abjectes perverties qui habitent sa maison. Le nom du médecin est Dr Duncan Forsythe.

Un citoyen responsable.

— Harold, ai-je fait en lâchant la feuille comme si elle me brûlait les doigts.
— J'en déduis que ces allégations sont vraies, a dit papa.
J'ai fermé les yeux et j'ai souri.
— Ça n'a pas duré très longtemps, papa. En fait,

j'ai rompu avec Duncan en septembre et je peux t'assurer que je ne suis pas lesbienne, même si j'ai beaucoup d'amies lesbiennes. Ce sont de braves filles. Bien mieux que l'horrible petit personnage qui a écrit ceci. Quand l'avez-vous reçu ?

— Hier, au courrier de l'après-midi.

Papa semblait soucieux. Il n'est pas idiot et il voyait bien qu'une liaison ayant pris fin depuis quatre mois était sans rapport avec la tête que j'avais aujourd'hui.

— Que t'arrive-t-il, alors ?

Je leur ai donc raconté ce qui venait de se produire. Maman était atterrée, elle s'est remise à pleurer mais papa… papa s'est effondré. Bouleversé jusqu'au tréfonds de son être. Quels sentiments Mme Delvecchio-Schwartz avait-elle réussi à lui inspirer lors de leur unique rencontre pour qu'il éprouve un tel chagrin ? Une main crispée sur son cœur, il s'est mis à suffoquer jusqu'à ce que maman aille lui chercher une bonne rasade du cognac de Willie. Ça l'a quelque peu aidé à se remettre mais j'ai dû attendre un long moment avant de pouvoir lui annoncer ce que j'avais à lui dire, que je comptais demander la garde de Flo. Sans doute la violence de sa réaction à l'annonce du décès de Mme Delvecchio-Schwartz m'avait-elle fait espérer qu'il se rangerait résolument à mes côtés, mais ce ne fut pas le cas.

— Demander la garde de cette enfant monstrueuse ? s'est-il écrié d'un ton qui s'égarait vers les aigus. Tu ne vas pas faire une chose pareille, Harriet ! C'est une chance que tu aies échappé à tout cela, à cette maison ! Reviens chez nous, c'est ce que tu as de mieux à faire.

Je n'avais pas envie de discuter, je n'en avais pas la force, je me suis levée et je les ai laissés, assis à la table.

Les pauvres, ce fut également une rude journée pour eux. Ils se retrouvent avec une fille qui entretient une liaison avec un grand médecin marié, mais cela semble accessoire comparé au meurtre, au suicide et à la ferme détermination de ladite fille d'obtenir la garde d'une enfant dérangée, incapable de parler et qui peint en trempant ses doigts dans le sang. Guère étonnant qu'ils me regardent comme s'ils ne m'avaient jamais vue.

Et voilà pour le jour de l'an. Pas un cauchemar, non, mais bien la réalité.

Lundi 2 janvier 1961

Le cauchemar m'a prise à 5 heures, ce matin, je suffoquais à tel point que je me suis réveillée en sursaut et je me suis dressée comme un ressort avant de m'asseoir sur le lit, je gémissais en cherchant mon souffle et je sentais encore ce lac de sang d'un rouge superbe monter autour de moi jusqu'à ce que je me retrouve sur la pointe des pieds, les narines submergées, sous les yeux d'un Harold au rire tonitruant.

Le soleil n'allait pas tarder à se montrer, les rideaux n'étaient pas tirés et des rais de lumière filtraient dans la chambre. Je me suis levée, j'ai donné à manger à Marceline, préparé du café et je me suis assise à ma table en me répétant sans cesse que Mme Delvecchio-Schwartz était morte. Les êtres comme elle débordent d'une telle vitalité que l'on ne peut croire à leur mort – on se dit que c'est impossible, que c'est une erreur. J'ignore pourquoi c'est arrivé, pourquoi elle l'a permis. Car elle l'a permis ! Ce dernier soir, elle l'a vu dans la Boule et elle n'a en aucune façon tenté de l'empêcher. Elle était si heureuse, pourtant, lors de sa soirée ! Peut-être avait-elle senti bouger cette chose, dans son cerveau, et elle a trouvé préférable la rapidité du couteau d'Harold.

Mais je ne pouvais me permettre de m'abandonner au chagrin, pas question de pleurer ou de porter le deuil. Il y avait beaucoup trop à faire. Où était Flo ? Quelle nuit avait-elle passée ? Sa première nuit hors de La Maison.

Avant toute chose, il fallait appeler la radio, au Queens, et informer la responsable du tableau de service que je ne viendrais pas travailler. Je n'ai pas fourni le moindre motif, je me suis tout bonnement excusée et j'ai raccroché alors que le téléphone braillait encore. Inutile de renouveler l'appel pour Pamy, elle a quitté le Royal Queens la veille de Noël. Stockton se profile à l'horizon.

Je me suis habillée et je suis allée voir si Pamy était réveillée, j'ai ouvert la porte et constaté qu'elle dormait profondément, je suis donc montée. Pas dans le living, ça je n'en étais pas encore capable. Mais j'ai exploré les autres pièces que Mme Delvecchio-Schwartz s'était réservées, il y en avait trois. Une chambre sinistre, dont les murs disparaissaient sous les livres, comme le domaine de Pamy ou peu s'en faut. Mais quels livres ! Harold était-il vraiment dans le secret ? À moins qu'il n'ait pas compris ?

— Je vois maintenant comment vous vous y preniez, espèce de vieux monstre, ai-je dit en souriant.

Des albums bourrés de coupures de presse concernant des hommes politiques, des hommes d'affaires, leur vie, les scandales, les tragédies et leurs dadas, le plus ancien remontait à trente ans. Les *Who's Who* de toutes les nations anglophones. Des almanachs. Des minutes de procès. Le Hansard du parlement fédéral et des assemblées d'État. Tout ce qu'elle avait jugé d'une quelconque utilité depuis les biographies australiennes jusqu'aux répertoires de sociétés, associations, institutions. Une mine pour une voyante.

Contigu à sa chambre, il y avait un réduit pour Flo, meublé d'un vieux lit d'enfant en fer au matelas nu et d'une commode – pas une seule image de chiot, de petit chat ou de fée, pas le moindre indice témoignant qu'il avait été occupé, hormis les gribouillis dont les murs étaient couverts. Cela ressemblait davantage au coin abandonné par un enfant décédé, dans un orphelinat, qu'à la chambre d'une petite fille bien vivante, ai-je songé en frissonnant de terreur. Pourquoi aurait-elle enlevé les draps du lit si elle n'avait su que Flo ne reviendrait pas ? Fallait-il y lire ce message : loin de La Maison, elle allait mourir ?

La cuisine n'était qu'une alcôve sombre et exiguë, incapable de produire des plats savoureux, les ustensiles et la vaisselle étaient cabossés, bosselés, fêlés, ébréchés.

Pourquoi une telle indifférence à son propre confort ? Quelle sorte de femme se soucie aussi peu de son nid ?

Je suis redescendue avec l'impression que le mystère s'épaississait, que le décès de Mme Delvecchio-Schwartz n'était qu'un début et qu'il allait nous entraîner dans un labyrinthe aux ramifications sans fin.

J'ai entendu Pamy remuer, aussi lui ai-je proposé de venir prendre son café et le petit déjeuner chez moi. Oui, le petit déjeuner. Il y a tant à faire, nous aurons besoin de force et d'énergie.

Jim et Bobbie sont passées en partant au travail et m'ont proposé de rester si elles pouvaient se rendre utiles, mais j'ai refusé. Je m'apprêtais à en faire autant en voyant Toby mais il ne l'entendait pas de cette oreille, il est entré d'autorité, prêt à en découdre. Livide, le menton en avant, il avait le regard clair et l'œil brillant.

— Tu vas avoir besoin de moi, a-t-il fait avec raideur.

En guise de réponse, je me suis levée pour le prendre dans mes bras. De son côté, il m'a serrée très fort.

— Je te demande pardon pour hier mais il fallait bien que quelqu'un le fasse.

— Oui, je sais. Assieds-toi, nous avons un tas de détails à régler.

— Entre autres, récupérer le corps pour l'inhumer, chercher le testament s'il y en a un, trouver où ils gardent Flo, dans un premier temps.

Finalement nous avons commencé tous les trois

par le plus difficile. Nous sommes montés nettoyer la pièce sur la rue.

Toby s'est chargé de la police et il a appris que le corps de Mme Delvecchio-Schwartz ne nous serait rendu que lorsque le légiste aurait établi ses conclusions... dans un délai de sept jours à trois semaines. Puis il a arpenté la rue en quête de Martin, de Lady Richard ou de toute autre personne susceptible de s'y connaître en matière de pompes funèbres, de modalités d'obsèques – c'est fou, on ignore tout de ce genre de choses tant que l'on ne s'y est pas trouvé confronté et c'était le cas. Le père de Toby est décédé dans le bush, M. Schwartz pendant le séjour de Pamy à Singapour, nous a-t-elle dit et, chez moi, nous n'avons perdu personne depuis ma naissance.

J'ai appelé la Protection de l'enfance mais comme je n'ai pas pu leur certifier que j'étais de la famille, fût-ce une parente éloignée, on a refusé de me communiquer la moindre information, si ce n'est que Flo est entre de bonnes mains dans un endroit non spécifié.

— Pas à Yasmar ! s'est exclamée Pamy quand j'ai raccroché.

Je me suis mollement laissée tomber sur un siège.

— Mon Dieu, je n'avais pas pensé à Yasmar !

Flo a cinq ans maintenant, il est possible de l'envoyer à Yasmar. Yasmar est l'institution où l'on place les enfants sans foyer ou les adolescentes à problème en attendant qu'elles soient fixées sur leur sort. Cet endroit est régulièrement l'objet de critiques virulentes car rien n'y est fait pour séparer les malheureuses victimes des circonstances, telles que Flo, des filles endurcies, de vraies sauvageonnes parfois violentes, dont l'État a la garde pour les motifs les plus variés allant de la prostitution jusqu'au meurtre.

J'ai donc appelé Joe, l'avocate à la cour, à son bureau et j'ai commencé par lui demander quelques précisions sur le testament et ce qui arriverait s'il n'y en avait pas.

— Si, dans La Maison, on ne trouve ni testament ni trace d'une étude de notaire, alors l'État mandatera un administrateur judiciaire. Il insérera des annonces dans les publications légales pour faire appel à toute personne en possession d'un testament et, dans le même temps, il prendra la succession en main. Tâche de trouver des actes notariés ainsi qu'un testament et je verrai ce que je peux faire, a dit Joe de cette voix claire et tranchante qui devait faire vibrer les poutres d'une salle d'audience.

— Attends, ne raccroche pas, ai-je repris précipitamment. Pourrais-tu également m'indiquer le nom d'un cabinet spécialisé dans les affaires de garde d'enfants ? Si je me fie à mon intuition, nous ne trouverons pas de testament et l'administrateur judiciaire pas plus que nous. J'ai donc l'intention de demander la garde de Flo.

Après un long silence, Joe a laissé échapper un soupir.

— Es-tu vraiment sûre de ce que tu fais ? m'a-t-elle demandé.

— Parfaitement.

Joe a promis de me communiquer une adresse et elle a raccroché.

Nous avons commencé par chercher un testament. Klaus est arrivé d'on ne sait où et il nous a aidés à ouvrir et à secouer chaque livre, à tourner toutes les pages des albums, à palper les coupures de presse pour nous assurer qu'elles ne dissimulaient pas de feuille pliée. Rien, rien, absolument rien. Nous avons bien trouvé l'acte de vente du 17 Victoria Street, ce qui nous a paru extrêmement curieux. Pas le 17c, juste le 17.

— Cela voudrait-il dire qu'elle possédait les cinq maisons ? s'est écriée Pamy d'un ton suraigu.

— Sûrement pas, a répondu Klaus en promenant autour de lui un regard incrédule. Elle n'était pas riche.

Juste à côté du bidon de détergent à l'eucalyptus dont nous nous étions servis pour récurer le living, il y avait, sous l'escalier, un gros coffret en bois mais, pensant qu'il s'agissait d'une boîte à outils, nous n'y avions pas prêté attention. En désespoir de cause, Toby a eu l'intuition de retourner vers le placard et de soulever la boîte. Il l'a posée sur le minuscule plan de travail de la cuisine et l'a ouverte avec d'infinies précautions, s'attendant à en voir surgir tout ce qu'on peut imaginer, de Dracula jusqu'au clown en papier jouant de l'accordéon.

Il contenait une vieille couverture avec un lapin bleu qui n'avait jamais servi, un énorme cristal mauve pâle, sept verres en cristal taillé encore emballés dans leurs cylindres de carton, une main et un petit avant-bras de bébé, sculptés dans du marbre blanc jusqu'aux fossettes du coude et littéralement plusieurs douzaines de petits livrets d'épargne.

Toby a plongé la main dans le coffret et en a retiré

une poignée de livrets qu'il a feuilletés et examinés avec stupéfaction.

Bon Dieu ! Chacun de ces carnets était d'un montant de mille livres environ, le plafond d'un compte épargne net d'impôt, la somme au-dessous de laquelle nul n'est en droit de vous poser de questions.

Au total, nous en avons dénombré plus de cent, bien que nous ne les ayons pas ouverts. Pourquoi les ouvrir, en effet, quand la réponse semblait évidente ? Mme Delvecchio-Schwartz avait mis au point une sorte de système. Environ tous les trois ans, elle retournait à la même agence d'une banque donnée pour ouvrir un nouveau compte, au cours des vingt dernières années, elle en avait ouvert au minimum un dans toutes les succursales des banques de Sydney. De Liverpool à Cronulla, de Hornsby à Penrith, et jusque dans les Blue Mountains.

— Eh bien, Flo ne manquera vraiment de rien, c'est certain, a conclu Toby en les rangeant soigneusement dans un carton qu'il a enveloppé dans du papier brun avant de le ficeler – elle avait gardé des kilomètres de ficelle et des morceaux de papier kraft usagé, lissés et pliés avec soin.

— Il est fort possible que Flo n'en voie pas un seul penny et que La Maison ne lui revienne jamais, ai-je fait observer d'un ton lugubre. En fin de compte, l'État pourrait bien tout rafler – nous n'avons pas vu l'acte de naissance de la petite.

Et nous ne l'avons pas trouvé, nous avons eu beau chercher avec une ardeur redoublée. Ni testament, ni acte de naissance, ni mention d'une étude de notaire. Pas plus que de certificat de mariage. Nous avons pressé Pamy de questions mais elle ne saurait jurer que Flo est bien la fille de Mme Delvecchio-Schwartz – à cette époque, elle était à Singapour où elle cherchait à retrouver sa famille paternelle. Elle n'avait amené Toby à La Maison qu'à son retour, il n'était donc d'aucun secours. Quelque direction que nous prenions, nous nous heurtions toujours à un mur. C'est bien simple, on aurait dit que Mme Delvecchio-Schwartz était venue au monde à l'âge adulte, qu'elle ne s'était jamais mariée et n'avait pas eu d'enfant. Il est impensable que ce genre de chose puisse se produire de nos jours mais c'est pourtant le cas. Elle en était la preuve. Combien d'individus ont-ils une existence sans que l'État ait le plus léger soupçon ? Il n'y avait aucune trace de relevés d'impôts non plus, juste un carnet de comptabilité sur lequel elle notait les loyers modiques du 17c. Pas de quittances d'impôts locaux, ni factures d'eau, de gaz, d'électricité ou de travaux.

— Elle payait tout en liquide, a constaté Klaus, sidéré.

Pour finir, nous nous sommes attaqués – il fallait pour cela traverser le living – au petit placard extérieur, sur le balcon, où elle gardait sa Boule, ses cartes et ses sphères célestes. Il ne contenait rien d'autre, absolument rien. Nous avons feuilleté les éphémérides, examiné tous les horoscopes, retourné et observé chaque feuille en transparence – nous sommes allés jusqu'à trier le jeu de tarot carte par carte. Pas d'acte de naissance, pas de testament, rien.

— Bon, maintenant nous allons devoir tout ranger, ai-je constaté en soupirant.

Mais Pamy m'a brusquement agrippé le bras.

— Non, Harriet, non ! Ne fais pas ça ! Il faut tout descendre et le cacher chez toi.

Je l'ai dévisagée comme si elle avait perdu l'esprit.

— Je ne peux pas ! Ces choses lui appartenaient, elles font partie de la succession. La Boule a une valeur inestimable – elle disait qu'en la vendant elle pourrait s'offrir Motel Australia.

Toby avait saisi ce qui, pour moi, demeurait obscur.

— Pamy a raison, emporte tout.

J'ai refusé et il s'est mis à grommeler, exaspéré par ma sottise.

— Ne sois pas idiote, Harriet ! Sers-toi un peu de tes méninges ! Les premiers à inspecter cet appartement seront probablement les agents de la Protection de l'enfance. S'ils découvrent ces trucs-là, que vont-ils en déduire, à ton avis ? Surtout quand ils auront trouvé les livrets d'épargne. Si tu tiens à obtenir la garde de Flo, son existence – et celle de sa mère ! – doit paraître aussi normale et banale que possible. Ils jugeront la vieille comme excentrique, nous n'y pouvons rien mais, pour l'amour du ciel, Harriet, ne va pas leur offrir ce genre de munitions !

Nous avons rangé la panoplie de l'occultiste dans un autre carton avant de dévaler les marches à bride abattue, terrifiés à l'idée que la sonnette de l'entrée puisse résonner.

Mais elle n'a retenti qu'à 17 heures, une heure inhabituelle pour les services de la Protection de l'enfance. J'ai laissé Klaus, qui préparait à dîner dans ma cuisine, à ses fourneaux et je suis allée répondre – hier, nous avons verrouillé la porte d'entrée et, désormais, nous la gardons fermée.

Duncan Forsythe se tenait sous la véranda.

— Je n'entre pas, m'a-t-il dit. Ma femme attend dans la voiture.

Il semblait encore plus mal en point qu'au mariage de Chris Hamilton – maigre et voûté, accablé. On ne voyait plus guère de roux dans ses cheveux, qui n'étaient pas non plus poivre et sel. Les mèches grises étaient parsemées de grandes mèches blanches, c'était impressionnant. Son regard trahissait une grande lassitude, mais ses yeux me fixaient avec une telle intensité, un tel amour, que mon cœur s'est serré.

J'ai jeté un coup d'œil par-dessus son épaule et j'ai vu la Jaguar rangée dans notre cul-de-sac, l'avant pointé en direction du trottoir, à l'endroit précis où la « bourgeoise » était sûre de ne rien manquer de ce qui se passait sous la véranda du 17c. Ah, la « bourgeoise » ne prenait pas de risques !

— Ta femme a reçu une lettre rédigée d'une belle écriture bien moulée sur un papier luxueux. Elle l'informait que tu étais tombé dans les griffes d'une putain – une vulgaire et ordinaire traînée, indigne de vivre en ce monde, mais indésirable dans l'autre. Les dates étaient inexactes et il en ressortait que nous nous voyions encore.

— Oui, c'est cela, a-t-il fait sans surprise apparente. Elle est arrivée au courrier de ce matin.

— Vous êtes plus loin. Celle qui était adressée à mon père est parvenue à Bronte la veille du jour de l'an.

Il a franchement accusé le coup et longuement inspiré.

— Oh, ma chère Harriet ! Je suis vraiment navré !

Seigneur, il s'en était passé, ces dernières heures ! J'avais l'impression de le voir à travers une résille tissée de souffrance et de tourments auxquels sa présence servait de révélateur, toutefois il n'était pas responsable de cette souffrance et ce n'était pas pour lui que je me tourmentais. J'étais maintenant ailleurs et, en le regardant, je me demandais si je serais un jour capable de regagner la sphère que nous avions partagée tous deux. Avant le meurtre. Avant que l'on emmène mon petit ange vers la mort.

Je lui ai donc répondu avec détachement.

— Eh bien, Duncan, si cela peut te réconforter, tu ne verras plus ce genre de lettre. C'est Harold qui les a écrites et Harold est mort. Reste à savoir si sœur Agatha en a également reçu une.

— Je le crains fort. Elle m'a appelé ce matin.

J'ai haussé les épaules.

— Tant pis. Que peut-elle faire ? Me virer ? C'est impossible de nos jours. Au pire, elle me retirera des urgences pour me remettre en pneumo, aux examens de routine, mais je ne la crois pas si bête. Je suis trop compétente au poste que j'occupe pour qu'elle aille gaspiller mes talents en pneumo.

Il me dévisageait comme s'il me trouvait aussi différente de l'ancienne Harriet Purcell que j'avais moi-même l'impression de l'être. J'ai posé la main sur son bras et l'ai tapoté en m'assurant que la « bourgeoise » m'ait bien vue.

— Il était inutile de venir, Duncan, je t'assure. Je vais bien.

— Cathy y tenait, a-t-il fait d'un air traqué. Je suis chargé de te dire qu'elle fermera les yeux sur notre liaison et nous soutiendra tous deux, elle niera en bloc devant toute personne susceptible de recevoir une de ces lettres.

Mince alors, cette femme ne manquait vraiment pas de toupet ! Mon détachement s'est évanoui à mesure que montait la colère. Comment osait-elle faire preuve d'une telle condescendance à son égard ! Et à mon égard !

Comme si ses dires avaient le pouvoir de tout rendre insignifiant !

— Généreux de sa part, ai-je fait. Fichtrement généreux !

Grogne, gronde, rugis, sors tes griffes !

— Je lui ai fait le serment de ne plus jamais t'adresser la parole.

Ce fut la goutte qui fit déborder le vase. De la pointe de l'omoplate, j'ai écarté Duncan de mon chemin et j'ai foncé à grandes enjambées vers la voiture, dont j'ai agrippé la poignée et ouvert la portière avant que la « bourgeoise » ait réussi à trouver le bouton de fermeture. J'ai tendu le bras, ma main s'est refermée sur une épaulette de couturier français et j'ai arraché Mme Duncan Forsythe à son siège pour la remettre sur ses pieds, sur le trottoir. Là, je l'ai coincée contre la rambarde du 17c et je l'ai dominée de toute ma hauteur – pourquoi faut-il toujours que les hommes de grande taille épousent des femmes atteintes du mal du canard ? Elle était terrorisée ! Il ne lui était pas venu à l'esprit qu'en obligeant Duncan à venir jusqu'ici, flanqué de sa personne en guise de second fusil, elle allait faire la connaissance de Jesse James.

— Écoutez, ai-je grondé avec hargne à quelques centimètres de son visage, vous allez vous tenir en dehors de ma vie ! Comment avez-vous le toupet de vous montrer condescendante ? Si vous aviez fait votre devoir et accordé de temps à autre une petite partie de jambes en l'air à votre mari, il n'aurait pas été voir ailleurs. Vous n'êtes là que pour le bifteck, seulement vous ne payez pas vos dettes. Moi, je les paie et je devais ceci à votre époux car c'est un homme bien et un amant merveilleux ! Il n'y est pour rien si vous lui avez coupé les couilles, mais maintenant vous allez lui ficher la paix. Compris ?

Les yeux lui sortaient de la tête, elle était cramoisie et s'étranglait littéralement, Mme Toccata se tenait à présent sur le balcon du 17b et Mme Fugue sur celui du 17d, auprès de Chastity, pour m'encourager de leurs cris.

Duncan était descendu sur le trottoir, cependant il ne portait pas secours à son épouse. Adossé à la rambarde, jambes et bras croisés, il affichait un grand sourire.

— Mêlez-vous de ce qui vous regarde, sale petite garce ! ai-je hurlé en la traînant jusqu'à la jaguar. Si vous tenez à ce qu'on vous appelle un jour Lady Forsythe, vous devrez la boucler et porter votre croix comme vous portez vos robes Balenciaga, espèce de gravure de mode !

Et je l'ai flanquée dans la voiture.

Tandis que Duncan se tordait de rire, sa

« bourgeoise » s'est recroquevillée sur le siège de la jaguar en pleurant dans son mouchoir de dentelle.

— K.O. au premier round, a-t-il conclu en s'essuyant les yeux avec son propre mouchoir. Mon Dieu, Harriet, je t'aime !

— Moi aussi, ai-je répondu en effleurant son visage. Pourquoi ? Je n'en sais rien, mais c'est ainsi. Il y a en toi beaucoup de force et de courage, Duncan, il en faut pour affronter la vie et la mort, le handicap et la maladie. Mais dans le domaine des relations personnelles, tu es un lâche. Sois donc tout ce qu'il t'est possible d'être, peu importe ce que penseront les autres. Maintenant, ramène bobonne à la maison.

— Est-ce que je te reverrai ?

Soudain, je le retrouvais tel que je l'avais vu entrer, ce fameux soir où il arrivait de Victoria Street, rayonnant d'un éclat intérieur et vibrant de vie.

— Pas pour le moment et Dieu sait quand. Le jour de l'an, Harold a assassiné Mme Delvecchio-Schwartz avant de se supprimer. Je dois me faire oublier car je compte demander la garde de Flo.

Il était sous le choc, bien sûr, horrifié, d'une infinie compassion et plein de bonne volonté, mais j'ai bien vu qu'il ne comprenait pas pourquoi je voulais prendre Flo. Peu importe. Il m'aime encore et c'est un immense réconfort.

Mardi 3 janvier 1961

Aujourd'hui, boulot. En dépit des vaillants discours tenus à Duncan, je ne peux me permettre de perdre mon emploi. Si je parviens à embaucher quelqu'un de brave pour veiller sur Flo quand je serai au travail, avec ce qui restera de mon salaire et les loyers de La Maison, nous devrions pouvoir toutes deux vivre – l'horrible mot ! – décemment sinon dans le luxe. À cinq ans, la petite est en âge d'être scolarisée mais quelle école accepterait de la prendre ? Il va falloir que je m'informe sur les établissements spécialisés, quoi qu'il en soit je n'ai jamais entendu parler d'institutions de cette sorte au sein du système public. D'ailleurs, comment Flo ferait-elle pour survivre parmi des enfants attardés ou handicapés moteurs ? Elle n'a rien d'anormal mais elle est comme ces plantes qui se referment dès qu'on effleure leurs feuilles. Si, il y a bien le centre pour handicapés moteurs de Mosman, qui jouit d'une réputation formidable mais Flo remplirait-elle les conditions pour y entrer ? Elle n'est pas handicapée, elle est muette, voilà tout.

Autant de questions qu'il me faudrait résoudre à l'avenir, quand j'aurais obtenu la garde de la petite. En attendant, je devais conserver mon emploi, mon salaire aligné sur le barème masculin et économiser le plus possible. Si l'administrateur judiciaire ne se montre pas coopératif – et qu'attendre d'un service de l'État ? – il ne nous sera peut-être plus possible de vivre au 17c, Flo et moi, et encore moins de compter sur les loyers. Pas d'acte de naissance, pas de certificat de mariage. La petite est née chez elle, sur le sol des cabinets, pas dans une maternité.

Rien ne sert de spéculer sur l'avenir. Il n'y a qu'à attendre.

À 9 heures, ce matin, sœur Agatha m'a passée au gril en envoyant quelqu'un pour me remplacer. C'était sérieux, très sérieux.

— Vous rendez-vous compte à quel point vous avez désorganisé le travail hier, miss Purcell ? a-t-elle demandé d'un ton sans réplique. Vous téléphonez à six heures moins dix – dix minutes avant l'heure où vous devez prendre votre service ! – pour dire que vous ne viendrez pas. Auriez-vous motivé votre absence ? Non, pas le moins du monde. Et vous avez raccroché au nez de Miss Barker[1].

J'ai plongé mon regard dans les yeux bleus et glacés, gardant à l'esprit et en surimpression sur le glaçon assis devant moi l'image incongrue d'une sœur Agatha en train de danser mais je n'ai pas réussi à les faire coïncider, ce ne fut pas faute d'essayer, pourtant. D'autant qu'une des lettres d'Harold lui était adressée, ce qui n'allait pas faciliter les choses. Toutefois, cela m'a donné une idée. Je savais parfaitement que si je me lançais dans des explications concernant Mme Delvecchio-Schwartz, Harold et Flo, je ne parviendrais qu'à me l'aliéner davantage – une femme convenable ne se retrouve pas mêlée à une histoire de meurtre, sans parler des conséquences.

— Je suis navrée, miss Toppingham mais, hier matin, j'étais trop perturbée pour raisonner avec

---

1. Miss « aboiements ».

logique. Il ne m'est pas facile d'en parler mais je pense que je dois vous informer.

Brode, Harriet, mens puisqu'il le faut. Flo vaut bien un million de mensonges.

— Mon père a reçu une lettre anonyme m'accusant d'entretenir une liaison avec M. Duncan Forsythe. C'est grotesque, cela va sans dire. Mais vous comprendrez sûrement que cela a littéralement gâché ma journée. Mon père a exigé que je me rende chez lui et j'ai dû obéir.

— Hum, a-t-elle fait avant de marquer une pause. Avez-vous réussi à tirer au clair cette affaire des plus délicates, miss Purcell ?

— Oui, miss, en effet, grâce au concours de Mme Duncan Forsythe.

La vieille renarde, elle n'allait pas me dire qu'elle était déjà au courant. Toutefois, il a suffi de mentionner le nom de la « bourgeoise » pour que ça marche.

— Vos excuses sont acceptées, miss Purcell. Vous pouvez disposer.

Je n'ai pas bougé.

— Miss, cette affreuse histoire a eu de regrettables conséquences. Euh, il devrait y avoir enquête. Je serai donc, certains jours, dans l'obligation de quitter mon travail à l'heure de sortie prévue par le règlement, dans les semaines à venir. Je vous promets de retarder mes rendez-vous dans la mesure du possible, mais je devrai partir à temps pour me rendre là où il me sera nécessaire d'aller.

Elle n'a pas apprécié mais elle a compris. À l'hôpital, aucun chef de service n'aime s'entendre rappeler que le personnel fait beaucoup d'heures supplémentaires qui ne lui sont jamais payées.

— Vous êtes autorisée à vous rendre à ces convocations, miss Purcell, à condition de m'en communiquer la date.

— Oui, miss, merci, miss, ai-je dit avant de m'éclipser.

Ce n'était pas si mal en fin de compte. Oh, pourquoi est-ce que le Royal Queens ne fait pas partie de ces hôpitaux, comme Vinnie's, qui n'ont jamais un week-end de calme ? Si j'étais de service le week-end, je disposerais de journées entières et ouvrées pour faire mes indispensables démarches. Entre Ryde et Queens, je n'ai pas vraiment su choisir mes lieux de travail !

Jeudi 5 janvier 1961

Joe, l'avocate à la cour, m'a indiqué le nom d'un cabinet juridique spécialisé dans les affaires familiales. Partington, Pilkington, Purblind & Hush, sur Bridge Street. Tout droit sorti d'un roman de Charles Dickens mais elle prétend que dans bon nombre de ces cabinets, on retrouve ces consonances à la Dickens, cela fait partie des traditions et bien des associés figurant sur la raison sociale sont morts depuis des lustres, si tant est qu'ils aient jamais existé. Mon choix s'est porté sur M. Purblind mais c'est M. Hush[1] que je dois rencontrer lundi, à 16 heures.

---

1. Hush signifie également « chut ! ».

Du côté de la Protection de l'enfance, je me heurte toujours à la même sottise, on refuse de me dire où se trouve Flo. Elle se porte bien, elle est heureuse et patati et patata, mais si elle est à Yasmar, ils ne l'admettront jamais. L'enquête concernant Harold et Mme Delvecchio-Schwartz a lieu mercredi prochain, je vais devoir me surpasser pour justifier une absence d'une journée entière. En tant que locataires de La Maison, nous sommes tous tenus d'être présents et de répondre aux questions si nous sommes cités à témoigner mais, à en croire Norm, les flics n'ont pas trouvé trace de Chikker et Marge, du rez-de-chaussée sur rue. Selon eux, ils auraient pris la fuite vers un autre État, autant dire que s'ils ne tapinaient pas, ils mijotaient tout de même quelque chose. L'ennui c'est que faute d'empreintes, impossible de savoir exactement qui ils sont. Des braqueurs de banque, si ça se trouve. Moi je crois que ce sont tout bonnement des traîne-misère qui n'ont aucune confiance en la justice.

La nuit dernière, à 3 h 10, il s'est produit un phénomène très étrange. Nous étions tous présents et nous dormions. J'ai été réveillée par un pesant bruit de pas qui ébranlaient le couloir du premier, absolument identiques aux pas de Mme Delvecchio-Schwartz faisant sa ronde aux petites heures. Il n'y a qu'elle pour marcher de cette façon ! Elle parvenait même à faire trembler La Maison, vieille bâtisse victorienne très robuste. Mais Mme Delvecchio-Schwartz est morte, je l'ai vue et je sais qu'en ce moment la pauvre femme repose dans un tiroir de la morgue. Cependant, elle marchait au premier ! Alors a retenti son rire tonitruant, non pas son

« hun-hun-hun » mais le « ha-ha-ha ! ». Pour la première fois de leur existence, mes cheveux se sont dressés sur ma tête.

Une minute plus tard, ils étaient tous massés sur le seuil de ma porte. Au trente-sixième dessous, Klaus pleurait et gémissait ainsi que Bobbie. Jim tâchait de faire face et Toby était livide. Moi aussi, un véritable exploit quand on a le teint très mat.

Ils sont entrés et j'ai voulu les faire tranquillement asseoir, mais ils s'agitaient sur leurs chaises, sursautaient, frissonnaient. Et j'étais dans le même état.

Pamy était la seule à ne pas mourir de frayeur, elle avait le regard brillant.

— Elle est ici, avec nous, a-t-elle annoncé. Je savais qu'elle n'abandonnerait jamais La Maison.

— Ne dis pas d'idioties ! a vertement répliqué Toby.

— Non, quel que soit le phénomène, il est bien réel, ai-je objecté. Nous dormions tous profondément quand ce truc nous a réveillés.

J'ai mis la bouilloire à chauffer, fait du thé et ajouté dans chaque tasse une bonne rasade de cognac. Mon serment de ne plus jamais y toucher n'était pas à l'épreuve de Mme Delvecchio-Schwartz.

La nouvelle que nous a alors annoncée Pamy a fait l'effet d'une bombe. Ces péripéties nocturnes l'avaient emplie d'une joie qu'elle n'avait plus connue depuis le temps idyllique d'Ezra. Elle était radieuse.

— Je ne vais plus à Stockton.

Nous avons tourné vers elle des regards ébahis.

— Après que Mme Delvecchio-Schwartz a trépassé,

a-t-elle murmuré, elle m'est apparue. Pas en rêve... pendant que je lisais. Elle m'a dit que je ne pouvais pas abandonner La Maison. Je suis donc allée trouver les sœurs, à Vinnie's, et je leur ai demandé s'il me serait possible de suivre ma formation d'infirmière chez elles sans quitter La Maison. Les sœurs sont d'une telle bonté, si compréhensives ! Elles ont estimé qu'à mon âge et compte tenu de mon expérience des hôpitaux, je ferais une meilleure infirmière en demeurant à l'extérieur. Je dois débuter à Vinnie's ce mois-ci, avec la prochaine fournée de stagiaires.

C'était la première bonne nouvelle que nous entendions depuis la nuit de la Saint-Sylvestre et nous en avions tous désespérément besoin. Pamy est étrange, très mystique. Sachant ce qu'elle pense, je me refuse néanmoins à admettre que ce soit la véritable Mme Delvecchio-Schwartz que j'ai entendue là-haut. Je crois plutôt que mon petit ange disparu s'est manifesté à nous en s'immisçant dans nos consciences avec l'intention de nous mystifier.

Où es-tu, Flo ? Est-ce que tu vas bien ? Ont-ils compris ? Non, bien sûr, tu ne vas pas bien et ils ne comprennent pas. Depuis le départ de ta mère, tu es à moi et je remuerai ciel et terre avant que l'on ne t'envoie dans un orphelinat. Si je ne parviens pas à te ramener à La Maison, tu mourras. Ton sort repose entre mes mains car ta mère l'y a remis. Et c'est là le plus mystérieux.

Samedi 7 janvier 1961

Une bonne femme des services de la Protection de l'enfance est passée aujourd'hui. Je l'ai trouvée sous la véranda en revenant de faire les courses, la cinquantaine, mal fagotée, pas de bague à la main gauche, elle arborait tous les signes distinctifs du célibat jusqu'aux poils au menton. Pourquoi ne les épilent-elles ou ne les rasent-elles donc jamais ? Une vanité fort compréhensible devrait les y pousser, pense-t-on, mais une bonne moitié de ces vieilles filles préfèrent manifestement arborer leurs poils comme signe de reconnaissance. Il est heureux que la guerre ait offert à ces femmes la liberté de travailler, sans cela que deviendraient-elles ? Remarquez, je suppose que la guerre a également réduit le contingent d'époux. Ma génération ne compte pas autant de célibataires que celle des Chris et Marie ou de leurs aînées, c'est évident. Attention, les Australiens ne sont pas faciles à agrafer et encore plus difficiles à garder. Chris et Marie l'ont bien compris, comparés aux Australiens de souche, les immigrés sont du gâteau (de mariage !).

Ce spécimen de vieille fille s'est présenté et j'ai fait de même. Miss Farfer ou Arthur ou bien Farfin, en tout cas de son ton coincé, ça sonnait comme « Arf-Arf ». Je l'ai donc appelée Miss Arf-Arf et elle a répondu à ce nom sans rien remarquer. Quand j'ai ouvert la porte et qu'elle m'a suivie à l'intérieur, je n'ai pas pu observer sa réaction face aux gribouillis, à la laideur et à la décrépitude des parties communes. Et, comme par hasard, nous avons débouché dans l'allée latérale au moment précis où Mme Fugue avait entrepris d'allumer Verity.

« Espèce de putain de connasse ! »

On ne put rien distinguer de plus, Dieu merci, mais je crains que ce ne soit amplement suffisant.

— Qu'est-ce que c'est que cette maison ? a demandé Miss Arf-Arf tandis que j'ouvrais ma porte.

— Une pension de famille, ai-je répondu en l'invitant à entrer dans mon bel appartement rose.

Elle m'a informée qu'elle était venue constater dans quelles conditions Florence Schwartz avait vécu jusque-là. « Avait vécu ! »

— Je suis passée tous les jours, à compter de mardi dernier mais il n'y a jamais personne, a-t-elle déclaré d'un ton revêche.

Seigneur ! Nous n'avions pas pris un bon départ et la situation n'a fait que s'aggraver. Un carnet est apparu et on y a scrupuleusement pris des notes tandis que je fournissais des précisions sur la nature de La Maison et sur ses locataires, qui nous étions, comment nous gagnions notre vie, depuis combien de temps nous habitions là, si nous étions proches de Mme Delvecchio-Schwartz et de Flo, que Miss Arf-Arf s'est obstinée à appeler Florence. À en juger par ses questions, elle avait manifestement parlé avec les deux autres, celles qui avaient emmené la petite. Flo avait-elle jamais été chaussée ? Pourquoi ne parlait-elle pas ? Quels horaires étaient les siens ? Comment était-elle nourrie ? Dieu soit loué, Pamy avait eu la présence d'esprit de penser à la panoplie occulte car Miss Arf-Arf a tout passé en revue de fond en comble, elle a retourné jusqu'au dernier napperon, ouvert le moindre tiroir. Qu'aurait-elle dit si elle avait pu savoir que, peu avant la mort de sa mère, Flo était encore au sein ? C'était notre secret, comme la voyance.

J'ai refusé de lui montrer le logement de Jim et Bobbie et la chambre de Klaus car ils étaient absents. Elle n'a pas apprécié mon refus mais a encore moins apprécié la réaction de Toby quand elle a voulu monter le voir.

— Allez vous faire foutre ! a-t-il grommelé avant de claquer la trappe de son grenier.

J'ai gardé la pièce sur la rue pour la fin avec l'espoir insensé que... mais bien sûr Miss Arf-Arf n'allait pas renoncer au théâtre du crime. À l'évidence très décevant. Nous l'avions minutieusement nettoyé, à tel point que même les gribouillis au pastel étaient à peine visibles. Il n'y avait plus trace des motifs sanguinolents laissés par les petits doigts.

— Peu importe, j'ai vu les photographies de la police, a-t-elle fait avec suffisance.

Je brûlais, à mon tour, de lui dire d'aller se faire foutre mais je ne m'y suis pas aventurée. Tant que le sort de Flo demeurerait en suspens, tous les propos que je pourrais tenir à qui que ce soit venant de chez eux devaient rester amicaux, d'une parfaite franchise, sensés et pondérés. Au terme de la visite, j'ai donc proposé une tasse de thé. Miss Arf-Arf a accepté.

— Si j'en juge par le manque de salubrité de l'environnement et l'état des locaux occupés par la mère de Florence, vous vous êtes arrangé un petit nid très agréable, ma chère miss Purcell, m'a-t-elle dit en mâchant un de mes Anzac biscuits.

Pas question de faire trempette !

Je lui ai dit que je comptais demander la garde de Flo.

— Oh, ça ne marchera jamais ! a-t-elle répliqué.

Je lui ai demandé ce qu'elle entendait par là et elle a expliqué que Florence était en de très bonnes mains, là où elle se trouvait (aucune indication quant au lieu – à l'entendre ce pouvait être aussi bien Melbourne que Tombouctou), aussi faudrait-il attendre que l'absence de famille ou de testament soit établie par tous les services compétents avant même d'envisager la possibilité de solliciter la garde de l'enfant.

— Ce qui peut prendre plusieurs mois, a-t-elle conclu.

J'ai plongé mon regard dans ses yeux d'un bleu délavé et j'ai compris que si je me lançais dans un éloquent plaidoyer en ménageant tous les silences dictés par l'émotion, si je tentais de lui expliquer que, à moins de revenir très vite chez elle, Flo allait mourir, mes chances d'obtenir un jour sa garde s'en trouveraient aussitôt diminuées.

— Ce n'est pas qu'ils soient inhumains, ni même qu'ils manquent d'humanité, ai-je expliqué un peu plus tard à Toby, dans son vaste grenier. Ils se conforment simplement au règlement en refusant de prendre en compte les spécificités de chaque cas.

— Évidemment, a-t-il marmonné, en grattant un paysage destiné à un hôtel, un eucalyptus bleu dans une clairière. Ce sont des fonctionnaires, Harriet, et un fonctionnaire ne fait jamais de vagues. Toutes les décisions sont prises par les fantômes gris de quelque comité. Le rapport de Miss Arf-Arf va rejoindre tous les autres rapports dans le dossier de

Flo et quand ce dossier aura cinq bons centimètres d'épaisseur, il montera plus haut où l'on prendra une décision.

— Elle sera morte, ai-je dit en battant des cils pour chasser les larmes.

Il a posé ses pinceaux et s'est approché pour venir s'asseoir sur une chaise inconfortable qu'il a tirée tout près, là, il s'est penché vers moi et a repoussé une mèche de cheveux retombée sur mon front.

— Pourquoi l'aimes-tu à ce point ? m'a-t-il demandé. Enfin, c'est une gentille petite gosse, même si elle est un peu bizarre mais, à t'entendre, on ne se douterait jamais qu'elle n'est pas ta fille. Tu me traites d'obsédé mais comparé à l'obsession que Flo représente pour toi, tout ce que je pourrais t'inspirer n'est rien.

Que répondre pour essayer de lui faire comprendre à quel point Flo est unique ?

— Ce n'est pas facile à admettre pour quelqu'un qui tient à rester éloigné des affaires de cœur mais, si tu veux savoir, il m'a suffi d'un seul regard pour l'aimer.

— Non, ce n'est pas sorcier, a-t-il répondu en haussant les épaules. C'est même très facile – je ne suis pas éloigné des affaires de cœur.

Il m'a fait un très beau sourire et, cette fois encore, a repoussé une mèche de cheveux.

— S'il le faut, Harriet, fonce avec toute cette énergie et cet enthousiasme impressionnant que tu sais mobiliser, même dans un moment comme celui-ci. Mais, je t'en prie, pense un peu à ta propre vie. Si tu obtiens la garde de Flo, tu perdras définitivement ta liberté.

C'est vrai. Mais il n'y a en moi aucun conflit, ce que Toby n'arrive pas à saisir. À mes yeux, Flo n'a pas de prix, fût-ce celui de ma liberté. Je ne marcherais pas sur des charbons ardents pour Duncan Forsythe, ni pour aucun autre d'ailleurs, mais pour Flo ? C'est mon petit ange. Mon enfant.

Lundi 9 janvier 1961

Je suis arrivée au cabinet de M. Partington, Pilkington, Purblind & Hush, sur Bridge Street, précisément une minute avant l'heure fixée. À en croire sa secrétaire (qui se donne des airs, c'est insensé !), M. Hush ne reçoit pas après 16 heures. Je me suis excusée de déranger à ce point – c'est vraiment formidable d'avoir été formée dans un hôpital ! Si l'éboueur me faisait la leçon parce que le couvercle de ma poubelle est fêlé, je me mettrais au garde-à-vous, mains derrière le dos et je m'excuserais. C'est tellement plus facile que de tenter de se justifier ou de se chercher des excuses. L'incroyable bêcheuse s'est délectée de ma réponse, elle m'a adressé une espèce de sourire tout plissé qui tenait du cul de chat et m'a priée de m'asseoir en attendant. J'ai pu constater que, comparés aux hôpitaux, les cabinets juridiques jouent dans la catégorie amateur. Si j'avais eu une demi-heure à perdre, j'aurais réussi à faire sauter Miss Hoojar dans des cerceaux. Il est intéressant de constater que ces cabinets fonctionnent également grâce aux vieilles filles.

Sans elles, que serait le monde du travail ? Et qu'arrivera-t-il lorsque ma génération, beaucoup plus mariée, prendra le relais ? On verra des secrétaires particulières et des chefs de service tenter de concilier travail, enfants malades et maris défaillants. Houuula !

M. Hush a l'air d'un boucher. Costaud et bien en chair, le nez couvert de bourgeons violets qu'il doit à la bibine. Bon, me suis-je dit au premier coup d'œil, retire jusqu'à la dernière parcelle de graisse, extirpe les tendons, il ne faut lui donner que du bon muscle bien rouge. Je me suis lancée dans mon récit sans un mot de plus que nécessaire, je l'ai dépouillé de toute couleur et de toute saveur et j'ai conclu en ces termes :

— Monsieur Hush, je veux la garde de Flo.

Il a été formidablement impressionné par la rigueur de toute cette logique — ne me dites pas que je ne sais pas m'y prendre avec les hommes !

— Tout d'abord, quelques renseignements vous concernant, miss Purcell. Vous êtes majeure ? Vous travaillez ?

— J'ai vingt-deux ans et je suis manipulatrice diplômé en radiologie.

— Pouvez-vous envisager une procédure qui sera peut-être coûteuse ?

— Oui, monsieur.

— Vous avez donc des ressources personnelles.

— Non, monsieur. J'ai suffisamment d'économies pour supporter les frais juridiques.

— Votre réponse laisse entendre que vous n'avez d'autre source de revenus que votre travail. Est-ce exact ?

— Oui, monsieur, ai-je murmuré en me dégonflant à vue d'œil.

— Êtes-vous mariée ? Fiancée ?

— Non, monsieur, ai-je murmuré.

Je voyais où il voulait en venir.

— Mmm.

Il a tapoté ses dents du bout de son crayon. Puis il m'a expliqué qu'il existait trois sortes de garde – l'adoption, la tutelle et l'accueil d'un enfant en placement familial.

— Je vais être franc, miss Purcell, quel que soit le cas de figure, vous ne rempliriez pas les conditions, a-t-il fait, brandissant son couperet avec détachement. Dans cet État, en dépit de très nombreuses recherches, il a été impossible de mettre en évidence une seule affaire dans laquelle une célibataire ayant une activité professionnelle et aucun lien de parenté avec un enfant s'en soit vu confier la garde. Votre jeunesse constitue également un handicap. Il serait peut-être plus raisonnable de renoncer dès maintenant à cette requête.

La mort dans l'âme, une fois de plus, je l'ai foudroyé du regard.

— Non, il n'en est pas question ! ai-je sèchement répliqué. Flo est à moi, c'est ce que sa mère aurait voulu. Sincèrement, peu m'importe jusqu'où je devrai aller pour la récupérer. Mais je la reprendrai ! J'y arriverai, j'y arriverai !

Il s'est redressé d'un bond, a fait le tour de son bureau et est venu s'incliner devant moi pour me baiser la main !

— Oh, quel beau petit guerrier, miss Purcell ! s'est-il écrié. Nous allons follement nous amuser !

S'il y a une chose que j'aime c'est faire trembler les institutions sur leurs fondations ! Maintenant, vous allez tout me raconter car vous êtes loin de m'avoir tout dit, n'est-ce pas ?

Je lui en ai confié autant que la prudence m'ordonnait de le faire. Je l'aimais bien, certes, mais pas suffisamment pour lui livrer des informations concernant la voyance ou l'allaitement. Je n'ai parlé que des livrets de compte, des actes notariaux relatifs, semblait-il, à l'ensemble du 17 Victoria Street, de l'absence totale de documents, que ce soit certificat de mariage, acte de naissance ou relevés d'impôts. Il s'est délecté, à tel point que sa ressemblance avec un boucher s'est encore accentuée. Je voyais ses méninges affairées à concocter une nouvelle recette de saucisses à base d'agents de la Protection de l'enfance.

Nous avons donc établi que M. Hush se chargerait personnellement de l'administrateur judiciaire et de rechercher le testament, qu'il tâcherait de retrouver d'éventuels parents et s'occuperait de toute instance susceptible de venir fourrer son nez dans nos affaires, attirée par l'arôme des truffes, à savoir une fortune assez importante et peut-être acquise illégalement.

Voilà donc ce que fut mon premier contact avec un cabinet d'avocats, sinon avec la justice. Entre le syndrome d'alcoolisme de Willie, Norm, Merv et les policiers qui ont enquêté sur le meurtre, la justice m'est probablement beaucoup plus familière qu'elle ne l'est à bon nombre de filles de mon âge qui ne tapinent pas.

Je n'aurais jamais cru que les gens sous l'autorité

desquels Flo était placée ne m'estimeraient pas digne d'obtenir sa garde. Qu'une abstraction telle que l'amour ne pèserait rien dans la balance face à mon âge, à l'obligation de travailler pour gagner ma vie et à ma situation de célibataire. Ce qui prouve à quel point je suis sotte. J'avais pourtant la clé de l'énigme devant moi en la personne de ces femmes de la Protection de l'enfance qui s'intéressaient davantage aux chaussures qu'à l'amour. Non, c'est faux. Qui plaçaient les chaussures sur le même plan !

Je ne sais qu'une chose, si je ne ramène pas Flo à La Maison, elle va mourir. Elle s'éteindra lentement sous les yeux des gens en position d'autorité qui se demanderont ce qui a bien pu arriver. Car ils n'en auront réellement aucune idée.

Mercredi 11 janvier 1961

L'enquête a eu lieu ce matin. Zéro. Nous avons tous été appelés à témoigner. Non, nous n'avions pas remarqué de tension particulière entre M. Warner et sa maîtresse, Mme ? Delvecchio-Schwartz. Pamy elle-même n'a pas pu donner de prénom. Non, personne n'avait entendu quoi que ce soit. L'absence de Chikker et Marge fut dûment notée mais la police était d'avis qu'ils n'avaient joué aucun rôle. Verdict : meurtre et suicide. Affaire classée. Nous pouvions récupérer le corps de Mme ? Delvecchio-Schwartz pour l'inhumer. Pas de crémation ! Auraient-ils l'intention de la déterrer si des preuves supplémentaires venaient à surgir ? Ou de pratiquer d'autres analyses ? Nous en avons conclu que oui.

J'ai travaillé de 6 à 9, je me suis précipitée en ville en taxi et suis aussi vite revenue au Queens, toujours en taxi, dès que ce fut terminé. Dans l'histoire que j'ai concoctée à l'intention de sœur Agatha, il était question d'enquête policière en rapport avec les lettres anonymes, elle l'a acceptée sans faire de commentaire.

Quelqu'un, grâce à la « bourgeoise » si ça se trouve, a eu vent de ma liaison avec Duncan, la surveillante des urgences m'a en effet décoché quelques petites flèches sournoises. J'ai joué les parfaites idiotes. Qu'elles essaient donc de se renseigner tant qu'elles voudront, elles n'ont aucune preuve concrète.

Ma crédibilité auprès de sœur Agatha en a encore pris un coup quand j'ai dû lui annoncer que je serais absente toute la journée de vendredi. Un décès dans la famille, lui ai-je expliqué. Je ne pense pas qu'elle m'ait crue.

Vendredi 13 janvier 1961

Quand il a fallu se bagarrer pour obtenir qu'une inhumation ait lieu un vendredi 13, j'ai compris pourquoi sœur Agatha n'avait pas voulu me croire. Horrifié à cette seule perspective, l'entrepreneur des pompes funèbres a levé les bras au ciel mais Toby et moi avions mission d'organiser les funérailles et nous avons campé sur nos positions. Quel autre jour conviendrait mieux à Mme Delvecchio-Schwartz qu'un vendredi 13 ? En fin de compte, nous avons dû accepter la présence d'un pasteur officiel. Aurait-elle souhaité qu'il en soit ainsi ? Nous en doutions mais ce fut le seul moyen de convaincre l'entrepreneur. J'ai l'impression que cet homme nous a pris pour un ramassis de satanistes – Kings Cross, tout ça, vous savez bien... Toby et moi avons échangé un regard et haussé les épaules. La vieille serait peut-être ravie d'être enterrée selon les rites de l'Église d'Angleterre. Car tu es poussière et tu retourneras en poussière, cendres aux cendres, etc. L'homme qui est né d'une femme – notre pasteur ne voudrait probablement pas entendre parler d'une femme qui soit née d'une femme. Dans quel étrange univers vivons-nous ! Regorgeant de schibboleths[1], comme dirait Pamy.

Difficile d'imaginer pire journée pour un enterrement. Sydney suffoquait littéralement sous une vague de chaleur, à 9 heures il faisait déjà plus de 35° et, tel un gigantesque ventilateur, une tempête d'ouest soufflait sur les grilles de l'enfer. Les incendies de forêt faisaient rage dans les Blue Mountains, aussi l'air était-il brunâtre, une odeur de fumée empestait l'atmosphère et il tombait une pluie de cendres. Transi de peur, le pasteur était convaincu que, ce jour-là, le diable recevait en grande pompe une de ses plus hautes émanations terrestres. Le

---

1. De l'hébreu « épi », épreuve décisive.

corbillard a quitté le funérarium sans incident, suivi de deux grosses Ford noires où avait pris place le cortège – Pamy, Toby, Jim et Bob, Klaus, Lerner Chusovich et Joe Dwyer, du Piccadilly Pub. Et moi, bien entendu. Aucun signe de Flo, bien que les services de la Protection de l'enfance aient été prévenus. Mmes Fugue et Toccata et les amis se sont joints au cortège dans une immense Rolls noire, probablement prêtée par un client ; quand nous sommes parvenus à la fosse, Norm et Merv attendaient, la voiture de police garée à dix mètres de là, entre un ange gisant à terre et une croix rouillée. Au bras de Martin, Lady Richard est descendue de la Rolls dans une toilette éblouissante, shantung noir d'une parfaite simplicité, un tambourin crânement perché sur ses cheveux mauves et le visage voilé d'un petit carré de tulle noir. Parfait ! Tous ceux que la vieille aurait aimé voir ce jour-là étaient présents. À l'exception de Flo.

Nous l'avons inhumée à Rookwood, le cimetière le plus grand et le plus mal tenu du monde, sans aucun doute : des kilomètres carrés (je n'exagère pas) fourrés au beau milieu des banlieues ouest. Une herbe haute et luxuriante, envahie par les broussailles et piquetée de buissons rabougris, quelques casuarinas, des eucalyptus aux longues bandes d'écorce qui jonchaient le sol entre les sépultures disséminées dont les pierres tombales à l'abandon penchaient en tous sens, hormis la verticale. Toby, Klaus, Merv, Norm, Joe et Martin, qui faisaient office de porteurs, ont hissé, poussé, grogné et grommelé jusqu'à ce que l'immense cercueil repose sur leurs épaules, puis ils ont titubé sous le poids de cette énorme masse – évidemment, il a fallu le plomber après un séjour aussi prolongé dans un tiroir de la morgue – jusqu'à la tombe fraîchement creusée où ils l'ont descendu sur trois traverses barrant la cavité dans un concert de « merde ! » et de « nom de Dieu ! ». Le pasteur, qui jusque-là n'avait pas vraiment eu l'occasion de voir le cercueil, en est resté bouche bée tandis que l'entrepreneur des pompes funèbres s'entretenait à mi-voix avec les fossoyeurs pour s'assurer qu'ils avaient bien suivi ses instructions et creusé une dernière demeure suffisamment vaste.

Les femmes se tenaient d'un côté, les hommes de l'autre – il s'agissait tout de même de funérailles australiennes ! Jim était avec les hommes. Nous autres femmes étions très élégantes, moi en rose shocking, Pamy dans un cheong-sam émeraude, Bobbie portait de la broderie anglaise d'organdi bleue, Lady Richard arborait sa toilette de shantung et les mesdames étaient sur leur trente et un, moulées dans du satin noir, juchées sur des escarpins vernis à talons aiguilles, elles arboraient d'épais voiles noirs très « Maison des Windsor ». Les hommes avaient tous réussi à dénicher une cravate (celle de Martin ressemblait à des vomissures de carotte parsemées de petits pois) mais ils avaient eu le bon esprit de tomber la veste. Et ils portaient bien des brassards noirs.

Ce qu'elle avait dû se régaler ! Au moment précis où le pasteur se tenait à l'extrémité de la tombe pour procéder au service, tel un souffle démoniaque, une bourrasque d'une chaleur atroce a fondu sur lui dans un hurlement et cinglé ses jupes qui se sont brutalement rabattues sur son visage, lui arrachant ses lunettes. Il a bien failli atterrir sur le cercueil, quelque chose de très sobre, sans une fleur et encore moins de couronne. Nous avions convenu que Mme Delvecchio-Schwartz n'apprécierait pas un apparat aussi traditionnel quand, semblait-il, elle n'avait pas encore trépassé dans les formes.

Le jour de l'enterrement, les cavalcades nocturnes dans les couloirs et les rires tonitruants avaient déjà perdu de leur nouveauté. Ces dernières nuits, nous émergeons vaguement du sommeil, nous laissons échapper un soupir et nous nous rendormons avec un grand sourire.

Les six hommes ont glissé les cordes sous le cercueil, ils l'ont soulevé suffisamment pour permettre à l'entrepreneur des pompes funèbres terrifié de retirer les traverses, puis ils l'ont fait descendre dans la fosse à grand renfort de « merde » et de « nom de Dieu » renouvelés. Lorsqu'il eut atteint le fond, je me suis avancée et j'y ai déposé le coffret de bois. Nous nous sommes dit qu'elle aimerait emporter avec elle la couverture au lapin bleu, le gigantesque cristal mauve, le petit bras et la main de marbre ainsi que les sept verres en cristal taillé. Personne n'a lancé une seule poignée de la sinistre terre de Rookwood, nous nous sommes simplement éloignés en laissant les fossoyeurs, qui depuis le début de la cérémonie semblaient frappés de stupeur, achever leur tâche.

— Mon putain de dos a remis ça ! a gémi Merv.

— Plus pesante dans la mort que dans la vie, a déclaré Klaus d'un ton solennel.

— Oh, flûte ! J'ai fait une échelle à mon bas ! s'est lamenté Lady Richard.

— Au moins, elle sera à l'ombre, a fait observer Toby en montrant un eucalyptus.

— Mémorable ! a conclu Joe Dwyer en essuyant ses larmes. Mémorable !

Nous sommes tous rentrés et nous nous sommes réunis dans le grenier de Toby. Je me demande qui va inhumer Harold. Allez savoir pourquoi je m'en soucie !

Samedi 14 janvier 1961

Aujourd'hui, j'ai le cafard. C'est compréhensible après la journée d'hier. Ce que je trouve vraiment curieux c'est que les circonstances aient voulu que nous parvenions à inhumer Mme Delvecchio-Schwartz un vendredi 13. Le dernier en date tombait en mai et le prochain pas avant octobre. J'y vois une sorte de présage, qui n'est pas sans rappeler l'arrivée de Marceline dans ma vie. Les événements sont-ils vraiment le fruit du hasard ? J'aimerais le savoir.

Toby a disparu, il est allé vérifier si son cabanon de Wentworth Falls était pris dans un incendie de forêt, Jim et Bobbie sont parties en balade sur la Harley Davidson et Klaus est à Bowral en compagnie de Lerner Chusovich, qui a un peu le sentiment d'être mis à l'écart car on lui a refusé de porter le cercueil. Il est si maigre, si frêle ! Très timide et effacé.

Pamy était chez elle et nous avons dîné ensemble. Elle débute lundi à Vinnie's, avec les autres stagiaires. Dieu merci, Stockton ne fait plus partie de l'équation. Remercions plutôt le fantôme de Mme Delvecchio-Schwartz. Pamy est sincèrement convaincue que le vieux monstre se matérialise pour lui parler mais j'ai du mal à l'admettre. Certes, j'entends les cavalcades et les rires mais je persiste à croire que Flo en est responsable.

— As-tu sorti la Boule et les cartes ? m'a demandé Pamy.

— Grand Dieu, non ! Ils sont dans le placard du Tilsiter.

— Elle n'aimerait pas ça, Harriet. Il faut manier les cartes et la Boule, sinon elles vont perdre leur pouvoir.

Elle n'a rien voulu entendre, et j'ai dû les extraire de leur placard et poser le tout sur la table dans les housses de soie crasseuses mais j'ai refusé de scruter la Boule ou d'étaler les cartes.

— Je les manierai de temps en temps, rien de plus, ai-je fermement décrété. Elle m'a dit que c'était une escroquerie, d'ailleurs tous ces livres, dans sa chambre, en sont bien la preuve.

— À une certaine époque, oui, a répliqué Pamy sans se laisser impressionner. Mais cela remonte à des années, avant qu'elle ne comprenne qu'elle possédait le don. Si les livres sont encore là c'est qu'elle ne jetait jamais rien.

— Les albums étaient à jour… C'est Flo qui détient le don.

— Peut-être les tenait-elle à jour pour les transmettre à Flo, a objecté Pamy. Tout le monde doit faire ses premiers pas avant de savoir marcher, même Flo. S'ils sont là c'est à son intention, pour qu'elle les étudie dans quelque temps.

— Tu dis vraiment des idioties ! Tout comme moi, Mme Delvecchio-Schwartz savait que Flo ne lirait jamais, pas plus qu'elle ne parlerait. Quant à cette affaire de voyance, je compte sur toi pour m'expliquer comment Flo et sa mère travaillaient.

Mais Pamy m'a assurée qu'elle l'ignorait, qu'elle n'avait jamais assisté à une seule séance. Elle a aussitôt ajouté (en voyant la tête que je faisais) qu'aucune cliente n'accepterait d'en parler. Nous avons fait débrancher le téléphone et, après avoir trouvé sur le sol de l'entrée plusieurs messages désespérés des consultantes, nous avons punaisé sur la porte un petit mot indiquant que Mme Delvecchio-Schwartz était décédée. Quelle horreur ! Quand je pense qu'une de ces superbes ladies de Point Piper, Vaucluse, Killara ou Pymble aurait pu croiser quelqu'un de la Protection de l'enfance ou l'administrateur judiciaire sur le seuil de La Maison !

Pamy semble bien sereine. Elle a repris le poids qu'elle avait perdu et se consacre au dur apprentissage du métier d'infirmière. D'un côté, j'aimerais qu'elle évoque de temps à autre l'enfant d'Ezra qu'elle a perdu, ne serait-ce que pour se libérer mais je suis ravie qu'elle ait apparemment décidé de reléguer le passé dans les limbes de l'oubli.

Mardi 2 février 1961

Des forces occultes sont à l'œuvre ! Voyez le dernier mot que j'ai noté, il y a près de trois semaines. Limbes. Voilà où nous vivons en ce moment, dans les limbes[1]. Il y a plus d'un mois que Mme Delvecchio-Schwartz est décédée et nous ne savons rien de plus, dans aucun domaine. Flo pourrait tout aussi bien avoir disparu pour de bon. Pourtant, il n'y a pas de jour ouvrable où je n'aie appelé la Protection de l'enfance pour demander de ses nouvelles et les employés du standard doivent connaître ma voix aussi bien que la leur, sinon mieux, mais je ne fais aucun progrès, je ne suis pas près de savoir où elle se trouve. « Oui, miss Purcell, Florence Schwartz se porte bien et elle est heureuse. Non, miss Purcell, nous n'avons pas pour habitude d'autoriser les connaissances à rendre visite aux enfants avant que leur futur bien-être soit assuré... » Je suis en grand danger de perdre patience mais il ne faut pas que je perde patience. Et si mes appels étaient enregistrés ? Si une réflexion aigre et déplaisante était un jour retenue contre moi ? On me reproche déjà ma jeunesse, mon absence de fortune et ma situation de célibataire. Oh, si seulement l'amour pouvait être pris en compte dans les sphères officielles ! Mais il n'en est rien car on ne peut ni le voir, ni le toucher, ni le peser. Oh, mais je comprends ! Il est beaucoup plus facile d'en parler que de s'y livrer corps et âme.

---

1. Double sens, signifie également « taule ».

M. Hush m'a fait savoir qu'à ce jour aucun testament n'est apparu, que la naissance de Florence Schwartz n'a pas été enregistrée par les services de l'état civil, qu'il n'y a aucune trace d'une personne nommée Delvecchio épousant un certain Schwartz. À vrai dire, M. Schwartz, ce gentleman juif, timide et effacé, semble n'avoir aucune existence. Tous les Schwartz inscrits sur les listes électorales ont été contactés ou sont en passe de l'être. L'État du New South Wales a été passé au peigne fin mais aucun Schwartz ne correspond à Flo ou à son père. Et il n'existe pas de certificat de décès à ce nom qui puisse coller avec le père de Flo ! Après s'être entretenu avec Pamy, M. Hush a conclu que notre M. Schwartz portait en fait un autre nom sous lequel il est né, s'est marié et est décédé.

L'ennui c'est que Pamy a passé dix mois à Singapour – les dix mois déterminants dans l'énigme de M. Schwartz. Elle se souvient d'un homme timide et effacé qui s'est installé dans ce qui devint par la suite la chambre d'Harold mais sa présence ne l'avait pas frappée et Mme Delvecchio, comme elle se faisait appeler à l'époque, n'y avait même pas fait allusion. En rentrant chez elle, Pamy avait trouvé Mme Delvecchio-Schwartz et un nouveau-né, Flo. Le mystère s'épaissit, M. Hush est enchanté.

Nous avons maintenant un chien de garde dans notre taule, l'administrateur judiciaire, mais c'est un chien de garde très anonyme et très indifférent. Nous sommes tenus de régler nos loyers toutes les quatre semaines par chèque ou mandat postal en notant nos numéros de référence. Le chien de garde n'attend qu'une chose, que l'invraisemblable pagaille qui règne dans les affaires de Mme Delvecchio-Schwartz soit démêlée avant de pouvoir passer aux mesures concrètes, nous l'avons compris. Après tout, il existe peut-être un testament dans les dossiers poussiéreux d'un vieux gaga de notaire. Dans notre taule, il ne nous reste qu'à attendre la chute du couperet, quel que soit le couperet.

C'est drôle comme nous sommes devenus proches, Toby et moi, ces dernières semaines. Tout va très bien pour lui. Dieu merci, il y en a au moins un ! Il a décroché ce contrat avec l'hôtel, a effectivement trouvé un galeriste qui ne plume pas les artistes – très rare, m'a-t-il assuré – et il y a quelqu'un, à Canberra, qui ne cesse d'évoquer une commande de plusieurs toiles destinées aux ambassades australiennes à l'étranger. Si, dans son usine, les robots s'apprêtent à prendre le pouvoir ce n'est donc pas trop grave. La grande nouvelle c'est qu'avec son loyer de trois livres par semaine, il estime qu'il pourra garder son grenier et le cabanon de Wentworth Falls. Je ne cesse de le harceler pour qu'il me montre sa retraite montagnarde mais il se contente de rire et refuse de m'y emmener avant d'avoir installé la fosse sceptique et raccordé les toilettes. Il est plein d'attentions, ce gars ! S'il y a une chose dont j'ai horreur, ce sont les feuillées. Les fondements de la civilisation font l'objet de grands débats mais moi, j'ai une définition toute prête – des toilettes avec chasse et l'eau chaude au robinet de la cuisine et de la salle de bains.

Tu ne t'arranges pas, Harriet Purcell, les eaux usées, c'est tout ce que tu as trouvé comme sujet d'inspiration !

Je n'espère qu'une chose, ne pas devenir trop dépendante de Toby. Il m'a toujours plu et je redoute un peu qu'il se fasse des idées fausses. Il n'a pas vraiment tort quand il prétend qu'il ne s'entend pas avec les femmes. Il est si… australien. Je sais bien qu'il existe des hommes comme mon père, Duncan et bien d'autres encore, mais je constate, chez bon nombre d'Australiens, une certaine tendance à mépriser les femmes. Prenez mes grands frères. C'est tout à fait ça. Ils sont aussi loin de l'homosexualité qu'il est possible de l'être, mais s'ils veulent discuter sérieusement ou s'amuser comme des fous, ce sont vers les hommes qu'ils vont se tourner. À entendre Gavin et Peter, les femmes ne savent parler que vêtements, gosses, règles et maison. Je l'ai entendu un bon millier de fois dans leur bouche. Si Toby ne mène pas la même vie que mes frangins, j'ai la curieuse impression qu'il n'est pas prêt à se livrer pieds et poings liés à une femme, pas même à celles de La Maison qui ont franchement un grain. Je ne le vois vraiment pas réduit à l'état de gelée tremblotante pour les beaux yeux de quelqu'un. Il garderait toujours une part secrète.

Les cavalcades et les rires nocturnes continuent.

Lundi 20 février 1961

Ce soir, j'ai dîné avec Toby, jambon froid, salade de pommes de terre et coleslaw venant de mon épicerie préférée, rien d'autre. Trop lourd et moite pour manger chaud. Nous ne parlons pas beaucoup, nous n'éprouvons pas le besoin de combler ces silences, par moments inévitables, où l'esprit s'évade. Sinon, nous avons surtout évoqué Pamy, qui s'épanouit comme une fleur à Vinnie's. Il y a un sujet que nous n'abordons jamais, c'est mon petit ange. Toby m'a dit de foncer, mais je sais qu'il n'approuve pas du fond du cœur un amour et une passion aussi absolus. Je garde donc tout cela pour mes rondes nocturnes lorsque la première, celle de Mme Delvecchio-Schwartz, a bel et bien pris fin. 3 h 10 précises. Plus Flo s'éloigne de moi, plus j'ai de mal à me rendormir, peut-être y a-t-il une raison à cela ? Je dois, de toute façon, me lever à 4 h 30. Je reste donc dans mon lit et je pense à elle, j'essaie de lui envoyer des messages d'amour et de réconfort, je tente par un effort de volonté de forger une sorte d'image de moi susceptible de lui apparaître. Idioties, pur délire, mais je suis rassérénée et si l'une de mes pensées venait à lui parvenir, Flo en serait plus sereine, de son côté. Elle me manque tant !

Ce matin, j'ai renoncé à rester au lit et je me suis tranquillement levée pour mettre le café en route. Marceline, qui dort toujours au pied de mon lit, ne sera jamais immunisée contre la perspective d'un repas, elle s'est donc levée, elle aussi. J'ai constaté que déambuler en tenant dans ses bras quelque chose de doux et qui ronronne est un bon rempart contre la solitude. Mais, au bout d'un petit moment, Marceline a voulu descendre et là, il m'a semblé que l'aiguille des minutes s'était figée, sur la grosse pendule murale, elle ne bougeait plus. J'ai levé les yeux, 3 h 30. Je les ai levés une heure plus tard, 3 h 30.

Serait-ce que j'avancerais à la vitesse de la lumière ? Dans mon désespoir, je me suis assise à la table et j'ai sorti le paquet de cartes, puis j'ai déniché mon livre sur le tarot. Non, je ne les étalerai pas. Je me contenterai de mémoriser la signification de chacune d'entre elles, dans le bon sens et à l'envers. Si je retiens leur signification, peut-être serai-je capable de dégager un schéma d'ensemble quand je les tirerai, si je les tire un jour. C'est un exercice mental qui aura au moins le mérite de m'occuper l'esprit. Il y a une éternité que je n'ai pas lu un livre, rien ne retient mon attention. Et l'exercice a été efficace, de sorte que lorsque j'ai regardé une nouvelle fois la pendule, elle indiquait 4 heures.

J'ai remis les cartes dans leur enveloppe et j'ai ôté la soie qui recouvrait la Boule, je l'ai approchée de moi. Brusquement, probablement grâce au visage de Flo, je me suis remémoré une succession de détails insignifiants concernant la Boule. L'an passé, en début d'année, Mme Delvecchio-Schwartz l'avait poussée vers moi et m'avait invitée à la toucher. Flo avait étouffé un cri. Il fallait voir son visage, effaré et ébloui !

À cette époque, cela n'avait pas grand sens pour moi mais je comprends aujourd'hui que j'étais probablement la première à me voir autorisée à toucher la Boule. Par la suite, dans les débuts de ma relation avec Duncan, elle m'avait dit quelque chose du genre : tout repose sur la Boule. Je ne me rappelle pas exactement, ce doit être noté dans un de mes cahiers. Mais je me souviens parfaitement de ce qu'elle a dit, le dernier soir où nous avons pénétré dans la pièce sur rue et où nous l'avons trouvée en communion avec elle.

« Le destin de La Maison repose sur la Boule. »

Elle m'avait pris les mains pour les poser sur cette Boule, puis elle les avait jointes. Flo observait la scène, manifestement émerveillée.

À sa façon, sibylline et détournée, d'appréhender la réalité, peut-être cherchait-elle à me faire comprendre que j'avais l'autorisation officielle de me servir de la Boule, qu'elle me désignait comme héritière et détentrice de ses mystères.

Je me suis levée, j'ai éteint les lumières et je suis retournée m'asseoir à ma table, le visage à la même distance de cette sphère légèrement nuagée, il y avait juste assez de lumière pour qu'on y voie. Et j'ai gardé les yeux fixés sur la Boule, mon regard, rivé à l'intérieur de la sphère, n'a pas vacillé.

« Le destin de La Maison repose sur la Boule. »

Eh bien, si c'était le cas, je n'avais pas les capacités nécessaires pour comprendre de quelle façon, au bout d'une demi-heure à scruter, scruter, scruter encore, je n'avais toujours rien vu qui ne soit déjà dans la pièce. Pas de visions, ni de visages, absolument rien.

Je l'ai recouverte et j'ai commencé à me préparer pour aller travailler.

Ce soir, comme je l'ai dit, j'ai dîné avec Toby. Nous avions terminé et je rangeais les restes dans le frigo tandis qu'il lavait nos quelques assiettes quand la sonnette de la porte d'entrée a résonné. Toby s'est essuyé les mains et est allé répondre. Depuis la mort de Mme Delvecchio-Schwartz, seuls Toby, Jim, ou Klaus vont ouvrir. Sans elle pour veiller sur son sort, La Maison est soudain devenue vulnérable.

J'ai trouvé que son absence se prolongeait, à tel point que j'ai commencé à m'inquiéter. Puis j'ai entendu des pas approcher, les siens et ceux d'une autre personne, ainsi que deux voix graves, masculines, qui murmuraient.

— Le Dr Forsythe voudrait te voir, Harriet, a annoncé Toby qui est entré le premier en faisant grise mine.

Oh, si seulement il pouvait ne pas détester Duncan !

Duncan, lui, affichait cet air distant que les médecins arborent comme un vêtement de plus. J'ai eu droit à un signe de tête, à un vague sourire mais je n'ai pas vu dans ses yeux la moindre flambée d'émotion. Je l'ai invité à s'asseoir en foudroyant du regard un Toby qui a feint de ne rien remarquer et est resté planté près de la porte.

— Non, merci, je ne peux pas rester. Tu sais probablement, a-t-il poursuivi avec le plus froid détachement, que certains ragots circulent à notre propos, au Queens.

Ma bouche s'est entrouverte mais, d'un geste, il lui a imposé silence.

— C'est ainsi qu'un des chefs de clinique du pavillon de psy est venu me trouver aujourd'hui pour me poser des questions sur mon Harriet Purcell. Il avait vu ce nom sur un rapport de police et sur un second rapport émanant de la Protection de l'enfance, aussi voulait-il savoir si cette Harriet Purcell, cible des ragots, ne serait pas la même. Je lui ai demandé pourquoi il avait préféré venir me trouver au lieu de s'adresser directement à toi et il m'a répondu que cela ne lui paraissait pas très judicieux avant d'avoir obtenu confirmation auprès d'un – petit sourire en biais – homme sensé.

— Flo, ai-je dit quand il s'est interrompu. C'est Flo !

— Elle est au pavillon de psy, Harriet, elle se trouvait dans un centre de la Protection de l'enfance et elle a été admise il y a deux jours.

Mes genoux m'ont trahie, j'ai dû m'asseoir en toute hâte et j'ai intensément fixé Duncan.

— Qu'est-ce qu'elle a ?

— Il ne me l'a pas dit et je n'ai rien demandé. Il s'appelle Prendergast, John Prendergast, il m'a prié de te faire savoir qu'il serait en psy demain, toute la journée. Il lui tarde de s'entretenir avec toi.

Les larmes se sont mises à couler à flots, les premières que je versais depuis qu'on avait emmené mon petit ange. Si Duncan n'avait pas été gêné par la présence de Toby et Toby par celle de Duncan, peut-être auraient-ils tenté de me réconforter. Mais lorsque j'ai caché mon visage dans mes mains et que mes pleurs ont redoublé, ils m'ont laissée à mon chagrin.

La porte allait se refermer quand j'ai entendu Toby dire à Duncan :

— Si seulement elle pouvait nous aimer, l'un ou l'autre, ne serait-ce que dix fois moins que cette enfant ! C'est tout de même con.

Petit ange, petit ange, tu es sur le chemin du retour ! Maintenant que je t'ai trouvée, rien ne pourra plus nous séparer. La Protection de l'enfance t'a placée sur mon territoire, beaucoup plus près de chez toi que ne l'est Yasmar.

Mardi 21 février 1961

On ne trouve de service de psychiatrie que depuis peu, dans les hôpitaux et dans les grands centres universitaires uniquement, ils n'ont pas pour pensionnaires ces tristes épileptiques chroniques, ces cas de syphilis tertiaires, de démence sénile ou toute autre forme d'aliénation que l'on rencontre dans des établissements comme Callan Park et Gladesville. Les symptômes présentés par les patients ne résultent pas vraiment de lésions cérébrales organiques – il y a surtout des schizophrènes et des maniaco-dépressifs mais je ne suis pas très calée en psychiatrie. Quand je faisais passer les examens de routine, en pneumo, je voyais de temps à autre une fille atteinte d'anorexie mentale mais ça n'allait pas plus loin.

Ainsi, le pavillon de psy est flambant neuf, c'est le seul bâtiment qui ne soit pas entièrement de verre et d'aluminium. Il est en brique rouge bien solide, percé de quelques rares fenêtres, fenêtres qui sont équipées de barreaux. Sur l'arrière, il y a une gigantesque double porte pour les nécessités du service, sinon le bâtiment ne dispose que d'une porte, en acier également, pourvue d'un panneau vitré de deux centimètres d'épaisseur, renforcé d'un maillage d'acier. Quand je suis arrivée, peu après 16 heures, j'ai vu qu'il y avait deux serrures distinctes au mécanisme externe. Je n'ai donc eu aucune difficulté pour pénétrer à l'intérieur, il suffisait de tourner simultanément les deux poignées mais, à l'instant où la porte s'est refermée derrière moi, j'ai compris qu'il faudrait deux sortes de clés pour en sortir. À mon avis, ça ressemble un peu à une prison.

C'est climatisé et très joliment décoré. Comment diable ont-ils réussi à coiffer au poteau la surveillante générale pour qu'on les autorise à déployer cette débauche d'étoffes et de couleurs éclatantes ? C'est facile à comprendre. Face à la démence, l'univers tout entier, surveillante générale y comprise, préfère battre en retraite. Face à ceux qui souffrent de troubles mentaux, nos défenses nous sont inutiles car on ne peut raisonner avec eux. Il y a de quoi être terrifié, quand on y pense. Les quatre niveaux obéissent à une répartition bien précise. Bureaux et labos au rez-de-chaussée, patients masculins au premier, patientes au deuxième et les enfants tout en haut, au troisième. La réceptionniste a sonné le Dr John Prendergast et m'a dit de prendre l'ascenseur pour monter jusqu'au troisième, le psychiatre m'attendrait devant la porte.

Des boucles brunes, des yeux gris et la stature d'un joueur de rugby, c'était un gros nounours, cet homme. Il m'a invitée à entrer, m'a fait asseoir et s'est installé à son bureau, ce qui désavantage toujours le visiteur. Nous en étions encore aux formules de politesse que j'avais déjà compris, c'était un fin renard. D'une trompeuse bonhomie, il jouait les abrutis. Je me suis dit : « Tu ne me la fais pas, tu sais. » Non contente d'être saine d'esprit, je suis finaude. Ce n'est pas moi qui vais te procurer des munitions qui pourraient bien m'exploser au visage.

— Pour en revenir à Florence – Flo, c'est ainsi que vous l'appelez, n'est-ce pas ? m'a-t-il demandé.

— C'est ainsi que l'appelait sa mère. Flo est son véritable nom, pour autant que je sache. Florence n'est que le fruit des conjectures des services de la Protection de l'enfance.

— Vous n'aimez pas la Protection de l'enfance.

— Monsieur, je n'ai aucune raison de l'aimer.

— Les rapports indiquent que l'enfant a souffert de négligence. Était-elle maltraitée, également ?

— Flo n'était ni négligée, ni maltraitée ! ai-je aigrement répliqué. Sa mère l'appelait son petit ange et elle a reçu énormément d'amour. Les méthodes d'éducation de Mme Delvecchio-Schwartz n'étaient peut-être pas très orthodoxes mais elle était très aimante. Flo n'est pas une enfant comme les autres, non plus.

Après cet éclat, je me suis efforcée de rester calme, maîtresse de moi et sur mes gardes. J'ai expliqué à Prendergast quelle avait été l'existence de Flo, le manque d'intérêt de sa mère pour le confort matériel, la tumeur cérébrale dont souffrait celle-ci et son apparence physique assez étrange, j'ai évoqué sa venue au monde sur le sol des toilettes à la faveur de maux de ventre et l'hormone prescrite par un médecin qui avait eu pour conséquence la naissance de la petite.

— Pourquoi Flo a-t-elle été admise au Queens ? ai-je demandé.

— On suspecte une aliénation mentale.

— Ne me dites pas que vous croyez une chose pareille ! ai-je fait dans un souffle.

— Je ne formule aucune hypothèse, miss Purcell. Il nous faudra probablement des semaines pour nous faire une vague idée des problèmes de Flo... À quel point la scène dont elle a été témoin a-t-elle pu affecter son état ? Dans quelle mesure en était-il déjà ainsi ? Parle-t-elle ?

— Sa mère avait beau soutenir qu'elle parlait, ce ne fut jamais le cas, monsieur. J'ai pu constater que les centres du langage sont gravement lésés, voire tout bonnement inexistants.

— Quel genre d'enfant est-ce ? a-t-il demandé avec curiosité.

— Hypersensible aux émotions des autres, extrêmement intelligente, très douce et tendre. Elle redoutait le meurtrier de sa mère au point de filer se réfugier sous le divan avant même qu'il ne paraisse, j'étais cependant la seule à le considérer comme dangereux.

Et ainsi de suite, encore et encore, un peu comme un assaut d'escrime. Il savait que je ne lui disais pas tout, je savais qu'il cherchait à me piéger. L'impasse.

— Les dossiers de la police et de la Protection de l'enfance indiquent que Flo était présente quand sa mère a été assassinée. Après la mort des deux intéressés, elle est restée dans la pièce sans chercher à demander de l'aide. Et elle a utilisé le sang pour dessiner sur les murs avec ses doigts, a-t-il déclaré sans me quitter des yeux...

Sourcils froncés, il a changé de position sur son siège.

— Vous ne semblez pas le moins du monde surprise que Flo ait barbouillé la pièce... Pourquoi ?
Je l'ai fixé d'un air absent.
— Parce que Flo gribouillait.
— Gribouillait ?
Tiens, tiens ! Estimant que le domicile et l'enfant étaient scandaleusement négligés, les services de la Protection de l'enfance n'avaient probablement pas mentionné le gribouillage ! Ils n'en avaient pas saisi la signification.
— Flo, ai-je repris, gribouillait sur tous les murs de sa mère. Elle en avait le droit, c'était son occupation favorite et pratiquement sa seule occupation. Je n'ai donc pas été surprise de la voir associée au sang.
Trahissant son agacement, il a soufflé puis s'est levé.
— Voulez-vous voir Flo ?
— Si je le veux !
Quand nous avons emprunté le corridor, il a déploré que la porte communiquant avec le monde extérieur soit verrouillée, ainsi que la présence de barreaux aux fenêtres. La chimiothérapie avait à ce point transformé le comportement des patients que les mesures de sécurité étaient désormais inutiles.
— Mais, a-t-il ajouté en soupirant, les rouages des hôpitaux généralistes tournent si lentement ! Le R. P. A.[1] a aboli les verrous, pour Queens ce n'est donc qu'une question de temps.
Flo était dans une petite chambre individuelle, une

---

1. Royal Prince Alfred Hospital.

infirmière, dont l'insigne indiquait qu'elle avait une qualification en psychiatrie en plus de sa formation générale, veillait sur elle. Mon petit ange était tranquillement assise dans son lit, si petite et si maigre dans sa blouse d'hôpital étriquée que j'ai eu envie de pleurer. Mes yeux horrifiés ont remarqué le lourd corset de toile, bouclé dans le dos et sur les épaules par des sangles de cuir. Depuis le corset jusque sous le lit, elle était maintenue par de solides cordes qui lui permettaient de s'asseoir ou de se coucher sans difficulté mais lui interdisaient de se lever.

Je suis restée sous le choc.

— Un harnais de force pour Flo ?

Ignorant ma réflexion, Prendergast s'est dirigé vers le lit dont il a baissé les barreaux latéraux.

— Bonjour, Flo, a-t-il fait en souriant. J'ai là une visiteuse à qui tu tiens beaucoup.

Les immenses yeux tristes se sont posés sur moi, incrédules et émerveillés, puis la bouche en bouton de rose a esquissé un très, très grand sourire et Flo m'a tendu ses bras. Je me suis laissée choir sur le matelas, je l'ai serrée sur mon cœur et j'ai couvert de baisers tout son petit visage. Petit ange, mon petit ange ! Elle m'a alors embrassée, caressée, elle s'est nichée contre moi en me dévorant du regard. Mets ça dans ta poche et ton mouchoir par-dessus, bon Dieu de docteur John foutu Prendergast ! À nous voir toutes les deux, qui oserait contester que Flo ne soit ravie de me voir ?

Durant un long moment, je n'ai éprouvé que la joie de la tenir contre moi. Puis, en la regardant de plus près, j'ai vu les ecchymoses. Les bras et les jambes de l'enfant étaient marbrés de grandes plaques d'un bleu noirâtre.

Je me suis mise à hurler :

— On l'a battue ! Qui ? Qui a osé ? Je vais clouer la Protection de l'enfance au pilori, de la base au sommet !

— Calmez-vous, Harriet, calmez-vous, a dit Prendergast. Elle s'est fait ça toute seule, aussi bien ici qu'à l'asile d'enfants. C'est la raison pour laquelle elle est attachée. Que vous le croyiez ou non, ce tout petit bout de chou a mis en pièces le harnais de force en calicot – et pas qu'une fois, une bonne demi-douzaine. Nous avons dû recourir au cuir et aux cordes, c'était la seule solution.

— Pourquoi ? lui ai-je demandé, toujours dubitative.

— Nous pensons qu'elle cherchait à s'enfuir. Dès qu'on la libère, Flo prend son envol, elle s'élance littéralement vers le premier objet. J'ai moi-même été témoin de la scène, je l'ai vue percuter le mur à maintes reprises. Elle a beau se faire mal, elle est indifférente à la douleur. À l'asile d'enfants, elle a traversé un panneau de verre haut d'un étage. C'est ce qui les a amenés à nous l'envoyer. Comment a-t-elle réussi à ne pas se tuer et à ne rien se casser, nous ne le saurons jamais, mais elle en a gardé de profondes lacérations.

Sa belle main bien modelée a légèrement soulevé la courte chemise pour me montrer les séries de points de suture, bien nets, sur la face interne des deux cuisses.

— Il a fallu choisir entre le harnais de force et de puissants sédatifs or, ici, nous n'aimons pas beaucoup les sédatifs. C'est plus facile pour le personnel mais les symptômes sont masqués et le diagnostic retardé d'autant…

— Et son pubis ? ai-je murmuré.

— Suturé également, je le crains. Nous avons appelé les plasticiens en consultation mais ils estiment qu'elle s'en sortira très bien. Je ne sais pas qui l'a suturée, aux urgences du R. P. A., mais on a fait du très bon boulot.

— Ah oui, les urgences du R. P. A. ? Flo était donc à Yasmar.

— Ce n'est pas ce que j'ai dit et vous ne me le ferez pas dire.

— Pourquoi n'a-t-elle pas été admise en psychiatrie au R. P. A. ?

— Plus un seul lit, s'est-il contenté de répondre. Sans compter que, pour les jeunes enfants, notre unité est la meilleure.

— Peu importe, ai-je déclaré triomphalement, cela ne prouve qu'une chose. Flo a choisi ce moyen pour obtenir ce qu'elle voulait et c'est moi qu'elle veut. Elle était prête à affronter la mort pour me retrouver. C'est très révélateur.

Prendergast m'a considérée d'un air songeur.

— Oui, c'est vous, sans aucun doute. Mmm, pourriez-vous la convaincre de se calmer un peu ?

J'ai répondu avec une moue méprisante :

— Pas question, petit futé !

— Mon Dieu, pourquoi ? a-t-il insisté.

— Parce que je n'en ai nullement l'intention. Je ne vois pas pour quelle raison je vous aiderais à la calmer et à la rendre suffisamment malléable pour qu'on la renvoie à Yasmar. Flo est à moi. Si sa mère pouvait s'exprimer, c'est ce qu'elle dirait, je le sais. C'est pourquoi je demande qu'elle me soit confiée.

— Vous êtes jeune et célibataire, miss Purcell. Jamais on ne vous accordera la garde.

— C'est ce qu'on ne cesse de me répéter mais je m'en soucie comme d'une guigne. Je l'obtiendrai.

J'ai souri à Flo.

— Pas vrai, petit ange ?

Flo a fermé les yeux, elle a fourré son pouce dans sa bouche, ce qui ne l'a pas empêchée de fredonner son air habituel.

J'ai pu rester une demi-heure auprès d'elle mais Prendergast ne m'a pas lâchée une seule seconde, il a usé de tous les moyens en sa possession pour découvrir ce que je cachais. Ce fieffé renard sait bien qu'il s'en cache énormément derrière ce que je veux bien lui dire.

Vas-y, gros malin, trouve donc si tu peux ! Tu ne me feras pas craquer. Je suis un gros eucalyptus sans âge, c'est la mère de Flo qui l'a dit.

Quand la secrétaire est sortie de son cagibi pour déverrouiller la porte, elle m'a tendu une enveloppe scellée.

— Le Dr Forsythe m'a chargée de vous remettre ceci, a-t-elle dit sur un ton totalement dépourvu de curiosité. Comme une patiente sous chlorpromazine. C'est peut-être le cas, après tout.

Le message me demandait de retrouver Duncan à 18 heures au café situé sous la station de chemin de fer de Circular Quay. Une heure plus tard. J'ai préféré marcher, toiser mes kilomètres en rêvant, perdue dans les brumes de la félicité. Non, je n'ai pas encore récupéré Flo mais je sais où elle se trouve, au moins. Dorénavant, la Protection de l'enfance va devoir me considérer comme une force avec laquelle il faudra compter, hun-hun-hun. C'est moi que veut la petite Florence Schwartz ! Même si elle est renvoyée à l'asile, on ne pourra pas me couper totalement d'elle. Le Dr Prendergast est peut-être un sacré fouineur mais son rapport sera sans équivoque, Florence Schwartz est émotionnellement dépendante d'une célibataire de vingt-deux ans, dans l'obligation de travailler pour gagner sa vie. Les fantômes gris vont devoir s'en accommoder ! Super-sensass !

En atteignant la zone sombre et crasseuse, sous la station de Circular Quay, j'ai réalisé que tout était arrivé le jour précis où j'avais observé la Boule, ainsi que le suivant. Serait-ce donc cela, lire dans une boule de cristal ? Se pourrait-il que celui qui observe ne voit pas réellement mais que le seul fait de concentrer toute cette énergie mentale sur un objet dont les molécules obéissent à un agencement très subtil ait le pouvoir de modifier le cours des événements ? Quelle profonde réflexion !

Quand j'ai pénétré dans le café désert, ce n'était pas vraiment Duncan que j'avais en tête. Pour tout dire, je me suis demandé un instant ce que je faisais là. Il s'est alors avancé, après avoir contourné la grosse machine à café Gaggia, il m'a offert un sourire ravi, de pur bonheur, et a reculé la chaise à mon intention. À peine étais-je assise qu'il a pris ma main pour l'embrasser et j'ai lu tant d'amour dans les yeux qui me contemplaient que je me suis sentie fondre. Il peut recommencer quand il voudra. Oh, pourquoi faut-il qu'il soit à ce point victime des conventions ?

— Dommage qu'un homme ne puisse se diviser en deux, lui ai-je dit, encore en ébullition tant Flo et la Boule occupaient mes pensées. La moitié que désire ta « bourgeoise », je ne la voudrais pour rien au monde et la moitié que j'aimerais, ta « bourgeoise » n'en a que faire. Toutefois j'ai fini par comprendre que c'est notre grand problème à nous autres femmes, nous ne voulons jamais qu'une moitié d'homme.

Il ne s'est nullement offusqué. Son sourire était même radieux.

— C'est merveilleux, mon amour, de te voir de nouveau en forme, a-t-il fait tendrement. Si tu voulais ne serait-ce qu'un huitième de ma personne, je t'en prie, commence la dissection sur-le-champ.

J'ai étreint sa paume.

— Tu sais que c'est impossible. Si je veux obtenir la garde de Flo, je dois me faire oublier.

Nous avons alors remarqué la présence de la serveuse, qui attendait patiemment pour prendre notre commande. Elle écoutait, fascinée.

— Je vous prie de m'excuser, ma chère, lui a dit Duncan avant de commander deux cappuccinos.

La fille s'est éloignée en traînant les pieds comme si le pape venait de lui accorder une audience privée. Les manières de Duncan produisent sur les femmes un effet incroyable. Cela montre à quel point nous sommes peu habituées à ce qu'on nous traite comme des fleurs de serre.

Je lui ai tout raconté, Flo, le Dr John Prendergast et il a écouté comme si cela lui importait vraiment.

C'est impossible, je le sais bien, mais je sais aussi qu'il a pour moi des sentiments très forts et, dans ce cas, une telle situation peut vous tenir à cœur, je pense.

— Tu as l'air de quelqu'un qui vient de marcher sur des charbons ardents, m'a-t-il dit quand j'ai eu terminé mon récit.

Il a étudié ma paume comme si elle détenait la clé d'un mystère.

— Pourquoi m'a-t-il suffi d'un seul regard pour t'aimer ? Je me le demande. Un millième de seconde sur une rampe du Queens et j'étais fichu. Est-ce parce que tu appartiens au monde de Kings Cross ? Que tu vis dans une vieille baraque abominable qui grouille de cafards, que tu marches à pied, que tu bois du mauvais cognac et que tu ne jures que par le bizarre, le médiocre et le franchement nauséabond ?

— Ta langue a un goût de miel, ai-je dit en souriant.

— Pas du tout, a-t-il répliqué aussitôt avant de me mordre la main. Permets-moi de t'accompagner chez toi et elle aura tôt fait de trouver son miel.

Nos cappuccinos étaient servis. Duncan a remercié la serveuse d'un sourire – seconde audience avec le pape ! Je lui ai alors demandé :

— Pourquoi m'as-tu fixé ce rendez-vous ?

— Pour te voir en tête à tête, tout simplement. Il semblerait que M. Toby Evans ait pris possession de mon territoire.

— Non, il dispose de son propre territoire, ai-je répliqué en léchant la mousse, sur ma cuillère.

Toute ma gaieté m'est brusquement revenue.

— Oh, Duncan, ce fut un tel bonheur de revoir mon petit ange !
— Tu n'es pas à court d'argent, au moins ?
— Ça va.
— En cas de nécessité, tu sais où t'adresser.

Il est conscient que je ne peux rien accepter de lui. C'est tout de même gentil de sa part de me l'avoir proposé. Il me manque, je n'en ai jamais une conscience aussi aiguë que lorsque je le retrouve, ne serait-ce que pour un cappuccino au Quay.

Quand je me suis levée pour partir, je me suis penchée au-dessus de la table et je l'ai goulûment embrassé avec mes lèvres, ma langue et il m'a rendu mon baiser en effleurant un sein. La serveuse nous a regardés comme si elle avait eu devant elle Catherine et Heathcliff.

— Je ne pourrai jamais rester loin de toi, a-t-il dit.
— Parfait !

Je suis sortie en lui laissant l'addition.

Quand je suis entrée, ils m'attendaient tous pour prendre des nouvelles de Flo. Les stagiaires n'assurant pas le service de salle, les trois premiers mois, notre Pamy passe ses soirées à La Maison. Elle avait préparé des quantités de plats chinois, que nous avons transportés jusqu'au grenier de Toby, la pièce la plus vaste, où la vue est extraordinaire. C'est drôle, tout de même. Toby qui devenait fou à la seule idée de se voir envahi, de trouver une marque de talon en caoutchouc sur son plancher blanc, sa table éraflée, que sais-je encore, est plus conciliant, ces jours-ci. Peut-être est-ce dû au fait que nous avons instauré quelques règles de notre cru, par exemple : pas de chaussures pour monter à l'échelle et ne jamais proposer de faire la vaisselle. À vrai dire, je me demande si Mme Delvecchio-Schwartz ne lui manquerait pas à lui aussi, même si nous l'entendons toutes les nuits.

Évidemment, ils savent aussi bien que moi que je n'ai fait aucun progrès, je n'ai pas plus de chances d'obtenir la garde de Flo qu'avant de découvrir où elle se trouvait, mais nous l'avons située, nous pouvons aller la voir et cela change tout. Je m'en suis assurée auprès de Prendergast, qui, bien sûr, sera présent pour entendre ce qui se dit, voir de quoi nous avons l'air et ainsi de suite. Mais, avec eux, il n'en saura pas plus. Au Cross, nous avons pour habitude de ne jamais révéler nos secrets aux bureaucrates. Cela n'a étonné personne d'apprendre que notre petit ange était passé au travers d'un panneau vitré et ils n'ont pas davantage été surpris qu'elle ait survécu, mais Bobbie a beaucoup pleuré quand je leur ai décrit les lacérations. C'est un cœur tendre. Klaus a pensé que ce serait une bonne idée d'apporter son violon et de jouer pour elle, je n'ai pas osé lui dire qu'il y aurait probablement quelques objections. Quand ils entendront son archet effleurer les cordes, ils changeront d'avis. Je pense que c'est la guerre qui lui a ôté toute chance de faire une carrière de musicien mais ce que le monde a perdu, nous en profitons et puis c'est un heureux caractère. Et si gentil ! Ils sont tous merveilleux.

Il y a un sujet que nous évitons quand nous sommes ensemble, c'est l'avenir. L'administrateur judiciaire, qui commence à s'enhardir en ne voyant pas apparaître le moindre testament au bout de deux mois ou presque, a envoyé un type inspecter La Maison quand Pamy se trouvait seule. Oh, quelle catastrophe ! Il a manifesté sa désapprobation par de petits claquements de langue en constatant que deux appartements et une chambre étaient inoccupés. Et pourquoi les loyers étaient-ils si bas ? Nous nous attendons à ce que d'ici deux mois, peut-être avant, des étrangers viennent s'installer dans le rez-de-chaussée sur rue, dans la chambre d'Harold et les quartiers de Mme Delvecchio-Schwartz. Comment expliquer aux services de l'administrateur ce qu'il en est, au Cross, des rez-de-chaussée sur rue ? Nous allons nous retrouver avec des marins dans tous les sens. Jim a parlé à Joe, l'avocate, qui, après avoir étudié la question, estime que nos loyers ne pourront être augmentés sans que l'office de contrôle des loyers ne fasse un sacré foin car ils ont été fixés il y a des années par notre propriétaire en personne. Ce qui nous ennuie le plus c'est la perspective de voir arriver dans La Maison des gens que nous n'aurons pas soigneusement choisis. J'entends par là que nous sommes à Kings Cross, où les appartements ne sont pas vraiment dignes de ce nom et où les chambres sont une horreur. Et toujours au noir ! Voilà maintenant que l'administrateur judiciaire vient fouiner dans nos petites affaires. Quand il prendra vraiment les choses en main, ce sera un véritable séisme et une bonne partie des livrets d'épargne dont a hérité Flo seront probablement consacrés à rendre La Maison conforme « aux termes de la loi », peu importe la loi qu'on jugera bon d'appliquer. Il y a de fortes chances pour que gribouiller sur les murs soit interdit.

Après le départ des autres, je me suis attardée.

Toby n'avait manifestement pas grand-chose à dire, assis en tailleur sur le sol, il s'était contenté d'écouter, ses yeux allant de l'un à l'autre. Ils étaient plus rouges que la normale, ce qui indiquait à coup sûr qu'il était préoccupé ou contrarié. Flo y était certainement pour quelque chose, j'en étais convaincue. Oh, il a toujours été gentil avec elle mais sur lui, la petite n'exerce pas le pouvoir qu'elle détient sur nous. Toby résiste, ce qui tient peut-être à sa nature d'Australien. Permettre qu'une femme prenne un certain ascendant ? Pas question !

— Tu te demandes si tu fais bien de garder ta chambre ? ai-je dit tandis qu'il s'attaquait à la vaisselle.

Il me tournait le dos.

— Non.

— Qu'est-ce qui te tracasse, alors ?

— Rien.

J'ai contourné l'évier et je me suis appuyée au placard, ne serait-ce que pour voir son profil.

— Si, il y a quelque chose qui cloche. C'est Flo ?

— Ça ne me regarde pas.

— C'est bien le problème. Ça nous regarde fameusement, tous autant que nous sommes. Comment fais-tu pour rester indifférent ? Elle est orpheline.

— Elle va détruire ton existence, a-t-il fait à l'intention de l'évier.

— Non, Toby, pas Flo, jamais, ai-je doucement répondu.

— Tu ne comprends pas, a-t-il marmonné entre ses dents.

— Non, en effet. Pourquoi ne m'expliques-tu pas ?

— Tu vas lier ton destin à celui d'un être qui a été oublié à la distribution. Il y a quelque chose qui cloche chez elle et toi tu es tout à fait le genre de fille à passer les vingt années à venir à t'inquiéter, à la traîner chez les médecins, à dépenser un argent que tu ne possèdes pas.

Il a vidé l'évier.

— Et les livrets d'épargne ?

— Ça, c'est du passé. Nous sommes aujourd'hui. Il n'y a pas de testament, Harriet, et l'État étant ce qu'il est, la gosse ne verra jamais un sou de ce que possédait sa mère. Tu garderas ce fardeau solidement arrimé sur tes épaules et tu seras vieille avant l'âge.

Perplexe, je me suis assise dans un fauteuil.

— Il s'agit donc de moi, pas de Flo ?

— Il n'y a qu'une personne, dans cette maison, pour laquelle je me serais sacrifié et c'est toi, Harriet. Je ne peux pas me faire à l'idée de te voir devenir une de ces femmes ternes et vaincues que l'on voit, partout dans Sydney, traîner leurs gosses derrière elles tandis que leur homme est au pub, a-t-il déclaré en arpentant le grenier de long en large.

— Grand Dieu ! ai-je fait d'une petite voix. Ce serait donc de moi que tu es amoureux ? Est-ce pour ça que…

Il m'a interrompue.

— Tu es aussi myope qu'une putain de taupe, Harriet ! J'arrive à admettre pourquoi tu t'es entichée de Forsythe, le grand, l'important spécialiste des os, mais Flo, je ne comprends vraiment pas.

— Oh, c'est affreux ! me suis-je écriée.
— Pourquoi, parce que tu ne m'aimes pas ? a-t-il fait durement. J'ai l'habitude, je m'y ferai.
J'ai tenté de lui expliquer.
— Non, ce qui est affreux c'est de m'annoncer cela sans passion. L'ambiance n'y est pas. Comment veux-tu que je réponde quand tu me martèles le crâne avec un amour qu'on ne peut comparer aux sentiments éprouvés pour un adulte ? En ce qui concerne Flo, je ne peux pas t'expliquer, Toby. Mon regard s'est posé sur elle et je l'ai aimée, voilà tout.
— Comme je t'ai aimée au premier regard, ce jour où tu as flanqué un coquard à David sous la véranda, a-t-il dit avec un grand sourire. Et sans doute le grand spécialiste des os est-il tombé amoureux à l'instant précis où il t'a vue.
— C'est ce qu'il prétend. Nous nous trouvions sur une rampe, au Queens. Ainsi, nous nous sommes tous aimés au premier regard. Mais ça ne nous a pas menés bien loin, tu ne crois pas ? Je suis la seule de nous trois à être prête à m'engager totalement, mais ni envers toi, ni envers Duncan.
— Un sacré mystère, non ?
Je l'ai rejoint, j'ai posé un baiser sur le bout de mes doigts et j'ai effleuré son front.
— Peut-être parviendrons-nous un jour à tirer tout ça au clair, champion, hun-hun-hun.

Mercredi 15 mars 1961

Deux mois et demi que Mme Delvecchio-Schwartz est morte et rien n'est résolu. Selon M. Hush, on ne tardera pas à établir qu'elle est décédée intestat. L'affaire devra passer devant une sorte de tribunal pour enfants car M. Schwartz n'existe pas, pas plus que Flo, officiellement du moins. Flo qui se trouve toujours au pavillon de psychiatrie du Queens et subit tous les examens possibles et imaginables, depuis les électroencéphalogrammes jusqu'aux batteries de tests neurophysiologiques. Qui n'ont rien appris de plus à Prendergast et à son professeur. Les électroencéphalogrammes sont normaux, de superbes ondes cérébrales d'une belle amplitude et des ondes alpha parfaitement modulées qui apparaissent quand Flo ferme les yeux. Ils se sont amusés à inventer des tests pour mesurer le QI d'une enfant muette mais intelligente et à l'audition parfaite, seulement elle refuse de s'y soumettre. Les visiteurs appartenant à La Maison sont les seuls qu'elle semble heureuse de voir. À présent, toutes les infirmières, psychiatres et thérapeutes la connaissent parfaitement mais Flo refuse de copiner avec toute personne étrangère à La Maison.

— Pourquoi tenez-vous à la garder ? ai-je demandé aujourd'hui à Prendergast en passant la voir dès que j'ai pu quitter le travail.

— Parce qu'elle est mieux chez nous que dans un asile, m'a-t-il répondu en plissant le front. Ici, au moins, on ne fait pas d'histoires pour les visites. Mais si vous voulez connaître la véritable raison de son maintien dans ce service, nous pensons, le professeur Llewllyn et moi, que nous nous trouvons peut-être en présence d'un cas de schizophrénie juvénile, ainsi qu'on nommait cette pathologie car on parle désormais d'autisme. Flo ne présente pas du tout le syndrome classique, mais on retrouve chez elle certains signes caractéristiques. Il est rare que nous ayons l'occasion de garder si longtemps un enfant de cet âge – aussi pénibles soient-ils, les parents tiennent toujours à les avoir auprès d'eux. Flo est pour nous un don du ciel.

Il a brusquement semblé mélancolique et manifesté un certain regret.

— Nous aurions voulu lui faire subir une angiographie, insuffler de l'air dans son cerveau pour vérifier si les centres du langage étaient lésés ou s'il s'agit plutôt d'une atrophie du cortex mais le risque est trop important.

— Je vous conseille de ne pas changer d'avis ! ai-je aigrement répliqué. Si vous vous avisez de la transformer en cobaye, j'irai tout révéler à la presse !

— Du calme, du calme ! s'est-il exclamé en tournant vers moi ses paumes levées. Nous nous contentons d'observer.

Je me sens fatiguée, impuissante et déprimée en permanence. Mon travail n'en a pas souffert car je refuse qu'il en souffre mais, pour être franche, j'en ai marre des hôpitaux. La discipline, les rites, les luttes incessantes avec les femmes qui détiennent l'autorité. Il faut demander une autorisation pour péter. Et, grâce à Harold et à sa lettre, sœur Agatha m'a vraiment à l'œil. Personne n'a jamais exhumé le moindre début de preuve confirmant les rumeurs d'une éventuelle liaison mais les gens n'attendent que ça. Pour quelle raison ? Je me le demande. En ce qui me concerne, ce n'est pas un motif de renvoi, quant à Duncan, il n'en serait pas affecté. Ce qui leur manque, ici, c'est un nouveau scandale bien saignant mais, sur le front des scandales, le Queens s'est montré jusqu'ici si irréprochable que c'en est suspect.

La surveillante des urgences et Constantin sont fiancés même si le mariage n'est pas prévu avant la fin de l'année. Cela tient à l'ouverture d'un restaurant à Parramatta où Constantin disposera d'un parking convenable et où il pourra proposer à la population locale une carte adaptée à ses goûts car ils sont plutôt « Steak-Frites » à Parramatta. C'est bien.

Évidemment tout le monde, ici, sait que je vais chaque jour voir une enfant au pavillon de psy mais personne n'a réussi à comprendre pourquoi. Les ragots circulent vite parmi les infirmières mais pas une ne se doute que j'ai demandé la garde de Flo.

Demande qui va droit dans l'impasse et à toute allure. J'ai toutes les semaines M. Hush au téléphone et il ne cesse de me mettre en garde, une fois les auditions terminées, lorsqu'on aura rangé Flo dans une case officielle, il serait vain d'espérer qu'on me confie sa garde. Je place tous mes espoirs dans le rapport du Dr Prendergast mais M. Hush craint fort qu'il n'ait pas, auprès de la Protection de l'enfance, l'impact que j'espère. Si on finit par diagnostiquer chez elle une schizophrénie juvénile, il est possible qu'on l'envoie – ce n'est pas croyable – à

Stockton. Peu importe que son passé psychiatrique interdise toute adoption ou placement en famille d'accueil ! On serait en droit de penser qu'ils sauteraient sur ma proposition, mais non. Je suis trop jeune, trop pauvre et trop célibataire. Ce n'est vraiment pas juste !

— Harriet, m'a dit M. Hush cet après-midi, il faut que vous compreniez quelle est la mentalité des fonctionnaires. Statuer en votre faveur dans l'affaire Florence Schwartz requerrait une clairvoyance et un courage dont les instances administratives seront toujours dépourvues. Tout se résume en l'art de ne pas faire de vagues. Ils sont trop conscients que si quelqu'un, prêchant pour son saint, avait vent d'une adoption ou d'un placement familial aussi peu orthodoxe, cela ferait un sacré grabuge et ce serait eux que l'on blâmerait. Aussi ne prendront-ils aucun risque, ma chère. Ils n'en prendront pas, un point c'est tout.

Chou. Vraiment chou. Elle est là, dans son harnais de force, ne vivant que pour la prochaine visite et je ne peux rien pour l'en sortir. Oh, mais les plans les plus fous ont trotté dans ma cervelle ! J'ai envisagé tout d'abord de proposer le mariage à Toby mais ça n'a pas duré plus longtemps que l'éclair d'une lampe qui s'allume. Si Toby tolérait la présence d'un enfant, il faudrait que ce soit le sien et rien que le sien. Et un fils, pas une fille. Je l'aime à bien des égards – il est brillant, droit comme une épée, il ira loin, on s'amuse beaucoup avec lui et il est très séduisant. À temps partiel, formidable. À plein temps, un sacré emmerdeur. Puis il m'est venu une autre idée lumineuse que je rumine encore. Je pourrais enlever Flo, filer de cet État et, avec le temps, je finirais par quitter le pays. L'Australie est très vaste. Si nous partions toutes deux pour Alice Springs ou bien pour la Katherine et si je prenais un emploi de domestique dans un motel en pleine cambrousse, personne ne se poserait de questions à propos de Flo. Elle passerait son temps à jouer dans le sable avec les gosses aborigènes, que son mutisme ne gênerait absolument pas – ils liraient probablement dans ses pensées comme le faisait sa mère. Elle appartiendrait à une communauté spirituelle et quand je serais de repos, elle resterait avec moi. Ce plan a ses avantages.

Si je n'ai toujours pas tiré les cartes, je connais le jeu par cœur. Mais ce n'était qu'une remarque oiseuse pour m'écarter de ce que je m'apprête à confier à ce journal. Mes mains ne sont plus aussi sûres, mes yeux sont irrités, je sens que la machine donne des signes de faiblesse, à moins qu'elle ne lâche. C'est idiot, je sais. Cet état d'esprit est passager. Oh, si seulement il pouvait arriver quelque chose !

Je continue à scruter la Boule toutes les nuits, après que Mme Delvecchio-Schwartz m'a réveillée à 3 h 10. La théorie que j'ai élaborée quand Duncan a retrouvé Flo était séduisante, mais les événements n'en ont pas apporté confirmation. Je dois admettre que si Duncan a retrouvé Flo, ce jour-là, ce n'était qu'une coïncidence.

Vendredi 24 mars 1961

Il s'est produit une chose curieuse, ce soir. En l'absence des hommes, je suis allée répondre quand la sonnette a résonné, peu après 18 heures. Et là, sous la véranda, j'ai vu Mme Fugue, du 17d. Oh, seigneur ! Quel est son véritable nom ? J'ai biaisé.
— Quel plaisir !
— Enchantée, chérie, a-t-elle roucoulé.
— Vous ne voulez pas entrer ? Prendre un café ?
Elle a refusé, elle devait retourner à côté avant que les choses ne deviennent sérieuses mais elle, hum, se demandait, hum si, hum, nous avions, hum, des projets pour les pièces vacantes ?
— J'ai des filles qui seraient intéressées, a-t-elle conclu.
Vraiment curieux ! Sur ces entrefaites, Jim et Bobbie sont arrivées en Harley Davidson et sont venues me rejoindre tandis que j'expliquais à Mme Fugue que tout dépendait de l'administrateur judiciaire et que nous ignorions quand ses services comptaient louer les locaux vacants.
— Putains de cons ! a-t-elle lancé et elle est partie en laissant de puissants effluves de Joy de Patou dans son sillage.
— Les affaires ont l'air de marcher, ai-je dit à Jim. Je crois que ce truc vaut plus cher que les diamants ou les truffes.
— Tu sais, elle avait également pas mal de diamants sur elle. Si tu t'imagines que ce sont des bouchons de carafe qu'elle porte aux oreilles, et au cou !
— Ce n'est pas juste, vous ne trouvez pas ? a fait

Bobbie, quelque peu dépitée. Que des filles courageuses comme vous ou une chochotte comme moi doivent s'estimer heureuses quand on leur offre une boîte de chocolats Black Magic à deux shillings.

Sous le choc, j'ai agrippé la poignée de la porte.

— Bobbie ! Ne me dis pas que Jim t'offre toute une boîte de chocolats Black Magic ?

Bobbie a esquissé un sourire coquin et montré ses canines de Dracula.

— Jim m'aime !

— Eh bien, moi, ai-je répliqué, j'envisage sérieusement de demander quelques tuyaux à Mme Fugue et de me lancer dans le bizness. C'est un moyen de gagner décemment – ouh ! indécemment – sa vie en restant chez soi ! Et Flo aurait des tas d'oncles.

Jim a paru soucieuse mais ma plaisanterie n'y était pour rien.

— Tu sais, Harry, c'est très bizarre ce que la Mme Fugue vient de faire là. Elle sait bien que les locations ne sont pas de notre ressort. Je me demande ce qu'elle pouvait bien chercher.

— Je n'en ai pas la moindre idée.

Brusquement, Bobbie s'est bruyamment esclaffée.

— Je me demande ce qu'ils diraient, à la Protection de l'enfance, s'ils savaient ce qu'il en est, au 17b et au 17d ? Houuula !

Ils le savent, bien sûr qu'ils savent. Quoi qu'il en soit, Jim avait raison, cette apparition de Mme Fugue était étrange. Quels renseignements essayait-elle d'obtenir ? J'ai toutefois l'impression que la Protection de l'enfance n'a pas été aussi choquée par les bordels voisins que ne le fut Miss Arf-Arf lors de sa seconde visite, quand elle a vu le phallus ailé brodé sur le jean d'homme de Jim, à l'intérieur de la cuisse. Enfin, Lady Richard, au bras de Jim, a fait sur elle grande impression. Entre nous, Lady Richard se conforme aux usages et porte officiellement le deuil dans la plus grande tradition. Il est toujours en noir mais il a fait savoir qu'il lui sera bientôt permis de porter du lilas et du gris. Voire, si l'occasion se présentait, du blanc.

Mardi 4 avril 1961

Ce matin, la secrétaire de M. Hush m'a appelée à l'hôpital et m'a demandé si je pouvais me rendre au cabinet à 14 heures. Mon petit doigt m'a soufflé qu'il ne s'agissait pas d'une requête. Mais d'une injonction. Autrement dit, il a fallu aller trouver sœur Agatha et l'informer que je devrais quitter les urgences assez tôt. La journée n'était pas particulièrement chargée ce qui, bien sûr, n'entre pas en ligne de compte.

— Franchement, Miss Purcell, a attaqué sœur Agatha d'un ton désagréable, ces derniers temps, vous avez pris la déplorable habitude de rendre votre tablier et de filer en prévenant à la dernière minute. Ça ne va pas.

— Miss Toppingham, lui ai-je vertement rétorqué, vous exagérez. Cette année, je n'ai empiété sur mon temps de travail qu'à trois reprises. Le 2 janvier, le 11 et le 13 et, aussi mal choisie soit cette date à vos yeux, j'ai bien assisté à un enterrement ce fameux vendredi. Je n'ai jamais demandé que ces jours d'absence me soient payés et je ne réclame rien pour les deux heures que je vais vous faire perdre cet après-midi. Miss Smith et la stagiaire sont capables de faire face, c'est assez calme aujourd'hui. Cela constitue une gêne, je le sais, Miss, mais cela ne va pas plus loin. Mon absence n'empêchera pas cet hôpital de fonctionner au mieux de ses capacités.

Elle s'est étranglée, exactement comme la « bourgeoise ».

— Vous faites preuve d'impertinence, Miss Purcell !

Elle n'a rien trouvé de mieux.

— Non, miss Toppingham, je ne fais pas preuve d'impertinence. Je me contente de faire valoir mes droits, rien de plus, et c'est intolérable.

Sœur Agatha a tendu la main vers un registre.

— Vous pouvez disposer, ma petite. Je n'oublierai pas cet incident, croyez-moi.

Houuula ! Je parie en effet que cette vieille garce n'oubliera pas. Ah, mais que c'était bon de sentir le vermisseau Purcell se retourner !

L'humeur de M. Hush n'était guère plus gracieuse que celle de sœur Agatha. Il avait la tête du boucher qui vient de s'apercevoir que la chambre froide est tombée en panne à la minute où il a fermé boutique pour un long week-end.

— Je me suis rendu hier à la Protection de l'enfance avec l'intention de déposer une demande d'adoption officielle de Florence Schwartz, m'a-t-il dit. Cependant je n'aurais jamais cru que l'on ferait preuve d'une telle hostilité à votre égard, Miss Purcell. Je me suis tout bonnement vu notifier que

vous étiez moralement inapte à assumer la responsabilité d'un enfant.
— Moralement inapte ?
— C'est le terme. Moralement inapte. Nous avons tout d'abord ces deux établissements mal famés qui jouxtent les locaux appartenant à votre défunte propriétaire, où vous comptez élever cette enfant, dont la qualité d'héritière est discutable. De plus, un des agents de la Protection de l'enfance s'est entretenu avec Mme Duncan Forsythe. Il semblerait qu'il circule certaines rumeurs vous concernant, vous et M. Forsythe, cette personne en a été informée par une amie qui appartient au Queens. Mme Duncan Forsythe ne vous a pas laissé une plume sur le dos.
Le visage de M. Hush était éloquent, la viande était sérieusement avariée.
— Je suis navré, mais voilà ce qu'il en est.
— La garce ! Je vais la tuer, ai-je dit lentement.
Son regard s'est fait bienveillant.
— Cela vous réchaufferait le cœur, je vous l'accorde, Harriet, mais n'aiderait pas beaucoup Flo, n'est-ce pas ?
Et maintenant, les couteaux, il en a choisi un suffisamment tranchant pour ne pas me faire trop mal.
— La Protection de l'enfance m'a également informé que Flo va quitter le Royal Queens. On a diagnostiqué chez elle une forme d'autisme atypique qui nécessite un placement dans une institution appropriée.
— Stockton, ai-je proféré d'une voix blanche.
— C'est fort peu probable. Leurs services sont

conscients que Flo voit régulièrement plusieurs visiteurs, tous basés à Sydney. *Je pense qu'on l'enverra à Gladesville.*

— *Exit* Flo, soigneusement rangée dans son tiroir.

J'ai regardé l'avocat droit dans les yeux.

— Monsieur Hush, l'opinion de la Protection de l'enfance m'importe peu, je veux que cette demande officielle soit déposée. Et, à chaque refus, vous la renouvellerez. Pendant des années s'il le faut. Quand Flo sera adulte, je tiens à ce qu'elle sache que je n'ai jamais cessé d'essayer, jusqu'au bout. Si elle est toujours en vie, ce dont je doute. C'est là le véritable drame.

Je suis rentrée à pied en traversant le Domain, j'ai envoyé promener mes chaussures, j'ai retiré mes bas et j'ai senti l'épais tapis d'herbe drue me piquer la plante des pieds. Oh, pourquoi ai-je publiquement humilié la « bourgeoise » ? l'ai-je tirée de force de sa voiture sous le nez des mesdames et fourrée dedans après lui avoir dit ma façon de penser ? lui ai-je fait toucher du doigt sa petitesse et son insignifiance ? Eh bien, elle a eu sa revanche. Je crois toutefois qu'elle n'aurait pas agi autrement si je ne lui avais pas volé dans les plumes. Mais je l'aurai au tournant, la « bourgeoise ». Oh oui ! Dès la semaine prochaine. On m'a jugée moralement inapte, alors quelle importance si des messieurs viennent me rendre visite ? Je vais appeler Duncan chez lui et l'inviter à passer toute la nuit avec moi. Vous voulez me jouer un sale tour, madame Forsythe ? Eh bien, vous allez voir quel degré de pourriture on peut atteindre. Des cafards... Je vais mettre la main sur une gigantesque urne funéraire pleine de cafards et je les lâcherai dans votre petite voiture de lopette anglaise. D'énormes bestioles qui volent, hun-hun-hun ! Je vais manifester lors de la prochaine réunion du Black and White Committee avec une grande pancarte sur laquelle on pourra lire : MME DUNCAN FORSYTHE REFUSE TOUTE PARTIE DE JAMBES EN L'AIR À SON MARI, VOILÀ POURQUOI IL S'EST ENTICHÉ D'UNE PERSONNE MORALEMENT INAPTE, ASSEZ JEUNE POUR ÊTRE SA FILLE.

Des pensées bien agréables. Elles m'ont menée jusqu'à Wooloomooloo, où j'ai remis mes chaussures et cessé de rêver à ce que je pourrais faire subir à la « bourgeoise » car Duncan en ferait les frais. Toutefois, le coup des cafards est envisageable. Et l'invitation à passer une nuit dans mes bras est très sérieuse. Je vais faire mieux, je vais lui jeter un sort. Odeurs corporelles et mauvaise haleine. Muguet récidivant. Elle aura beau s'affamer, elle pèsera des tonnes. Rides. Œdème des pieds et des chevilles au point qu'elles retomberont en tremblotant sur ses chaussures. Conjonctivite. Pellicules. Vers qui pondront leurs œufs dans son anus et l'obligeront à se gratter le derrière en public. Oh, oui ! Puissiez-vous lentement vous dégrader, madame Forsythe ! Que votre vanité froissée finisse par vous perdre ! Que tous vos miroirs se brisent quand vous y plongerez le regard, que vos toilettes haute couture se transforment en sacs de jute et en bottes de plombier !

Voilà qui m'a conduite jusqu'aux McElhone Stairs, où je me suis arrêtée à mi-pente pour pleurer. Flo, ma Flo ! Petit ange ! Comment parviendrai-je un jour à te ramener chez nous ?

Je pleurais encore quand j'ai franchi la porte et là, derrière le sombre écran des larmes, j'ai constaté à quel point les gribouillis s'étaient estompés. Elle s'éloigne, je vais devoir me cantonner aux coulisses de son existence d'internée, le cœur brisé de ne pouvoir passer toutes mes journées avec elle. Je suis jeune, pauvre et célibataire. Je dois travailler et y retourner demain en m'excusant auprès de sœur Agatha. Que Dieu vous putréfie, madame Duncan Forsythe, vous et vos traits venimeux ! Vous ne vous contentez pas de gâcher l'existence de votre poire invertébrée de mari, vous en gâchez d'autres.

Je me suis jetée sur mon lit et j'ai hurlé jusqu'à ce que je finisse par m'endormir, il faisait nuit quand je me suis réveillée. Les fenêtres du 17d rayonnaient d'un éclat mauve irisé, les rires et les conversations habituelles parvenaient jusqu'à moi ainsi que les glapissements de Prudence et de Constance, qui ne sont jamais capables de s'entendre. Bonne chance, mesdames, me suis-je dit en prenant soin de ma chatte indignée. Il y a pire façon de gagner sa vie mieux que vous ne gagnez la vôtre. Bien pire façon, foutue Mme Duncan parasite Forsythe !

Eh bien, ce sera l'enlèvement puisqu'il le faut, la fuite vers le Northern Territory, enfin ce genre de coin, où les hommes sont des hommes et les femmes peu nombreuses. Un atroce déchirement. Je ne peux même pas dire à papa et maman ce que j'ai en tête, ni les contacter quand j'aurai trouvé un endroit où aller. Nous devons disparaître de la carte, Flo et moi. Confiez une seule fois un secret et ce n'est plus un secret. Je vais devoir vider mon compte en banque et retirer l'argent en liquide, je le mettrai dans une poche et je le cacherai sous le tablier de Flo. Des vêtements minables. Il faudra que nous ayons l'air dans la dèche. Les affaires de Flo sont parfaites mais il va falloir que je chine les vieilles nippes, à l'Armée du Salut ou à St Vincent, de l'or – humour, hun-hun-hun ! Oui, j'en suis capable. Pourquoi ? Parce que je suis assez futée pour ne pas perdre la trame d'un tissu de mensonges. Mon mari m'a abandonnée – voilà une bonne histoire, bien classique. L'Australie regorge de femmes abandonnées. Acheter une alliance. Son papa lui manque tant, à ma pauvre petite, qu'elle ne parle plus. Non, ça sonne faux – pourquoi regretterait-elle un salaud qui a fait des misères à sa maman ? Si elle ne parle pas, c'est qu'une partie de son cerveau s'est détraquée quand son père l'a cognée dans un accès de rage dû à l'alcool. Oui, ça paraît convaincant. Marceline ! Mon pauvre vieux m'a confié son petit ange... Comment pourrais-je le laisser tomber ? Il le faut pourtant... Les chats ne voyagent pas. À moins que... ? Si Marceline reste dans son cabas de toile, peut-être parviendra-t-elle à supporter le voyage. Je ferai une tentative en l'emmenant dans les Blue Mountains. Si elle en est capable, je partirai pour l'Outback avec mes deux petits anges.

... J'écris tout ceci plus tard, bien plus tard. Il devait être près de minuit quand j'ai cessé d'arpenter le sol en ruminant et en planifiant la logistique. Je n'avais rien mangé mais je n'avais pas faim. Je n'avais envie ni de thé, ni de café, ni d'un coup de ce bon vieux « trois étoiles ». À vrai dire, je me sentais aussi brillante qu'une vomissure de Marceline. Au moins n'aurai-je plus à redouter qu'Harold ne découvre mes journaux. Les anciens ont regagné le placard du Tilsiter.

Je m'approchais de la table quand la Boule a attiré mon regard – évidemment, c'est le seul objet que l'on remarque, dans la pièce. Il était à l'endroit habituel, nimbé d'un éclat rose. Fumisterie. Elle sent la comédie à plein nez. Je me demandais si j'allais la scruter avant de me coucher, sans attendre que la vieille m'ait réveillée avec sa cavalcade nocturne et ses éclats de rire tonitruants. Peut-être la Boule finirait-elle par coopérer si je m'y prenais ainsi ? Et puis merde ! Je me suis laissée choir sur une chaise en me jurant bien de ne plus jamais m'abaisser devant un morceau de dioxyde de silicone. Du bon vieux sable fondu, très ordinaire !

J'étais donc là, à songer à quel point tout le monde s'était montré infect à mon égard, aujourd'hui. Bien pire, on s'était montré infect envers Flo, au point de la condamner. Non pas cet « infect » qui vous laisse à plat et déprimé mais celui qui vous met en rage. Et c'est intolérable à moins d'avoir sous la main une tête à cogner ou des couilles dans lesquelles donner un bon coup de genou. N'allez pas croire que ces horribles bonnes femmes de la Protection de l'enfance n'ont pas de couilles. Elles en ont et aussi grosses que celles des autres espèces de rats.

J'ai regardé le cristal et une drôle d'idée m'a soudain traversé l'esprit. Qu'arrive-t-il donc à Mme Delvecchio-Schwartz ? Si c'est bien elle que l'on entend chaque nuit au premier, elle hante toujours le plan terrestre. En ce cas, pourquoi permet-elle que l'on tue son petit ange ? Pourquoi a-t-elle laissé un tel chaos derrière elle ? Elle devait bien le savoir, tout de même ! Elle a donc certainement laissé une réponse. À certains égards, elle pouvait se montrer particulièrement stupide mais elle était également très intelligente.

Je ne dispose que de deux indices pour résoudre l'énigme : le destin de La Maison repose sur la Boule, il dépend de la Boule. Est-il possible qu'elle ait eu une telle confiance en elle et en ses pouvoirs au point de croire que tout me serait révélé dans la Boule ? Elle a posé mes mains sur cet objet comme si elle voulait me donner sa bénédiction. Mais je ne vois rien dans cette boule ! J'ai beau essayer depuis un mois, rien. Absolument rien.

J'ai lancé un regard noir à ce truc, à cette image inversée, rose et onirique de mon living. Le destin de La Maison repose sur la Boule. Tout dépend de la Boule. Je l'ai empoignée et j'ai commis l'impensable, je l'ai dégagée de son socle en la soulevant à deux mains. Quand je l'ai posée, elle s'est mise à rouler. Je l'ai immobilisée. Aucune vibration, aucun des picotements électriques inhabituels, ce n'est qu'une très lourde masse de silice liquéfiée par la pression. La table s'est nettement inclinée sur le côté, j'ai donc poussé le beurrier derrière ma Némésis pour la stabiliser et le socle a attiré mon attention. Le petit disque rembourré qui l'isole du bois noir n'est pas en soie mais en velours, dont les fibres sont aplaties et lustrées par le poids du cristal.

Oh, Harriet Purcell, quelle gourde tu fais ! Comment peut-on être aussi cruche ? La réponse était là depuis quatre mois ! J'ai soulevé le socle et entrepris d'arracher l'étoffe à l'endroit où elle recouvrait le bois en formant un petit bourrelet, je ne la dégageais que très lentement car la colle était très solide. Mais celle-ci n'atteignait pas le centre du socle, elle ne maintenait que les bords. Et là, sous le velours, dans une petite cavité qu'elle avait dû creuser au ciseau à bois, il y avait une feuille de papier plié. Un formulaire imprimé, un modèle ordinaire de testament tel qu'on en trouve dans les agences de presse ou les papeteries. Diabolique. Le temps qu'elle avait dû passer à concevoir cette ultime énigme, elle avait mis en jeu tout son univers, son petit ange y compris. Sans même se couvrir, elle avait tout misé sur le flair. Mon flair pour ce qui relevait du mystère, des énigmes. Elle ne s'était même pas montrée bonne joueuse en me donnant les deux indices. Le destin de La Maison ne reposait pas sur la Boule, mais sous la Boule. Un minuscule petit mot. Si elle avait utilisé la bonne préposition, j'aurais trouvé le testament en un jour, peut-être moins. Mais non, pas elle. C'eût été trop simple, trop banal.

Le testament n'était pas très long. Il indiquait qu'elle léguait à Flo Schwartz, sa fille unique, tous ses biens, propriétés et liquidités et en confiait, jusqu'à la majorité de celle-ci, l'administration à sa chère amie, Miss Harriet Purcell demeurant à la même adresse, lui donnant toute liberté de disposer des revenus comme elle l'entendrait. Et elle remettait Flo Schwartz, sa fille unique, aux soins et à la garde de ladite Harriet Purcell, estimant que ladite Harriet Purcell élèverait Flo comme elle l'aurait souhaité. Le tout était signé Harriet Purcell Delvecchio-Schwartz, figuraient également les noms de deux témoins. Un certain Otto Werner et un Fritz Werner, que je ne connaissais ni d'Ève ni d'Adam. Frères ? Père et fils ?

Harriet Purcell ! Mme Delvecchio-Schwartz était née Harriet Purcell... La génération manquante. Mais si elle appartenait à la famille de papa, il n'avait jamais entendu parler d'elle. C'est vraisemblable si, dès la naissance, elle avait l'air un peu fêlée. Au XIXe siècle confrontés à une progéniture qui ne semblait pas tout à fait normale, les parents avaient une bien curieuse attitude – elle était expédiée dans un home d'enfants où elle restait cachée comme un secret honteux. Il est fort probable qu'il s'agisse d'une parente proche – la sœur de papa ? Il est né en 1882 et elle vers 1905 environ. À moins qu'elle n'ait vu le jour quand papa combattait en Afrique, lors de la guerre des Boers. Il a deux sœurs jumelles qui sont arrivées bien après lui, en 1900 – très embarrassant, dit-il toujours en riant. Et s'il y avait eu une autre fille après tantine Ida et tantine Joan ? Qui n'ait pas eu l'air très normale et que l'on ait éloignée pour cacher son existence ? Voilà un mystère qui restera entier, je suis prête à le parier, même s'il permet de résoudre l'énigme du nom maudit dans ma famille, le nom qu'elle portait. Un oignon, cette Mme Delvecchio-Schwartz ! Une pelure après l'autre et, au cœur, une enfance à laquelle elle n'a jamais fait allusion devant personne, pas même devant Pamy. Je n'ai lancé ni cris de triomphe, ni cris perçants, je n'ai pas hurlé, ni braillé. J'en ai trop vu pour croire que, cette fois, c'est bien vrai. Je vais attendre de montrer le testament à M. Hush, demain matin.

Mercredi 5 avril 1961

Je me suis réveillée à 6 heures avec une impression très curieuse. Si, la nuit dernière, celle qui nous a infligé tous ces tourments a cavalé ou fait retentir son fameux rire tonitruant à 3 h 10, je ne l'ai pas entendue. Ma première corvée fut d'appeler le bureau de sœur Agatha pour prévenir que je ne viendrais pas travailler aujourd'hui. « Non, aucun motif, désolée, Miss Barker. Problèmes d'ordre privé. » Puis j'ai tranquillement vaqué à mes petites occupations dans un exquis état second, j'ai donné à Marceline une double ration de crème de lait, bu plusieurs tasses de café, pris des œufs brouillés et des toasts puis revêtu ma nouvelle tenue d'automne rose faon, que j'avais gardée jusque-là. Je dépliais le testament de temps à autre pour vérifier que toutes ces merveilles s'y trouvaient vraiment. Mais oui. Mais oui, mais oui !

J'attendais sur le perron de Partington, Pilkington, Purblind & Hush avant que Miss Hoojar ne vienne ouvrir. Lorsqu'elle m'a informée d'un air méprisant que M. Hush était trop occupé pour me recevoir aujourd'hui, j'ai répondu que j'attendrais quoi qu'il arrive. Une demi-minute, un quart de minute, peu m'importe mais je le verrai ! Je me suis donc assise dans les locaux de la réception, j'ai continué à jeter de rapides coups d'œil au testament, fredonné, bruyamment tourné les pages des magazines, bref je me suis rendue si insupportable qu'au moment où M. Hush a passé la porte, à 10 heures, Miss Hoojar était prête à m'étrangler.

— Monsieur Hush, a-t-elle bêlé, Miss Purcell refuse de s'en aller !

— En ce cas, Miss Purcell ferait aussi bien d'entrer, a-t-il répondu en soupirant, résigné à découper du collet faute de filet de bœuf. Je ne peux guère vous accorder de temps, je dois passer pratiquement toute la journée au tribunal.

Pour toute réponse, je lui ai tendu le testament.

— Diantre, je veux bien être pendu ! s'est-il exclamé après l'avoir rapidement parcouru. Où donc se cachait-il ?

— Je l'ai trouvé hier soir, monsieur, dissimulé sous le socle du bibelot favori de Mme Delvecchio-Schwartz.

— Harriet Purcell, est-ce son véritable nom ? m'a-t-il demandé en me regardant comme s'il me suspectait d'avoir produit un faux.

Il l'a ensuite étudié de très près.

— Il semble authentique... même écriture que celle des livrets de compte, qui datent d'un an. Connaissez-vous les témoins ?

J'ai dû répondre que non mais que je me renseignerais.

— Est-ce important ? ai-je demandé avec anxiété. Pourrait-il y avoir litige ? Va-t-on le contester ?

— Ma chère Harriet, je crois plutôt que la mystérieuse apparition de ce testament sera saluée à l'unanimité par un soupir de soulagement. C'est le seul que la dame ait laissé, elle y reconnaît Flo comme sa fille et vous confie sans contestation possible la garde de cette enfant. Au regard de la loi, ses instructions sont les nôtres.

— Pour autant, la Protection de l'enfance ne va pas changer d'opinion à mon égard.

— C'est fort peu probable, a placidement répondu M. Hush. Le testament les décharge toutefois de la responsabilité de Flo. Ils n'ont plus à arbitrer son destin – et ils en seront très, très heureux. Je devrais ajouter que ce testament vous assure l'indépendance financière. Vous pourrez vivre confortablement du revenu des propriétés, vous n'aurez donc plus besoin de travailler. Vous êtes parée.

Il s'est alors éclairci la voix de façon suspecte. Il avait toute mon attention.

— Il n'est fait mention d'aucun exécuteur testamentaire, vous allez donc devoir désigner la personne que vous souhaitez voir prendre les choses en main. Vous pouvez vous en remettre à l'administrateur judiciaire ou bien, si vous préférez, je peux me charger de faire homologuer le testament. Je dois vous mettre en garde, les services de l'administrateur sont de vraies lanternes et leurs tarifs aussi élevés que ceux pratiqués par les cabinets privés.

Ça, je te crois !

— J'aimerais autant que vous vous en occupiez, monsieur Hush.

— Fort bien ! Fort bien !

Le collet de bœuf s'était manifestement transformé en filet.

— Comme vous pouvez le comprendre, j'ai eu

l'occasion d'évoquer la succession avec l'administrateur. Mme Delvecchio-Schwartz possédait plus de cent dix mille livres déposées sur des comptes d'épargne dans toute la ville. L'origine de ces fonds a laissé les experts perplexes, ils ne peuvent apporter la preuve qu'il s'agit bien de revenus. Naturellement, tout le monde est au fait de ce qui se passe au 17b et au 17d mais ces deux établissements bénéficient d'une immunité virtuelle qui les met à l'abri de, euh, la vigilance de l'administration et ces mêmes experts ont dû se contenter de la parole de leurs occupantes qui ont déclaré acquitter un loyer hebdomadaire de trente livres. Le montant est identique pour les 17a et 17e, il ne s'agit pourtant que de simples meublés. Le tout s'élève à cent vingt livres par semaine. Un bon avocat peut arguer que cette somme ne couvre que l'entretien, le règlement des charges et des impôts locaux, ces quatre bâtiments sont en parfait état – ce n'est pas le cas pour la propre demeure de Mme Delvecchio-Schwartz, si je comprends bien. Les flics des impôts en deviennent fous mais, faute de preuves concrètes, ils ne seront en droit d'imposer que les intérêts du capital et les loyers. Si leurs services décidaient de contester la succession, une bonne équipe d'avocats pourrait faire traîner la procédure durant des décennies. Bien sûr, je vous mettrai en rapport avec un cabinet comptable et des conseillers financiers qui sauront vous guider pour placer le capital de Flo. Sur les comptes d'épargne, il ne rapporte que quelques pennies, brrr ! Birdwhistle, Entwhistle, O'Halloran & Goldberg sont les meilleurs.

Voilà donc ce que vous mijotiez, Mme Fugue !

Vous cherchiez à découvrir si je savais quelque chose. Mais ne vous inquiétez donc pas, avec moi vous ne risquez absolument rien. Voyons, on ne peut tout de même pas empêcher tous ces industriels, ces politiciens, ces banquiers et ces juges de jeter leur venin dans un environnement agréable ! Mmm, trente billets par semaine ? Mon œil ! Plutôt trois cents, oui. Mais attention ! Pour défendre les intérêts de Flo, je serai dure en affaires, mes chères mesdames. Je ne m'appelle pas Harriet Purcell pour rien.

Ces perspectives m'ont ravie, à tel point que je me suis penchée au-dessus du bureau pour embrasser M. Hush sur les lèvres, hommage qu'il m'a présenté à son tour avec un enthousiasme intéressant.

— Monsieur, vous êtes un amour !

Il a pouffé.

— Je dois avouer que j'en ai toujours été convaincu mais il est agréable d'en recevoir confirmation. Il vaudrait mieux que vous me laissiez m'occuper de la sortie de Flo. D'ici là, je veillerai à ce que vous ayez de quoi vivre en attendant que le testament soit homologué. Flo vous sera remise bien avant cette date.

J'ai pris un taxi pour me rendre au Queens mais je ne me suis pas immédiatement présentée au bureau de sœur Agatha. Je suis allée au pavillon de psy où j'ai intercepté Prendergast qui s'apprêtait à assister à une conférence.

— John, John ! Mme Delvecchio-Schwartz a laissé un testament par lequel elle me désigne comme curatrice ! ai-je hurlé. La Protection de l'enfance va me la confier d'ici peu... youpi !

Là, il s'est fait très nounours.

— Eh bien, nous vous la garderons jusque-là.

Il m'a soulevée comme une plume et m'a fait tournoyer, tournoyer et tournoyer encore.

— Je ne suis pas très porté sur les infirmières, m'a-t-il dit en me précédant jusqu'à la chambre de Flo, alors c'est toujours la même histoire, quand une femme me plaît, elle a des liens avec un patient, c'est donc hors de question. Vous ne tarderez pas à sortir de cette catégorie, je ne pense donc pas que vous ayez une seule soirée de libre pour dîner avec un psychiatre un peu moins timbré que la moyenne ?

— Vous avez mon numéro, ai-je répondu en le considérant d'un œil neuf.

Mmm. Mon horizon s'élargit. Un avant-centre de rugby. De la variété, avait-elle dit. « Surtout qu'ils ne se ressemblent pas, princesse, et il te faut un vierge avant de mourir. » Mais je doute fort que John Prendergast soit vierge.

Comme d'habitude, Flo m'a accueillie en me tendant les bras, je l'ai serrée contre moi et couverte de baisers. Et de quelques larmes également.

— Flo chérie, tu vas bientôt revenir à La Maison, ai-je murmuré à l'oreille toute proche de ma bouche.

Le plus grand sourire du monde a illuminé son petit visage, ses bras m'ont étreinte avec ferveur.

— Pas bête, notre Flo, a fait Prendergast, nullement surpris.

— Autiste, j't'en fiche ! ai-je grommelé entre mes dents.

Flo est unique. Je pense que Dieu ne supporte plus le gâchis que nous avons fait et qu'il met au point un modèle nouveau. C'est le langage qui est responsable de tous nos ennuis. Mais quand nous serons capables de lire dans les pensées, tous autant que nous sommes, il n'y aura plus ni mensonges ni duplicité. Nous devrons nous montrer tels que nous sommes vraiment.

À en juger par l'expression de son visage lorsque j'ai fait irruption dans son bureau, sœur Agatha, qui venait en seconde position sur ma liste, avait fourbi ses armes. Mais je ne lui ai pas laissé la plus petite chance d'ouvrir la bouche, à cette vieille bique revêche.

— Miss Toppingham, je démissionne ! lui ai-je annoncé. Nous sommes aujourd'hui mercredi et je suis absente. Je viendrai travailler demain et vendredi, ensuite je ne serai plus là.

Glou-glou, glou-glou, glou-glou du dindon qui s'étrangle.

— J'exige un préavis de deux semaines, Miss Purcell.

— Des conneries, tout ça, ma belle ! Vous vous en passerez. Vendredi après-midi, je ne serai plus là-là-là !

Glou-glou, glou-glou, glou-glou.

— Vous êtes une impertinente !

— L'impertinence, ai-je rétorqué, augmente en proportion de l'indépendance financière et parallèlement à celle-ci.

Je lui ai envoyé un baiser et j'ai filé aussitôt. Adieu, sœur Agatha !

J'ai une fois de plus sauté dans un taxi, direction

Bronte, pour annoncer la nouvelle à ma famille qui se fait beaucoup de souci.

J'avais choisi mon heure. Papa et les garçons étaient au magasin et je ne trouverais que maman et mamie à la maison. Quel dommage que mamie ne soit pas la mère de papa ! Nous aurions découvert la vérité. Mais les parents de papa ont trépassé avant ma naissance – voilà que je m'y mets à mon tour. En passant par la porte de derrière, j'ai remarqué que le carré d'herbe de popot était d'une luxuriance et d'un vert vénéneux. Willie prenait le soleil.

– Tatataaa ! Vous avez devant vous quelqu'un qui est plein aux as au point de ne plus avoir à travailler ! ai-je annoncé en entrant.

Maman et mamie étaient à table et prenaient leur repas de midi. Pain, beurre, un pot géant de confiture d'abricots et la théière. Elles avaient l'air d'un sinistre, toutes les deux ! – pour la cent unième fois, la conversation devait tourner autour des événements du 17c Victoria Street, ce n'était pas sorcier à deviner. Liaisons avec des chirurgiens orthopédistes mariés, meurtre et suicide, enfants qui disparaissent et une fille qui perd les pédales... Pas exactement l'image que des parents ou grands-parents peuvent se faire du paradis.

En m'entendant claironner, elles se sont brusquement redressées.

— Une tasse de thé, chérie ? a proposé maman.

— Non merci, ai-je répondu en me dirigeant vers le placard à sauces d'où j'ai extrait le « trois étoiles » de Willie caché derrière la sauce Worcestershire, la sauce tomate et les extraits de café et de chicorée pour le camping. Je vais prendre une goutte de ce truc. Le cognac, ai-je poursuivi en versant une bonne rasade dans des verres en cristal Stuart, est bon pour l'âme. Demandez à Willie. Tu sais, maman, tu devrais garder les verres offerts par le fromage fondu Kraft, ils résistent à tout et ils ne sont pas si mal avec ces espèces de tulipes qui les décorent.

Je me suis assise et j'ai levé vers elles mon verre très chic.

— Cul sec ! comme dit l'évêque aux enfants de chœur !

— Harriet ! a glapi mamie.

Maman est finaude. Elle s'est détendue et a conclu :

— Tout est arrangé.

— En effet.

Et je leur ai raconté.

— Harriet Purcell ! a fait maman dans un souffle à la fin de mon récit. Je me demande si elle était la sœur de Roger ? Cela expliquerait bien des choses.

— Si c'est le cas, ni papa, ni tatie Joan, ni tatie Ida n'étaient au courant mais surtout n'hésitez pas à chercher. L'un d'entre eux finira peut-être par se souvenir d'une remarque sibylline remontant à des lustres. Ou bien de mystérieuses absences de leurs parents quittant le cercle familial pour se rendre de temps à autre dans un endroit que l'on n'évoquait qu'en chuchotant. Demandez à tatie Ida – elle a une mémoire d'éléphant et elle adore les ragots –, la vraie vieille fille.

— La Radio ne va pas te manquer ?

Pauvre maman, elle aurait tant aimé travailler hors du foyer mais tout était si différent à cette époque.

Je crois qu'elle s'est effectivement inscrite à l'école d'infirmières au R. P. A. vers 1920 mais, après ce coup de tête, mamie a mis le holà. Maman est beaucoup plus jeune que papa. C'est peut-être pour cette raison que j'aime les hommes plus âgés ? Pamy ne manquerait pas de confirmer mais Pamy est capable de trouver un côté freudien à un trou coiffé de crème sur un gâteau poisseux de confiture.

— Maman, j'en ai plein le dos des emplois rémunérés. Le travail en lui-même est formidable mais les responsables sont tous échappés du zoo. Je n'ai pas l'intention de rester à ne rien faire, tu peux me croire. Entre les locataires récalcitrants à surveiller, Flo avec laquelle je vais tâcher de trouver un moyen de communiquer, je vais être très occupée et je vais devoir chercher les meilleurs placements pour son argent.

— Eh bien, a dit maman en soupirant, inutile d'être devin pour voir que tu es aux anges, ma petite, et je le suis pour toi.

Elle a toussé délicatement et légèrement rosi.

— Euh... et en ce qui concerne le docteur Forsythe ?

— Comment ça ? ai-je demandé d'un air très détaché.

Elle n'a pas eu le courage d'en dire plus long.

— Euh... ma foi, rien.

En sortant, je suis allée jusqu'au coin ensoleillé où se trouve la cage de Willie. Si je me fie à son poitrail ciré, il n'a pas changé de régime, toujours au porridge-cognac. Cet oiseau a beaucoup de jugement.

— Bonjour, mon beau, ai-je roucoulé.

Il a ouvert un œil et m'a regardée.

— Va te faire voir !

— Fais gaffe, gros malin ! lui ai-je lancé.

Je m'étais éloignée de trois pas quand il a rétorqué :

— Fais gaffe, toi-même, princesse !

Quand, sidérée, je me suis retournée, il somnolait.

J'ai organisé un festin dans mon living, arrosé de tout le « trois étoiles » que nous pouvions nous permettre, sachant que nous travaillons tous demain. Lerner Chusovich était passé voir Klaus, il est donc venu et j'ai appelé Martin pour qu'il amène Lady Richard, qui est arrivé vêtu de subtil lilas égayé par une perruque rousse. À notre grand soulagement, Martin a fini par céder et s'est fait poser un dentier à la clinique dentaire de Sydney où ils ne coûtent rien, les patients servant de cobayes aux étudiants. Cette bouche garnie de dents a transformé sa carrière, c'est qu'il est incroyablement séduisant, il a la grâce d'un saule pleureur et le charme de George Saunders quand il s'adresse aux dames qui se bousculent à présent pour faire faire leur portrait. Pousse-toi de là, Annignoni ! J'ai également invité Joe, l'avocate, son amie Bert et Joe Dwyer est arrivé un peu plus tard avec deux bouteilles de Dom Pérignon. J'ai hésité à convier les mesdames mais je me suis dit que ça ne leur ferait pas de mal de mijoter quelques jours de plus. Chastity Wiggins s'est tout simplement invitée quand les cris de joie sont montés jusqu'à sa fenêtre mais je lui ai fait promettre qu'elle n'ébruiterait pas la nouvelle.

J'ai annoncé aux convives réunis :

— Je vais tout d'abord commencer par effectuer quelques transformations dans La Maison. Une salle de bains et des toilettes à chaque étage, je vais faire refaire les peintures, installer un éclairage convenable, un lino neuf et des tapis, deux machines à laver dans la buanderie et un étendoir Hills Hoist, changer les frigos et les cuisinières, et supprimer les compteurs à gaz ! Pour la décoration, il va falloir trouver un thème dans lequel les gribouillis de Flo auront l'air de s'intégrer délibérément – l'avant-garde de l'ultramoderne. Je me substitue à l'autorité parentale de Mme Delvecchio-Schwartz, je le sais, mais nous n'avons pas le même mode de fonctionnement. Moi, je suis pour le confort, la modernité et un cadre agréable.

— Ce ne sera pas facile, a objecté Jim, en fronçant les sourcils. En matière de rénovations, la municipalité n'est pas très conciliante.

— Étant donné que je n'ai aucune intention d'informer la municipalité, Jim, son avis m'est indifférent. Nous ferons tout au noir.

— Les frères Werner ! ont lancé Pamy et Klaus au même instant.

— Ils font rentrer les fournitures à la nuit tombée et on peut leur demander absolument ce qu'on veut, a expliqué Klaus.

— Eh bien, voilà ! Fritz et Otto Werner ont fait surface. C'est ce cher M. Hush qui va être content !

— Et pour les logements vacants ? a demandé Bobbie.

— Attendons qu'ils soient refaits, ensuite je prendrai des locataires triés sur le volet, ai-je répondu en levant mon verre de champ. À Flo, à Mme Delvecchio-Schwartz et à La Maison !

Quand le bruit s'est tassé et que les invités ont

commencé à arpenter lourdement la pièce, Toby est venu me rejoindre dans l'angle où j'étais assise, sur le sol.

— Je suis surpris que tu n'aies pas invité Norm et Merv, a-t-il dit.

— Norm et Merv appartiennent à la même catégorie que les Fugue et Toccata, Toby. Je leur annoncerai la nouvelle quand je serai fin prête.

J'ai vidé mon verre – le champ n'arrive vraiment pas à la cheville du « trois étoiles » – et je l'ai posé.

— Tu crois que tu pourras me pardonner d'avoir pris Flo ? lui ai-je demandé.

Il m'a caressée d'un regard que l'amour faisait rougeoyer.

— Comment ferais-je autrement ? Elle est ta chair et ton sang. Et puis, tu n'auras pas à en souffrir. En fin de compte, la vieille s'est révélée bénéfique. Tu parles d'un endroit pour cacher un testament !

Je me suis nichée contre lui, sous ma main posée sur son avant-bras, je découvrais des muscles saillant de bien agréable façon.

— Tu aurais dû m'entendre dire à M. Hush qu'il était caché sous son bibelot favori, tu aurais apprécié !

— Il faut reconnaître que pour quelqu'un d'aussi exubérant et peu discret, il t'arrive de te montrer drôlement secrète quand tu veux.

— Sorti de La Maison, la façon dont Mme Delvecchio-Schwartz gagnait son pain ne regarde personne.

— La fosse septique est raccordée, a-t-il annoncé en dégageant les cheveux qui retombaient sur mon front. Tu veux venir jusqu'à Wentworth Falls et jeter un coup d'œil, ce week-end ?

— Et comment, champion, et comment ! Hun-hun-hun...

Pamy m'a aidée à mettre de l'ordre quand je le lui ai demandé et elle a poussé vers la porte un Toby récalcitrant.

— Que savais-tu, en fait ? lui ai-je demandé.

Les yeux en amande se sont étirés, la bouche en bouton de rose s'est incurvée en un léger sourire.

— Quelques bribes mais certainement pas tout. Naturellement, il m'est arrivé parfois de tirer mes conclusions en me basant sur ce qu'elle taisait plutôt que sur ce qu'elle disait. Dès l'instant où elle a appris qu'il y avait une Harriet Purcell au Queens, elle ne m'a plus lâchée jusqu'au jour où je t'ai amenée à La Maison, c'est la seule certitude que j'avais. J'ai donc compris que ton nom avait pour elle une signification particulière, mais laquelle ? Je n'en avais pas la moindre idée. Si quelqu'un a saisi le message, ce fut Harold. Il savait que tu lui étais bien plus chère que tous les autres réunis, je reste pourtant fermement convaincue qu'elle ne lui a rien dit. Seulement il l'aimait, le pauvre petit homme, et après avoir eu sa mère pour lui seul pendant près de quarante ans, il lui était impossible de partager celle qui avait pris sa place. Avant même que tu n'apparaisses en chair et en os il a compris quelle affection elle te portait et il se rongeait chaque jour un peu plus de vous voir ensemble, toutes les deux. Je crois que tu avais raison de le redouter. À mon avis, c'est bien toi qu'il a longtemps songé à tuer. Mais je suis sûre qu'il n'avait rien prémédité. Jamais nous ne saurons ce qui s'est passé entre eux, cette nuit-là, si ce n'est qu'elle lui a asséné l'insulte suprême, ça ne fait aucun doute. Le couteau était là, il l'a pris et s'en est servi. Mais non, je ne crois pas qu'il en ait eu l'intention.

— L'a-t-elle réellement vu dans les cartes, Pamy ?

— Tu es mieux placée que moi pour le savoir. Ce dont je suis certaine c'est qu'elle n'avait rien d'un charlatan. Peut-être a-t-elle débuté de cette façon mais elle voyait effectivement un certain nombre de choses, dans les cartes surtout pour ce qui était de La Maison et par l'intermédiaire de Flo quand il s'agissait de ses clientes. Ces femmes ne juraient que par elle et elles ne la consultaient pas pour des questions d'ordre privé. Elles venaient la voir pour informer leurs maris des fluctuations de la Bourse. Qu'adviendrait-il de leur argent et quelles répercussions auraient sur les affaires les décisions du gouvernement ? Elles payaient une fortune, ce qui prouve que ses réponses étaient certainement d'une parfaite exactitude. Et si nous avons trouvé des albums remplis de coupures de presse concernant ces hommes, nous n'avons pas vu le moindre ouvrage traitant d'économie ou des tendances financières.

— Une chose me perturbe vraiment, c'est la facilité avec laquelle elle s'est soumise au destin.

— Pour elle, cela allait de soi, elle croyait au destin. Si l'heure était venue de trépasser, elle se contenterait de l'accepter le plus simplement du monde. Qui plus est, tout a commencé peu de temps avant le jour de l'an 1960 – c'est là que le Dix d'Épées et Harold sont apparus ensemble pour la première fois. À cette époque, elle n'avait seulement jamais entendu ton nom, mais tu es sortie dans les cartes au même moment qu'Harold et le Dix d'Épées. Tu étais son salut, la Reine d'Épées, du Scorpion avec un Mars tout-puissant. Elle ne m'a dit qu'une chose : que tu préserverais La Maison.

Voilà, je vous livre la théorie Papele Sutama. Qui me convient assez bien.

Lundi 10 avril 1961

Ce matin, je suis revenue de Wentworth Falls en train, j'y ai laissé Toby qui ne peut pas abandonner son chantier. Il vit, lui aussi, son premier jour d'indépendance ; vendredi dernier, nous avons tous deux quitté nos emplois respectifs sans tambours ni trompettes.

Quand mon regard s'est posé sur le refuge de Toby, je suis restée ébahie. D'après la description qu'il m'en avait faite, je m'attendais à voir un cabanon mais je me suis trouvée devant une petite maison très moderne, vraiment jolie et en voie de finition. Il m'a expliqué qu'il avait trouvé à cet endroit une vieille masure effondrée qui lui a procuré suffisamment de blocs de grès pour monter les fondations, l'assise, les sols et les trumeaux séparant les fenêtres ainsi que quelques cloisons. Tout compte fait, il ne lui est resté que les vitres, la tôle ondulée du toit et les installations intérieures à régler.

— Je l'ai conçue sur le modèle d'une maison

dessinée par Walter Burley Griffith, au sommet de la crête, en Avalon, m'a-t-il expliqué. Elle appartient à Sali Hermann. Je n'ai pas le même panorama aquatique mais je donne sur les montagnes et les forêts à perte de vue. C'est chouette de se dire que ce coin est trop sauvage pour qu'on y ait jamais coupé les arbres et aujourd'hui, grâce aux interdictions administratives, il n'y a plus aucun risque.

— Tu auras le soleil de l'après-midi, ai-je fait remarquer d'un air inquiet. Avec toutes ces vitres, tu vas rôtir.

— Je vais installer une très large véranda, à l'ouest. Je m'y assiérai le soir pour regarder le soleil se coucher sur Grose Valley.

Un peu aidé par Martin et tout le contingent de pédés que compte le Cross, il avait monté lui-même la construction.

— Je suis né dans le bush, m'a-t-il expliqué. D'où je viens, il n'est pas question de téléphoner au plombier, au charpentier ou au maçon. Tu apprends à te débrouiller avec tes deux mains.

Une folle végétation avait entièrement envahi le terrain mais subsistaient encore les vestiges d'un vieux verger dont les arbres étaient précisément chargés de pommes. Je me suis empiffrée à tel point que j'ai fini par éprouver une reconnaissance éperdue pour les toilettes et leur fosse septique, qui, selon Toby, devaient leur fonctionnement au cadavre d'un lapin jeté à l'intérieur. C'est fou ce qu'on peut apprendre !

Après avoir dîné et fait la vaisselle, nous avons tout naturellement partagé le même lit... Certaines choses ne changeront jamais, Toby est toujours le gars le plus obsessionnel que je connaisse. Une vraie bénédiction, en ce qui me concerne ! Je n'aurai jamais à me soucier du ménage. Juste un brin de cuisine.

Je m'étais demandé quel genre d'amant il ferait, avec tout ça, mais je n'avais aucun souci à me faire. C'est un artiste, il apprécie la beauté et, pour quelque obscure raison, il me trouve belle. Non, ce n'est pas vrai mais, comme on dit, la beauté est dans l'œil de celui qui regarde. Que vont penser papa et maman quand ils verront des nus d'Harriet Purcell fleurir dans les galeries ? L'amour avec lui est exquis mais, très franchement, je crois que ce qui l'intéresse par-dessus tout c'est de me peindre. Évidemment, quand il sera reconnu, son œil perdra sa précision clinique et il optera pour un style que seuls apprécieront d'authentiques amateurs d'art mais peu importe, ces gens-là donnent de grosses pépètes. J'aime toujours autant le terril fumant sous l'orage. Et son portrait de Flo, dont il m'a fait cadeau. Il n'a jamais réussi à peindre Mme Delvecchio-Schwartz mais ne semble pas en avoir de regrets.

C'est un bel homme bien poilu, ce qu'elle apprécierait. Ses cheveux ne sont pas noirs comme ceux de M. Delvecchio mais d'un roux sombre. Comme je le pensais, il est fort et musclé, quant à sa taille, elle ne le désavantage pas. Il prétend que mes seins n'en sont que plus accessibles. J'ai rôdé dans le fouillis tout emmêlé et peigné du bout de la langue, « là où je pense », hun-hun-hun.

— Mais ne va pas t'imaginer, lui ai-je dit en bouclant mon petit sac de week-end et en m'apprêtant à toiser les six kilomètres qui nous séparent de la gare, que je t'appartiens.

Ses yeux ont viré au noir, sans doute parce que l'aube pointait à peine.

— Tu n'as pas besoin de me le dire, Harriet. Je te le répète, sous certains aspects, tu ressembles beaucoup à Mme Delvecchio-Schwartz. Aucun homme n'est capable de posséder une force de la nature.

Brave gars !

La grosse locomotive C-38 arrivait en gare au moment précis où j'ai traversé le pont enjambant la voie ferrée, je me suis penchée au-dessus du parapet et j'ai reçu en plein visage un énorme nuage de suie et de fumée noire. Elle descendait du mont Victoria, cette bête superbe. J'adore les trains à vapeur et, tout au long du parcours, je suis restée à la fenêtre pour l'entendre et la sentir pousser ses pistons, travailler, travailler, travailler. L'État les remplace par des locomotives diesel, qui sont sinistres. On ne sent même pas leur puissance. Quand je vois un déploiement de force, y compris chez un homme musclé, je suis comblée.

Vendredi 21 avril 1961

Aujourd'hui, Flo est revenue à La Maison, agrippée à ma hanche comme un petit singe, elle était rayonnante. En voyant la grosse Marceline, elle s'est tortillée pour descendre et s'est mise à jouer, exactement comme si ces mois passés à l'asile d'enfants et dans le pavillon de psy du Queens n'avaient jamais existé. Comme si elle n'était jamais passée au travers d'un panneau vitré, n'avait jamais gribouillé avec du sang ni même obligé des gens, pas méchants par nature, à l'attacher.

Je suis franchement perplexe. Parle-t-elle ? Elle comprend tout ce que je lui dis, mais je n'ai jamais perçu la moindre lueur ou onde télépathique. J'avais le fol espoir qu'il en serait peut-être ainsi le jour où elle reviendrait, où elle accepterait que sa mère ne fasse plus partie de sa vie. Quelle sottise ! Elle l'a accepté la nuit même où sa mère est morte.

Les Werner se sont révélés très précieux. Ils exécutent sous le manteau les travaux les plus divers, c'est ainsi qu'ils gagnent leur vie et ils se font payer de la main à la main. Ils ont prouvé, à l'usage, qu'ils étaient aussi compétents que Toby en matière de bricolage, nous avons donc trouvé un arrangement. Je leur ai offert d'occuper gratuitement le rez-de-chaussée sur rue et je leur donne de coquettes sommes en liquide pour les travaux exécutés et ceux qu'ils continueront à entreprendre. Les cinq bâtiments du 17 Victoria Street bénéficient désormais de deux hommes à tout faire résidant à domicile pour assurer leur entretien. Lerner Chusovich dispose de mon ancien logement sans augmentation de loyer car il a la possibilité de fumer ses anguilles dans la cour, derrière La Maison, sans que les voisins ne fassent d'histoires. L'appartement n'est plus rose. Lerner apprécie le jaune « anguille fumée » et les boiseries noires.

Toby et moi avons trouvé comment installer des sanitaires à l'étage que Jim et Bobbie partagent avec Klaus, il n'y a qu'une salle de bains mais Otto a trouvé un moyen d'aménager deux toilettes séparées donnant sur le palier. Nous aurons des torrents d'eau chaude grâce à un puissant chauffe-eau et une douche ainsi qu'une baignoire. J'ai déniché des céramiques murales décorées de perruches – Klaus est aux anges. La pièce de Toby est si vaste que les Werner se sont contentés d'agrandir le coin cuisine et d'ajouter un paravent pour dissimuler le résultat final mais, au rez-de-chaussée, il faut encore descendre jusqu'à la buanderie. En cas d'urgence, Fritz et Otto ont tendance à faire pipi sur la terre qui entoure notre affreux frangipanier, dans le minuscule jardin devant La Maison mais ce régime riche en urée a transformé notre arbre au-delà de toute espérance, j'ai donc estimé qu'il valait mieux laisser faire. Nous avons maintenant sur nos tables des coupes d'eau dans lesquelles flottent d'odorantes fleurs de frangipanier.

Tout d'abord très réticente, j'ai serré les dents et fini par occuper tout l'étage de Mme Delvecchio-Schwartz. Toutefois, après avoir repeint les murs (surtout en rose), agrémenté de tapis le living et les chambres, et meublé le tout convenablement, je n'ai plus peur de l'appartement. Chaque maison a droit un jour ou l'autre à son lot d'horreurs et j'éprouve un étrange réconfort à me trouver dans les lieux où vivait Mme Delvecchio-Schwartz. Vivait. Ce passé, pas moyen d'y échapper !

En lisant ces lignes, on pourrait croire que les travaux sont achevés mais il n'en est rien. Cela demandera encore des mois, il y a donc partout des tonnes de poussière de plâtre ; toilettes, baignoires, lavabos, cuisinières, douches et chauffe-eau encombrent les couloirs, quant au jardin, il disparaît sous les piles de céramiques murales et de carreaux de sol. Les Werner font rentrer le tout à la sauvette par les portes-fenêtres qui donnent sur leur véranda, c'est aussi simple que ça.

Je suis si heureuse maintenant que mon petit ange est revenu !

Je dois signaler que ma vie amoureuse s'est merveilleusement organisée, de mon point de vue du moins. Les week-ends sont réservés à Toby. Nous les passons à Wentworth Falls. À l'avenir, Flo nous accompagnera. Toby n'est pas particulièrement ravi, mais je l'ai prévenu que nous viendrions toutes les deux ou pas du tout. Il a fait la grimace et répondu qu'il prendrait le lot. En ce qui concerne Duncan, euh, disons qu'il n'est pas enchanté.

Duncan a droit au mardi et au jeudi, où nous passons la nuit ensemble. Il est parvenu à un accord avec la « bourgeoise », qui souffre atrocement de la malédiction d'Harriet Purcell. Ni pellicules, ni muguet récidivant, toutefois. Elle a développé une névropathie des membres inférieurs – rien de mortel, tout juste de quoi faire de sa vie un martyre. Je crois que Duncan a été un tantinet horrifié par mon absence totale de compassion, mais cela peut sans doute s'expliquer, il a vécu quinze ans auprès d'elle. Je l'ai chargé de lui transmettre ce message : si elle se conduit bien, qu'elle se montre compréhensive et ne distille pas auprès de ses fils un venin qui pourrait nuire à leur père, je lèverai le sort. Elle ne peut plus jouer au tennis, marche avec une canne et, entre la cortisone qu'on lui administre et le manque d'exercice, son poids bat tous les records.

Elle fera bientôt du 50 et elle porte des chaussures lacées à talons plats ainsi que des bas de contention en caoutchouc. Hun-hun-hun…

En ce qui concerne John Prendergast, je n'ai encore rien décidé, la forteresse n'est donc pas tombée. Il a beau prétendre le contraire, je le soupçonne fortement de me considérer vaguement comme une patiente atteinte d'une forme rare de psychopathie. C'est le problème avec les psychiatres, ils ne ferment jamais vraiment boutique. Et pour couronner le tout, il analyse probablement ses performances sexuelles. Je me laisserai inviter une ou deux fois à dîner et je le mènerai en bateau.

Mercredi 17 mai 1961

Nous sommes déconcertés, franchement marron et nous tournons en bourrique, c'est à n'y rien comprendre. Voilà maintenant un mois que Flo est à La Maison et elle refuse de gribouiller. Ce ne sont que demi-cloisons fraîchement repeintes, dans mes appartements ainsi que dans les couloirs et sur les paliers, je lui ai acheté de nouveaux pastels pour compléter sa collection et lui ai répété une bonne centaine de fois qu'elle peut gribouiller autant qu'elle voudra. Elle se contente d'acquiescer, de sourire, d'enjamber les pastels, puis elle s'en va tranquillement regarder Fritz et Otto travailler et elle leur tend joints, clous, tournevis, boulons et truelles. Sans jamais se tromper, quelle que soit la tâche exécutée. Ils en sont littéralement fascinés.

Oh, elle s'agrippe toujours à mes jambes, s'assied sur mes genoux et fredonne sa mélodie. Les tabliers tabac appartiennent au passé mais je ne lui fais pas porter de chaussures et je ne lui ai acheté que des robes toutes simples. Dans l'esprit de Flo, la couleur est réservée aux pastels mais ce n'est plus le cas. À présent, elle m'accompagne dans les boutiques, ce qu'elle ne faisait jamais avec sa mère, et j'en viens à me demander si, tout simplement par ignorance, je n'aurais pas contrarié la relation qu'elle entretenait avec La Maison. Je ne me fie qu'à un seul baromètre, Flo. Si elle aime ou semble apprécier quelque chose, nous le faisons. Ce qui est sûr c'est qu'elle adore passer le week-end à Wentworth Falls, le vendredi soir, elle fait sa minuscule valise et s'assure que le fourre-tout de Marceline a bien été sorti. Pauvre Toby ! Ce n'est pas une femme qu'il a récupérée mais trois.

L'idée ne m'emballait guère mais j'ai pris la chambre d'Harold et j'ai installé Flo dans celle de sa mère. Le cagibi où elle dormait est maintenant occupé par la lingerie et la bibliothèque de documentation Delvecchio-Schwartz. Je me suis demandé si je ne m'éloignais pas trop de Flo mais Marceline a réglé la question au mieux en déménageant dans sa chambre. Elle dort, mon petit ange, d'un sommeil si profond, elle est si adorable ! Elle ne bouge pas de la nuit et, semble-t-il, ne fait jamais de cauchemar.

Les cavalcades nocturnes et les rires tonitruants ont cessé au moment précis où j'ai trouvé le testament mais, aujourd'hui encore, je ne suis pas franchement certaine que Mme Delvecchio-Schwartz ait vraiment trépassé. La première nuit où j'ai pénétré dans la chambre d'Harold, hérissée de chair de poule de la tête aux pieds et les cheveux dressés sur le crâne, j'ai entendu un léger soupir en refermant la porte. Ce n'était pas Mme Delvecchio-Schwartz mais bien Harold. Comme un adieu, définitif. J'ai alors entendu la voix de ma logeuse.

— T'as fait du bon boulot, princesse. Super-sensass !

Dans un battement d'ailes, quelque chose a voleté dans la pièce, c'était une des perruches de Klaus. Je l'ai regardée, elle m'a regardée et là, j'ai tendu la main, elle a bondi sur mon index où elle s'est mise à sautiller gaiement.

— Oh, loué soit le ciel ! s'est écrié Klaus quand je lui ai rendu l'oiseau. À peine avais-je ouvert la fenêtre que ma petite Mausie s'est échappée. J'ai bien cru que je l'avais perdue pour de bon.

— Ne t'en fais pas, champion. Tu ne te débarrasseras pas si facilement de la petite Mausie. Pas vrai, Mausie ?

Quoi qu'il en soit, Flo ne gribouille toujours pas et nous sommes tous découragés. Jim et Bobbie, Klaus et Pamy, passent des heures auprès d'elle et de ses pastels, ils câlinent et cajolent. Jusqu'à Toby qui a fini par succomber à la gribouillomanie ! Il est allé acheter plusieurs blocs de papier brun et lui a montré comment faire mais elle s'est contentée de me lancer un regard triste et elle a lâché le pastel rose qu'il lui avait offert.

Jeudi 26 mai 1961

Ce fut long mais le cas de Mmes Fugue et Toccata est finalement réglé à la satisfaction de tous. Elles prétendaient qu'elles ne payaient que trente billets de loyer par semaine et ne voulaient pas démordre de leur histoire, j'ai lancé une série de « pfff ! » et cela a pris du temps. Mais nous avons convenu aujourd'hui d'un loyer hebdomadaire de quatre cents livres pour chacune de ces dames, le montant officiellement déclaré n'en étant que de trente. J'aime beaucoup ces mesdames mais on ne saurait tenir un bordel de très grande classe, qui fournit des services adaptés à tous les goûts, en deçà aussi bien qu'au-delà de l'ordinaire, sans se montrer aussi coriaces que du vieux cuir. Et pour être coriaces, elles le sont ! Durant un petit moment, elles ont donc essayé de faire jouer certaines relations au conseil municipal, pour me fourrer dans de sales draps mais il m'a suffi de leur envoyer à chacune une toute petite poupée à l'effigie d'une respectueuse, quelques épingles à tête de porcelaine plantées dans ses orifices essentiels, devant et derrière, ainsi qu'une troisième dans la bouche pour faire bonne mesure. Houuula ! Ces mesdames ont parfaitement saisi le message et abandonné la partie.

Il semblerait que nous soyons parvenus à un tournant décisif. Aujourd'hui, pour la première fois, j'ai tiré les cartes après avoir couché Flo, le silence était tombé sur La Maison où l'on n'entendait plus que le violon de Klaus.

Le bonheur règne chez nous. Les Reines d'Épées

sont très bien placées, ainsi que le Roi de Deniers et le Roi d'Épées. Seul le Valet d'Épées – Flo – n'est pas totalement en paix. Les gribouillages, ce ne peut être que les gribouillages. Je ne vois aucune carte en rapport avec les gribouillages mais tout s'est progressivement mis en place quand j'ai retourné le Six de Coupes renversé. Un événement se prépare. D'autant que la carte suivante était le Fou – une arrivée inattendue ? Ensuite, trois Neuf et quatre Deux – conversation, correspondance, messages. Oh, faites que la communication puisse bientôt se renouer !

Samedi 2 juin 1961

L'hiver est arrivé et il pleut si fort que nous avons dû annuler notre week-end à Wentworth Falls, Toby et moi. Manifestement désemparées, Flo et Marceline ont erré dans l'appartement toute la matinée. La porte d'entrée n'est plus verrouillée, à présent, mais j'ai formellement interdit d'ouvrir et de sortir sous la véranda.

Nous étions tous réunis dans mon living pour prendre le café et décider du menu du déjeuner. Je songeais à quel point tout cela était merveilleux et une onde de bien-être me submergeait. Merci, madame Delvecchio-Schwartz, de m'avoir permis de devenir ce pour quoi je suis née. Vous êtes super-sensass, princesse, super-sensass ! Oh, mais quand allez-vous enfin trépasser dans les formes ?

Brusquement, Flo a cessé de racler le tapis de ses pieds, elle s'est précipitée sur ses pastels, en a choisi trois avec la rapidité de l'éclair et s'est mise à gribouiller sur le mur. Rose chair, puis un bleu pâle cendré et enfin beaucoup de violet foncé.

Et j'ai compris. « Une étrangère aux cheveux bleus et portant une robe violet foncé monte l'escalier », ai-je annoncé.

Personne n'a fait un geste. Personne n'a ouvert la bouche.

Ils ont tous sursauté en entendant frapper. D'un bond, Toby s'est levé pour aller ouvrir. Une étrangère au rinçage bleuté et portant une robe violet foncé se tenait sur le seuil.

— Je vous prie de bien vouloir m'excuser, a-t-elle fait d'un air hésitant, mais je cherche Mme Delvecchio-Schwartz.

Ils m'ont tous désignée du geste.

— La voici, a répondu Toby en fronçant les sourcils à l'intention des autres, qui se sont levés sans piper mot.

— Je me présente, Mme Charles Pomfrett-Smythe, a dit la visiteuse et, euh, je me demandais si... ?

— Entrez, entrez, ai-je fait tandis que les autres sortaient en file indienne. Quel temps épouvantable, princesse !

— Assurément, a dit la cliente en s'asseyant face à moi à la table de noyer, sur une chaise recouverte de velours rose. Heureusement, mon chauffeur a toujours un parapluie.

— Une aide précieuse qu'il importe de savoir conserver, ai-je répondu en tapotant la Boule.

Mme Pomfrett-Smythe promenait autour d'elle un regard étonné.

— À en croire ce que dit Elma Pearson, je n'aurais jamais pensé trouver votre intérieur aussi joli.

— Les choses évoluent, princesse, les choses évoluent. Une brusque chute d'abscisse m'a contrainte à renouveler la décoration afin de ramener le flux d'énergie chondrale à la normale, ai-je dit doucement. Ainsi c'est Mme Pearson qui vous a mise en rapport avec moi ?

— Non, pas exactement. Elle semble penser que Mme Delvecchio-Schwartz est décédée mais la situation est si désespérée que j'ai préféré tenter ma chance, a-t-elle dit en retirant ses gants de chevreau violet.

— Il y a toujours une Mme Delvecchio-Schwartz. Je suis, euh, la seconde version. Voici ma fille, Flo.

— Enchantée, Flo, a-t-elle fait gentiment.

Flo a tiré la langue, non par impolitesse mais comme ces petits enfants qui passent et repassent derrière leur mère en cherchant à observer un inconnu sous tous les angles.

— Que vous arrive-t-il, madame Pomfrett-Smythe ?

La visiteuse a saisi ses gants d'un geste convulsif.

— Chère madame Delvecchio-Schwartz, cela concerne mon mari ! Il a pris des risques en acquérant certains titres – il s'agit de drôles de petits gadgets qui fonctionnent comme ces portails conçus pour trier les moutons, seulement il ne s'agit pas de moutons. D'électricité, je crois, a-t-elle dit, dans tous ses états.

— Des portails qui trient les moutons ? ai-je demandé, perplexe.

— Peut-être ignorez-vous de quelle façon on sélectionne les moutons, à la campagne, moi je le sais... Mon père était éleveur. Les battants sont situés entre deux parcs et la personne qui se trouve au portail a la possibilité d'envoyer une bête dans l'un ou l'autre parc, a-t-elle expliqué. Après avoir acquis un premier lot – d'actions, pas de moutons – mon époux a fait des recherches et il a engagé toute sa fortune dans l'achat de nouveaux titres.

Mme Pomfrett-Smythe semblait de plus en plus fébrile, j'en ai déduit qu'elle risquait fort de perdre le chauffeur au parapluie ainsi que la limousine qu'il conduisait et la demeure de Point Piper.

— Que diriez-vous d'une bonne tasse de thé ? ai-je proposé d'un ton apaisant.

— Oh, mon Dieu, ce serait avec grand plaisir mais le temps nous manque ! a-t-elle gémi. J'ai dû me rendre chez vous en toute hâte car mon époux a reçu une offre de rachat pour ses titres et il doit donner sa réponse à 14 heures. Je pense qu'il tient à les garder mais tous ses collègues et amis sont convaincus qu'il va tout perdre, ils le pressent donc d'accepter.

Elle se mit à tirer sur ses gants et à les étirer entre ses doigts, Lady Richard aurait été navré de voir une chose pareille.

— Quel terrible dilemme, ai-je dit.
— Oui !
Et que je t'étire, t'étire, t'étire encore.
— Une chose m'intrigue, madame Pomfrett-Smythe, ai-je fait en plissant le front, c'est qu'un

éminent homme d'affaires tel que votre mari puisse attendre d'une voyante qu'elle réponde à cette question. Enfin, vous n'êtes jamais venue !

— Il ne sait pas que je suis là ! s'est-elle exclamée en ravageant proprement les gants. Il s'en est remis à moi !

— À vous ?

— Oui, à moi ! Il ne sait vraiment que faire et dans ce genre de situation, il attend que je décide.

L'ampoule s'est allumée.

— Comme ça, si vous faites le mauvais choix, il pourra s'en prendre à quelqu'un.

— Exactement ! a-t-elle ajouté d'un air pitoyable.

— Eh bien, princesse, il n'en est pas question... Pas vrai, Flo ?

Flo a soigneusement choisi quatre pastels dans sa réserve et elle s'est dirigée vers le mur. C'était le moment délicat, je l'ai compris, il fallait que l'attention de Mme Pomfrett-Smythe reste centrée sur moi, ce qui requérait un comportement suggérant la médiumnité – au plus profond d'une transe, on doit gémir et marmonner, sans aucun doute, mais comment arriver à baver de la matière ectoplasmique ? Avec du chewing-gum ? Du savon ? Il va falloir te documenter, Harriet, te documenter !

En attendant, je me suis abandonnée sur la chaise rose, j'y ai soupiré et je me suis affaissée en poussant de petits cris perçants. Tout en observant Flo du coin de l'œil derrière mes paupières mi-closes. Elle a commencé par choisir le violet foncé pour gribouiller. Mme Pomfrett-Smythe. Puis elle a dessiné en vert bouteille des rectangles aux bords irréguliers. Argent. Des tas de cercles d'un jaune éclatant. Pièces d'or. Et enfin une pyramide de petits points ocre jaune. Un tas de sable. Maintenant que j'ai compris, c'est facile. Pour elle, les mots sont des couleurs et des formes. Quand elle saura mieux dessiner, cela deviendra évident. Mais le vrai miracle c'est qu'elle est capable de « voir » la réponse exacte à chaque question de « mes madames ». Elle voit la souffrance dans une âme, elle voit dans tous les cœurs. Elle voit venir le meurtre. Mon tout petit ange, la dernière expérience de Dieu. Enfin, avec moi elle n'a rien à craindre. Mme Delvecchio-Schwartz l'avait compris. Elle ne serait bientôt plus capable d'assurer l'éducation de Flo, elle le savait, maintenant je le réalise et elle avait également senti quelle serait l'évolution de la petite. Elle a passé le flambeau à une Harriet Purcell plus jeune et plus instruite. Aujourd'hui, je comprends enfin pourquoi la première Delvecchio-Schwartz s'est soumise au destin avec une telle passivité. C'est pour notre petit ange que nous sommes là, elle seule compte vraiment.

Quand Flo a laissé tomber ses pastels, j'ai marmonné et lentement émergé de ma transe. Mme Pomfrett-Smythe me dévisageait comme s'il m'était poussé une seconde tête. Exactement comme David, exactement comme Duncan.

— Princesse, ai-je annoncé, vous allez dire à votre mari de ne lâcher à aucun prix ces drôles de petits gadgets. Ce que le monde attendait c'est un moyen de séparer les moutons électriques des chèvres électriques. Ces drôles de petits gadgets sont vraiment du tonnerre.

J'ai caressé la Boule.

— Du silicone ! Fantastique.

— En êtes-vous absolument certaine, madame Delvecchio-Schwartz ? a-t-elle demandé d'un ton dubitatif

Non, ai-je pensé, mais Flo, elle, en est sûre. Les portails destinés à trier les moutons sont des transistors – à la pointe de la modernité mais j'ai reçu une formation technique. Ils entrent dans la composition de certains appareils médicaux et même de quelques ordinateurs. C'est un malin, ce M. Pomfrett-Smythe ! Il a, de toute évidence, compris qu'ils représentaient une fabuleuse avancée technologique. Se pourrait-il que les jours du tube à vide et de la transmission thermoïonique soient comptés ?

Une pensée m'a alors traversé l'esprit : les collègues et amis de M. Pomfrett-Smythe n'auraient-ils pas mijoté de racheter ses titres ?

À peine m'étais-je posé cette question que Flo a pris un pastel vert pois pour esquisser les contours de ce qui ressemblait à un foie, suivirent des rayons jaunes, couleur jaunisse. Ouais, c'est bien ça. Flo a tout simplement lu dans mes pensées et répondu à la question que je n'avais pas formulée. Enfin, l'avancée décisive. Flo m'a permis de pénétrer dans son esprit, nous ne faisons plus qu'un. Je ne m'étais pas trompée.

N'ayant pas obtenu de réponse à sa question, Mme Pomfrett-Smythe me regardait toujours d'un œil inquisiteur.

— J'en suis parfaitement, totalement et absolument certaine, ai-je repris avec une conviction sans faille. Qui plus est, vous pouvez lui donner ce tuyau de la part de – dites-lui donc mon nom ! –

Mme Delvecchio-Schwartz. Un homme avisé ne doit pas croire tout ce que lui racontent ses collègues et amis.

— Je le ferai, je le ferai !

Elle n'a rien d'une imbécile, Mme Pomfrett-Smythe ; elle a compris ce que je voulais dire. Le sac de chevreau mauve s'est ouvert d'un coup.

— Mmm, combien vous dois-je ?

J'ai eu un geste royal.

— Pour une première séance rien, princesse, mais à l'avenir attendez-vous au coup de canon.

La faire payer aujourd'hui ? Jamais de la vie ! Dès lundi, je vais ouvrir deux portefeuilles d'actions, un pour Flo et l'autre pour moi, et grâce aux drôles de petits gadgets de M. Pomfrett-Smythe, nous allons tenter notre premier coup en Bourse.

Ma première cliente me considérait avec une stupéfaction doublée d'un profond respect, puis ses yeux se sont posés sur Flo et ils n'ont reflété que la tendre admiration d'une femme pour une belle enfant.

— Je vous serais reconnaissante, lui ai-je dit en me redressant, d'appeler Mme Pearson et de lui faire savoir que la seule et unique Mme Delvecchio-Schwartz a, dans sa dernière incarnation, repris ses activités. Le mu magnétique est de nouveau inférieur à un et le vecteur d'équanimité a retrouvé son intégralité. Tout est rentré dans l'ordre à La Maison.

Nous l'avons toutes deux raccompagnée jusqu'en bas et nous avons attendu sous la véranda que l'élégant chauffeur se précipite en tendant son parapluie.

— Petit ange, ai-je dit en saluant la Rolls de la

main, derrière le rideau de pluie, nous allons garder secrets tes nouveaux talents pour le dessin, d'accord ? Les clients ne vont pas tarder à défiler – hun-hun-hun – et nous ne voulons pas qu'ils sachent comment nous nous y prenons, pas vrai ? Mme Delvecchio-Schwartz doit rester unique en son genre – elle est ton rempart contre un monde qui n'est pas prêt à t'accueillir.

Et j'ai lu dans son esprit, ce fut aussi simple que ça ! Les formes imprécises de meubles d'orphelinat filant à toute allure, le choc de la douleur tandis qu'elle s'élançait contre quelque chose, les myriades d'éclats de verre d'une fenêtre qui explose, les mines inquiètes de gens qui ne comprenaient rien. Tout cela n'était rien au regard de l'amour qu'elle porte à ses deux mères, les deux Mme Delvecchio-Schwartz, je m'en rendais compte.

Elle m'a souri en acquiesçant vigoureusement. Notre secret.

— Je me demande, ai-je dit en posant ma main sur la porte, si la première version trépassera un jour dans les formes. Qu'en penses-tu, petit ange ?

Flo a pris dans sa poche rose trois pastels – un jaune, un bleu et un vert – et elle a dessiné un cacatoès et une perruche sur le mur d'un blanc brillant qui sépare le 17d de La Maison.

Je ne sais pas pourquoi, mais je pense que maman ne sera pas surprise le moins du monde quand je lui demanderai de me confier la garde permanente de Willie ; il semble bien que tout soit arrangé d'avance.

Composition et mise en pages réalisées
par IND - 39100 Brevans

Achevé d'imprimer par GGP Media GmbH, Pößneck
en mai 2007
pour le compte de France Loisirs,
Paris

N° d'éditeur: 48676
Dépôt légal: avril 2007

Imprimé en Allemagne

Bibliothèque publique de la Municipalité de **La Nation**
Succursale ST. ISIDORE Branch
The Nation Municipality Public Library